BAND 43

Zuletzt erschienen in der Reihe HORROR TB:

26 Kim Paffenroth: *Dying to Live – Vom Überleben unter Zombies*
27 F. Paul Wilson: *Angriff*
28 Brett McBean: *Die Mutter*
29 F. Paul Wilson: *Nightworld*
30 Greg F. Gifune: *Blutiges Frühjahr*
31 Richard Laymon: *Vampirjäger*
32 Frank Festa (Hg.): *Kannibalen*
33 Kim Paffenroth: *Dying to Live – Die Traurigkeit der Zombies*
34 Jeffrey Thomas: *Tagebuch aus der Hölle*
35 Brett McBean: *Die Bestien*
36 Whitley Strieber: *Wolfen*
37 Tim Curran: *Zerfleischt*
38 Nate Southard: *Red Sky*
39 Bryan Smith: *Verkommen*
40 Richard Laymon: *In den finsteren Wäldern*
41 Bryan Smith: *Seelenfresser*
42 Edward Lee: *Haus der bösen Lust*
43 Brett McBean: *Die Sünder*
44 Edward Lee: *Bighead*
45 Tim Curran: *Verseucht*
46 Graham Masterton: *Das Atmen der Bestie*
47 Edward Lee: *Creekers*
48 Graham Masterton: *Irre Seelen*
49 Edward Lee: *Flesh Gothic*
50 Richard Laymon: *Licht aus!*

DIE SÜNDER

Brett McBean

TALES OF SIN AND MADNESS

Aus dem Amerikanischen von Doris Hummel

FESTA

Die amerikanische Originalausgabe *Tales of Sin and Madness*
erschien 2010 im Verlag LegumeMan Books.

1. Auflage August 2012

Titelbild: Danielle Tunstall
Lektorat: Alexander Rösch

ISBN 978-3-86552-148-4

INHALT

Ein schöner Ort
(The Beautiful Place)

Es sah aus, als wäre seit Monaten niemand da gewesen, um das Schild auf Vordermann zu bringen, das neben dem Highway aufgestellt war.

Simon Fletcher setzte den Seesack auf der rotbraunen Erde ab und ließ seinen Ranzen daneben plumpsen. Er hob einen Arm und wischte mit seiner trockenen, lederigen Hand den Dreck von dem Schild. Als er die Schrift freigelegt hatte, warf er einen Blick auf den großen Sack zu seinen Füßen. »Die Richtung stimmt«, murmelte er und spuckte einen staubumhüllten Schleimklumpen aus. »Coober Pedy, 20 Kilometer.«

Simon schaute den breiten, staubigen Highway hinauf und hinunter. Leer.

Gott sei Dank.

Er kehrte dem Highway den Rücken zu, öffnete seinen Rucksack, holte eine der Flaschen heraus und schraubte den Deckel ab. Kleine Erdklumpen rieselten zu Boden, aber er schenkte der trüben Farbe des Wassers keine Beachtung und trank einen Schluck.

Die Flasche war einst sauber gewesen, das Wasser klar und kühl. Nun waren alle zehn Flaschen mit dem Dreck des Landes besudelt, mit dem Schweiß seiner Reise und dem Blut der Toten.

Obwohl die Flasche noch halb voll war, schraubte Simon den Deckel wieder zu und verstaute sie zusammen mit den anderen Flaschen, verschiedenen Konserven und dem *einen,* ganz speziellen Gegenstand, den er erst in Coober Pedy brauchen würde, im Rucksack. Er zog den Reißverschluss zu und hievte den Tornister auf seinen Rücken.

Simon zog das Tuch aus der linken Tasche seiner Armeeshorts, wischte sich Gesicht und Nacken ab und steckte den feucht gewordenen Stoff zurück.

»Okay, Zeit zu gehen«, erklärte er, hob den Sack auf und warf ihn sich wie ein abgehalfterter Weihnachtsmann über die Schulter.

Simon wusste, dass der kürzeste Weg nach Coober Pedy geradeaus über den Stuart Highway führte, aber er wusste auch, wie die verdammten Hurensöhne in dieser Gegend fuhren. Bislang hatte er überlebt, indem er sich von Hauptverkehrsstraßen fernhielt.

Er setzte mechanisch einen Fuß vor den anderen, wie er es bereits in den vergangenen sechs Monaten ungezählte Male getan hatte, und machte sich auf die letzte Etappe seiner Reise.

Eine Reise, die fast am anderen Ende des Kontinents in Townsville begonnen hatte, wo er zusammen mit seiner Frau Tully in einer Wohnung im Herzen der Stadt gelebt hatte. Mittlerweile konnte er sich kaum noch an Einzelheiten ihrer Wohnung erinnern. Er wusste nur noch, dass sie schön und modern eingerichtet gewesen war und Tully und er sich dort sehr glücklich gefühlt hatten.

Glücklich. Er konnte sich inzwischen auch kaum noch daran erinnern, wie sich das eigentlich anfühlte.

Aber er war sicher, dass er bald wieder glücklich sein würde. Sobald er erledigt hatte, weshalb er zu dieser Reise aufgebrochen war, würde sein Leben wieder ein bisschen wie früher sein. So wie vor dem Beginn der Neuen Welt.

Er war im Krankenhaus gewesen, seinem zweiten Zuhause, als ihn die ersten Berichte aus Amerika erreicht hatten. Meldungen von Massenmorden, Chaos und – unfassbar – Toten, die wiederauferstanden. Anfangs hatte er es nicht glauben wollen, aber während sich in den kommenden

Tagen das Virus immer weiter auf der Welt ausbreitete, wich seine Ungläubigkeit nackter Verzweiflung. Schon bald meldeten die Nachrichten, dass es auch in Australien passierte. Jeder, egal ob Arzt, Lehrer oder Wissenschaftler, stellte Theorien zu möglichen Ursachen auf, aber keiner von ihnen hatte eine stichhaltige Antwort parat – Simon am allerwenigsten. Er erinnerte sich allerdings an ein Zitat aus einem Horrorfilm, den er als Teenager gesehen hatte, irgendetwas darüber, dass die Toten über die Erde wandern würden, wenn in der Hölle kein Platz mehr war. Seiner Meinung nach war das eine ebenso gute Erklärung für das, was passierte, wie jede andere auch.

»Mein Gott, es ist überall«, hatte der junge Mann im Bett neben Tully eines Nachmittags bemerkt. Dann hatte er Blut gehustet und war gestorben und über seinen Herzmonitor war nur noch eine flache Linie geflimmert.

Simon dachte noch über die Bemerkung des Mannes nach, als dieser ein paar Minuten später seine Augen öffnete und sich aus dem Bett auf ihn stürzte.

Glücklicherweise hatte Tully geschlafen.

Denn was dann passierte, war nicht nur schlichtweg grauenvoll, sondern rückblickend auch ein denkwürdiger Augenblick gewesen: Simon hatte sich die Schere geschnappt, die auf dem Nachttisch lag – gleich neben den Blumen und den »Gute Besserung«-Grußkarten – und hatte sie dem Mann während ihres Ringkampfes mitten ins rechte Auge gestochen. Diesmal war der Mann tot liegen geblieben und Simon konnte, völlig verängstigt und blutüberströmt, sein erstes Opfer verbuchen – das erste von vielen, wie sich noch herausstellen sollte.

Simon lächelte. Seine Lippen fühlten sich wieder ganz trocken an. Die Sonne, sein ständiger Gegner und Begleiter, glühend heiß und erbarmungslos, brannte auf ihn herab, während er seine Reise nach Süden fortsetzte. »Wie viel Angst ich damals hatte«, redete er mit sich selbst. »Ich hatte schließlich einen Mann getötet. Ich war mir sicher, dass ich dafür im Knast landen würde.« Er wollte lachen, aber seine Kehle war zu ausgetrocknet. Jedes Mal, wenn er schluckte, spürte er den dünnen Film aus Wüstenstaub an seinem Gaumen und schmeckte die Erde des südaustralischen Outbacks. Auch das Sprechen war unangenehm, aber notwendig.

»Obwohl ich die ganzen Berichte im Fernsehen gesehen und die Meldungen im Radio gehört hatte, hat es mir keine Ruhe gelassen. Was, wenn der Typ gar nicht wirklich tot war? Was, wenn ich einen unschuldigen Mann umgebracht hatte – einen Menschen, der genauso verängstigt und verwirrt gewesen war wie ich selbst?«

Natürlich war niemand gekommen, um ihn abzuholen. Niemand hatte sich für den toten Patienten interessiert, aus dessen Auge eine Schere ragte.

Damals wurde Simon zum ersten Mal das volle Ausmaß dessen bewusst, was um ihn herum geschah. Sie lebten nun in einer Welt, in der das Morden akzeptiert, ja, sogar erwartet wurde, in der es sich auszahlte, wenn man sich rücksichtslos und selbstsüchtig verhielt. In einer Welt, die sich verdammt fremd und abgefuckt anfühlte.

Und nichts, was er jemals zu Gesicht bekommen hatte, egal, ob vor oder nach Anbruch der Neuen Welt, hatte diese Tatsache besser versinnbildlicht als Alice Springs. Alice – das Herz Australiens. Das Herz des Wahnsinns.

Townsville war zwar auch nicht unbedingt ein friedlicher Hafen der Liebe gewesen – Simon war seiner Heimatstadt nur knapp lebend entkommen –, aber in der ersten Phase der entsetzlichen Epidemie hatten glücklicherweise ein solches Chaos und solche Panik geherrscht, dass ihm die Flucht gelungen war. Allerdings nur, weil er unterwegs ein Dutzend Zombies getötet hatte.

Er war schon immer ein bisschen füllig gewesen. Nicht wirklich übergewichtig, aber immerhin so dick, dass Tully beim Sex seine Speckfalten packen und sich daran festhalten konnte. Als er Alice Springs vier Monate später erreicht hatte, hatte er ausgesehen wie ein Strich in der Landschaft. Selbst ein paar der Leute dort hatten verkündet, sie hätten schon Untote gesehen, die mehr Fett auf den Rippen hatten als er.

»So sieht man eben aus, wenn man sich nur von Wasser und Baked Beans aus der Dose ernährt«, hatte er entgegnet.

Natürlich hatten ihn alle für verrückt gehalten, weil er sich zu Fuß aus Townsville auf den Weg gemacht hatte. Aber sie fragten ihn nicht nach dem Grund und er war sehr froh, dass er es ihnen nicht erklären musste.

»Bleib doch hier bei uns«, hatten sie ihm angeboten. »Hier ist alles gut. Sicher. Hier werden die Zombies dich nicht kriegen.«

Er hatte schon davon gehört, dass sich in den Vereinigten Staaten und Großbritannien Milizen gebildet hatten, aber Alice Springs war der erste Ort in Australien, an dem er tatsächlich einer begegnet war. Männer – ein paar von ihnen Polizisten, die meisten aber Zivilisten – hatten rund um die Stadt provisorische Barrikaden aus Lastwagen, Autos, Bussen und mit Erde gefüllten Sandsäcken errichtet. Sie scharten alles an Waffen und Munition um sich, was sie auftreiben konnten. Es war ein guter Ausgangspunkt: Eine Stadt im Herzen des australischen Outbacks – der perfekte Ort für durchgeknallte, bewaffnete Typen, um nach angreifenden Zombies Ausschau zu halten.

Simon wäre bei seiner Ankunft beinahe selbst erschossen worden. Auch wenn er entweder eine Geisterstadt oder ein tödliches Sammelbecken voller Zombies erwartet hatte, war das, was er tatsächlich vorfand, noch viel schlimmer gewesen.

»Alles, was ich will, ist ein Platz, an dem ich mich ausruhen und meine Wasserflaschen wieder auffüllen kann«, hatte er den Soldaten erklärt, die sich hinter einer verrosteten FJ-Holden-Limousine versteckten. Es hatte eine gefühlte, unbehagliche Ewigkeit gedauert, bis sie mit ihren Waffen endlich nicht mehr auf ihn zielten. Aber nachdem sie schließlich zu der Überzeugung gelangt waren, dass er kein Zombie war, gewährten sie ihm doch Eintritt in ihre utopische Welt – eine Welt, in der die Menschen ebenso tot waren wie die Zombies –, nur dass sie es noch nicht wussten.

Paranoia, Angst, Hass, Schmerz. Das war alles, was Simon in der Alice-Springs-Version der Neuen Welt begegnete. Ein Ort, an dem die Menschen einander fast mehr misstrauten als irgendeinem Auto fahrenden, bewaffneten Zombie, der getrieben von der Gier nach Fleisch durch das verbrannte Outback kurvte. Und obwohl Simon ihnen mehrfach versichert hatte, dass er seit Wochen keinen Untoten mehr gesehen hatte, wollte ihm niemand so recht glauben.

Eingesperrt mit einer Horde anderer »Zivilisten« in der stickigen, übel riechenden Turnhalle der örtlichen High School, sah sich Simon schon bald mit einer undurchdringlichen Mauer des Misstrauens konfrontiert. Allerdings hatte er sich das ein Stück weit selbst zuzuschreiben, weil er sich beharrlich weigerte, seinen Seesack zu öffnen und ihnen den Inhalt zu zeigen, auch wenn sie noch so hartnäckig darauf bestanden.

Simon blieb nur wenige Tage dort – länger hätte er es nicht ausgehalten – und verließ Alice und seine widerwärtigen »Leichenwagen«, die er glücklicherweise nie von innen sehen musste, bevor die Menschen dort handgreiflich wurden und den Sack mit Gewalt öffneten. Seine Abreise wurde von mäßig herzlichen Kommentaren wie »Ich hoffe, du verrottest da draußen«, »Hoffentlich fressen die Zombies dein Herz«, »Du hättest bei uns bleiben sollen« und »Du wirst da draußen sterben« begleitet.

Bislang bereute Simon seine Entscheidung aber trotzdem nicht. Ihm war die Wahl ohnehin nicht schwergefallen. Er stand lieber den Zombies gegenüber, als in einer Welt zu leben, in der der Wahnsinn König und die Abscheulichkeit seine Königin war.

Das war nun fast zwei Monate her und seitdem hatte er keine weitere militärisch organisierte Stadt dieser Art mehr zu Gesicht bekommen. Dafür waren ihm ein paar Zombies begegnet, die ziellos an der Grenze zwischen Südaustralien und dem nördlichen Territorium umherstreiften. Entweder hatte es sich bei ihnen um verirrte Wanderer gehandelt, die schließlich an Entkräftung gestorben waren, oder um Leute aus der Umgebung, die nicht aus ihrer Stadt fliehen wollten, weil sie glaubten, der Nachschub an Lebensmitteln sei dort gesicherter. Sie murmelten irgendetwas davon, dass sie neue Seelen brauchten, um zu überleben, und aufgrund ihrer Unterernährung waren sie ganz schwach gewesen – selbst Zombies konnten aushungern, wie er nun wusste. Da sie keine Bedrohung für ihn darstellten, ließ er sie einfach stehen.

Das war seine letzte Begegnung mit Untoten gewesen, abgesehen von den Autos letzte Woche. Er wusste nicht, ob Zombies oder Menschen darin gesessen hatten, aber da sie nicht zurückgekommen waren, fand er, dass das keine Rolle spielte. Die einen konnten ihm ebenso gefährlich werden wie die anderen.

Simon war nach seiner sechsmonatigen Pilgerreise um die Erfahrung reicher, dass er aufgrund von Erschöpfung und Wassermangel schon bald anfangen würde, zu fantasieren, wenn er seinen Flüssigkeitshaushalt nicht ausglich und seinen Füßen und Beinen regelmäßige Ruhepausen gönnte. Es hatte Augenblicke gegeben, da hatte er auf dem harten, von der Sonne ganz rissigen Erdboden gelegen und war sich sicher gewesen, dass er sterben würde, während sein himmlischer Widersacher gnadenlos auf ihn niederbrannte und ihm das Gefühl vermittelte, nackt in einem riesigen verdammten Backofen zu liegen. Er hatte kaum noch die Kraft gehabt, eine Wasserflasche aus seinem Rucksack herauszupfriemeln, und sogar schon mit dem Gedanken gespielt, das *Ding,* das am Boden lag, zu benutzen, um seine Qualen zu lindern.

Was ihm geholfen hatte, diese Phasen zu überstehen, war die Erinnerung an das Versprechen, das er Tully gegeben hatte. Er wusste, dass er ihr Schicksal den Bösen dieser Neuen Welt in die Hände legte, falls er starb, und das konnte er nicht zulassen.

»Nicht mehr weit«, keuchte er, als er erst den Seesack und dann seinen Ranzen abstellte. Er griff nach einer der Wasserflaschen und trank einen Schluck, wobei einige Tropfen über den unförmigen Tornister rieselten.

Als er aus den Augenwinkeln eine Bewegung wahrnahm, setzte er die Flasche ab. Er drehte sich um und sah einen Dingo auf sich zukommen. Das Tier näherte sich mit entschlossenen Schritten. Erst nach einer Weile sah Simon, dass die Eingeweide, die es hinter sich herzog, eine unappetitliche Spur in der ockerfarbenen Erde hinterließen.

Simon wusste, wie bösartig Tierzombies sein konnten – genau wie bei Menschen schien ihre Grausamkeit noch zuzunehmen, wenn sie von den Toten wiederauferstanden. Ein sanftes Kätzchen konnte sich so in eine barbarische Wildkatze verwandeln, eine harmlose Taube als gefiederter Raketenflugkörper zurückkehren und Schlangen waren nach ihrer Verwandlung noch tödlicher als zuvor, auch wenn er glücklicherweise noch nicht vielen begegnet war. Dingos, ohnehin gefährliche Tiere, wurden noch grausamer und blutrünstiger. Simon hatte auf seiner sechs Monate langen Wanderung bereits gegen mehrere von ihnen gekämpft, darunter auch ein sehr großes Männchen, dem er begegnet war, als er den Finke-Gorge-Nationalpark erkundet hatte.

Aber das Tier, das nun auf ihn zuhumpelte, stellte offenkundig keine Bedrohung dar. Abgesehen von seiner schweren Verwundung schien es ziemlich alt und verzweifelt auf der Suche nach etwas Essbarem zu sein.

Simon blieb stehen und wartete. Seine Gepäckstücke lagen hinter ihm auf dem trockenen Wüstenboden. Der Dingo fletschte die Zähne, als er sich Simon näherte, befand sich im Jagdmodus.

Simon verspürte Mitleid mit dem Vieh, schließlich folgte es nur seinem Instinkt.

Das war auch der Grund, weshalb Simon den Dingo am Nacken packte, als er mit trübem, aber dennoch wachsamem Blick in seine Reichweite kam, und ihm den Hals umdrehte, bevor er überhaupt die Chance hatte, ihn anzugreifen. Während sich das Tier am Boden wand und einige schwache Versuche unternahm, wieder aufzustehen, hob Simon einen schweren Stein auf und zerschmetterte der Kreatur damit den Kopf. Als sich die Hirnmasse des Dingos rund um dessen platten Schädel über die rote Erde ergoss, hielt er inne.

»Sorry, Kumpel«, sagte Simon und ließ die improvisierte Waffe zu Boden fallen. »Nichts für ungut.«

Sein Blick wanderte vom Dingo über die trostlose, flache Landschaft – einer schier endlosen Weite aus Rot und Orange, von Violett und dem Grün der Süßgräser durchzogen, während sich über allem der tiefblaue Himmel erstreckte. Zum möglicherweise ersten Mal seit Beginn seiner Reise wurde ihm bewusst, wie vollkommen die Stille war.

Er befand sich tatsächlich mitten im Nirgendwo, verloren in einer riesigen Wüste aus erbarmungsloser Hitze und Staub, ein ganzes Leben entfernt von den Schrecken der realen Welt – einer Welt, die sich fest im Griff eines apokalyptischen Albtraums befand. Einer Welt, die im Sterben lag.

Die späte Nachmittagssonne riss ihn mit ihren durchdringenden Strahlen zurück in die Gegenwart und er wusste, dass er weitergehen und Coober Pedy erreichen musste, bevor sich die Nacht über das Land senkte.

Simon sammelte seine Sachen wieder ein und setzte sich in Bewegung. Er schätzte, dass er sein endgültiges Ziel in etwa einer halben Stunde erreichen würde.

»Ich kann's nicht glauben«, sagte er. »Ich bin fast da.«

Er dachte an den Tag zurück, an dem er aufgebrochen war. Erinnerte sich daran, wie sehr er sich vor der Reise gefürchtet hatte, auch wenn er wusste, dass ihm gar nichts anderes übrig blieb, als sich darauf einzulassen. Er hatte nie wirklich das Verlangen verspürt, das australische Outback zu erkunden, und es war ihm egal gewesen, ob er starb, ohne es jemals mit eigenen Augen gesehen zu haben. Tully hingegen hatte immer von einer Reise ins Outback geträumt. In ihrem Herzen war sie ein echtes Cowgirl, eine Abenteurerin, die die Natur liebte und sich gerne die Finger schmutzig machte. Dieses Feuer in ihr war jedoch jäh erloschen, als die Ärzte bei ihr Leukämie diagnostiziert hatten. Danach träumte sie nicht mehr von Wildwasserrafting, Fallschirmspringen oder einer Jeeptour quer durch Australien.

Schon bald bestand ihre einzige sportliche Betätigung darin, ins Badezimmer zu rennen und sich zu übergeben – eine Folge der Chemotherapie. Nichts auf der Welt schmerzte mehr, als zusehen zu müssen, wie sie zunehmend aus dem Leben verschwand. Es war nicht nur der Haarausfall oder die Tatsache, dass ihre Wangenknochen immer weiter hervorstachen oder ihr Körper immer magerer wurde. Das galt vor allem für ihre schwindende Lebensfreude, die am schwierigsten zu ertragen war. Und die Gewissheit, dass sie das Outback niemals zu Gesicht bekommen würde, auch nicht Coober Pedy mit seinen unterirdischen Häusern, Kirchen und Hotels, die aus irgendeinem Grund immer eine besondere Faszination auf sie ausgeübt hatten.

»Hol mich hier raus«, hatte sie ihm an jenem Morgen, kurz bevor er den ersten Zombie mit der Schere getötet hatte, zugeflüstert. »Bitte lass mich nicht hier drin sterben, umgeben von all dieser Trostlosigkeit. Ich will nicht wie sie enden.«

Es war ihm immer schwergefallen zuzuhören, wenn sie über den Tod sprach. Simon wusste zwar, dass das Ende unausweichlich war – die Chemo schlug einfach nicht an –, aber er war noch nicht bereit für den Moment, da sie ihre Augen für immer schließen würde.

»Bring mich hier weg, weit weg, irgendwohin, wo es schön ist.« Ihr Körper war mit so viel Morphium vollgepumpt, dass sie noch nicht einmal ihre Augen hatte öffnen können, als sie ihn darum bat.

Wenige Stunden später, als Tully tief und fest schlief und der Zombie mit der Schere im Auge neben ihm auf dem Boden lag, beschloss Simon, Tullys Wunsch zu erfüllen und sie aus dem Krankenhaus wegzubringen.

Er brauchte nicht lange, alles vorzubereiten. Er streifte seiner Frau eine Jeans und ein altes T-Shirt über, füllte seinen Rucksack mit Wasserflaschen und Junkfood, wofür er die verlassene Cafeteria plünderte – etwas anderes war dort nicht mehr zu finden –, und schnappte sich einen leeren Seesack aus einer Abstellkammer. Es war die einzige Alternative, um Tully quer durchs halbe Land zu transportieren, denn er wollte kein Auto benutzen. Fahren bedeutete, dass er

Straßen und Highways nutzen musste, und das wiederum bedeutete jede Menge Zombies. Nein, Tully hatte sich gewünscht, dass er sie von all dem wegbrachte, und genau das würde er auch tun. Keine Städte, keine Straßen, keine Zivilisation, keine Zombies.

Bevor er aufbrach, spritzte er ihr eine weitere Dosis Morphium und steckte sie zusammen mit einem ganzen Jahresvorrat des Medikaments, für das er nahezu sämtliche Reserven des Hospitals plünderte, in den Seesack. Er hoffte, dass Tully für die komplette Dauer der Reise weggetreten sein würde, um all das Blutvergießen und den Wahnsinn nicht mit anzusehen.

Nachdem er sich durch die Stadt gekämpft hatte, hielt er an einem Supermarkt an, um sich mit Konserven einzudecken, hauptsächlich mit Baked Beans, Gemüse und Fleisch. Dann brach er endgültig zu seiner Reise auf und hielt nur noch an, um zu schlafen, sich neue Vorräte zu beschaffen, wenn er durch eine verlassene Stadt zog, oder Tully mit ausreichend Wasser und Schmerzmitteln zu versorgen. Dafür holte er sie gelegentlich aus dem Sack heraus, wenn er sich ganz sicher war, dass wirklich niemand in der Nähe war. Er betete, dass er den Krebs lange genug aufhalten konnte und Tully noch am Leben war, wenn sie ihr Ziel erreichten.

Und so traf Simon Fletcher, nachdem er mehr Tod gesehen hatte als die meisten Menschen in ihrem ganzen Leben, sechs Monate nach seiner Abreise schließlich in Coober Pedy ein.

Es war später Nachmittag – zu seiner Rechten ging die Sonne unter, obwohl es noch immer entsetzlich heiß war, und inzwischen war ein leichter Sandsturm aufgezogen. Die Böen peitschten in Simons Gesicht und bohrten sich wie eine Million winziger Nägel in seine Wangen und seine Stirn.

»Das ist ja ein toller Empfang!«, rief er ironisch. Er stand auf einem kleinen Felsvorsprung, blickte auf die Stadt hinunter und war erschrocken, wie ausgestorben sie wirkte. Er konnte vereinzelte, heruntergekommene Gebäude ausmachen, die meisten mit primitiven Wellblechdächern. Außerdem standen zahlreiche Autos und Lastwagen teilweise mitten auf der Straße herum und setzten Staub an. Simon nahm an, dass die Einwohner diesen gottverdammten Ort bereits vor langer Zeit verlassen hatten oder allesamt tot in irgendeinem unterirdischen Bunker herumlagen.

Oder vielleicht verstecken sie sich auch und bereiten einen Angriff vor?

Nein, hier gab es keinerlei Anzeichen für Leben oder Tod.

Während er die Stadt mit Blicken absuchte, konnte sich Simon beim besten Willen nicht erklären, warum Tully sich gerade nach Coober Pedy so sehr gesehnt hatte. Dieser Flecken Erde war hässlich – Simon fiel kein anderes Wort dafür ein – und es gab fast kein Grün, abgesehen von ein paar Gummibäumen und Akaziensträuchern, die in großen Abständen aus dem kargen Boden herausragten. Die Hügel, Felsen und unzähligen Grubenkrater, welche die Gegend durchzogen, erinnerten ihn an eine Marslandschaft, wirkten dabei aber weitaus weniger einladend. Das einzige Anzeichen für die Existenz der unterirdischen Häuser waren die Ventilationsschächte, die aus dem Erdboden ragten.

Direkt unter sich entdeckte Simon eine Tankstelle, die bis auf einen Lieferwagen, der neben einem Tankwagen parkte, vollkommen verwaist war. Ihm schoss die Frage durch den Kopf, was sich wohl dort abgespielt hatte. Hatten Zombies unvermittelt angegriffen oder waren es die Meldungen über einen Genozid gewesen, welche die Menschen erschreckten und vertrieben?

Simons Blick schweifte zum Stuart Highway und er musste unwillkürlich an die Tausende von Menschen denken, die dieser Asphaltstreifen mit dem verband, was einst Zivilisation gewesen war. Was passierte momentan wohl dort draußen? Welches Schicksal wartete auf die Welt? Wer würde als Sieger aus dem Kampf hervorgehen?

Es überraschte ihn wenig, als ihm bewusst wurde, dass das Schicksal der Menschheit für ihn von eher geringer Bedeutung war. Er stand hier, an einem Ort, der ihm wie das Ende der Welt erschien, und alles, was für ihn zählte, war Tully. Diese ganze Reise – sechs Monate voller brennender Hitze, trockener Winde und schmerzender Muskeln – hatte er allein ihretwegen auf sich genommen.

Es war an der Zeit, die Angelegenheit zu Ende zu bringen und Tully das größte Geschenk zu machen, das er ihr noch machen konnte.

Es war an der Zeit, sein Versprechen einzulösen.

Er trottete den Hang hinunter, obwohl sein ausgemergelter Körper längst die Schwelle zur völligen Erschöpfung hinter sich gelassen hatte, und schleppte sich durch die Stadt. Dabei lugte er immer wieder durch die Fenster der Läden und der wenigen oberirdischen Wohnhäuser, um nach irgendeinem Anzeichen von Leben Ausschau zu halten, während der nervenaufreibende Sandsturm weiter über sein Gesicht und seine Hände fegte.

Er wanderte an verlassenen Bergbaugerätschaften und Souvenirläden vorbei, die Opale verkauften und deren Schilder noch immer »geöffnet« verkündeten, bis er endlich eine der unterirdischen Kirchen erreichte, von denen Tully so oft geschwärmt hatte. Es war schon komisch, dass ein solcher Ort eine solche Faszination auf sie ausübte, wenn man bedachte, dass sie Atheistin war. Trotzdem brachte er sie nun dorthin.

Im vorderen Bereich spendete ein Anbau Schatten, die Lehmmauer darüber zierte ein Kreuz. Er griff nach dem

Türknauf, drehte ihn und war erleichtert, als sich das Portal ohne Widerstand öffnen ließ. Er trat ein.

Bei geschlossener Tür war es in dem relativ kleinen Raum erstaunlich kühl. Einige Lampen brannten noch und tauchten das Innere in ein orangefarbenes Leuchten. Simon erwartete nicht, jemanden anzutreffen, und tatsächlich schien alles verlassen zu sein. Mit ihren weißen Lehmwänden, den hölzernen Bankreihen und der Jesusfigur, die hinter einer unaufdringlichen Kanzel an ein Kreuz genagelt hing, wirkte die Kirche eher schlicht. Und doch verbreitete sie eine gewisse Schönheit und spendete Trost – etwas, das Simon seit langer Zeit nicht mehr empfunden hatte. »Ich muss zugeben«, sagte er zu sich selbst, »dass das ziemlich unglaublich ist.«

Er stellte den Seesack auf dem harten Erdboden ab, stellte den Tornister daneben, öffnete ihn und entnahm ihm eine Wasserflasche, die er komplett leerte. Es war nicht länger nötig, sparsam damit umzugehen. Er hatte noch immer eine volle Flasche für den Moment übrig, wenn Tully aus ihrem Schlaf erwachte.

Als die Flasche leer war, stellte er sich vor den Seesack, zog an den Kordeln, die ihn verschlossen, öffnete ihn und befreite seine schlafende Frau daraus.

»Hey, du. Rate mal, was. Wir sind da.«

Natürlich antwortete sie ihm nicht. Durch das Morphium war sie noch immer völlig weggetreten, aber er hatte ihr die übliche Dosis in den letzten paar Tagen absichtlich vorenthalten und hoffte, dass sie bald aus ihrer totenähnlichen Starre erwachen würde.

Simon beugte sich zu ihr herab und nahm sie in den Arm. Sie war ganz leicht – kaum 30 Kilogramm – und leichenblass, aber trotzdem wirkte sie noch immer wunderschön, wenn sie schlief. Er trug sie zu einer der Kirchenbänke hinüber und legte sie sanft darauf ab. Dann holte er die letzte

Wasserflasche, setzte sich neben sie und begann zärtlich, die warme Flüssigkeit auf ihre Lippen zu träufeln. »Bald ist alles vorbei, Liebling. Mach dir keine Sorgen.«

Kurze Zeit später erwachte Tully allmählich. Simon war eingeschlafen und träumte von Menschen ohne Kopf, die mit ausgestreckten Armen auf ihn zutaumelten und nach ihm schnappten, als ihn Tullys leises Stöhnen wieder in die Welt der Lebenden zurückholte.

»Tully«, krächzte er und seine Kehle war vor lauter Staub ganz rau.

Sie sah mit trüben Augen zu ihm hoch. Es fiel ihr offensichtlich schwer, ihren Blick zu fokussieren.

Sanft hob er ihren Kopf an. Einige dünne Haarbüschel hatten bereits wieder zu wachsen begonnen, auch wenn das kein Anzeichen für eine Genesung war. Er legte ihren Kopf auf seinen Schoß. »Hey, Baby. Willkommen zurück.«

Sie öffnete ihre Augen, schloss sie dann wieder und versuchte, sie nach langem Schlaf wieder an das Licht zu gewöhnen.

»Ich … ich …«

Simon beugte sich zu ihr hinunter und küsste sie auf die Stirn. »Versuch, nicht zu sprechen. Du hast sehr lange geschlafen.«

»Wasser«, bat sie und hustete schwach.

Die Wasserflasche, die er benutzt hatte, hatte sich teilweise über den Boden ergossen. Trotzdem war noch genügend Flüssigkeit übrig und er hob die Flasche auf, gab Tully davon zu trinken. »Nicht so gierig«, sagte er und setzte die Flasche wieder ab.

»Ich fühl … mich nicht so gut.«

Simon nickte. »Das ist nur eine kleine Übelkeit.« Warum sollte er ihr die Wahrheit sagen? Sechs Monate in einem Sack ohne feste Nahrung – sie musste das nicht erfahren.

Das war seine ganz persönliche Reise gewesen. Alles, was jetzt noch zählte, war der Moment. Und alles, was Tully wissen musste, war, wo sie sich befand und dass sie in Sicherheit war.

»Wir sind in Coober Pedy«, sagte er und strich ihr zärtlich über den Kopf. »Du bist endlich hier.«

»Wirklich?«, fragte sie und versuchte angestrengt zu lächeln. Es schien jedoch, als besäße sie auch dafür nicht mehr genügend Kraft.

»Wirklich. Schau dich doch mal um.«

Er zog sie hoch, setzte sie neben sich und hielt sie dabei weiter fest im Arm. Er befeuchtete seine Hand mit etwas Wasser und säuberte damit ihre Augen. »Besser so?«

Er hörte, wie sie leise keuchte. »Ich glaub es nicht«, stieß sie atemlos aus. »Ich bin hier.«

»Ja, das bist du.«

»Ich liebe es«, sagte sie und stieß erneut hart erarbeitete Luft aus.

Sie waren Welten von der kalten, sterilen Umgebung des Krankenhauses entfernt. Weit weg vom abscheulichen Massaker der Zombiepest. Das hier war Tullys Wirklichkeit. Sie hatte sie sich verdient.

Simon hielt ihren abgemagerten Körper eng an sich gedrückt und lauschte ihrem flachen Atem. Er wusste, dass ihr Körper nicht mehr lange durchhalten würde. Essen konnte ihr nicht mehr helfen und auch keine Medikamente. Da war nur noch der Krebs. Er fraß sie innerlich auf, so wie Zombies das Fleisch auffraßen. Ihr blieb nicht mehr viel Zeit.

»Ich bin gleich wieder da«, versicherte er ihr und vergewisserte sich, dass sie sicher auf der Bank lag, bevor er ihr den Rücken zuwandte. Er ging zu seinem Rucksack hinüber, griff hinein und ignorierte die leeren Wasserflaschen und Konserven. Schließlich fand seine Hand den Gegenstand, der auf dem Boden des Rucksacks lag und den er bisher kaum benutzt hatte – außer, wenn er hin und wieder einer Zombieschlange oder einem besonders aggressiven menschlichen Zombie begegnet war.

Er zog den Revolver heraus.

Er klappte die Trommel auf und starrte auf die beiden Patronen, die in zwei aneinandergrenzenden Lagern auf ihren Einsatz warteten. Simon durchströmte zum ersten Mal seit langer Zeit ein echtes Glücksgefühl. Er ließ das Magazin wieder einrasten und ging zu Tully zurück.

»Ich will, dass du weißt, dass ich dich mehr liebe als das Leben selbst«, sagte er und ging leicht in die Knie, damit sich seine Augen auf gleicher Höhe mit Tullys befanden. »Und das werde ich immer tun.«

»Ich weiß. Ich liebe dich auch.« Sie hatte Schwierigkeiten, ihre Augen offen zu halten.

»Ich wollte dir deine Träume erfüllen«, fuhr er fort. »Ich wollte dich von all dem wegbringen, von all dem Schmerz. Ich wollte dir etwas Schönes zeigen.«

»Das hast du.«

Er hob die Waffe und richtete sie auf Tullys Kopf. Auf diese Weise war es am besten, das hatte er inzwischen gelernt.

Er erinnerte sich daran, was Tully ein paar Wochen vor dem Beginn der Neuen Welt zu ihm gesagt hatte – *»Ich will nicht im Krankenhaus sterben. Nicht an einem so kalten, schrecklichen Ort. Bitte, was auch immer passiert, versprich mir einfach, dass du mich von hier fortbringst, damit ich an einem schönen Ort sterben kann, an einem guten Ort. Versprichst du mir das?«*

Er musste sein Versprechen halten. Es war das, was Tully sich wünschte.

»Ich liebe dich, Tully«, sagte er, während er seinen Finger auf den Abzug legte.

Tully gelang es, ihre Augen noch ein letztes Mal zu öffnen und einen Blick auf ihre göttliche Umgebung zu werfen, auf das Leben, wie es sein sollte – einfach, aufrichtig und wunderschön. Sie lächelte ihn an. »Ich danke dir.«

Dann hallte das Geräusch ewigen Friedens in der Kirche nach.

NOTIZEN ZUR ENTSTEHUNG:

Diese Geschichte war mein Beitrag zum Delirium-Sammelband *The Rising: Necrophobia*.
Ich erhielt eines Tages eine E-Mail von Brian Keene, der mich fragte, ob ich Interesse hätte, eine Geschichte zu schreiben, die in seiner Welt aus *Auferstehung* und *Stadt der Toten* spielte. Ich habe sofort zugesagt – ich wäre auch ein echter Idiot gewesen, ein solches Angebot abzuschlagen. Ich empfand es als große Ehre und war ganz aufgeregt, Teil dieses Projekts sein zu dürfen. Bis mir wirklich bewusst wurde, was alles daran hing, und ich in leichte Panik verfiel. Ich sollte eine Geschichte schreiben, die im Universum eines anderen Autors spielte? Und auf einem der beliebtesten und einflussreichsten Horrorromane der letzten zehn Jahre basierte? Aaaah!!! Diese Sache wollte ich wirklich nicht verbocken.
Zunächst entschied ich mich, die Geschichte in Australien anzusiedeln – das ergab nicht nur Sinn, weil ich ja selbst in Australien lebe. Ich fand auch, es könnte interessant sein, eine bislang in den USA verwurzelte Geschichte auf einen anderen Kontinent zu verlagern und mir zu überlegen, wie meine Heimat mit einer Zombie-Seuche und dem Zorn von Ob und seinen Lakaien fertig werden würde.
Dann entschloss ich mich, die Geschichte im wahrscheinlich furchteinflößendsten Teil Australiens anzusiedeln: im hiesigen Outback. Endlos weit und verlassen – es ist der Traum eines jeden Horrorschriftstellers, und wenn Sie *Wolf Creek* gesehen haben, wissen Sie, wovon ich spreche.
Schließlich legte sich meine Panik und ich konnte die Geschichte

schreiben. Und ich kann mit Stolz verkünden, dass sie unter all meinen Kurzgeschichten wahrscheinlich meine persönliche Lieblingsstory ist.

Amandas Geschenk

(Amanda's Gift)

Im Haus roch es nach Tod und Verwesung. Zumindest nahm Julia das so wahr, während sie neben Claire in der Küche stand.

»Jemand sollte das Ganze hier verbrennen«, sagte Claire. »Es ist widerlich. Es steht seit Jahren leer, und nach dem, was passiert ist … Gott, es überrascht mich sowieso, dass es nicht schon längst jemand getan hat.«

»Hast du denn an den Benzinkanister und die Streichhölzer gedacht?«

»Haha, sehr witzig!« Claire trat gegen eine zerknüllte Bierdose. Diese kullerte über die dicke Staubschicht, bevor sie klappernd von dem mit Graffiti beschmierten Kühlschrank ausgebremst wurde. »Verfluchte College-Kids und ihre Partys. Die glauben wahrscheinlich, das hier sei auch irgendeiner dieser coolen Szenetreffs, in denen sie sonst so abhängen.«

Julia drehte sich um und schaute ihre Schwester an. Selbst durch die trübe Dunkelheit konnte sie ihre finstere Miene noch erkennen. »Das hier ist ja auch ein cooler Szenetreff – jedenfalls für sie.«

»Und außerdem vögeln die hier. Große, muskulöse, sportliche Typen, die ihr Abschlussball-Date zum Rummachen mit hierher bringen und ihr Mädchen dann schwängern. Und die kleinen Prinzessinnen finden das wahrscheinlich auch noch romantisch.«

»Wohl kaum.«

Claire hielt Julias durchdringendem Blick stand. »Für eine Schriftstellerin hast du keine besonders gute Auffassungsgabe.

Schau dich doch nur mal um. Man kann ja sogar die Abdrücke ihrer Hintern im Staub erkennen.«

Julia hatte sich bereits umgesehen – nun, zumindest in der Küche und im Wohnzimmer. Die restlichen Zimmer im oberen Stockwerk sowie die untere Etage hatte sie noch nicht inspiziert. Bisher hatte sie herausgefunden, dass das Haus außer von Jugendlichen, die sich regelmäßig hier aufhielten – und mit ganzen LKW-Ladungen leerer Bierdosen und vollgesprayten Wänden deutliche Spuren hinterlassen hatten –, auch von Landstreichern genutzt wurde.

Beim Betreten des Hauses war sie auf einer Matratze gelandet. Sie hatte direkt unter dem Wohnzimmerfenster gelegen, durch das man sich am leichtesten Einlass verschaffen konnte. Die Bretter, die man davor genagelt hatte, um Eindringlinge abzuhalten, waren schon so oft abgerissen und wieder befestigt worden, dass es inzwischen ein Leichtes war, sich mit einem leichten Ruck Zutritt zu verschaffen. Die feuchtkalte Matratze hatte nach Pisse und Erbrochenem gestunken und neben dem widerlichen Bettenersatz hatte ein zerschlissener Schlafsack gelegen. Julia war extrem erleichtert gewesen, dass gerade niemand auf der Matratze gelegen hatte, als sie daraufgefallen war.

»Würdest du dich bitte einfach beeilen und zu Ende bringen, was immer du zu erledigen hast?«, nörgelte Claire und rieb ihre Arme gegeneinander.

»Kalt?«

»Ja, das ist wie in der verfluchten Arktis hier drin.«

Tatsächlich herrschten draußen über 30 Grad und im Inneren des Hauses war es extrem stickig. Julia spürte, wie ihr Schweißperlen über den Rücken rannen und in ihre Arschritze tropften, die sofort zu jucken begann. Sie benutzte ihren Bleistift, um das unangenehme Gefühl wieder loszuwerden. »Ich habe die Atmosphäre hier noch nicht richtig eingefangen. Ich brauche noch mehr Zeit. Ich muss ganz tief in dieses Haus, in seine verstaubten Bodendielen und seine rissigen Wände eindringen und …«

»In die Geister, die darin wohnen.«

»Hier gibt's keine Geister. Du weißt genau, dass ich keine trashigen Schauergeschichten über alte Spukhäuser schreibe.«

»Ich hab ja auch nicht von Kerlen wie Casper, dem freundlichen Gespenst gesprochen, Jules.«

Julia kehrte den durchdringenden Blicken ihrer Schwester den Rücken zu und starrte auf ihren leeren Notizblock. »Du kannst ja draußen warten, wenn du willst. Ich komm schon zurecht.«

»Scheiße, ich hab schon gedacht, du sagst das nie.«

»Steh einfach Schmiere, okay? Dafür hab ich dich schließlich mitgenommen. Es hatte weiß Gott nichts mit deinem sonnigen Gemüt zu tun.«

»Vielen Dank, Schwesterherz. Ehrlich.«

»Es dauert nicht lange. Versprochen. Ich muss mir nur noch ein paar Notizen machen, dann können wir wieder abhauen.«

»Je früher, desto besser. Ich mag diesen Ort nicht, Jules. Echt nicht. Er ist böse.«

»Nur, weil hier mal was Schlimmes passiert ist, heißt das noch lange nicht, dass es hier spukt. Es ist nur ein Haus.«

»Warum bist du denn dann hier?«

Julia bemerkte das leichte Grinsen auf Claires Gesicht. »Ja, ja, okay. Warte einfach draußen. Ich komm gleich nach.«

Julia wartete, bis Claire verschwunden war, bevor sie auf den dunklen Flur vor sich trat.

Jetzt kann ich mich endlich konzentrieren. Wenn mich keiner stört, kann ich die Atmosphäre dieses Ortes richtig aufsaugen.

Sie wusste, was vor einigen Jahren in diesem Haus geschehen war. Sie hatte ein paar Zeitungsartikel darüber gelesen und war entsprechend entsetzt und traurig gewesen. Es war schrecklich, das ließ sich nicht leugnen, und sie fühlte sich durchaus schuldig, weil sie hierhergekommen war. Aber sie brauchte einen Ort mit einer starken Vergangenheit – einen Ort, an dem es zwar keine Menschen mehr gab, aber eine Geschichte der Gewalt. Einen Ort mit Persönlichkeit. Dank seiner Vergangenheit bot ihr dieses Haus all das und mehr.

Während sie den Flur hinunterging und ihre Taschenlampe Schatten über die Wände tanzen ließ, spürte sie, wie sich ein Kribbeln in ihrem Magen ausbreitete – eine Mischung aus nervöser Aufregung und, ja, Angst.

Claire hatte recht gehabt: Dieser Ort strahlte eine gewisse Energie aus. Nur dass es nichts Böses war. Nein, es war etwas anderes, etwas Greifbares.

Julia blieb stehen, leuchtete mit der Taschenlampe auf ihren Block und jonglierte Lampe, Bleistift und Notizblock so geschickt, dass sie ihre Eindrücke blitzschnell niederschreiben konnte – wie das Haus aussah, wie es sich anfühlte und wie es roch, was sie selbst fühlte, warum sie es fühlte und mögliche Ideen für Figuren oder Geschichten, eben alles, was ihr gerade durch den Kopf ging.

Wenn ich das alles in meinem Buch einfangen kann. Wenn ich es schaffe, dass der Leser dasselbe empfindet wie ich in dieser Sekunde, dann wird es todsicher ein Bestseller ...

Julia hörte auf zu schreiben. Einen Augenblick lang war ihr Körper wie festgefroren.

Sie glaubte, das Weinen eines Mädchen gehört zu haben.

Der Moment war jedoch so flüchtig gewesen, dass es durchaus auch nur Einbildung gewesen sein konnte.

»Hallo?«, sagte sie, und dabei klang ihre Stimme stärker, als sie sich selbst gerade fühlte. »Ist da jemand?«

Sie wartete auf eine Antwort.

Nichts.

Wahrscheinlich spielte ihr Verstand ihr nur einen Streich. Aber was, wenn nicht?

Das ist genau das, worüber du schreibst. Du musst diese Gefühle am eigenen Leib spüren, Angst in all ihren Formen erfahren.

Sie ging weiter den Flur hinunter und näherte sich dem Zimmer, aus dem das Weinen ihrer Ansicht nach gekommen war. Sie hielt ihren Notizblock und Bleistift fest mit der rechten Hand umklammert, während sich die Taschenlampe in ihrer rutschigen Linken befand. Die Tür stand einen Spaltbreit offen. Julia blieb stehen, wartete und horchte. Ihr Mund fühlte sich trocken und irgendwie sandig an, als habe sie einen ganzen Becher Sägemehl in sich hineingeschüttet.

Am liebsten hätte sie die Tür mit einem Tritt vollständig geöffnet und mit der Taschenlampe in den Raum geleuchtet, wie sie es schon so oft in schlechten Krimis oder Hollywood-Streifen gelesen und gesehen hatte. Aber stattdessen tippte sie die Tür nur ganz vorsichtig an und wartete, bis sie leise gegen die Wand stieß, bevor sie ihre Taschenlampe schwenkte und das Zimmer aufmerksam absuchte. So hatten potenzielle Psychopathen wenigstens genügend Zeit, sich in Position zu bringen und sie anzugreifen. Das tat jedoch niemand. Die einzige Bewegung, die sie im Raum wahrnehmen konnte, stammte von einer vorbeihuschenden schwarzen Spinne. Sie floh vor dem grellen Schein der Taschenlampe in ihr riesiges, aufwendig gespanntes Netz – fest entschlossen, dort zu bleiben, bis entweder Julia den Raum verließ oder sich irgendein unglückliches Insekt in ihrer Falle verfing.

Julia betrat das Zimmer, ließ den Lichtkegel ihrer Maglite über die Decke, den Boden und die Ecken gleiten und kam zu dem Ergebnis, dass es sich dabei früher um ein

Schlafzimmer gehandelt haben musste, höchstwahrscheinlich das eines Kindes. Nun war es bis auf einige leere Bierdosen und Chipstüten vollkommen leer.

Kein Mädchen.

Julia watete durch den Müll, der den Boden bedeckte, wobei jeder Schritt eine neue Staubwolke aufwirbelte, und hielt die Taschenlampe auf die Wand gerichtet. Die Tapete faszinierte sie ungemein. Sie blätterte überall ab, und dort, wo sie nicht mit den üblichen aufgesprayten Tags und Obszönitäten bedeckt war, erkannte Julia diverse Flecken, bei denen es sich um Scheiße, Erbrochenes, Essen oder Blut handeln konnte. Darunter zeichneten sich die ursprünglichen Motive wie Feen, Elfen und Zauberstäbe ab.

Das Zimmer eines kleinen Mädchens?

Plötzlich überkam Julia ein überwältigendes Gefühl des Verlustes und der Traurigkeit.

Lag es daran, dass etwas so Schönes und Unschuldiges auf so schamlose Weise besudelt worden war? Oder war da noch etwas anderes, Tiefgreifenderes, das mit dem zu tun hatte, was in diesem Haus geschehen war?

Mit verschwommenem Blick drehte sich Julia mit dem Rücken zur Wand. Sie streifte mit der Hand über die Augen und atmete zitternd aus. »Reiß dich zusammen, Jules.«

Solche emotionalen Ausbrüche waren untypisch für sie. Sie war froh, dass Claire nicht in der Nähe war und gesehen hatte, wie sie wegen einer albernen Tapete zu flennen anfing.

Während sie sich die restlichen Tränen aus den Augen wischte und einen Schritt nach vorne machte, um den Raum wieder zu verlassen, schimmerte irgendetwas auf dem Boden im Licht ihrer Lampe auf. Es war nicht besonders hell, aber das Glänzen weckte sofort Julias Aufmerksamkeit. Sie durchquerte das Zimmer und ging in die Hocke, um es aus der Nähe zu betrachten. Unter einer Schicht aus braunem

Staub erkannte sie eine Fotografie. Sie nahm sie an einer Ecke hoch, schüttelte den Staub ab und musste husten, als einige Partikel in ihre Lunge wirbelten.

Brillant, Jules. Wirklich brillant.

Sie wischte den restlichen Schmutz an ihrem Ärmel ab und richtete die Taschenlampe auf ihre Entdeckung. Das kleine Foto zeigte eine Familie: einen Mann und eine Frau, beide jung und attraktiv, einen Jungen von etwa zehn Jahren und einen schwarzen Spaniel, der neben dem Kleinen saß. Sie standen, von großen, üppig grünen Bäumen flankiert, vor einem weißen, verwitterten Haus. Eine typische moderne Vorstadtfamilie der Oberschicht. Julia drehte das Foto um, aber auf der Rückseite stand nichts, was die Familie hätte identifizieren können. Das Foto war jedoch in der Mitte geknickt worden – sowohl der Vater als auch der Hund wurden von einer deutlichen weißen Linie der Länge nach in ihrer Körpermitte geteilt. Wem dieses Foto auch immer gehört hatte, es sah ganz so aus, als habe er es lange Zeit gefaltet aufbewahrt.

Was macht so ein Foto denn hier drin?

Ein Bild von einem Teenager, das einer der unzähligen notgeilen Eindringlinge hier vergessen hatte, hätte sie ja nachvollziehbar gefunden, aber ein Foto wie dieses schien irgendwie nicht hierher zu passen.

Sie schrak hoch, als sie ein Geräusch hinter sich hörte, wirbelte herum und erkannte Claires Gesicht im Schein ihrer Taschenlampe. »Hast du mich erschreckt!«

»Tut mir leid«, erwiderte Claire und hielt ihre Hand zum Schutz vor dem grellen Licht über die Augen. »Ich bin nervös geworden, weil ich so lange allein da draußen warten musste. Kannst du die Taschenlampe bitte woanders hinhalten?«

Julia ließ die Lampe auf Höhe von Claires Bauch sinken. »Ich bin hier sowieso fertig. Wir können gehen.«

»Gott sei Dank. Dieses Haus …«

»Ich weiß, es ist ganz schön unheimlich. Ich gebe zu, dass es mir allmählich auch Angst macht.«

Claire schaute an Julia vorbei und sah sich im Zimmer um. Ihr Gesichtsausdruck wandelte sich innerhalb weniger Sekunden von Abscheu in Faszination. »Weißt du was? Ich glaube, hier wurde sie damals gefunden. Ich glaube, das hier ist das Zimmer, in dem es passiert ist.«

»In dem *was* passiert ist?«

Claire seufzte und ließ ihre Schultern hängen. »Was schon, das mit dem kleinen Mädchen. Amanda Waters.«

»Bist du sicher?«

»Ja, ich glaube, ich hab mal etwas von einem Zimmer mit Feen und so an den Wänden gelesen.«

Julia erinnerte sich nicht an ein Zimmer mit Feen, aber sie hatte auch nicht so viel über den Fall gelesen wie Claire. »Na ja, ein Grund mehr, von hier zu verschwinden.«

»Da stimme ich dir zu, Schwesterherz. Was hast du denn da?«

Als Julia Claires Blick folgte, wurde ihr klar, dass sie von der Fotografie sprach. »Das hab ich auf dem Boden gefunden.«

»Und …?«

»Was?«

»Hast du es letztes Mal verloren, als du hier warst und irgendeinen geilen Collegetypen gefickt hast?«

»Ich hab nur … Scheiße, lass uns einfach von hier verschwinden, okay? Wir können ja noch im Lucky's vorbeigehen. Ich zahle.«

»Das ist das Beste, was ich den ganzen Abend gehört hab.«

Julia steckte das Foto in die rechte Tasche ihrer abgeschnittenen Jeans und verließ hinter Claire das Zimmer mit den Feen, Elfen und Zauberstäben.

Julia erwachte in einem grell erleuchteten Zimmer, in dem gefühlte 32 brennend heiße Grad herrschen mussten. Sie setzte sich mit halb geöffneten Augen auf und sah, dass sie vergessen hatte, die Vorhänge zu schließen. Die Fenster waren zwar offen, aber die Luft im Raum stand trotzdem.

»Brillant, Jules«, murmelte sie und spürte das dumpfe Dröhnen in ihrem Schädel, das sich nur einstellte, wenn sie sich in der vorangegangenen Nacht zu viele Wodkas zu Gemüte geführt hatte. Ihr Mund schmeckte nach Aschenbecher und sie hatte ein flaues Gefühl im Magen. Außerdem musste sie dringend pinkeln, also schwang sie ihre Beine über die Bettkante und sprang aus dem Bett. Sie streckte sich, furzte und sah, dass ihr Laken aussah, als habe jemand einen Eimer Wasser darüber ausgeschüttet.

Wundert mich ja, dass ich überhaupt noch Wasser in mir habe.

Julia runzelte die Stirn. Das Foto lag neben ihrem feuchten Kopfkissen.

Hab ich mir das etwa angeschaut, bevor ich eingeschlafen bin?

Sie konnte sich nicht daran erinnern – nachdem sie letzte Nacht nach Hause gekommen war, hatte sie nur noch kalt geduscht und war dann direkt ins Bett gegangen. Andererseits konnte sie sich an alles, was nach dem dritten Wodka passiert war, nur noch sehr vage erinnern. Julia zuckte mit den Schultern, griff nach dem Foto, legte es auf den Nachttisch und eilte dann ins Badezimmer.

Sie leerte ihre Blase, wusch sich die Hände und trat in die Dusche, wo sie den Kaltwasserhahn ganz weit und den Heißwasserhahn nur ein bisschen aufdrehte.

Sie duschte 20 Minuten lang und fühlte sich herrlich erfrischt, als sie aus der Kabine hüpfte.

Wahrscheinlich bin ich sowieso gleich wieder total

verschwitzt, dachte sie, während sie ihren Körper sanft mit dem Handtuch abtupfte.

Warmes Wetter machte ihr nichts aus – aber diese Hitzewelle war einfach zu viel. Eigentlich hatte sie heute ein bisschen schreiben wollen, aber es fiel ihr immer schwer, sich zu konzentrieren, wenn das Thermometer so hoch kletterte.

Dann muss ich eben nackt schreiben und immer genügend ...

Sie stutzte. Direkt über ihrer linken Brust befand sich ein kleiner, blasser Fleck. Es sah aus wie Schmutz. Sie rubbelte mit dem Handtuch darüber, aber er ließ sich nicht wegwischen.

Verdammtes Dreckshaus, dachte sie, als sie sich an den vergangenen Abend zurückerinnerte. Sie tropfte ein wenig Flüssigseife auf das Handtuch und rubbelte noch fester über ihre Haut, aber der Fleck verschwand trotzdem nicht.

»Na toll«, sagte sie, als sie sah, dass er jetzt von einem geröteten Hof umgeben war.

Es sah ganz so aus, als habe ihr Körper beschlossen, sie mit einem neuen Makel zu beglücken. Er wirkte völlig deplatziert. Ihr Köper war braun gebrannt, glatt und straff, wo er straff sein sollte – nicht schlecht für eine Frau, die unaufhaltsam auf die 40 zuging.

Wahrscheinlich ein blauer Fleck, sagte sie sich, während sie das feuchte Handtuch über den Ständer hängte.

Sie verließ das Badzimmer und ging in die Küche, wo sie eine Schüssel mit Obstsalat zubereitete und sich einen Kaffee aufbrühte – auch wenn sie in den feurigen Untiefen der Hölle weilte, brauchte sie trotzdem noch ihre allmorgendliche Dröhnung.

Verdammte Hitze, dachte sie und widmete sich ihrem Frühstück.

Es war unmöglich. Sie konnte sich nicht konzentrieren. Seltsamerweise waren jedoch weder die Hitze noch ihr Kater das Problem.

Jedes Mal, wenn sie zu schreiben versuchte, schweiften ihre Gedanken wieder zu dem Foto ab. Wer waren die Menschen, die darauf zu sehen waren, und wie war sie in das Haus gelangt?

Sie leerte ihre sechste Tasse Kaffee, schaltete den Computer aus und ging ins Nebenzimmer, wo das Foto auf sie wartete.

Sie hob es auf, legte es auf ihr Bett und seufzte. »Du hältst mich vom Schreiben ab, weißt du das?« Bei Tageslicht sah das Papier noch verdreckter und abgenutzter aus. An den Rändern war es bereits verblasst, was sie am Abend zuvor gar nicht bemerkt hatte. Alles andere sah hingegen genauso aus, wie sie es in Erinnerung hatte – dieselben lächelnden Gesichter, dasselbe verwitterte Haus, derselbe senkrechte Knick durch die Mitte. Warum also war sie so ungeheuer fasziniert von dieser erstaunlich banalen Aufnahme? So sehr, dass es sie sogar vom Arbeiten abhielt?

War es ein Rätsel, das sie lösen musste? War es das? Als sie noch klein gewesen war, hatte sie Geheimnisse und Kriminalgeschichten immer geliebt – das war auch der Hauptgrund, weshalb sie heute selbst entsprechende Texte schrieb – deshalb erschien es ihr ganz natürlich, dass etwas wie diese Fotografie ihr Interesse weckte. Ein verlorenes Foto in einem verlassenen Haus. Einem Haus, das einst Schauplatz eines abscheulichen Verbrechens gewesen war.

Hat es etwas damit zu tun?, fragte Julia sich.

Ziemlich unwahrscheinlich, entschied sie. Trotzdem sah das Foto aus, als sei es vor nicht allzu langer Zeit aufgenommen worden – die Kleidung und die Frisuren wirkten modern, das Haus und das Grün drum herum ähnelten den

Gärten in ihrer Nachbarschaft. War es vielleicht möglich, dass die Familie ganz in der Nähe wohnte?

Ich hab's! Der attraktive junge Vater ist Immobilienmakler und hat neulich einem Kunden das verlassene Haus gezeigt. Als er dem Interessenten seine Karte geben wollte, ist das Foto von seiner Familie, das er in seiner Brieftasche immer bei sich trägt, herausgefallen, ohne dass er es bemerkt hat. Das wäre doch möglich. Langweilig, aber durchaus wahrscheinlich. Oder wie ist das? Der Junge ist mit dem Spaniel spazieren gegangen und hat spontan beschlossen, einen Blick in das sagenumwobene Haus zu werfen, und während er sich drinnen umgesehen hat, hat ihm irgendetwas Angst eingejagt. Dann ist er weggerannt und hat dabei das Foto verloren.

Beides erschien ihr plausibel. Julia lächelte, und obwohl sie sich albern dabei vorkam, schloss sie die Augen und stellte sich vor, wie der Ehemann ihre Wohnung betrat, nur mit einer Jeans bekleidet, sein gestählter Oberkörper von der Sonne gebräunt und muskulös, während die Wölbung in seiner Hose mit aller Macht versuchte, sich aus ihrem zu eng gewordenen Gefängnis zu befreien …

Das Mädchen schreit und Tränen rinnen über ihre Wangen, als sich der Mann auf sie stürzt, seine Augen erfüllt von wilder Lust ...

Julia schrie auf und knallte mit dem Kopf gegen das Bettgestell. Ihr Körper war schweißüberströmt und sie atmete schwer.

Mein Gott, was zur Hölle war das?

Im einen Moment hatte sie sich noch einem Tagtraum hingegeben, in dem der Kerl auf dem Bild die Hauptrolle spielte, und im nächsten …

Julia setzte sich auf und tastete ihren Hinterkopf ab. Die Berührung schmerzte, aber als sie auf ihre Finger sah, klebte kein Blut daran.

»Ich muss hier mal raus«, sagte sie entschlossen und sprang vom Bett auf.

Erst, als sie den Telefonhörer abnahm und Claires Nummer wählte, wurde ihr bewusst, dass sie das Foto noch immer krampfhaft umklammert hielt. Sie legte es auf den Couchtisch und rief ihre Schwester an.

Während sie sich fertig machte, warf sie einen Blick auf den Schrankspiegel und sah, dass der blaue Fleck – oder was zur Hölle es auch sein mochte – größer geworden war.

Unmöglich, dachte sie und trat näher an den Spiegel heran.

Aber der dunkle Fleck war inzwischen tatsächlich doppelt so groß wie nach dem Duschen. »Toll, wirklich ganz toll! Warum bitte konnte mir das nicht wenigstens im Winter passieren?«

Mit einem lauten Seufzen zog sie ihr weißes Trägertop wieder aus und tauchte auf der Suche nach einem Oberteil, das den Fleck erfolgreich kaschieren konnte, erneut in ihren Kleiderschrank ab.

»Sie haben den Typ nie geschnappt.«

»Was?«

»Den Typen, der Amanda Waters umgebracht hat, meine ich.«

»Oh, klar. Ja, das wusste ich. Na und?«

»Ich hab noch mal alles über ihre Entführung und ihre Ermordung nachgelesen. Ich wollte meine Erinnerung auffrischen, weil, na, weil wir doch in dem Haus waren, in dem es passiert ist.«

»Hast du nicht gesagt, jemand sollte das ganze Haus niederbrennen?«

Claire nickte und schob sich eine Gabel mit Salat in den Mund. »Das sollte man auch«, murmelte sie. Sie schluckte.

»Aber das heißt ja nicht, dass ich mich nicht ausgiebig über den Fall informieren kann.«

Julia suchte das gut besuchte Café mit Blicken ab. Obwohl sie sich entschlossen hatten, draußen im Qualm und der heißen Luft zu sitzen – Julia hasste Klimaanlagen noch mehr als Zigarettenrauch –, fühlte sie sich eingesperrt und unbehaglich. Sie hatte ihr Sandwich kaum angerührt. »Hast du etwa die ganzen Artikel aufbewahrt?«

Claires runde, käsige Schultern wackelten, als sie die Achseln zuckte. »Ja. Ist das seltsam?«

Julia nickte. »Klar. Aber guck dir doch mal an, womit *ich* meinen Lebensunterhalt verdiene.«

Claire grinste und widmete sich wieder ihrem griechischen Salat. »Jedenfalls hatte ich recht. Sie haben das kleine Mädchen wirklich dort gefunden. In dem Zimmer mit den ganzen Feen und so an den Wänden. Ich sag mir dauernd, dass ich solche Sachen lieber nicht lesen sollte. Die jagen mir 'ne Scheißangst ein. Ich kann nicht glauben, dass ich gestern Abend wirklich dort war. Wozu du mich aber auch immer überredest. Julia?«

Als sie ihren Namen hörte, sah Julia hoch. »Hä?«

»Hast du gehört, was ich gesagt habe?«

»Ja, sicher.« Aber das hatte sie nicht.

»Was ist denn mit dir los? Du hast dich schon am Telefon gar nicht gut angehört. Du sagst mir, dass du mal aus deiner Wohnung raus musst und dich mit mir zum Mittagessen treffen möchtest, aber seit wir hier sind, kommt's mir so vor, als wärst du auf einem anderen Planeten unterwegs. Und was hast du da bitte an? Es ist heißer als in der Hölle und du sitzt da in einer Bluse? Normalerweise muss ich dich doch eher ermahnen, dir ein bisschen mehr anzuziehen.«

»Es ist nur … das Schreiben. Ich hab bei dieser Hitze Schwierigkeiten damit. Es ist nichts.«

»Von wegen. Es ist dieses Haus, stimmt's? Es ist dir nahegegangen.«

Manchmal hasste Julia es, dass ihre beste Freundin zugleich ihre Schwester war. Vor ihr konnte sie nichts verbergen. »Du bist ja wohl diejenige, der es nahegegangen ist. Du hast doch alles über den Mord gelesen.«

»Da hast du recht, Süße. Aber wenigstens gebe ich zu, dass es mich mitnimmt.«

Julia erhob sich ganz plötzlich. Claire wich ein Stück vor ihr zurück. »Was ist los?«

»Lass uns gehen. Hier sind mir zu viele Leute.«

»Okay«, erwiderte Claire und schaute auf Julias halb gegessenes Sandwich hinunter.

»Ich lass es einpacken, okay?«, sagte Julia und holte ihren Geldbeutel aus der Handtasche.

»Nein, lass mich das machen. Du hast gestern Abend schon die Drinks bezahlt.«

»Ist schon okay, ehrlich …« Das Foto fiel vor ihr auf den Tisch.

»Verdammt, Jules. Hast du das etwa immer noch?« Claire streckte eine Hand aus und griff danach. Sie sah sich das kleine, zerknitterte Bild genau an. »Hey, der Vater ist ziemlich süß«, sagte sie. Sie runzelte die Stirn. »Weißt du, die kommen mir irgendwie bekannt vor.«

Julia schnappte sich die Aufnahme und beförderte sie wieder in ihre Handtasche.

»Du trägst das also mit dir rum?« Claire kicherte. »Warum?«

»Keine Ahnung«, blaffte Julia ihre Schwester an. »Nur so. Mein Gott, muss ich dir denn immer alles sagen? Es gefällt mir eben. Es …« Sie versuchte, eine möglichst plausible Erklärung aus dem Hut zu zaubern. »Es hilft mir beim Schreiben. Wie eine Muse, ein Andenken an das Haus.«

Claire stand auf und hob die Hände. »Okay, wie du meinst. Peace, Schwester, okay?«

Julia warf zwei Zehn-Dollar-Scheine auf den Tisch, steckte ihr Portemonnaie wieder ein und trat aus dem Schatten des Cafés in die blendende Sonne.

»Hey, was ist mit dem Sandwich?«, rief Claire ihr nach.

»Nimm's doch einfach mit und iss es unterwegs«, rief Julia zurück, während sie mit ihrer Hand in die Tasche griff, um sich zu vergewissern, dass das Foto auch wirklich wieder darin gelandet war.

Das war der Fall und sie fühlte sich deshalb sofort viel besser.

Julia lauschte, wie das Telefon zum fünften Mal an diesem Abend klingelte. Sie wusste, dass es entweder Belinda oder Cindy war. Samstags ging sie abends normalerweise mit ihren alten Freundinnen vom College aus.

Heute war ihr aber nicht danach. Sie hatte keine Lust, jemanden zu sehen oder mit jemandem zu reden, und das galt auch für denjenigen, der sie gerade anrief – wer immer das auch sein mochte. Sie spielte mit dem Gedanken, den Stecker des Telefons aus der Wand zu ziehen, aber es war ihr zu mühsam, deswegen extra aufzustehen.

Sie lag nackt auf dem Bett, hatte sich auf die Seite gedreht und hielt das Foto in ihrer Hand. Das Fenster war geöffnet und die Vorhänge, die sich mit jeder Windböe ein wenig aufblähten, hatte sie zugezogen. Der Fernseher lief, aber sie hatte den Ton leise gedreht.

Sie starrte nun schon seit Stunden auf das Foto. Claire hatte recht gehabt – das Haus machte ihr stärker zu schaffen, als sie sich zunächst eingestehen wollte.

Der Fleck auf ihrem Körper war seit dem Nachmittag erneut gewachsen. Nun reichte er von kurz oberhalb ihres linken Busens bis zur Mitte ihres Brustkorbs – ein länglich-eckiger Flatschen, der ungefähr die Größe einer Streichholzschachtel besaß. Sie hatte nicht die leiseste Ahnung, worum es sich dabei handeln könnte: Krebsgeschwüre wuchsen nicht so schnell. Er war auch nicht druckempfindlich, wie es bei einem blauen Fleck der Fall gewesen wäre.

Hatte sie sich im Haus irgendeine Krankheit eingefangen?

Sie wollte nicht zum Arzt gehen – Ärzte jagten ihr furchtbare Angst ein. Sie wollte Claire davon erzählen, aber nicht heute Abend. Jetzt wollte sie einfach nur mit dem Foto im Bett liegen. Es war das Einzige, was ihr Trost spendete, das Einzige, was sie von der Hitze ablenkte, vom Schreiben und von dem hässlichen Mal auf ihrer Brust.

Julia lächelte die Familie auf dem Foto an und stellte sich vor, dass sie zurücklächelten. Sie hatte ihnen allen Namen gegeben – der Mann hieß Sebastian, die Frau Heather, der Junge Craig und der Hund Sammy. Es war albern, das wusste sie, aber es war ihr egal. Das Foto hatte irgendetwas an sich, etwas Besonderes. Sie fühlte sich davon stark angezogen.

Sie fragte sich noch immer, wer diese Leute wohl waren, wo sie wohnten und wie das Foto seinen Weg in das Haus gefunden hatte. Diese Fragen schienen ihr inzwischen jedoch weniger wichtig als das Foto selbst, dem eine eigentümliche Energie innezuwohnen schien und das ihr Trost spendete.

Sie drehte sich auf den Rücken und blinzelte heißen Schweiß aus ihren Augen. Der Einfluss der Hitze machte auch vor der Aufnahme nicht halt. Ein kleiner Teil des Motivs war bereits komplett verschwunden, so als hätte das, was dort zu sehen gewesen war, niemals existiert.

Wo bist du hergekommen?, fragte sie sich und legte das Foto auf ihre Brust. Es fühlte sich heiß an, heißer als ihre Haut, aber trotzdem nahm Julia es nicht wieder weg. Irgendetwas rief nach ihr, irgendetwas oder irgendjemand, da war sie sich sicher, und als sie gerade ihre Augen öffnen und nachsehen wollte, ob es von draußen kam …

Überall Feen und Elfen und Zauberstäbe, nur dass sie nun von etwas Bösem besudelt worden sind. Das Zimmer ist dunkel, abgesehen vom Schein einer einsamen Kerze, die nicht nur die dreckige alte Matratze mit dem furchtbaren Gestank in flackerndes Licht taucht, sondern auch noch etwas anderes – etwas Kleines, Zitterndes. Eine menschliche Gestalt mit langem, goldenem Haar und schmutziger Kleidung. Der Kopf der Gestalt ist in die Matratze vergraben – sie scheint zu schlafen. Ein plötzliches Geräusch, ein Donnern, ertönt, und die Kerze zittert, so als gehe jemand ganz dicht an ihr vorbei und lasse ihr Licht über die Feen, Elfen und Zauberstäbe tanzen. Ein Mann. Groß, kräftig, behaart. Er betritt das Zimmer mit einer Tasche in der Hand, lächelnd. Dann wacht die kleine Gestalt mit dem langen, goldenen Haar auf, sieht zu dem Mann hinüber und beginnt zu schreien. Es ist ein Mädchen. Sie schreit und Tränen rinnen über ihre Wangen, als der Mann sich auf sie stürzt und seine Augen sie erfüllt von wilder Lust böse anfunkeln …

»Julia!«

Als Julia mit schweißgebadetem Körper erwachte, ihre Atmung schnell und keuchend, war sie sich nicht sicher, ob die Person, die ihren Namen gerufen hatte, noch zu dem Traum gehörte oder nicht.

Traum? Scheiße, das war kein Traum, das war ein Albtraum.

»Julia! Hey, bist du da oben?«

Julia setzte sich auf, dabei fiel das Foto von ihrer Brust.

Es war Cindy.

Julia sprang aus dem Bett, ging zum Fenster hinüber und zog die Vorhänge zur Seite. Zwei Stockwerke tiefer standen Cindy und Belinda auf dem Bürgersteig.

»Wir haben den ganzen Abend versucht, dich zu erreichen«, rief Belinda zu ihr herauf. »Was ist denn los?«

»Ich fühl mich nicht so prall, Mädels. Ich glaube, ich muss euch heute Abend mal alleine um die Häuser ziehen lassen.«

»Okay, wie du meinst«, brüllte Cindy.

»Das ist hier übrigens keine Peepshow, Süße«, sagte Belinda. »Wir wissen alle, dass du ’nen tollen Körper hast, aber den musst du uns ja nicht so direkt unter die Nase reiben.«

»Und seit wann hast du ein Tattoo? Wann hast du das denn stechen lassen?«

Julia schaute an sich hinunter und sah sofort, dass der Fleck erneut gewachsen war. Er war nun doppelt so groß wie eine Streichholzschachtel.

Oh, mein Gott.

»Was ist das denn?«, wollte Cindy wissen. »Ein Matrosenherz?«

»Ein Einhorn?«

»Ich weiß – Stars and Stripes?«

»Mir wird kalt. Tut mir leid, Mädels. Euch viel Spaß!« Sie schloss das Fenster, zog die Vorhänge zu und rannte ins Badezimmer. Sie schaltete das Licht an und starrte auf den Fleck, der inzwischen ihre halbe Brust bedeckte. »Oh Gott!«, wimmerte sie. »Was passiert nur mit mir?«

Sie trat näher an den Badezimmerspiegel und untersuchte die Stelle genauer.

Plötzlich fühlte sie sich schwindelig.

»Das ist unmöglich.«

Aus dem Spiegel blickte ihr das Foto entgegen – es war nur ein verblasstes, verschwommenes Bild, aber es bestand kein Zweifel daran, dass es sich um dasselbe Haus, die gleichen Bäume, die gleichen Personen und den gleichen Hund handelte. Sie waren alle da, lächelten sie an, der Mann und der Köter von dem Knick durchbrochen.

Sie stürzte aus dem Badezimmer auf ihr Bett zu und griff nach dem Foto, das auf den durchgeschwitzten Laken lag. Sie hob es auf. Das Bild war fast vollkommen verblasst. »Was passiert hier?«, rief sie aus und ließ sich auf den Boden fallen, das Foto fest gegen ihre Brust gepresst und in der Mitte gefaltet, genauso, wie es sein sollte.

Das Telefon klingelte.

Diesmal waren es nicht Belinda oder Cindy.

Julia erhob sich und taumelte zum Telefon. Mit zitternder Hand hob sie den Hörer ab. »Hallo?«

»Jules, ich bin's. Ist alles okay? Du klingst aber gar nicht gut.«

So sehr sie sich auch wünschte, ihrer Schwester alles zu erzählen, schluckte sie nur die Tränen hinunter und antwortete: »Mir geht's bestens.«

»Okay. Hör zu, ich muss dir was wirklich Unglaubliches erzählen.«

»Ich will's nicht hören«, erwiderte Julia. Das Foto fühlte sich ganz heiß in ihrer Hand an. Alles, was sie wollte, war, seine Energie in sich aufzunehmen, sonst nichts. Sie konnte keine Ablenkung gebrauchen.

»Aber Jules ...«

»Lass mich einfach in Ruhe!« Sie ließ das Telefon fallen und der Hörer baumelte neben dem Couchtisch. »Hör auf«, schluchzte sie und sank auf die Knie.

Fange ich an durchzudrehen?

Sie wollte Antworten. Brauchte sie.

Das Bild auf ihrer Brust hatte eine Bedeutung. Es war nicht einfach ein Krebsgeschwür oder ein mutierter blauer Fleck – es war ein Zeichen, es musste ein Zeichen sein.

»Bitte, sag's mir doch. Was willst du?«

Während sie das Foto an ihr Herz drückte, so als sei es ihr einziges Lebenselixier, sah sie, wie …

Das kleine Mädchen schreit. Tränen rinnen über seine Wangen, als der Mann sich mit wilder Lust im Blick auf sie stürzt. »Ich hab was für dich«, krächzt er. Er versenkt seinen Arm tief in die Tasche und zieht ein altes Tuch und ein Messer heraus. Das kleine Mädchen schreit erneut und fleht den Mann an, sie in Ruhe zu lassen. Sie versucht wegzurennen, aber der Mann packt sie an ihrem goldenen Haar und schlägt sie ins Gesicht. Schluchzend liegt sie auf der Matratze, während ihr der Mann das Tuch in den Mund stopft. Er hält das Messer fest umklammert, öffnet mit seiner freien Hand die Hose und befreit seinen erigierten Penis. »Ich hab noch was anderes für dich. Etwas, das dir sehr gefallen wird.« Er grinst und lacht, kniet sich hin und schiebt das Nachthemd des kleinen Mädchens bis zu ihrer Hüfte hoch.

»Keine Angst, es wird nicht wehtun. Halt einfach still, dann ist alles ganz schnell vorbei …« Sie ist das Mädchen. Er tut ihr weh und sie hat schreckliche Angst. Sie kennt den bösen Mann, der ihr das angetan und sie angefasst hat. Aber daran will sie jetzt nicht denken. Während sich der böse Mann auf sie legt, kneift sie ihre Augen ganz fest zusammen und denkt an ihre Mummy und ihren Daddy und Sammy und, ja, sogar an ihren gemeinen Bruder Craig. An den letzten Sommer, als sie alle zusammen am Strand waren, gebadet und Volleyball gespielt haben und als Mummy den Ball immer wieder ins Wasser geschlagen hat. Sie hat Daddy überredet, ins Wasser zu gehen und ihn zurückzuholen. Sammy ist herumgetollt und hat den Möwen nachgejagt, der dumme Hund.

Während der Schmerz den Körper der kleinen Amanda zu zerreißen droht, hält sie ihre Fotografie ganz fest umklammert und versucht, alles auszublenden. Alles außer ihre schönen

Erinnerungen. Zum Beispiel den Tag, an dem sie das Foto gemacht hat. Sie konnte es noch mitnehmen, bevor der böse Mann sie gepackt hat. Er hat es noch nicht gefunden, weil sie es vor ihm versteckt, zusammenfaltet und versteckt, damit der böse Mann es nicht finden und zerreißen kann. Sie krallt sich an dem Foto fest und versucht, sich an den Tag zu erinnern, an das allererste Mal, als Daddy sie die Kamera hat benutzen lassen. An den Tag, als Daddy, Mummy und Craig zusammen vor ihrem Haus gestanden haben und sie darauf gewartet hat, dass sie nicht länger herumalbern, damit sie endlich das Foto schießen kann. Sogar Sammy hat es geschafft, für das Foto lange genug stillzuhalten. Sie hat »cheese« gesagt und auf den kleinen Auslöser gedrückt.

Als sie die Abzüge abgeholt haben, hat Daddy gesagt, ihr Foto sei das Beste von allen, und er hat ihr erlaubt, es in ihrem Zimmer aufzubewahren, neben dem Bett, wo es gestanden hat, bis der böse Mann gekommen ist. Aber sie hat es noch. Und wenn sie es ganz fest an ihr Herz drückt, hat sie das Gefühl, dass Mummy und Daddy ganz nah bei ihr sind und alles gut werden wird. Sie werden kommen und sie von hier fortbringen, denn die Matratze stinkt und sie möchte nach Hause – weg von all den Feen und Elfen und Zauberstäben ...

Julia erwachte, als jemand sanft an ihrer Schulter rüttelte und ihren Namen sagte. Als sie die Augen öffnete, nahm sie zunächst nur Dunkelheit wahr. Dann ein Licht, das auf sie hinabschien.

»Jules, hey, Jules.«

Es war Claire, die neben ihr hockte.

Dann nahm sie den beißenden Geruch wahr – eine widerlich stinkende, aber vertraute Mischung aus Bier, Pisse und Staub. Aber vor allem war es der Gestank des Todes und der Verwesung.

Sie setzte sich auf und sah, dass sie sich in dem verlassenen

Haus befand, umgeben von Feen und Elfen und Zauberstäben. Sie saß auf der Matratze, ihr Körper war mit einer Jacke bedeckt, aber darunter war sie vollkommen nackt.

»Was ist passiert? Warum sind Sie hierhergekommen?«

Julia erschrak, als sie die unvertraute Stimme hörte. »Wer ist da?«

Zwei Personen traten in den Schein der Taschenlampe. Zwei sehr vertraute Personen.

»Jules, das sind die Eltern von Amanda Waters – Heather und Sebastian.«

Julia blickte zu den beiden hinauf. Sie sahen anders aus als auf dem Foto – älter und nicht mehr so attraktiv.

»Das wollte ich dir am Telefon erzählen. Die Leute auf dem Foto, das du gefunden hast, das war Amandas Familie. Als ich nach unserem gemeinsamen Mittagessen nach Hause gekommen bin, habe ich noch mal ein paar alte Artikel durchgeblättert und bin über den mit ihrem Bild gestolpert. Ich wusste, dass ich sie vorher schon mal irgendwo gesehen hatte. Sie wohnen ganz in der Nähe, also habe ich sie angerufen und ihnen erzählt, was du entdeckt hast. Sie wollten dich treffen und das Foto sehen, aber als wir bei dir vorbeigekommen sind, warst du nicht zu Hause, und, na ja, da hab ich gedacht, du bist vielleicht hierher zurückgekommen. Jedenfalls habe ich es gehofft. Du hast mir ’ne ganz schöne Angst eingejagt, Süße.«

»Haben Sie das Foto?«, fragte Heather mit Tränen in den Augen.

Julia sah auf ihre rechte Hand hinunter. Sie nickte. Sie faltete das Foto zusammen und reichte es Heather, die sich die Tränen aus ihren Augen wischte, bevor sie es entgegennahm und gegen das Licht hielt.

»Was soll das?«, wollte Sebastian wissen, aber seine Stimme klang eher verblüfft als verärgert.

»Was meinen Sie?«, fragte Julia zurück.

»Ist das das Foto, das Sie hier gefunden haben?«

Julia nickte.

»Ich dachte, Sie hätten gesagt, es sei das Bild gewesen, das Amanda von uns gemacht hat, ein paar Wochen, bevor sie ...« Heather senkte den Kopf und begann zu weinen.

Claire und Julia sahen sich stirnrunzelnd an. »Ich verstehe nicht«, sagte Julia.

Sebastian reichte ihr das Foto.

Statt einer Familie, die lächelnd vor einem verwitterten Haus stand, war ein junger Mann darauf zu sehen. Ein behaarter Mann mit bösen, lüsternen Augen.

»Das ist Geoff Campbell.«

Julia blickte in das erschöpfte Gesicht von Sebastian Waters. »Wer?«

»Geoff Campbell. Er ist der Hausmeister an Amandas Grundschule. Warum haben Sie ein Foto von ihm?«

Julia öffnete die Jacke und schaute auf ihre Brust hinunter. Der Fleck war verschwunden. Komplett und restlos verschwunden – nicht einmal das winzigste Anzeichen des Fotos war noch zu erkennen. Ihr Körper war wieder makellos.

Julia gab Sebastian das Foto zurück. »Das ist ein Geschenk für Sie. Von Amanda.«

NOTIZEN ZUR ENTSTEHUNG:

Ob Sie es glauben oder nicht, aber diese Geschichte ist durch den Film *8 Mile* inspiriert worden. Ich habe mir die DVD eines Abends angeschaut. Eine Szene darin spielt in einem verlassenen Haus; vielleicht ist es auch ein Haus, das nach einem Brand vollkommen leer und ausgebrannt ist – es ist schon eine Weile her, seit ich ihn gesehen habe.

Und wie das mit Ideen eben oft so ist, sie tauchen plötzlich in

deinem Kopf auf, scheinbar aus dem Nirgendwo. Manchmal passiert es beim Autofahren, manchmal unter der Dusche … oder eben, während man sich einen Film ansieht. Diese eine Szene zu sehen, muss irgendeinen kreativen Funken in meiner Vorstellung entfacht haben, und in jenem Moment kam mir die Idee vom Geist eines ermordeten Mädchens.
Auch wenn ich gerne glauben möchte, dass diese Idee sowieso in mir steckte und ohnehin eines Tages herausgekommen wäre, stelle ich mir trotzdem die Frage: Wenn ich diesen Film zu diesem Zeitpunkt nicht angeschaut hätte, hätte ich diese Geschichte dann jemals geschrieben? Und während Sie alle noch über diese mysteriöse Frage nachgrübeln, danke ich in der Zwischenzeit einfach schon mal Scott Silver, Curtis Hanson und Eminem, dass sie mich zu dieser Geschichte inspiriert haben.

Gestohlene Leben

(Stolen Lives)

»Wer war das am Telefon?«, wollte Jerry wissen.

Ray, der neben der Wohnzimmertür stand, antwortete nicht. Er starrte seinen Freund nur an, der vor dem Fernseher saß und in der einen Hand ein Bier hielt, während er sich mit der anderen im Schritt kratzte.

Nach einiger Zeit des Schweigens wandte Jerry seinen Blick schließlich doch von dem Footballspiel ab und schaute Ray an. »Also? Wer war dran? Kim?«

Ray schüttelte den Kopf. »Nicht direkt.«

Kim, Rays Frau, und seine 16-jährige Tochter Rebecca waren nicht zu Hause gewesen, als Ray und Jerry vor etwa einer Stunde in die Wohnung gekommen waren. Seither hatte Ray verzweifelt darauf gewartet, dass seine Frau sich meldete.

»Was zur Hölle ist denn los mit dir? Geht's dir nicht gut?«

Jerry hatte ein albern wirkendes Lächeln im Gesicht. »Sie sind entführt worden«, sagte Ray.

Jerry runzelte die Stirn und trank einen Schluck von seinem Bier. »Wer?«

»Kim und Rebecca.«

Jerry schüttelte den Kopf und sein langes, fettiges Haar wehte um sein mageres Gesicht. »Scheiße, du bist echt zum Brüllen, Ray«, kicherte er. »Entführt.«

»Ich mach keine Witze«, sagte Ray und begann zu weinen. Er weinte nicht oft. Er hatte nicht geweint, als sein Vater gestorben war. Auch nicht, als sein Bruder gestorben war. Oder als seine erste Frau gestorben war. Nicht mal, als …

Aber in diesem Moment konnte er nicht anders.

Nach einem kurzen, aber heftigen Weinkrampf gewann Ray endlich die Kontrolle über sich zurück. Er wischte sich die Tränen und den Rotz ab und schaute zu Jerry hinüber.

Jerry sah schockiert aus, wahrscheinlich eher aufgrund der Tatsache, dass er seinen besten Freund hatte weinen sehen, als über die Nachricht von der Entführung. Er erhob sich, stellte sein Bier auf dem Tisch ab und ging zu Ray hinüber. »Wer war das am Telefon?«

»Der Entführer«, sagte Ray.

»Was hat er gesagt?«

»Dass er meine Frau und meine Tochter hat.«

»Und was will das Arschloch? Geld? Mein Gott, du schwimmst ja nun nicht gerade in Scheinen. Du bist nur einen Schritt von der Armutsgrenze entfernt. Du lebst in einem Drecksloch von einer Wohnung, genau wie wir anderen auch. Was kann er also bitte von dir wollen?«

Ray zuckte mit den Schultern. »Das hat er nicht gesagt.«

Jerry fuhr sich mit einer Hand durchs Haar. »Oh, Mann. Was für 'ne Scheiße. Ich kann nicht glauben, dass das wirklich passiert. Das war also wirklich er am Telefon? Jetzt gerade?«

»Ja, verdammt noch mal«, brüllte Ray. Jerry war sein bester Freund, und das schon seit über 20 Jahren, aber manchmal konnte er wirklich ein debiler Idiot sein.

»Denkst du, wir sollten die Bullen rufen?«

»Auf keinen Fall«, antwortete Ray und ging zur Couch hinüber. Er setzte sich und ließ den Kopf hängen. »Er wird sie beide umbringen, wenn ich die Bullen rufe.«

»Warum sollte er denn wissen, dass wir sie gerufen haben?«

»Darum«, erwiderte Ray. »Gib mir 'n Bier, ja?«

Jerry griff nach einer ungeöffneten Dose Melbourne Bitter und reichte sie Ray. Die Dose war nicht mehr eiskalt, aber es war auch die letzte. Ray hatte gerade losgehen und Nachschub holen wollen, als der Kidnapper angerufen hatte. Er öffnete die lauwarme Dose und nahm einen ausgiebigen Schluck. Es schmeckte furchtbar, aber es erfüllte seinen Zweck. »Wie spät ist es?«, fragte er Jerry.

Rays Uhr war kaputt. Das Glas der Abdeckung war eines Tages zerbrochen, als er betrunken auf den Bürgersteig gestürzt war. Er war gerade dabei, für eine neue zu sparen.

»9:38 Uhr«, antwortete Jerry.

»Okay, dann hab ich noch ein bisschen mehr als 20 Minuten Zeit, um mich zu entscheiden«, murmelte Ray und trank einen weiteren Schluck.

»20 Minuten, um was zu entscheiden?«, wollte Jerry wissen. Er setzte sich auf den Sessel gegenüber von Ray.

Ray leerte den Rest seines Biers und schleuderte die Dose durchs Zimmer. Sie krachte mit einem dumpfen Scheppern gegen die Wand. Er sah Jerry an. »Er wird entweder Kim oder Rebecca umbringen. Ich muss entscheiden, wen.« Er begrub sein Gesicht in den Händen und begann erneut zu weinen.

Diesmal gewann er seine Fassung schneller wieder.

»Wir müssen die Polizei anrufen, Ray«, sagte Jerry vorsichtig.

»Er ruft um zehn wieder an. Wenn ich nicht drangehe, dann bringt er sie alle beide um. Die Polizei hat überhaupt nicht genügend Zeit, um was zu unternehmen. Das reicht noch nicht mal, um eine Fangschaltung für meinen Anschluss einzurichten.«

»Aber was willst du denn machen? Wir können doch nicht einfach hier sitzen und nichts tun. Scheiße! Er hat deine Frau und deine Tochter. Wir müssen doch irgendwas machen.«

»Was können wir schon machen?«, fragte Ray. »Ich weiß nicht, wer er ist oder wohin er sie gebracht hat.«

»Aber du kannst dich nicht auf dieses Spiel einlassen. Das steht fest.«

»Doch, das muss ich«, erwiderte Ray.

Jerry starrte ihn an und sein dürres Gesicht war so verzerrt, dass er aussah wie ein böser kleiner Gnom. »Warum? Er wird sie wahrscheinlich sowieso beide umbringen.« Er wimmerte. »Tut mir leid, Ray. Aber es ist die Wahrheit.«

»Das Risiko darf ich nicht eingehen«, sagte Ray. »Er hat gesagt, wenn ich keine Wahl treffe, dann entscheidet er für mich.«

»Na und? Immer noch besser, als wenn du eine Tote auf dem Gewissen hast.«

Ray schüttelte den Kopf. »So einfach ist das nicht.« Er atmete tief ein. »Wenn ich keine Wahl treffe oder nicht ans Telefon gehe oder er das Gefühl hat, ich hätte doch die Bullen gerufen, dann wird er Kim und Rebecca auf die schmerzhafteste Weise töten, die man sich nur vorstellen kann. Folter in jeder Form, hat der Kidnapper gesagt.«

»Und wenn du eine Wahl triffst?«

»Dann bringt er diejenige, für die ich mich entscheide, ganz schnell um. Mit einem einzigen Kopfschuss. Und lässt die andere gehen.«

Jerry nickte langsam. Allmählich schien ihm die ganze Situation klar zu werden. »Das ist echt krank«, sagte er.

»Deshalb muss ich entscheiden, welche von beiden ich opfere, und zwar schon bald.«

»Wie wär's denn, wenn ich ein bisschen durch die Gegend fahre? Nachschaue, ob ich sie irgendwo finde. Oder wenigstens auf irgendeinen Hinweis stoße.«

»Das wäre reine Zeitverschwendung«, entgegnete Ray. »Du würdest nichts finden. Schon gar nicht Kim und Rebecca.«

»Aber ich kann's doch wenigstens versuchen«, sagte Jerry und stand auf.

»Ich hab gesagt, lass es gut sein.«

»Warum denn, verflucht?«

»Wenn er dich kommen hört, wird er sie beide umbringen. Falls du sie überhaupt findest, was sicher nicht passieren wird. Spar dir also das Benzin.« Ray erhob sich. Er war zu mitgenommen, um einfach nur dazusitzen. Er musste sich bewegen.

»Okay, wenn du meinst«, seufzte Jerry und ließ sich wieder auf den Sessel plumpsen. »Aber was zur Hölle will dieser Typ denn? Er muss doch irgendwas wollen. Was hat es für einen Sinn, deine Familie zu entführen?«

»Er will gar nichts«, antwortete Ray. »Kein Geld, gar nichts. Nur ...« Während er auf und ab ging, kreisten in seinem Kopf die Worte, die der Kidnapper zu ihm gesagt hatte.

»Nur *was?*«, fragte Jerry und reckte seinen Hals, um Ray sehen zu können.

»Ich hab ihn gefragt, was er will. Ich hab ihm gesagt, dass ich alles tun würde. Ihm alles geben würde. Aber er hat nur gelacht und gesagt, alles, was er wollte, sei ein bisschen Spaß.«

»Mein Gott«, sagte Jerry und wandte sich kopfschüttelnd ab.

Ray versetzte seinem alten Kartentisch, der an einer Seite des Zimmers stand und vom jahrelangen Gebrauch mit Bier- und Ascheflecken überzogen war, einen Tritt. Eines der Tischbeine brach ab. »Scheiße!«, brüllte er. »Wie konnte das passieren? Wie konnte irgendein Fremder einfach so in mein Haus eindringen und meine Frau und mein Kind mitnehmen?«

»Gott, ich wünschte, ich wüsste, wo er ist«, sagte Jerry. »Ich hab mein Gewehr im Van.«

Ray nutzte weiter den Teppichboden zwischen dem Fernseher und der Küchentür ab. »Okay, lass mich nachdenken«, sagte er.

»Worüber nachdenken?«

»Was meinst du? Wen soll ich auswählen?«

Jerry verzog das Gesicht. »Du willst dich doch nicht wirklich entscheiden, oder? Scheiße. Das kannst du nicht, Ray.«

»Ich muss. Ich muss mich für eine von beiden entscheiden, um die andere zu retten.«

»Aber … komm schon.«

»Was schlägst du dann vor?«, knurrte Ray, blieb stehen und starrte Jerry an. »Meine Frau und mein Kind sind irgendwo da draußen in der Hand dieses psychopathischen Wichsers. Und wenn ich mich nicht entscheide, welche von beiden sterben soll, dann wird er sie beide foltern. Und weißt du, was er mir noch gesagt hat? Dass er einen ganzen Kofferraum voller Werkzeuge hat – Zangen, Metallsägen, Hämmer, Nägel … Scheiße, Mann. Ich will noch nicht mal dran denken, was er damit anstellen könnte.« Ray holte tief Luft, die er dringend benötigte. Er fühlte sich ganz schwindelig. Er hätte wirklich ein Bier vertragen können. »Wir haben keine Ahnung, wo sie sind, und ich hab nur noch …« Er schaute auf Jerrys Uhr hinunter.

»14 Minuten«, sagte Jerry.

»14 verfluchte Minuten, bevor er wieder anruft und eine Antwort will.« Ray ging wieder auf und ab. »Okay. Wir machen ’ne Liste.«

»’ne Liste?«

»Du weißt schon, eine von diesen Pro-und-Kontra-Listen.«

»Du kannst doch nicht so tun, als würdest du ’nen verfluchten Einkaufszettel schreiben, Ray. Wir sprechen hier vom Leben deiner Frau und deines Kindes.«

»Das weiß ich«, erwiderte Ray, »aber das ist die einfachste Methode, die mir einfällt, um eine Entscheidung zu treffen. Oder hast du ’nen besseren Vorschlag? Was, wenn Carol und Brad entführt worden wären und du wählen müsstest, wer umgebracht werden soll? Wie würdest du das entscheiden?«

»Das is' einfach. Brad ist 'n Loser. Ein beschissener Junkie. Ich würde ihn wählen.«

Ray stieß ein kurzes, beinahe wahnsinniges Lachen aus. »Schlechtes Beispiel.«

»Wie dem auch sei. Bei dir ist das anders. Du hast eine tolle Tochter und eine tolle Frau.«

»Deshalb mach ich ja auch 'ne Liste«, sagte Ray. Er stürzte in die Küche, schnappte sich einen Notizblock und einen Bleistift und brachte beides ins Wohnzimmer. Er setzte sich auf die Couch und zeichnete eine einfache Tabelle auf. Vier Spalten – je einmal Pro und Kontra für Kim und für Rebecca. »Fangen wir mit Kim an«, sagte er. »Okay. Pro – ich liebe sie.«

»Du liebst sie beide.«

»Ja, es ist ja auch nur ein Anfang. Mein Gott. Okay, wie ist es damit: Ich kenne sie schon länger, deshalb werde ich sie auch mehr vermissen.« Er kritzelte es auf das Papier.

»Wenn du meinst«, sagte Jerry. »Aber man kann das auch anders sehen: Da du sie schon länger kennst, hast du schon mehr Zeit mit ihr verbracht. Das ist ein Kontra.«

Zögernd schrieb Ray es auf.

»Außerdem hatte sie schon ein längeres Leben. Sie hat schon mehr gesehen und mehr erlebt.«

Er notierte es in der Kontra-Spalte. »Okay, noch ein Pro: Sie ist meine Seelenverwandte. Ich kann doch meine Seelenverwandte nicht töten.«

Jerry nickte.

Ray fügte es der Pro-Spalte hinzu.

»Sex, du wirst den Sex vermissen.«

»Da hast du absolut recht«, stimmte Ray zu. »Ein dickes Pro.«

»Aber du könntest auch jederzeit wieder heiraten.«

»Ich kann auch jederzeit noch ’ne Tochter kriegen«, setzte Ray ihm entgegen.

»Vergiss es. Das schreibst du nicht auf die Liste.« Er warf einen Blick auf den Notizblick. »Okay, bis jetzt sind das vier Pros und zwei Kontras. Wie viel Zeit haben wir noch?«

»Sieben Minuten.«

»Okay, Rebecca. Pro – ich liebe sie. Und sie ist noch nicht so lange auf dieser Welt. Erst 16 Jahre. Sie hatte noch gar keine Chance, richtig zu leben.«

»Hier gilt auch wieder die Kehrseite: Weil sie noch nicht so lange am Leben ist, wird sie es auch nicht so sehr vermissen.«

Ray runzelte die Stirn. »Das ist verflucht noch mal bescheuert, aber okay.« Er schrieb es auf. »Kontra. Es wird sie schlimmer treffen, ihre Mum sterben zu sehen, als es Kim treffen wird, Rebecca sterben zu sehen.«

»Meinst du?«

»Ich glaube, dass es sie auf lange Sicht total kaputtmachen wird, ja. Vielleicht tu ich ihr ja sogar einen Gefallen, wenn ich sie umbringe. Ich meine, zuzusehen, wie ihrer Mum der Kopf weggeschossen wird, ist so schlimm, wie hundertmal selbst zu sterben.«

Jerry zuckte mit den Schultern. »Vielleicht.«

»Ich schreib es auf«, sagte Ray.

»Glaubst du wirklich, dass dieser Typ eine von beiden gehen lassen wird? Ich meine, die haben schließlich sein Gesicht gesehen. Seine Stimme gehört. Das Risiko wird er nicht eingehen.«

»Nur ein Mensch mit einem sehr kranken Hirn würde überhaupt so etwas tun. Wer weiß schon, wie sein Verstand gepolt ist? Vielleicht gibt es ihm einen Kick, dass ich mich entscheiden muss. Vielleicht ist das Töten nur der Schlussstrich unter die bedeutendere Tat, mich dazu zu bringen, bis ans Ende meiner Tage in dem Wissen zu leben, dass ich den Befehl zur Ermordung eines Mitglieds meiner Familie erteilt habe.«

Jerry zuckte erneut mit den Schultern.

»Jedenfalls muss ich hoffen, dass das der Fall ist. Und davon abgesehen haben sie sein Gesicht vielleicht gar nicht gesehen. Ist doch möglich, dass er sie bewusstlos geschlagen und ihnen die ganze Zeit über die Augen verbunden hat, oder so.«

»Wahrscheinlich. Also, was hast du jetzt? Jeweils zwei für Rebecca?«

Ray blickte auf das Blatt Papier hinunter. Er nickte. Er versuchte noch weitere Gründe zu finden, nicht seine Tochter auszuwählen. »Mir fällt nichts mehr für sie ein«, gestand er nach einer Weile.

»Mir auch nicht«, erwiderte Jerry. »Und was heißt das jetzt?«

Mit einer Stimme, die eher wie die eines kleinen Kindes klang, sagte Ray: »Das heißt, dass ich Rebecca wählen werde.«

»Bist du sicher? Scheiße, Mann, sie ist deine Tochter. Deine *Tochter!*«

»Das weiß ich«, knurrte Ray. »Aber was soll ich denn sonst machen?«

Jerry antwortete nicht.

»Eben.«

In den nächsten Minuten sprachen sie kein Wort. Die Stille wurde erst vom Klingeln des Telefons durchbrochen. Es klang laut, lauter als sonst. Ray starrte Jerry an.

»Das ist er.« Er erhob sich und eilte in die Küche. Jerry folgte dicht hinter ihm.

»Er ist zu früh«, sagte Jerry.

Beim fünften Klingeln hob Ray ab. »Ja?«

»Begrüßt man so seine Mutter?«

»Mum?« Ray schnappte nach Luft.

Er hörte, wie Jerry hinter ihm »Scheiße« murmelte.

»Ja. Ist alles in Ordnung, Raymond? Du klingst so …«

»Hör zu, Mum, ich kann jetzt nicht reden. Ich warte auf einen sehr wichtigen Anruf. Ich ruf dich morgen an.«

»Ist das zu glauben? So behandelst du deine Mutter?«

»Es tut mir leid. Aber ich muss auflegen.« Er drehte sich zu Jerry um, der bestätigend seinen Arm hob und auf seine Uhr deutete.

Ray nickte hektisch. »Ich ruf dich morgen an, okay? Bis dann, Mum.« Er legte auf. »Scheiße! Wie spät ist es?«

»Punkt zehn.«

Ray schüttelte den Kopf. »Ich hoffe, der Kidnapper hat nicht versucht anzurufen. Er denkt bestimmt, ich hätte mit den Bullen telefoniert. Verdammt!«

»Du hättest einfach sofort auflegen sollen, als du gehört hast, dass es deine Mum ist.«

»Ich kann doch nicht einfach auflegen, wenn meine Mut…« Das Telefon klingelte. Ray griff nach dem Hörer. »Hallo?«

»Hallo noch mal.« Es war die Stimme des Entführers.

Ray schluckte. »Sie sind pünktlich.«

»Das hab ich ja gesagt. Also, hast du eine Entscheidung getroffen?«

»Ja«, antwortete Ray.

»Gut. Und du hast auch niemanden angerufen, den wir nicht dabei haben wollen, oder?«

»Nein. Ich schwöre es. Ich habe Wort gehalten.« Ray spürte heißen Atem an der Seite seines Gesichts. Er drehte sich um und stellte fest, dass Jerry sich ganz dicht zu ihm herangebeugt hatte und versuchte, die Unterhaltung mitzuhören. »Hau ab«, flüsterte Ray. Jerry wich zurück.

»Wer war das?«, wollte der Kidnapper wissen. »Ist jemand bei dir?«

»Nein. Hier ist niemand außer mir.«

»Ich hatte den Eindruck, du hättest mit jemandem gesprochen.«

»Nei… nein«, stotterte Ray und sein Herz zersprang beinahe in seiner Brust.

»Ich hoffe, du lügst mich nicht an.«

»Ich schwöre es. Ich bin ganz allein.«

Stille. Dann: »Okay. Ich glaube dir. Jetzt zu deiner Entscheidung. Deine Frau und deine Tochter sterben beinahe vor Neugier.« Der Kidnapper lachte.

»Woher weiß ich, dass Sie Ihren Teil der Abmachung auch einhalten?«, fragte Ray. »Woher weiß ich, dass Sie die andere gehen lassen?«

»Weil ich dir mein Wort gebe, Ray.«

»Und Sie versprechen, dass es nur ein Schuss sein wird? In den Hinterkopf? Kein unnötiges Leid?«

»Ja. Es sei denn, du versuchst, mich irgendwie auszutricksen. Dann werden deine beiden Schätzchen erfahren, was wahrer Schmerz ist. Kapiert?«

»Ja.«

»Gut. Also … wer ist der glückliche Gewinner?«

Ray nahm all seine Kraft zusammen, um zu sprechen. »Rebecca«, sagte er leise.

»Eine überraschende Wahl«, erwiderte der Entführer. »Deine Tochter. Okay, so soll es sein. Mach's gut.«

»Nein, warten Sie. Wann werde ich meine Frau wiedersehen?«

»Schon bald.«

Die Verbindung wurde getrennt.

Ray hielt den Hörer noch lange fest, bis Jerry ihn schließlich aus seiner Hand nahm und wieder auflegte.

»Du hast getan, was du tun musstest«, sagte Jerry. »Es tut mir so leid, Ray.«

Es war mit Abstand das Emotionalste, was Ray Jerry je hatte sagen hören.

»Ich kann's nicht glauben«, sagte Ray. »Meine Tochter ist tot. Ich werde sie nie wiedersehen.«

Jerry packte Ray an den Schultern. Ray konnte nicht anders. Er ließ alles raus. Er weinte so lange, dass es ihm wie eine Ewigkeit vorkam.

Sie saßen im Wohnzimmer und tranken kaltes Bier, das Jerry vor über einer Stunde im Laden besorgt hatte, als es kurz, aber lautstark an der Wohnungstür klopfte.

Ray sprang auf, verschüttete dabei sein Bier auf dem Fußboden und rannte zur Eingangstür. Er riss sie auf und sah Kim.

Kim, die alt, müde und schmutzig aussah. Weinend fiel sie in seine Arme.

»Es ist okay. Jetzt bist du in Sicherheit. Alles ist gut.« Ray hob sie hoch und trug sie ins Wohnzimmer, wo er sie auf die Couch legte. »Hol ein Glas Wasser«, bat er Jerry.

Jerry, der völlig verwirrt aussah, nickte nur und verschwand in die Küche. Kurz darauf kam er wieder und streckte Ray das Glas hin.

Ray reichte es Kim. Sie leerte es mit einem Zug.

»Ich kann's nicht fassen«, sagte Jerry. »Dieses Arschloch hat die Wahrheit gesagt. Er hat sie gehen lassen.«

Ray nickte. Er strich Kim eine Haarsträhne aus dem Gesicht. Sie war blass, aber sie hatte aufgehört zu weinen.

»Er hat mich gezwungen, sie zu erschießen«, sagte Kim mit rauer Stimme. »Dieses Schwein hat mich gezwungen, meine eigene Tochter zu erschießen. Er hat mir gesagt, ich müsste es tun, sonst …« Ihre Stimme brach und sie begann zu schluchzen.

Ray hielt sie ganz fest. »Jetzt ist alles vorbei, Liebling. Mach dir keine Vorwürfe, es war nicht deine Schuld.«

»Farm«, sagte sie zwischen zwei Schluchzern.

»Farm? Was für eine Farm?«, fragte Ray.

»Da hat er uns hingebracht. Da ist Rebecca.«

Ray schaute zu Jerry hinüber. Das wilde Funkeln in Jerrys Augen sagte ihm, dass er dasselbe dachte. »Welche Farm? Wo ist die?«, hakte Ray nach.

»In der Nähe der Taylor Road.«

»Die kenn ich«, sagte Jerry. »Willst du, dass ich die Bullen anrufe?«

»Scheiß auf die. Du bist schneller dort draußen als die.«

Jerry lächelte ihn flüchtig an und rannte zur Wohnungstür. »Wenn ich ihn finde, bring ich ihn her. Dann können wir uns selbst um diesen Wichser kümmern.«

»Tu das«, rief Ray ihm nach und dann war Jerry verschwunden. Ray hörte, wie Jerrys Van ansprang, die Reifen in der Einfahrt quietschten und er in die Nacht davonraste.

»Er wird mindestens eine Stunde lang weg sein«, sagte Ray.

Kim wischte sich die Tränen aus den Augen, setzte sich auf und lächelte. »Vollidiot. Wahrscheinlich versucht er jetzt die ganze Nacht lang, den Kidnapper zu finden.«

Ray kicherte. Er strich Kim über ihr blondes Haar. »Er meint es gut. Und immerhin ist er unser einziger Zeuge. Er ist wichtig für uns.«

»Du hast recht«, sagte Kim. »Hast du noch 'n Bier? Ich könnte wirklich eins vertragen. Die ganze Zeit mit dieser Stimme zu sprechen, hat mir echt die Stimmbänder versaut.«

Ray sprang auf, ging in die Küche und schnappte eine Dose aus dem Kühlschrank. Er trottete wieder zurück ins Wohnzimmer und reichte es seiner Frau. »Und du warst dabei wirklich sehr überzeugend. Manchmal hab ich schon fast geglaubt, dass ich wirklich mit einem Mann spreche.«

Kim öffnete die Dose und trank einen Schluck. »Ah, schon besser. Ich kam mir echt wie ein Idiot vor, damit du's weißt. Diese ganze Schauspielerei. Ein paarmal musste ich beinahe lachen.«

»Tja, das hast du aber nicht«, meinte Ray. »Weil du wusstest, dass ich dann auch gelacht hätte. Und das hätte unseren ganzen Plan zunichte gemacht.«

Kim nickte. »Ich weiß.«

»Aber er hat funktioniert. Du hättest mich sehen sollen«, sagte er und küsste Kim auf die Lippen. »Ich war großartig. Ich hab geweint, ich bin wütend geworden, hab noch mal ein bisschen geweint. Die sollten mir für meine schauspielerische Leistung einen verdammten Oscar verleihen. Und es war gut, dass ich dir gesagt hab, du sollst wie ein echter Kidnapper reden. Unser guter Freund Jerry saß mir im wahrsten Sinne des Wortes im Nacken. Wahrscheinlich hat er den Großteil unserer Unterhaltung gehört.«

»Wusste ich doch, dass ich eine Stimme gehört habe. Dann hast du mich also doch angelogen?«

Sie lachten beide.

»Also ist also alles nach Plan verlaufen?«, fragte Ray.

»Perfekt. Unsere liebe Tochter ist genauso tot wie die Pferdescheiße auf der verfluchten Weide.«

Ray nickte. »Gut. Dann müssen wir uns also keine Sorgen mehr machen.«

»Keine Sorgen mehr«, bestätigte Kim. »Hey, was ich dich noch fragen wollte: Mit wem hast du telefoniert?«

»Hattest du schon mal versucht, anzurufen?«

»Ja. Auf meiner Uhr war's schon zehn.«

»Mit meiner Mum. Sie hat angerufen, als wir auf deinen Anruf gewartet haben.«

Kim lachte. »Gute alte Mum. Ich wette, du hast dir in die Hose geschissen.«

»Quatsch. Aber ich bin ziemlich sicher, dass sie sauer auf mich ist.«

»Aber merkwürdig, dass sie so spät noch anruft. Ich meine, normalerweise geht sie doch schon um halb neun ins Bett, oder?«

Ray nickte. Dann grinste er. »Vielleicht hat sie ja die kleine Rebecca gefunden?«

»Mach ja keine Witze darüber«, sagte Kim und trank ihr Bier leer.

»Wär auch egal. Inzwischen sind sowieso nur noch Knochen von ihr übrig. Sie verrottet schließlich schon seit 16 Jahren.«

»Stimmt. Trotzdem, kannst du dir vorstellen, was los wäre, wenn deine Mutter jemals ihre Überreste finden würde? Mein Gott, was haben wir uns bloß dabei gedacht, als wir sie bei deinen Eltern im Garten vergraben haben?«

»Wir waren jung. Und hatten Angst. Wir haben ein Baby bekommen und haben nicht geglaubt, dass wir es schaffen würden, uns darum zu kümmern. Und überhaupt bringt man schließlich nicht alle Tage seine eigene Tochter um.«

»Nein, nur alle 16 Jahre«, kicherte Kim.

Ray lächelte. »Dann wusste sie also, was los war?«

»Sicher. Ich meine, sie hat sich bestimmt gewundert, warum ich so weit mit ihr rausfahre, mitten ins Nirgendwo. Als ich sie gefesselt habe, ist es ihr allmählich klar geworden.«

»Wer wir sind?«

»Nein. Dass ich sie umbringen würde. Ich musste ihr sagen, was wir vor all den Jahren getan haben. Und natürlich auch, wer sie ist.«

»Wie hat sie's aufgenommen?«

»Wie zu erwarten: schlecht. Wie dem auch sei, wenigstens wurde ihr in diesem Moment klar, warum es weder eine Geburtsurkunde noch Babyfotos von ihr aus dem Krankenhaus gibt.«

»Ich schätze, wir hätten die Sachen nicht verbrennen sollen, nachdem wir unsere Tochter getötet hatten«, sagte Ray. »Aber 16 Jahre«, sinnierte er. »Wow, irgendwie kommt es mir noch gar nicht so lange vor. Weißt du was? Das klingt vielleicht albern, aber ich werde sie vermissen. Sie war eine gute Rebecca. Hat alle aufs Glatteis geführt und überzeugt, sogar meine Mum. Eine Schande, dass sie anfangen musste, Fragen zu stellen. Wenigstens haben wir sie erwischt, bevor sie das Krankenhaus angerufen hat.«

»Tja, so ist das Leben.« Kim bemerkte den Notizblock, der auf dem Tisch lag. »Was ist das?«

»Oh, das ist meine Liste. Die habe ich gemacht, um zu entscheiden, wer von euch beiden sterben sollte. Hat irgendwie richtig Spaß gemacht. Aber Jerry ist fast durchgedreht. Er konnte nicht fassen, dass ich mit einer Liste über das Schicksal meiner Familie entscheiden will.«

Kim lächelte. »Na, schön zu sehen, dass ich gewonnen habe. Du liebst mich wirklich.«

Ray packte sie an den Schultern und zog sie ganz dicht zu sich heran. »Darauf kannst du wetten.«

NOTIZEN ZUR ENTSTEHUNG:

Das war mein Beitrag für die nicht gerade vom Schicksal begünstigte Anthologie *Family Plots.* Für alle, die noch nichts davon gehört haben, hier die Kurzfassung der Geschichte: Wild Roses war ein kleines Verlagshaus, das 2002 in Australien gegründet wurde. Anfangs lief alles gut und sie veröffentlichten *Rage* von Steve Gerlach und dann meinen Debütroman *Das Motel.* Eigentlich waren im Anschluss weitere Titel geplant, darunter auch *The Wicked* von James Newman und eben *Family Plots,* ein umfassender Sammelband mit Beiträgen von so ziemlich jedem Horrorschriftsteller, der damals aktuell war. Diese Bände konnte Wild Roses aber nicht mehr veröffentlichen. Auch wenn die Pleite des Verlags bei vielen Autoren und Lesern einen unangenehmen Nachgeschmack hinterlassen hat, bin ich froh, dass diese Geschichte in *Der Sünder* nun doch noch das Licht der Welt erblicken durfte.

Eine neue Religion

(The new Religion)

In der höhlenähnlichen Kapelle, in der ein schwerer Geruch von Blut und brennendem Öl in der Luft hing, hatte Reverend Fred Barnett, der einen schwarzen Filzhut und eine lange schwarze Jacke trug, bereits mit seiner Predigt begonnen. Der Schein der Gaslampen, die an den aus Ziegelsteinen gemauerten Wänden thronten, flackerte über die Gemeinde. Nathan schritt über die Pflastersteine, die erst vor einer Woche verlegt worden waren – die Kirche wurde, wie viele andere im ganzen Land, noch immer umgebaut – und einige der Konvertiten schreckten hoch, als sie seine Schritte hörten.

Er kniete sich neben seinen besten Freund Joe auf die schwarze Kirchenbank. Die beiden begrüßten einander nervös.

»Schon wieder zu spät«, murmelte Joe.

Das war bereits das fünfte Mal in Folge, dass Nathan zu spät kam. Er hatte Glück gehabt, die Tür nicht verschlossen vorzufinden, wie es eigentlich üblich war, wenn die Messe bereits begonnen hatte. Er hatte die Messe am heutigen Abend unter keinen Umständen verpassen wollen – es war Opfernacht und sie gedachten der verstorbenen Annie Chapman.

Nathan zuckte die Achseln, beugte seinen Kopf nach vorn und lauschte den Worten des Reverends.

»… 100 Jahre, seit unser Herr über diese Erde wandelte, 200 Jahre seit dem Beginn der Neuen Welt. Heute, an diesem 200. Jahrestag, ehren wir den Ersten und Größten unter ihnen – Seinen Mythos, Seinen Ruhm, Seine Legende – und erweisen all jenen Respekt, die Seinem Vorbild gefolgt sind. Wir ehren die fünf Apostel: Peter, Ted, Peter, Kenneth und

Angelo. Und wir preisen die heilige Nicht-Jungfrau Maria, denn sie hat dem Herrn das größte Opfer dargebracht. Im Jahr 200 n. R., im Anbeginn des dritten Jahrhunderts, haben wir das Glück, der Wahrheit näher zu sein als jemals zuvor. Schon bald wird unser wahrer Messias ernannt werden. Lasset uns beten …«

Nathan griff nach der Bibel, die auf der Banklehne vor ihm lag, und strich mit der Hand über das ahnungsvolle Gesicht ihres mit einem Umhang verhüllten Gottes auf dem Umschlag. Er sah, wie Joe zögerte und ein Anflug von Angst über seine Miene huschte, bevor er nach dem schmalen Band griff. Joes Eltern glaubten noch immer an die alte Religion, eine Welt, die schnell zugrunde ging. Nathan konnte das Schuldbewusstsein nachvollziehen, das jedes Mal von Joe Besitz ergriff, wenn er die Weiße Kapelle betrat.

Nathan umklammerte das heilige Messer, das er um seinen Hals trug, und blickte an den Wänden empor. Flankiert von Filmplakaten – alles von *The Lodger* bis zum dritten Teil von *From Hell* – und künstlerischen Darstellungen des Herrn und seiner fünf göttlichen Taten waren dort die lächelnden Bildnisse von Peter Kürten, Ted Bundy – Nathans Lieblingsapostel – Peter Sutcliffe, Kenneth Bianchi und Angelo Buono zu sehen: Symbole einer neuen Religion, einer neuen Passion, die sich immer schneller über die ganze Welt ausbreitete. Sie waren nach Nathans 13-jähriger Meinung entschieden cooler als die angeschlagene, entweihte Statue des am Kreuz hängenden Gottes der alten Welt, die nun im Lagerraum eingesperrt lag und darauf wartete, von der Müllabfuhr abgeholt zu werden. Was hatte kürzlich eine Zeitung über ihren neuen Herrn verkündet? *Nun ist Er größer als Jesus.*

»Schlagt bitte Kapitel neun, Vers 25, Absatz sieben auf«, befahl der Reverend.

Und gemeinsam mit dem Rest der Gemeinde stimmte Nathan an: »Ich jage Huren und werde nicht aufhören, sie aufzuschlitzen …«

NOTIZEN ZUR ENTSTEHUNG:

Ich bin »Ripperologe« – einer dieser armen, kranken Typen, auf die die Verbrechen von Jack the Ripper eine unnatürliche Faszination ausüben. Als Cat auf der »The Red Light District«-Website daher als Thema ihres ersten Flash-Fiction-Wettbewerbs »Jack the Ripper« wählte, musste ich unbedingt daran teilnehmen und selbst etwas schreiben. Diese Geschichte hat den dritten Platz gewonnen.
Und fürs Protokoll: Unter all den Namen, die als Verdächtige genannt wurden, tendiere ich zum verrückten Fleischer Joseph Levy, auch wenn ich eigentlich glaube, dass es sich in Wahrheit um einen ortsansässigen Niemand vom Typ »unorganisierter Serienkiller« gehandelt hat.
Wer sich ebenfalls für den Ripper-Fall interessiert, kann gerne mal auf meiner eigenen Jack-the-Ripper-Seite, »Saucy Jacky«, vorbeischauen: *http://saucyjacky.wordpress.com/*

Genie eines kranken Geistes

(The Genius of a Sick Mind)

Simon steckte den Schlüssel in das Haustürschloss. Es war sein vierter Versuch. »Oh Mann! Endlich hab ich's!«

Sherry kicherte hinter ihm. »Das wurde auch Zeit, Liebling.«

Simon öffnete die Tür und trat ein. Im Haus war es vollkommen dunkel und er tastete mit seiner Hand über die Wand links neben dem Türrahmen und suchte sie ungeschickt nach dem Lichtschalter ab. Schließlich fand er ihn, drückte drauf und in der Diele wurde es hell.

Sherry schob sich an ihm vorbei und Simon starrte ihr auf den Hintern, als sie durch den Flur ging. Das dünne, enge hellblaue Kleid schmiegte sich perfekt um ihren runden Hintern.

Als er merkte, dass er einen Steifen bekam, wandte er den Blick ab und warf die Tür ins Schloss. Er ging den Flur hinunter und stolperte ins Schlafzimmer, wo Sherry bereits auf dem Bett saß und sich die Schuhe auszog.

Simon lächelte und warf die Schlüssel auf die Matratze. »Ich bin gleich wieder da«, sagte er. »Und du bist nackt, wenn ich zurückkomme.«

Sherry kicherte, als sie den zweiten Schuh auf den Boden warf. »Wieso glaubst du, dass du ran darfst, Mister?«

»Aus zwei Gründen. Erstens sind wir beide betrunken. Und zweitens weiß ich zwar nicht, wie's dir geht, aber ich bin geil.«

Sherry lachte. »Wo gehst du denn hin?«

»Pinkeln. Wohin denn sonst?« Simon drehte sich um und verließ das Schlafzimmer. Langsam ging er den Flur hinunter in Richtung Bad. Seine Blase war voller Bourbon. Nach dem fünften Drink hatte er aufgehört mitzuzählen.

War aber ein tolles Restaurant, dachte er.

Und eine tolle Überraschung. Sherry hatte ihn von der Arbeit abgeholt und in dieses neue Restaurant geführt, ein Inder in der Nähe der Stadt, bei dem sie göttlich gespeist und, natürlich, ein bisschen zu viel getrunken hatten. Anfangs hatte er noch Angst, er habe ihren Hochzeitstag oder vielleicht Sherrys Geburtstag vergessen. Aber sie lächelte ihn an und versicherte ihm, dass sie einfach nur Lust dazu hatte. Simon hatte nicht weiter nachgehakt.

Er schaltete das Licht im Badezimmer an. Der grelle Schein tat ihm ihn den Augen weh. Er blinzelte und hatte sich bald an das helle Licht gewöhnt. Dann schwankte er zur Toilette hinüber und öffnete den Deckel. Er urinierte ewig, betätigte schließlich die Spülung, wandte sich nach links und betrat den kleinen Wäscheraum. Er schaltete das Licht an und ging zu dem tiefen Waschbecken aus Edelstahl.

»Scheiße!«, schrie er.

Simon taumelte rückwärts und stolperte über seine eigenen Füße. Er donnerte auf den harten Boden und schlug mit einem dumpfen Knall mit dem Kopf auf den Fliesen auf. Sein Schädel fühlte sich an, als sei er explodiert, und vor seinen Augen tanzten grelle Lichtblitze.

Sherry stürzte herein; sie trug nur noch ihren BH und ein Höschen. »Simon, was ist denn passiert?«

Sie eilte zu ihm und half ihm auf. Noch immer benommen, drückte er eine Hand an seinen Hinterkopf und deutete zögerlich auf das Waschbecken.

»Geht's dir gut? Lass uns ins Wohnzimmer gehen, da kannst du dich auf die Couch setzen.«

Aber sobald Sherry Simons Hand losließ, gaben seine Beine nach und er fiel auf den Hintern. Sherry holte tief Luft und hatte alle Mühe, ihm wieder aufzuhelfen. »Es tut mir leid, Liebling. Ich dachte, du könntest alleine stehen.«

Endlich gelang es ihr, ihn aufzurichten. Dieses Mal legte sie ihren rechten Arm um seine Taille, hielt mit der linken Hand seine Schulter fest und führte ihn so zum Ledersofa im Wohnzimmer. Vorsichtig setzte sie ihn ab.

»Wie fühlst du dich?«

Er stöhnte.

Sherry richtete sich auf. Dieses Mal sackte Simon nicht wieder in sich zusammen – er blieb aufrecht sitzen und hielt sich mit der Hand den Hinterkopf.

»Ich hoffe doch sehr, dass das nicht wegen einer verdammten Spinne war«, murmelte Sherry und grinste vorsichtig. Sie ließ Simon allein und ging in den Wäscheraum zurück. Sie trat ans Waschbecken und schaute hinein. Darin sah sie einen abgetrennten Kopf. Er starrte Sherry direkt an, auch wenn seine Augen nur halb geöffnet waren. Er hatte recht langes Haar und sein Mund war auf groteske Weise erstarrt, so als würde er gleich zu sprechen beginnen.

Sherry trat rückwärts aus dem Wäscheraum und dem Badezimmer. Erst als sie im Flur stand, begann sie zu schreien. Sie drehte sich um und rannte ins Wohnzimmer. Simon versuchte aufzustehen. »Simon! Oh mein Gott, Simon! Da ist ein verdammter Kopf in unserem Waschbecken!«

Simon nickte leicht, als es ihm schließlich gelungen war, sich alleine aufzurichten.

»Hab ich schon gesehen«, seufzte er. Er schüttelte den Kopf und streckte seinen Hals. »Verflucht, hat das wehgetan.«

»Wir müssen die Polizei anrufen«, sagte Sherry hastig. Sie ging zum Telefon hinüber und hielt inne. Auf dem Hörer klebte ein kleines Stück Papier. »Simon, hier ist ein Zettel.«

Simon taumelte zu Sherry hinüber. »Dann lies ihn.«

Sie beugte sich nach vorne und nahm den Zettel vom

Telefon. Er war in der Mitte gefaltet. Sie öffnete das Blatt und las laut vor:

Gefällt Ihnen das Geschenk? Haha. Oh, falls Sie nicht wissen, wovon ich spreche, schauen Sie doch mal im Waschbecken in Ihrem Wäscheraum nach. Haben Sie?

Nun, es tut mir leid, dass ich Sie nicht persönlich treffen konnte, aber ich hatte noch etwas zu erledigen. Sie verstehen das sicher.

Ich mache es kurz und schmerzlos. Gehen Sie in die Küche und öffnen Sie den Kühlschrank. Dort finden Sie noch ein Geschenk. Eines, das Ihnen besser gefallen wird als das erste, schätze ich. Und denken Sie nicht einmal daran, die Polizei zu rufen ... Ich habe das Telefonkabel durchgeschnitten und weiß, wo Sie wohnen, das sollten Sie nicht vergessen!!!

Das wäre für den Moment alles. Wir sehen uns in der Küche.

Ciao.

P. S.: Ziehen Sie nichts über, meine Liebe. Ich mag Sie genau so, wie Sie sind.

Sherry blickte zu Simon hinauf, sie hatte Tränen in den Augen. »Oh mein Gott. Woher wusste er, dass ich keine Kleider anhaben würde?«

Simon war verwirrt. »Ich hab keine Ahnung, was hier, verdammt noch mal, los ist. Denkst du, wir sollten die Polizei rufen?«

Sherry schüttelte den Kopf. »Nein. Ich meine, er hat uns doch davor gewarnt, das zu tun. Und überhaupt, wenn er weiß, dass ich nichts anhabe …« Sherry warf den Zettel auf den Boden und nahm den Telefonhörer ab. Sie hielt ihn sich ans Ohr, hörte jedoch nichts. Kein Freizeichen, nur Schweigen im Äther. »Er hat das Kabel durchgeschnitten.«

»Scheiße!«, fauchte Simon. »Was machen wir denn jetzt?«

»Wir gehen in die Küche«, antwortete Sherry.

Sie hasteten den Flur hinunter und in die dunkle Küche. Sherry knipste das Licht an und schaute sich um. Es gab keinerlei Anzeichen eines Eindringlings.

»Wie ist er reingekommen?«, flüsterte Simon.

Sherry schüttelte den Kopf. Sie ging auf den Kühlschrank zu.

»Nein, hey!«, rief Simon. »Ich sehe nach.«

Sherry drehte sich um. »Und stößt dir wieder den Kopf? Du bleibst da stehen.« Sie näherte sich dem großen Kühlschrank, atmete tief ein und zog am Griff.

»Pass auf, Liebling«, sagte Simon mit zitternder Stimme.

Mit knirschenden Zähnen riss Sherry die Tür auf – und sah eine blutige Machete im obersten Fach.

»Was ist?«

»Hier ist eine Machete«, antwortete Sherry.

Simon eilte zu ihr und blickte in den Kühlschrank. Er griff hinein und nahm die große Machete an sich. Die Klinge war mit feuchtem und getrocknetem Blut verschmiert und am Griff klebte ein weiterer Zettel.

Sherry riss ihn ab, öffnete ihn und las erneut laut vor:

Ich bin's noch mal. Sie haben jetzt sicher verstanden, wie das hier läuft. Dies ist die Waffe, mit der die arme Seele getötet wurde.

Und nun, meine Liebe, ziehen Sie ihren BH aus und gehen Sie ins Schlafzimmer. Schauen Sie in den Kleiderschrank.

Wenn Sie nicht beide tun, was ich sage, dann ... nun, das wollen Sie nicht wissen. Glauben Sie mir.

Ciao.

Sherry zerknüllte den Zettel und warf ihn auf den Küchenboden. »Ich glaub' das nicht. Ich zieh' doch nicht für irgendeinen kranken Irren meinen BH aus.«

Simon hielt noch immer die Machete. »Ich glaube, das solltest du aber besser. Wer weiß, mit was für einem Psychopathen wir es hier zu tun haben.«

»Er schaut doch nicht zu«, winselte Sherry.

»Wie können wir da sicher sein?«, erwiderte Simon.

Sherry sah ihn mit festem Blick an, so, als sei die ganze Sache seine Schuld. Hastig zog sie den BH aus und ließ ihn auf den Boden fallen.

Simon blickte auf die perfekten Wölbungen ihrer kleinen Brüste. Ihre Nippel waren hart und sie hatte Gänsehaut. Sein Penis wurde steif.

»Oh Gott«, stöhnte Sherry. »Du bist krank.«

Simons Gesicht glühte und er wusste, dass er rot wurde. »Tut mir leid.« Er zuckte die Achseln.

»Reiß dich zusammen«, erwiderte Sherry scharf. »Was willst du jetzt damit machen?« Sie nickte in Richtung Machete.

»Wir nehmen sie mit. Man weiß ja nie.«

Sherry drehte sich um und rannte aus der Küche. Simon folgte dicht hinter ihr. Als sie das Schlafzimmer erreichten, ging Sherry direkt zum Kleiderschrank.

»Warte!«, sagte Simon. »Dieses Mal seh' ich nach. Immerhin hab' ich eine Machete. Okay?«

Sherry nickte.

Simon trat vor den Schrank und griff nach dem Knauf. »Ich kann nicht glauben, was hier passiert«, murmelte er.

»Beeil dich einfach und bring's hinter dich«, befahl Sherry.

Die Machete fest in der linken Hand, riss Simon die Schranktür auf. Er war bereit zuzuschlagen, runzelte aber nur die Stirn und ließ die Waffe wieder sinken, als er nichts erkennen konnte. »Ich sehe überhaupt nichts«, verkündete er.

Sherry stellte sich neben ihn und schaute in den dunklen Schrank. Sie ging in die Hocke und sah Blut auf dem Fußboden. »Simon! Hier ist Blut!«

»Was?« Simon hockte sich neben sie und erkannte eine kleine Blutpfütze, die allmählich im Teppich versickerte.

Sie zuckten beide zusammen, als ein Blutstropfen von den Kleidern fiel und auf dem Boden landete.

Sie richteten sich wieder auf. Simon war schneller, schob die Kleider zur Seite und schnappte nach Luft.

Als Sherry den kopflosen Körper sah, der dort an einem dicken Haken hing, machte sie einen Satz nach hinten und begann zu weinen.

Simon trat einen Schritt nach vorne und untersuchte die Leiche. Er nahm an, dass der Kopf im Waschbecken auf diesen Körper gehörte. Es war eine Frau und nach ihrem flachen Bauch und den langen, schlanken Beinen zu urteilen, war sie noch recht jung gewesen, etwa im selben Alter wie Sherry. Der leblose Körper war über und über voll Blut, so, als habe man eine Dose Farbe darüber ausgekippt.

»Ist da ein Zettel?«, fragte Sherry hinter ihm.

»Mein Gott, muss ich wirklich nachschauen?«

Sherry schnaubte. »Scheiße! Dann mache ich …«

»Nein«, unterbrach Simon sie. »Du wartest da.« Es lag kein Gestank in der Luft, die Frau konnte demnach noch nicht lange tot sein. Dennoch hielt Simon den Atem an und machte einen Schritt in den Kleiderschrank. Er legte seinen Arm um die Leiche und suchte nach einem Zettel. Ihre Haut fühlte sich eiskalt und, wegen des ganzen Blutes, klebrig an. Er musste würgen, aber er schluckte es hinunter und setzte seine groteske Suche fort. »Ich kann nichts fühlen«, rief er. »Vielleicht ist …« Er hielt inne, schloss die Augen und konzentrierte sich angestrengt darauf, sich nicht zu übergeben.

»Was? Was ist denn? Hast du den Zettel gefunden?«

Simon nickte langsam. »Allerdings. Er ist in ihrem … Po.«

Sherry entfuhr ein unfreiwilliges Kichern, als Simon das Wort aussprach. Es klang einfach seltsam, wenn ein erwachsener Mann das Wort »Po« benutzte.

»Willst *du* den Zettel rausholen?«, knurrte Simon.

»Nein, nein. Es tut mir leid, Simon.«

Er holte tief Luft und griff das Papier mit den Fingerspitzen. Er zog es ganz vorsichtig heraus, obwohl er selbst nicht wusste, warum, und atmete erleichtert aus, als er es zwischen ihren Pobacken herausgefischt hatte. Dann machte er einen Satz von der Leiche weg und warf den Zettel von sich. Er flatterte zu Boden. »Ich kann nicht fassen, dass das passiert«, keuchte Simon.

Sherry beugte sich nach unten und hob den Zettel auf.

»Nicht anfassen …«, begann Simon.

Sherry richtete sich auf und sah ihn an. »Wir müssen, Simon.« Sie faltete das blutverschmierte Papier auseinander.

Herzlichste Grüße! Wenn Sie dies lesen, bedeutet das, dass Sie das hübsche Mädchen gefunden haben. Und ja, um Ihre Frage zu beantworten, ihr Kopf befindet sich zurzeit in Ihrem Waschbecken. Und jetzt ziehen Sie Ihr Höschen aus, Liebste.

Und Sie, mein Herr, könnten Sie bitte …

Sherry hörte auf vorzulesen und blickte auf. Simons Mund stand weit offen und er keuchte schwer. »Was ist los?«

Ohne zu antworten, fuhr Sherry fort:

... könnten Sie bitte den Mund zumachen? Sie sehen wie ein gottverdammter Fisch aus.

»Das steht da nicht. Gib mir den Zettel.« Er riss Sherry das Blatt aus der Hand und überflog die Seite. Sämtliche Farbe wich aus seinem Gesicht. »Das kann nicht sein. Wie kann er das wissen?«

»Ich weiß es nicht«, murmelte Sherry. Sie begann, ihr Seidenhöschen auszuziehen.

»Was tust du denn?«

»Ich muss tun, was er sagt.« Sherry warf das Höschen aufs Bett.

Simon betrachtete sie in ihrer Nacktheit. »Warum? Wieso sollen wir, verdammt noch mal, sein beschissenes Spiel mitspielen?«

»Muss ich dir das wirklich sagen?«, erwiderte Sherry. »Ich weiß zwar nicht genau, mit was für einem durchgeknallten Irren wir es hier zu tun haben, aber ich werde ganz sicher kein Risiko eingehen. Vielleicht kommen wir ja lebend hier raus, wenn wir tun, was auf dem Zettel steht.«

Simon wusste nicht, was er erwidern sollte. Er schaute wieder auf den Zettel und las weiter.

Gut. Jetzt gehen Sie beide wieder ins Wohnzimmer. Hinter dem Fernseher ist noch eine Überraschung. Ich weiß, dass das schwer ist, Sir, aber bitte ficken Sie sie noch nicht. Aber sie sieht wirklich gut aus, nicht wahr?

Denken Sie daran – rufen Sie nicht die Polizei. Sonst schlitze ich Sie beide auf.

P. S.: Ich möchte, dass Sie, mein Herr, den nächsten Zettel lesen.

Ciao.

Simon warf das Papier auf den Boden. »Was machen wir jetzt?«

Sherry zuckte mit den Schultern. »Ficken wir. Vielleicht gefällt ihm das ja.«

Simon blinzelte nervös. »Was? Machst du Witze? Du willst, dass wir Sex haben?«

Sherry ging langsam zu Simon hinüber und legte ihre Arme um ihn. Ihr Atem roch noch immer leicht nach Bourbon. »Und willst du?«

Simon konnte die Leiche, die hinter ihm im Schrank hing, förmlich spüren. Aber trotz ihr und allem anderen, was passierte, fühlte er, wie die Erregung in ihm aufstieg. Sherry sah so verdammt gut aus und roch so fantastisch.

Er umfasste ihre Pobacken mit seinen Händen und drückte sie. »Lass es uns tun«, sagte er, und er konnte selbst kaum glauben, was er da von sich gegeben hatte.

»Du würdest es wirklich tun«, seufzte sie. »Du kranker Perverser.« Sie stieß ihn mit einiger Kraft von sich.

Er fiel beinahe in den Schrank. »Was zur Hölle ist mit dir los?«, fragte er.

Sie ging zur Schlafzimmertür hinaus, drehte sich um und erwiderte: »Das war nur ein Test. Ich wollte sehen, wie du reagierst. Ich hab richtig geraten.« Sie schüttelte den Kopf und verschwand.

»Hey!«, rief Simon. »Es tut mir leid, Schatz. Ich weiß auch nicht, was ich mir dabei gedacht habe.« Er lief aus dem Schlafzimmer und murmelte: »Scheiße.«

Als er Sherry eingeholt hatte, packte er sie und drehte sie

zu sich um. »Es tut mir wirklich leid, Sherry. Das liegt an dieser ganzen Scheiße hier. Es kommt mir alles so surreal vor. Mein Verstand hat sich wohl kurz ausgeschaltet.«

Sherry blickte ihn finster an. »Na schön. Lass uns einfach ins Wohnzimmer gehen und sehen, was dieser kranke Wichser als Nächstes vorhat, okay?«

Simon nickte und ließ sie los. Er fühlte sich mies.

Schweigend gingen sie ins Wohnzimmer. Sherry stand bereits neben dem Fernseher, als Simon das Zimmer betrat. Er sah, wie sie sich über den Apparat beugte und nach dem nächsten grotesken Objekt suchte, das sich dahinter versteckte.

Unwillkürlich starrte er sie an. Die Art, wie sie sich nach vorne beugte, ihr weicher, runder Hintern …

»Heilige Scheiße«, entfuhr es Sherry und sie richtete sich auf.

Simon konnte gerade noch seinen Blick abwenden, bevor sie sich umdrehte. Er wollte sich nicht vorstellen, was sie getan hätte, wenn sie ihn erwischt hätte.

Aber was sie vielleicht getan hätte, wurde in dem Moment völlig uninteressant, als er die riesige Pistole in Sherrys Hand sah. »Er hat uns eine Knarre gegeben?«, fragte Simon. Beinahe hätte er losgelacht.

»Und eine verdammt große dazu. Ich versteh' nicht viel von Waffen, aber die sieht mir verflucht durchschlagskräftig aus.«

Simon machte einen Schritt nach vorne. »Lass sie mich mal ansehen.«

Sherry warf ein Stück Papier nach ihm. Es prallte an seiner Brust ab und fiel auf den Boden. »Du liest das besser erst.«

Simon nickte, hob das Papier vom Boden auf und öffnete es. Die Nachricht war getippt, genau wie die anderen. Simon las vor:

Ich kann diese Lüge nicht länger aufrechterhalten. Wenn Sherry je von ihr und mir erfährt, wird es ihr das Herz brechen. Ich liebe Sherry, aber ich kann ihr das nicht länger antun. Ich hasse mich und das, was aus mir geworden ist. Möge Gott mir vergeben.

Ich sage der Welt Lebewohl ...

Simon Gerty

Er sah zu Sherry hoch. »Was soll das?«, flüsterte er.

»Dein Abschiedsbrief«, antwortete Sherry, fast völlig emotionslos.

Simon vermochte nicht mehr zu schlucken. Aus seinen aufgerissenen Augen rannen Tränen. Sherry ging zu ihm und auf ihrem stets wunderschönen Gesicht lag ein entsetzliches Grinsen.

»Du denkst, ich wüsste nicht über sie Bescheid«, begann sie. »Ich bin euch beiden seit Monaten gefolgt. Habe gesehen, wie ihr euch geküsst und Händchen gehalten habt … Zur Hölle, ich hab sogar gesehen, wie ihr letzte Woche hinter diesem Busch im Park gefickt habt. Das hat mich richtig sauer gemacht. Da ist mir dann die Idee gekommen.«

Wieder überkam Simon das dringende Bedürfnis zu pinkeln. Er versuchte verzweifelt, seine Blase unter Kontrolle zu halten, aber der Drang war zu stark.

»Oh mein Gott«, sagte Sherry, als sie den nassen Fleck sah, der sich auf Simons Hose ausbreitete. Sie schüttelte den Kopf und grinste.

Warmer Urin rann seine Beine hinab und auf den Teppich. Simon wollte seine Hände heben, wollte versuchen, sich gegen sie zu wehren. Aber seine Arme gehorchten seinem Gehirn nicht. Stattdessen wimmerte er nur.

»Ich hab' gehofft, dass du ihr Gesicht nicht erkennst«, fuhr Sherry fort. »Aber ich hab' es auch wirklich ganz schön bearbeitet und war mir ziemlich sicher, dass die Chancen dafür nicht sonderlich gut standen. Das Gleiche gilt für ihren Körper ... und *den* kennst du ja, weiß Gott, sehr genau.«

»W... wieso?«, keuchte er. Er wollte noch mehr sagen, hatte aber nicht genügend Luft in den Lungen.

Trotzdem wusste sie, was er gemeint hatte.

»Ich wollte nur ein bisschen Spaß haben. Ein Spiel mit dir spielen. Mancher würde das vielleicht krank nennen. Ich nenne es genial. Ich kann nicht glauben, dass du auf die Zettel reingefallen bist. Ich meine, wer könnte denn, verdammt noch mal, wissen, was ich tragen würde, *bevor* ich es überhaupt angezogen habe?« Sie kicherte. »Ich! Ich allein!«

Sherry blickte Simon tief in die Augen. »Außerdem wollte ich dir zeigen, was für eine Frau du eigentlich betrügst. Ich wollte dich mit meinem Körper reizen, den du völlig freiwillig verschmäht hast, nur wegen dieser ... dieser Hure. Und das Beste ist, dass es aussieht, als ob du das alles warst. *Deine* Fingerabdrücke, und nur deine, sind auf der Mordwaffe. *Deine* Fingerabdrücke sind überall auf der Leiche der Frau. Und *deine* Fingerabdrücke sind auf dem Abschiedsbrief.«

Mit einer so blitzschnellen Bewegung, dass Simon sie erst sah, als es zu spät war, stieß Sherry ihm den Lauf in den Mund.

»Ganz zu schweigen davon, dass du einen Grund hast, dich umzubringen.« Und damit blies sie ihm das Hirn weg.

Als die Machete auf den Boden fiel und Simon zurückgeschleudert wurde, lachte Sherry. »Hab ich dir nicht gesagt, dass du dein verdammtes Maul zumachen sollst?«

Sie sah zu, wie Simon auf den Wohnzimmerboden krachte, und rannte dann ins Schlafzimmer. Sie musste sich beeilen.

Als Erstes zog sie die schwarzen Handschuhe an, die sie in einer Nachttischschublade versteckt hatte. Erst dann zog sie sich wieder an und schnappte sich ihre Tasche. Sie hob den zerknüllten Zettel auf und steckte ihn hinein. Dann schloss sie die Schranktür, noch immer mit einem breiten Grinsen auf den Lippen, und eilte aus dem Zimmer. Als sie durch die Küche rannte, hielt sie nur kurz inne, um den zweiten Zettel einzusammeln, und stürzte weiter ins Wohnzimmer.

Sie rieb die Pistole sorgfältig ab, bevor sie Simons rechte Hand kurz um den Griff schloss, und platzierte sie dann an der Stelle, von der sie annahm, dass die Waffe dort gelandet wäre, wenn Simon sie gehalten hätte. Zuletzt legte sie den Abschiedsbrief auf den Couchtisch. Sie ging zu Simon hinüber und hockte sich hin.

»Verrotte in der Hölle, du Perverser.«

Sie stand auf, zog die Handschuhe aus und stopfte sie zusammen mit dem ersten Zettel in ihre Tasche. Dann warf sie die Tasche auf die Couch und eilte zum Telefon.

Sie steckte das Kabel wieder ein, nahm den Hörer ab und rief die Polizei.

NOTIZEN ZUR ENTSTEHUNG:

Meine allererste veröffentlichte Geschichte.
Sie erschien im Jahr 2000 zunächst auf der Website von Horrorfind. Ich hatte gerade erst damit begonnen zu schreiben. Dies war mein dritter oder vierter Versuch, eine eigene Story zu Papier zu bringen. Ich hatte über diverse Internetforen, die damals noch existierten – das alte Masters of Terror, glaube ich, und ein paar andere, an deren Namen ich mich jetzt nicht mehr erinnern kann und die vermutlich längst nicht mehr existieren oder mit anderen Seiten fusioniert sind – von Horrorfind, inzwischen eine reine Suchmaschine, erfahren. Den Namen von Brian Keene, dem

damaligen Literaturredakteur, hatte ich auch schon einmal gehört – das war, bevor er *der* Brian Keene wurde.
Ich beschloss, die Geschichte einzusenden, und zu meiner großen Überraschung erhielt ich eine E-Mail von Brian, in der er schrieb, wie sehr sie ihm gefallen habe und dass sie ihn sehr an den großen Richard Laymon erinnere. Ich war begeistert. Nein, mehr als begeistert: Ich war total außer mir. Eine Geschichte, die ich geschrieben hatte, würde nicht nur veröffentlicht werden – der Redakteur hatte mir zudem gesagt, sie erinnere ihn an den Schriftsteller, den ich am allermeisten verehrte und dessen Werke mich beim Schreiben dieser Geschichte sowie bei all meinen Arbeiten sehr stark beeinflusst haben! Das war wirklich ein grandioser Tag! Ein Jammer, dass wir seither nichts mehr von Brian gehört haben …

Das Meeresrauschen in der Muschel

(Hearing the Ocean in a Sea Shell)

(Deine Schwäche wird dein Untergang sein ...)

»Spät zurück.«

Jackson nickte dem Nachtportier hinter dem Tresen zu – einem älteren schwarzen Mann, der immer noch recht fit wirkte – und ging in Richtung Fahrstuhl.

»War beinahe schon zu ruhig in den letzten Stunden«, sagte der alte Mann und lächelte. »Und Sie? Hatten Sie einen angenehmen Abend?«

Jackson antwortete nicht und hastete weiter. Er hörte, wie ihm der Pförtner ein »Arschloch« hinterhermurmelte, aber es war ihm egal.

Er erreichte den Fahrstuhl, der von den Bewohnern allgemein als »Todesfalle« bezeichnet wurde, drückte auf den »Aufwärts«-Knopf und wartete.

Als Jackson eine Zeitung rascheln und den Portier vernehmlich seufzen hörte, nahm er an, dass der Alte sich entweder sagte *Leck mich doch* oder seine Arbeit so gleichgültig erledigte, dass es ihn überhaupt nicht kümmerte, was in diesem Gebäude vor sich ging.

Trotzdem warf Jackson einen Blick über seine Schulter und fragte sich, ob der Nachtportier irgendeinen Verdacht hegte.

Warum sollte er? Er ist nur ein alter Mann, der die ganze Nacht auf seinem Hintern sitzt.

Jackson kniff die Augen zusammen und versuchte, die Schlagzeilen auf der ersten Seite zu entziffern, konnte sie aber von seiner Position aus nicht richtig erkennen.

Der Fahrstuhl kündigte seine Ankunft mit einem Klingeln an. Jackson drehte sich um und betrat ihn. Die Kabine lag in Licht getaucht, das die Farbe von blassem Urin besaß. Der Gestank von Erbrochenem und Zigaretten drehte ihm jedes Mal aufs Neue den Magen um.

(Ich kann's nicht glauben. Du machst mich krank. Ich dachte, ich kenne dich, aber ich hab mich wohl geirrt ...)

Er drückte mit dem Zeigefinger auf den Knopf für den sechsten Stock und sah, wie der alte Mann eine Ecke seiner Zeitung umknickte und ihn beobachtete, bevor sich die Tür des Fahrstuhls knarrend schloss.

Gott sei Dank hab ich ein besseres Leben als er.

Als der Lift rumpelnd zum Leben erwachte und mit seinem ruckelnden Aufstieg in den obersten Stock begann, atmete Jackson lange und entspannt ein und lehnte sich an die schmutzig-braun getäfelte Rückwand. Er war in Sicherheit.

Niemand war ihm gefolgt.

Es sei denn, in meiner Wohnung wartet schon eine Gruppe von Polizisten auf mich.

Das hielt er allerdings für relativ unwahrscheinlich. Immerhin hatte der Alte gesagt, es sei eine ruhige Nacht gewesen. Aber was, wenn er gelogen hatte? Was, wenn er diese miesen Schweine nur gedeckt hatte?

Wie lautet die korrekte Bezeichnung für eine Gruppe von Polizisten?, fragte er sich. *Eine Schar? Eine Herde? Ein Schwarm? Eine Einheit?*

Jackson grübelte noch immer darüber nach, als der Fahrstuhl im ersten Stock zum Stehen kam.

Die Tür öffnete sich.

Jackson wartete.

Als niemand einstieg, trat er an die offene Tür und warf einen Blick hinaus. Niemand da.

»Verfluchter Fahrst…« Er verstummte, als er das Baby sah.

Es saß mit verschränkten Beinen da und glotzte ihn unverhohlen an. Jackson lächelte. Das Baby lächelte nicht zurück.

»Hallo, du. Na, was machst du denn da draußen?«

Das Baby – er konnte nicht sagen, ob es sich um ein Mädchen oder einen Jungen handelte – gab keinen Laut von sich. Es lachte nicht, es weinte nicht, es gluckste nicht. Es saß nur da, mitten auf dem Korridor, schaukelte vor und zurück. Starrte ihn an. Und sah traurig aus.

Die Tür ging wieder zu.

Jackson tat einen Schritt zurück und beobachtete, wie sie sich schloss.

Wo sind seine Eltern?

Er lehnte sich erneut gegen die Rückwand und zuckte die Achseln. Es ging ihn nichts an. Vielleicht handelte es sich ja um das Kind einer Nutte und sie wollte es nicht mitnehmen, während sie das Geschäftliche erledigte. Vielleicht hatte sie keinen Babysitter gefunden und es deshalb vor der Wohnung ihres Kunden auf den Flur gesetzt.

Was auch immer der Grund sein mochte, es interessierte Jackson nicht. Was ihm hingegen zu schaffen machte, war, wie elend das Baby gewirkt hatte. Aber konnten sich Babys überhaupt richtig elend fühlen? War das in ihrem jungen Alter nicht eine viel zu komplexe Emotion?

Jackson fragte sich, was wohl aus dem Kind werden würde, wenn es älter wurde.

Ich kann mir über so etwas nicht den Kopf zerbrechen. Ich hab genügend eigene Probleme.

Er wusste, dass es albern war – er hatte sich in dieser Nacht nichts zuschulden kommen lassen – aber trotzdem wurde er das Gefühl nicht los, dass etwas nicht stimmte. War es eine Botschaft von Gloria? Wollte sie ihn davor warnen, in seine Wohnung zu gehen, weil dort eine Schar Polizisten auf ihn wartete?

Was willst du mir sagen, Gloria?

Er war in einem winzigen Dorf namens Belford im Mittleren Westen zur Welt gekommen. Als zweites Kind. Sein Bruder Michael war drei Jahre älter als er, aber laut seiner Mutter war seine Geburt besonders reibungslos verlaufen.

Sie wohnten in einem zweistöckigen Haus direkt am Ortsausgang. Seinen Eltern gehörte die örtliche Tierhandlung: *Sean and Deb's Friendly Pet Store*. In einer seiner frühesten Kindheitserinnerungen saß er im hinteren Bereich des Ladens und streichelte ein winziges Kätzchen, während seine Mutter ihn anlächelte. Vielleicht weinte sie sogar ein bisschen.

Doch das vorherrschende Gefühl, das seine Erinnerungen an damals dominierte, war Lachen. Zu Hause schienen sie alle glücklich gewesen zu sein, sogar sein älterer Bruder. Alles war gut.

Der Fahrstuhl blieb im dritten Stock stehen.

Jackson seufzte. Die Fahrt in den sechsten Stock dauerte in diesem abgehalfterten Relikt schon lange genug, ohne dass er ständig anhielt.

Um diese Zeit war das Haus normalerweise wie ausgestorben. Deshalb fuhr er so gerne spät nachts damit – es war niemand unterwegs, der ihn sehen konnte. Abgesehen vom Nachtportier.

Die Tür öffnete sich und der unsichtbare Mann stieg ein.

Entweder das – oder der Fahrstuhl spielte verrückt.

Jackson ging auf die offene Tür zu. Er sah, dass am Ende des Korridors ein paar Kinder lachten und spielten.

»Verdammte Gören«, rief er. »Habt ihr wieder an den Knöpfen rumgedrückt?«

Sie ignorierten ihn und spielten weiter.

»Hey! Ich hab euch was gefragt!«

Kleine Scheißer, dachte Jackson.

(Du beschissener Lügner. Ich hab dir vertraut. Dich geliebt. Wollte den Rest meines Lebens mit dir verbringen. Und jetzt das. Das bist du also? Ich kann nicht glauben, dass ich so blöd gewesen bin ...)

Die Kinder blieben in ihrer schattigen Ecke des Korridors und während Jackson sie weiter beobachtete, stellte er fest, dass sie gar nicht miteinander spielten – zumindest nicht Fangen oder Verstecken. Eines der Kinder, es war kleiner als die anderen, stand an der Wand. Es lachte nicht. Der Junge hielt seinen Kopf gesenkt, während die anderen Kinder ihn schubsten und sich über ihn lustig machten.

Herzlose kleine Arschlöcher.

Nun hörte Jackson, was sie riefen: »Hurensohn, Hurensohn.«

»Hört auf, ihn zu ärgern, ihr Rotzlöffel!«, rief er. »Geht rein und hört auf, mit dem Fahrstuhl zu spielen!«

Sie ignorierten ihn weiter und warfen noch nicht einmal einen Blick in seine Richtung.

Was bin ich? Ein verfluchter Geist?

»Hurensohn«, sangen sie weiter und kicherten und schubsten das hilflose Kind dabei hin und her.

Die Tür schloss sich wieder, und auch wenn Jackson am liebsten ausgestiegen wäre, um den Hänseleien ein Ende zu bereiten, blieb er in seinem vorübergehenden Kokon.

Geht mich sowieso nichts an, dachte er, obwohl es ihn rasend machte, solche Quälereien anzusehen.

Wo zur Hölle treiben sich heute Nacht bloß all die Eltern rum? Feiern die in einer der Wohnungen 'ne Orgie oder was?

Angeblich war es doch eine ruhige Nacht. Zumindest, wenn man dem Nachtportier glaubte – der in dieser Hinsicht jedoch möglicherweise gelogen hatte und über Jacksons geheimes Leben bestens Bescheid wusste.

Jackson wurde nervös. Er war sich sicher, dass Gloria versuchte, ihm irgendetwas mitzuteilen. Und er war sich fast sicher, dass es darauf hinauslief, dass man ihn schnappen würde.

Soll ich wieder in die Lobby runterfahren? Aber was dann? Da unten könnte auch schon die Polizei auf mich warten. Der verdammte Pförtner hat wahrscheinlich schon die Bullen in meiner Wohnung per Funk informiert und ihnen Bescheid gegeben, dass ich zurück bin. Jetzt warten unten auch welche, falls ich versuchen sollte, abzuhauen.

Je mehr er darüber nachdachte, desto sicherer war er sich, dass sie ihm auf die Schliche gekommen waren. Irgendwie hatten die blöden Bullen es geschafft, die Spuren zu ihm zurückzuverfolgen.

Ich hab heute Nacht gar nichts gemacht. Wie haben sie mich bloß gefunden? Ich bin doch nur durch die Gegend gelaufen. Dafür können sie mich nicht festnehmen.

Zu seinen schönsten Erinnerungen gehörte seine Zeit an der Grundschule von Belford. Er hatte sich mit den meisten Kindern im Dorf angefreundet. Deshalb war es ein Gefühl wie Sommerferien, zur Schule zu gehen, abgesehen von den Hausaufgaben natürlich, aber die störten ihn auch nicht besonders. Oft half er sogar Kindern, die nicht ganz so schlau waren wie er selbst. Dadurch machte er sich in seiner Klasse noch beliebter, auch bei den Mädchen. In diesen magischen Jahren, bevor die Pubertät sie in die Finger bekam, waren Mädchen noch nicht diese furchteinflößenden, fremdartigen Wesen, in die sie sich später verwandelten. Es war eine großartige Zeit. Damals richtete der bloße Duft eines weiblichen Wesens noch kein Hormonchaos in ihm an und machte ihn zu einem unkontrollierten Idioten. Ein Mädchen war auch nur ein Kumpel, mit dem er Ball spielte, jemand, mit der er Eis essen oder durch die Stadt radeln konnte. Er gehörte zu den beliebtesten Kindern an der Grundschule von Belford. Alles war gut.

Jackson überlegte noch, ob er die Vier drücken oder die Fahrtrichtung ändern und wieder in die Lobby zurückkehren sollte, als der Fahrstuhl ohnehin in der vierten Etage stehen blieb.

Er machte einen Schritt zurück.

Die Tür öffnete sich. Es wartete keine Schar Polizisten auf ihn.

Es war überhaupt niemand da, soweit Jackson es sehen konnte.

(Dann werde ich nicht mehr da sein. Das ist das allerletzte Mal, dass du mich siehst. Aber ich muss dir noch etwas sagen, bevor ich gehe. Etwas, das du bestimmt nicht hören willst ...)

Jackson entspannte sich ein wenig und trat mit einem Fuß in die Tür, damit sie sich nicht wieder schloss.

Er musste sich entscheiden: Sollte er in seine Wohnung hochfahren oder den »Abwärts«-Knopf drücken? Falls tatsächlich Polizisten in der Eingangshalle auf ihn warteten, konnte er zumindest versuchen abzuhauen. Wenn er es bis raus auf die Straße schaffte, hatte er vielleicht eine Chance, sie abzuhängen.

Ich bin einfach nur paranoid. Es warten nirgendwo Bullen auf mich. Sie können mir überhaupt nichts nachweisen. Sie haben nicht die geringste Spur ...

Da er heute jedoch noch keine Zeitung gelesen hatte, konnte er sich in dieser Hinsicht nicht vollkommen sicher sein.

Er spielte mit dem Gedanken, durch das Treppenhaus nach unten zu gehen und einen Blick in die Lobby zu werfen, um nachzusehen, ob dort nicht doch Polizeibeamte auf ihn warteten.

Aber im Treppenhaus stinkt es noch widerlicher als im Fahrstuhl.

Nach einiger Überlegung zog Jackson den Fuß wieder zurück und beschloss, mit dem Fahrstuhl bis ganz nach oben zu fahren.

Aber die Tür schloss sich nicht. Auch nicht, als er mit der Hand auf den »Schließen«-Knopf hämmerte. Mehrmals.

»Komm schon«, knurrte er. »Was ist denn jetzt los?«

Erneut hatte er das Gefühl, Gloria versuche, ihm irgendetwas Wichtiges mitzuteilen.

Außer, dass wir Geister im Haus haben?

Er entdeckte das Notruftelefon an der Wand und überlegte, ob er den Nachtportier anrufen sollte, um ihm zu sagen, dass der Fahrstuhl verrückt spielte. Aufgrund irgendeines Problems mit der Elektrik, der Kinder im dritten Stock oder der Tatsache, dass es in diesem Haus spukte.

Oder weil Gloria mir eine Botschaft schickt.

Jackson bemerkte nicht, wie sich die Wohnungstür öffnete. Erst, als er die Schreie hörte, warf er einen Blick auf den Korridor hinaus und sah, wie zwei Männer auf ihn zurannten. Sein erster Gedanke war, dass ein Feuer ausgebrochen sein musste, obwohl er keinen Rauch sehen konnte.

»Ist alles okay?«, rief Jackson.

Mit einem Mal packte der ältere der beiden Männer den Jüngeren an der Kehle und zerrte ihn zurück.

Scheiße! Hier gab es überhaupt keinen Notfall, sah man mal von seinem plötzlichen Bedürfnis ab, verdammt noch mal so schnell wie möglich von hier zu verschwinden.

Komm schon, dachte er, während er mit wachsender Panik auf den »Schließen«-Knopf drückte.

Er wollte nicht Zeuge dessen werden, was sich zwischen

den beiden Männern abspielte. Während er jedoch darauf wartete, dass die Fahrstuhltür sich schloss, sah er, wie der ältere Mann den jüngeren zu Boden warf und ihm seine Hosen herunterriss. Als der Ältere anfing, seine eigene Hose abzustreifen, wurde Jackson mit einem flauen Gefühl im Magen klar, was hier jeden Moment passieren würde.

Sieht er denn nicht, dass ich hier stehe? Was zur Hölle denkt der sich? Wenigstens tue ich es da, wo mich niemand beobachten kann.

Der Junge – obwohl Jackson das Gesicht des jungen Mannes nicht genau erkennen konnte und nur bemerkte, wie blass es im Vergleich zu den schwarzen Schatten wirkte, war er sich sicher, dass er nicht älter als 20 war – begann zu weinen und zu betteln. »Nein, bitte nicht. Bitte, Onkel, tu das nicht.«

Jackson drehte sich der Magen um. Seine Kehle fühlte sich mit einem Mal furchtbar trocken an.

Hatte er richtig gehört? Hatte der Junge den Mann wirklich gerade »Onkel« genannt?

Mein Gott.

Jackson hämmerte mit der Faust auf den »Schließen«-Knopf.

Geh zu! Mach schon, geh zu!

Er wollte nicht dabei zusehen. Wenn der jüngere Mann ein Mädchen gewesen wäre, wäre das in Ordnung gegangen. Aber nicht *so*. Alles, nur das nicht …

Der ältere Mann hatte sich hingekniet. Der Großteil seines Gesichts lag nun im Schatten verborgen. Nur sein verdorbenes Grinsen war noch zu erkennen. Seine Hosen schlackerten an den Fußgelenken und sein Körper bebte mit jedem neuen Akt der Gewalt.

Der Junge hörte nicht auf zu weinen. »Nein! Onkel, nein! Das tut weh!«

Auch Jackson weinte.

Was passiert hier? Gloria? Wo bist du? Was passiert hier, Gloria?

Die Schreie des jungen Mannes drangen tief in Jacksons Hirn ein. Er wünschte sich so sehr, dass sie verstummen würden.

(Ich weiß über dich Bescheid. Ja, du hast richtig gehört. Ich weiß über deine Vergangenheit Bescheid ...)

Er zwang sich, nicht länger hinzusehen, aber er hatte einfach keine Möglichkeit, die schreckliche Geräuschkulisse zum Verstummen zu bringen, nicht einmal, wenn er sich die Ohren zuhielt.

Jackson schnappte nach Luft, als er ein Rumpeln hörte. Als er spürte, dass der Fahrstuhl wieder nach oben fuhr, öffnete er die Augen und nahm die Hände von seinen Ohren. Er wischte sich die Tränen weg, schaute zur Decke hinauf und atmete zitternd aus.

Heute Nacht ging irgendetwas Merkwürdiges vor sich. Zuerst das Baby, dann die Kinder und jetzt der Onkel mit seinem Neffen. Es war alles so schrecklich.

Und so vertraut.

Das machte ihm am meisten Angst.

Jackson wusste, dass er zum Notfalltelefon hätte greifen, den Nachtportier anrufen und ihm erzählen müssen, was er gesehen hatte.

Aber er konnte seinen Arm einfach nicht zu dem roten Telefon an der Wand ausstrecken.

Ich ruf ihn an, sobald ich sicher in meiner Wohnung gelandet bin, beschloss er. *Wenn ich ein paar Gläser Scotch intus habe.*

Schließlich würde er schon bald in seiner Wohnung sein.

Es sei denn …

Nein! Nicht schon wieder! Warum?

Er presste sich dicht an die Rückwand und fragte sich, welche Schrecken ihn als Nächstes draußen erwarteten.

Was haben die Geister noch für mich in der Hinterhand?, dachte er. *Gloria? Weißt du es?*

Im Gegensatz zu vielen anderen Teenagern verspürte er nicht den Wunsch, Belford zu verlassen und in eine größere, aufregendere Stadt zu ziehen. Er war zufrieden damit, zu Hause zu wohnen. Michael war in der Hoffnung nach New York gezogen, als Mitglied einer Band berühmt zu werden – er spielte Schlagzeug –, aber obwohl sein Bruder ihm ständig Postkarten schickte und ihn aufforderte, ebenfalls in den Big Apple zu ziehen, wollte er seine Eltern, Belford und seine verbliebenen Freunde nicht einfach so im Stich lassen.

Dann war sogar sein Lieblingsonkel Walter, der Bruder seines Vaters, bei ihnen eingezogen. Er wohnte in Michaels Zimmer und war ein liebevoller, lustiger, großzügiger Mann, der die Stadt oft aufgrund seiner Geschäfte verlassen musste und anschließend mit Geschenken wie neuen Turnschuhen oder einem Stapel Comics zurückkam.

Er lebte sehr gerne in Belford. Manchmal half er sogar in der Tierhandlung aus und verdiente sich ein bisschen Geld dazu, mit dem er Verabredungen mit einigen der attraktivsten Mädchen der Stadt finanzierte. Auch wenn New York natürlich sehr aufregend klang, konnte er Belford nicht verlassen. Es gab für ihn keinen Grund zu gehen, jedenfalls wäre ihm keiner eingefallen. Alles war gut.

Die Tür öffnete sich. Jackson erkannte einen Mann vor sich. Er konnte nicht genau sagen, wie alt er war. Der Mann saß ein Stück entfernt auf dem Korridor – in einem Stuhl mit dem Rücken zum Fahrstuhl. Es fiel kaum Licht auf seine starre Silhouette. Der Mann hatte kurz geschorenes, schwarzes

Haar, so viel konnte Jackson erkennen, und er schien gar nichts zu tun.

Trotzdem löste er Unbehagen bei Jackson aus.

Was zur Hölle macht der da?

Jackson schluckte. »Äh, entschuldigen Sie, Sir. Können Sie mir vielleicht sagen, was hier los ist?«

Der Mann antwortete nicht.

Jackson überraschte das nicht. Schließlich hatten ihn heute Nacht auch alle anderen ignoriert, warum sollte es bei ihm hier also anders sein?

Jackson versuchte es erneut. »Haben Sie auf den Fahrstuhlknopf gedrückt? Wer sind Sie? Warum sitzen Sie da?«

Der Mann antwortete, indem er sich ein Streichholz anzündete.

Jackson verließ seine Position an der Rückwand des Aufzugs und schlich sich zur Tür. Er beobachtete, wie der Mann das Streichholz vor sein Gesicht hielt.

Er zündet sich nur eine Zigarette an, dachte Jackson etwas erleichtert.

Er wartete, dass der Mann sich die Zigarette ansteckte. Als das Streichholz jedoch abgebrannt war, zündete er nur ein weiteres an, saß da und starrte auf die kleine Flamme.

(Ich weiß alles. Alles, dein ganzes Leben, war eine einzige große Lüge. Und ich weiß alles ...)

Jackson wurde unwohl. »Hol mich hier raus«, murmelte er.

Der Mann warf ein weiteres abgebranntes Streichholz auf den Boden und zündete ein drittes an.

»Hol mich verdammt noch mal hier raus, Gloria.«

Aber die Tür schloss sich nicht.

Der Fahrstuhl spielte mit ihm, quälte ihn, genau wie die Kinder, die den armen Jungen unten im dritten Stock gehänselt hatten.

»Ich will hier raus.«

Er verstand nicht, was passierte, was Gloria ihm zu sagen versuchte, aber er wusste, dass es im Gebäude heute Nacht hätte ruhig sein müssen.

Was wollen die von mir? Wer sind die? Was sind die?

Jackson zitterte. Heute Nacht hatte er nicht das Bedürfnis verspürt, seine Fantasien auszuleben. Heute Nacht war er einfach durch die Gegend gelaufen, aber er wusste, dass er morgen wieder losziehen, eine willige Mitspielerin finden und ihr zeigen musste, dass es auf der Welt wirklich Schutzengel gab, die das Leben der Menschen lenkten.

»Gloria«, brüllte Jackson, doch der Mann drehte sich noch immer nicht um.

Der Fahrstuhl schien noch düsterer und enger zu werden, als er es ohnehin schon war. Jackson wollte fliehen und die verfluchte Kabine ein für alle Mal verlassen, aber er hatte zu große Angst, an dem Mann vorbeizurennen und sein Gesicht zu sehen. Er hatte Angst davor, was er dann vielleicht erkennen würde.

Davor, wer dieser Mann vielleicht sein könnte.

Ich werde verrückt. Das ist es doch, Gloria, nicht wahr? Ich werde wahnsinnig.

(Ich dachte, du wärst auch nur so ein Mistkerl, ein verlogener, widerlicher Kerl. Aber jetzt weiß ich, dass noch mehr dahintersteckt. Es ist noch schlimmer. Viel schlimmer. Das Komische ist, das ein kleiner Teil von mir sich fragt, ob all das wirklich allein deine Schuld ist. Ob du vielleicht gar nicht allein bestimmen konntest, wie dein Leben verläuft. Vielleicht, nur vielleicht, bist du ja wirklich verrückt ...)

Die Fahrstuhltür schloss sich.

Das wird auch Zeit, dachte er und war froh, als er den auf dem Stuhl sitzenden Mann nicht länger ansehen musste.

Jackson fühlte sich nicht wohl. Abgesehen von dem Zittern

rann ihm nun auch der kalte Schweiß in Strömen über den Körper.

Er brauchte unbedingt etwas zu trinken.

Es war die längste Fahrstuhlfahrt, die Jackson je erlebt hatte. Er schwor sich, dass er diesen Lift nie wieder benutzen würde. Künftig würde er nur noch die Treppe nehmen, auch wenn sie noch so düster, widerwärtig stinkend und voller Junkies war. Selbst in Nächten, in denen er seinen Bedürfnissen nachgab, würde er in Zukunft über die Treppe gehen, ganz egal, wie viel Überwindung es ihn auch kosten mochte.

Der Fahrstuhl hielt auf seiner Etage.

Mit 18 zog er schließlich doch zu Hause aus, aber nicht, weil er von Belford oder seinen Eltern die Nase voll hatte. Nein, er liebte sie immer noch, auch seinen Onkel Walter. Er hatte einfach nur das Gefühl, dass es an der Zeit war, die Welt kennenzulernen und etwas aus sich zu machen. Er fuhr mit dem Zug nach New York, um Michael zu besuchen. Eigentlich sollte es nur ein kurzer Besuch werden. Er wollte nur für ein paar Tage bei ihm vorbeischauen und Hallo sagen, alles erleben, was New York zu bieten hatte, und es richtig krachen lassen, wie man so schön sagte. Aber die Stadt gefiel ihm so gut, dass er sich zum Bleiben entschloss. Anfangs wohnte er bei seinem Bruder, aber Michael verliebte sich schon kurze Zeit später in eine schwarze Barsängerin, sodass er sich eine eigene Wohnung suchen musste, was er auch tat: zwei winzige Zimmer mitten in Queens. Er fand einen Job in einer Wurstfabrik und versuchte nebenbei herauszufinden, was er mit seinem Leben anfangen wollte.

Die Arbeit war nicht gerade weltbewegend und die Bezahlung alles andere als üppig, aber er lernte ein paar wirklich tolle Jungs kennen, mit denen er jeden Abend feiern ging und jede Menge Spaß hatte. Jetzt erkannte auch er die Reize dieser fantastischen Stadt und verstand, warum sein Bruder gewollt hatte, dass er zu ihm zog. Zuerst verliebte er sich in den Big Apple und ein Jahr später in eine atemberaubende Brünette.

Das Leben war großartig.

Mit einem letzten Ruck kam die Fahrstuhlkabine zum Stehen, während sich die Tür langsam öffnete.

Scheiß Fahrstuhl!, fluchte Jackson, war jedoch erleichtert, dass er es bis in den obersten Stock geschafft hatte.

Morgen würde er dem Hausmeister sagen, dass das Ding eine Generalüberholung nötig hatte.

Aber im Moment wollte er nur noch in seine Wohnung und …

Jackson stieß ein lautes Kreischen aus, als er sie sah.

Nein, nein, nein, nein, nein, nein ...

Er blieb wie angewurzelt im Fahrstuhl stehen und starrte mit ungläubigem Entsetzen auf den schrecklichen Anblick, der sich ihm bot.

Jackson hatte in seinem Leben schon viel Mord und Totschlag gesehen, aber beim Anblick des Blutbads, das sich über den orangebraunen Teppichboden ergoss, wurde ihm übel.

Es kam ihm irreal vor, so als würde lediglich ein Film vor ihm ablaufen: die Frau auf dem Boden, der Mann, der über ihr kniete und ihren leblosen Körper aufschlitzte.

Er hatte ein überwältigendes Gefühl von Déjà-vu. Ihm war furchtbar übel und er fühlte sich vollkommen verwirrt.

Hilf mir, Gloria. Bitte, hilf mir!

Der Mörder erhob sich, drehte sich zu ihm um und trat aus den Schatten auf Jackson zu.

»Lass mich in Ruhe«, schrie Jackson. Er rannte zum Fahrstuhl zurück und trommelte panisch auf den Knopf für das Erdgeschoss.

Nichts passierte.

Er griff nach dem roten Notfalltelefon und hielt sich den Hörer ans Ohr.

Das Rauschen dröhnte in seinen Ohren. Der Hörer knallte gegen die Wand, als er Jackson aus der Hand fiel.

Der Mörder kam immer näher.

»Was willst du?«, brüllte Jackson. »Lass mich in Ruhe. Ich werd's niemandem sagen. Wie könnte ich auch? Ich bin wie du.«

Der Mörder blieb stehen, als er den Fahrstuhl erreichte. Er starrte zu Jackson in die Kabine.

Jackson starrte zu dem Mörder hinaus. Und sah …

(Wer bist du wirklich? Ich weiß es nicht. Und ich glaube, du weißt es auch nicht. Du lebst in zwei Welten, in zwei Wirklichkeiten. Und jetzt, wo ich hier stehe, weiß ich nicht, ob ich dich bemitleiden oder hassen soll ...)

Er schrie.

Ein mächtiges, knarrendes Donnern brachte Jackson zum Verstummen. Der Fahrstuhl begann zu beben. Jackson wich in eine Ecke zurück und hockte sich hin. Tränen liefen über seine Wangen.

Das kann nicht sein, das kann nicht sein, das kann nicht sein ...

Er musste es sich eingebildet haben – es war schlicht nicht möglich.

Während der Fahrstuhl weiter wie eine Achterbahn auf einem Jahrmarkt vibrierte, gelangte Jackson zu dem Schluss, dass es sich bei dem, was er gerade erlebt hatte, um eine Halluzination handeln musste. Vielleicht hatte er sich das Ganze ja nur eingebildet – dort draußen lag gar keine Leiche auf dem Boden und es war auch kein Killer hinter ihm her.

Nur mein Verstand, der mir einen Streich spielt.

Der Fahrstuhl war hingegen keine Sinnestäuschung. Er

wurde tatsächlich wie von einem heftigen Anfall durchgeschüttelt, und Jackson musste zusehen, dass er verdammt noch mal ausstieg, ehe er ernsthaft verletzt wurde.

Er wischte sich über die Augen und stand auf. Beinahe wäre er ausgerutscht, aber es gelang ihm, sich auf den Beinen zu halten.

Da draußen ist nichts, sagte er sich. *Da ist kein Killer und auch sonst niemand. Alles nur Einbildung.*

Er riss sich zusammen, öffnete die Augen und sah hinaus.

Er schnappte nach Luft.

Sie stand da und starrte ihn direkt an. Ganz allein. Da waren keine Schnittwunden und es klebte kein Blut an ihr. Sie sah genauso schön aus wie immer – weiche, weiße Haut, wallendes, rabenschwarzes Haar. Und diese Augen … engelsgleiche, wissende Augen.

»Gloria«, murmelte Jackson.

Er hatte seit Jahren nicht mehr an sie gedacht. Hatte sie komplett aus seiner Erinnerung verbannt. Vor fünf Jahren war sie ihm das letzte Mal begegnet, sah aber noch genauso aus, wie er sie in Erinnerung hatte. Kein bisschen verändert.

»Was machst du hier?«, fragte Jackson.

»Dein ganzes Leben war eine Lüge«, sagte sie und in ihrer Stimme lag ein Anflug von Traurigkeit. *»Und ich habe die Wahrheit herausgefunden, Jackson …«*

Mit einem Mal hing der Fahrstuhl in völliger Dunkelheit. Jackson kreischte.

Funken regneten auf ihn herab. Der Lift tanzte weiter hin und her, dann war ein furchteinflößender, metallischer Knall zu hören, bevor die Kabine mit einem Ruck nach unten sackte.

Jackson stürzte auf den Korridor zu, aber als er in der Öffnung nach draußen stand, wurde er von einer unsichtbaren Wand zu Boden geworfen, die sich anfühlte wie eine zähflüssige Masse.

Sie würde ihn nicht entkommen lassen.

»Hilf mir«, rief er Gloria zu.

»Du wurdest in Belford geboren, so weit entspricht es der Wahrheit, aber alles andere, was du mir erzählt hast, war Blödsinn. Dein Vater war Alkoholiker und deine Mutter eine kalte, lieblose Frau. Sie hatten auch keine Tierhandlung. Dein Vater arbeitete in einem Beerdigungsinstitut, während deine Mutter fremde Männer mit nach Hause brachte, die auf der Durchreise waren …«

»Das ist nicht wahr«, brüllte Jackson. »Meine Mum hat mich geliebt …« Er rutschte aus, als er versuchte, wieder aufzustehen. Gloria stand nur da, sah ihm zu und sprach weiter.

»Deine Mum wäre bei deiner Geburt beinahe gestorben. Das hat sie dir nie verziehen. Als du noch ein Baby warst, hat sie dich in deiner Wiege in ihrem Schlafzimmer allein gelassen, während sie irgendwelche Fremden gefickt hat. Dein Bruder ist oft nach Hause gekommen, hat sie in flagranti erwischt und sich um dich gekümmert. Er hat dich mit auf sein Zimmer genommen, die Tür zugemacht und geweint. Er sagte, du hättest die ganze Zeit nur an die Wand gestarrt und dabei apathisch hin- und hergeschaukelt. Er hat dich geliebt, Jackson, aber er hat sich auch Sorgen um dich gemacht. Dein einziger Trost schien eine streunende Katze zu sein. Aber du hast sie getötet, als du fünf Jahre alt warst. Deine Mutter fand dich an ihrer Seite kauernd, ihr Genick war gebrochen …«

»Du lügst!«

»Dein Bruder ist mit 16 von zu Hause ausgezogen. Er hat die Misshandlungen nicht mehr länger ertragen. Du hast nie wieder etwas von ihm gehört. Du bist mit deinem saufenden Vater und deiner herumhurenden Mutter allein geblieben …«

»Schlampe! Ich wusste doch, dass es einen Grund gab,

wieso ich dich verlassen habe.« Jackson versuchte erneut aufzustehen, aber der bebende Fahrstuhl warf ihn wieder um.

»Du bist zu einem sehr distanzierten Kind herangewachsen. Du hattest keine Freunde in der Schule und wurdest ständig gehänselt und verprügelt ...«

»Ich hatte eine Menge Freunde!«

»Mädchen hatten kein Interesse an dir und je älter du wurdest, desto weiter hast du dich in dein Schneckenhaus zurückgezogen. Mit 15 hast du angefangen, Häuser anzuzünden und deine Eltern haben dich in eine Besserungsanstalt irgendwo in der New Yorker Provinz geschickt ...«

»Nein!«

»Und sie haben dir gesagt, du sollst nie wieder zurückkommen. Mit 18 hast du die Besserungsanstalt verlassen und bist nach New York gezogen, wo du tatsächlich einen Job in einer Wurstfabrik gefunden hast, aber du hast nie bei deinem Bruder gewohnt und hattest auch keine Freunde ...«

»Um Himmels willen, hilf mir, Gloria! Hilf mir aus diesem Fahrstuhl!«

»Du bist von einer Jugendstrafanstalt in die nächste gewandert, ein paarmal warst du sogar im Gefängnis. Du hast das traurige Leben eines Kleinkriminellen in irgendeinem Drecksloch in Queens geführt, als du mich kennengelernt hast ...«

»Ich hab keine Ahnung, wovon du da redest.«

»Eine Zeit lang hast du mich erfolgreich aufs Glatteis geführt, hast es sogar geschafft, dass ich mich in dich verliebte und dich für etwas hielt, was du gar nicht warst. Hast mir jede Menge verlogene Geschichten über dein beschissenes, gescheitertes Leben erzählt, aber ich habe die Wahrheit trotzdem herausgefunden. Ich kenne auch die

Wahrheit über deinen Onkel Walter. Ich weiß, warum er dir wirklich all diese Geschenke gekauft hat ...«

»Er wird abstürzen! Hilf mir! Ich werde sterben, wenn du mir nicht hilfst!«

»Aber ich hätte nie gedacht, dass du dazu fähig bist, jemanden zu vergewaltigen, Jackson. Gott, sieh dich nur an. Ich wette, in ein paar Jahren wirst du dich nicht einmal mehr daran erinnern. Ich wette, du wischst das alles einfach beiseite und denkst dir irgendeine Fantasiegeschichte aus, so, wie du es immer getan hast. Nun, ich hoffe, du bleibst für immer hinter diesen Gittern und kommst nie wieder raus. Denn ich hasse den Gedanken daran, was passieren könnte, wenn du je wieder frei herumläufst. Deine Schwäche wird dein Untergang sein, vergiss das nie. Leb wohl, Jackson.«

Während er in der Dunkelheit des Fahrstuhls lag und die Funken auf ihn herabregneten, unfähig zu entkommen, sah Jackson zu, wie die Umrisse von Gloria allmählich verblassten. »Gloria, warte ...« Aber sie war bereits verschwunden.

Er blieb mit nichts als seinen verdrängten Erinnerungen und einem kaputten Fahrstuhl zurück.

Plötzlich hörte er ein ohrenbetäubendes Knallen, als das Kabel doch noch riss.

Nur der Nachtportier war noch wach und wurde Zeuge der Verwüstung, die der Fahrstuhl anrichtete, als er sechs Stockwerke tief in seine letzte Ruhestätte in der Lobby hinunterrauschte.

Und die Wahrheit wird dich frei machen ...

Schließlich fand er einen guten Job in der Werbebranche, kurz nachdem er und Gloria in einem Apartment in Manhattan zusammengezogen waren. Sie lebten ganz in der Nähe seines Bruders und dessen Frau, gingen gemeinsam in

Bars, sahen zu, wenn die Band seines Bruders spielte, und lauschten den Auftritten von dessen Frau.

Es war ein großartiges Leben.

Irgendwann, ganz langsam, hielt eine Veränderung Einzug. Er liebte Gloria noch immer, aber sie wurde zunehmend distanzierter, kam spätabends nach Hause und flirtete in Bars mit anderen Männern.

Er sagte ihr, sie müsse ausziehen – er bezahlte die Miete –, als er sie mit einem anderen Kerl im Bett erwischte, und obwohl sie ihn anflehte, ihr noch eine Chance zu geben, weigerte er sich. Schließlich ging sie doch.

Er behielt die Wohnung, auch als das Gebäude immer mehr vor die Hunde ging, und hatte nur noch One-Night-Stands. Er wollte nicht noch einmal in eine Beziehung investieren und das Risiko eingehen, wieder verletzt zu werden.

Fünf Jahre vergingen und er hatte Gloria beinahe vergessen.

Er verliebte sich in das Singleleben, ging jeden Abend aus und gierte nach neuen Eroberungen.

Dazu war er bestimmt, das erkannte er nun.

In den ruhigen Nächten, in denen er alleine in seiner Wohnung saß und über sein bisheriges Leben nachdachte, wusste er, dass er ein gutes Leben sehen würde, wenn er eines Tages vor seinen Schöpfer gerufen und seine komplette Reise noch einmal vor seinem inneren Auge ablaufen würde, so, wie es angeblich kurz vor dem Tod geschah – erfüllt mit Sinn, Glück und Freude. Die Wahrheit.

Genau so, wie sein Schutzengel es ihm immer versprochen hatte.

NOTIZEN ZUR ENTSTEHUNG:

Das Meeresrauschen in der Muschel gehört zu einer Handvoll Geschichten, die in New York spielen, und ist eine von vielen, die von Serienkillern handeln – beides Themen, die mich unendlich faszinieren. Dies ist meine Version des »Dein Leben läuft noch einmal vor deinem inneren Auge ab«-Motivs. Und noch eine kleine Randnotiz: In dieser Geschichte ist von der erfundenen Kleinstadt Belford die Rede. Auch wenn ich sie hier nur flüchtig erwähnte, wird sie doch in Zukunft als Schauplatz einiger meiner Werke erneut zum Einsatz kommen. Allen voran in dem Roman über das Erwachsenwerden, an dem ich derzeit arbeite.

Eine Frage des Glaubens

(A Question of Believe)

Der Mann stand am Rand der Klippe, wiegte sich sanft vor und zurück und starrte auf die wogende See hinunter.

Auf den ersten Blick glaubte der Reverend, der Kerl genieße nur die wunderschöne Aussicht. Schließlich war sie der Grund, weshalb auch Reverend Bill Blight hier heraufgekommen war. Er machte seinen üblichen Spaziergang entlang der Klippen und genoss den Zauber des Meeres.

Als er sich dem Mann jedoch näherte, bemerkte der Reverend dessen zerfledderte Kleidung. Sie flatterte und tanzte im Wind, einige Stofffetzen wurden nur noch von sehr dünnen Fäden zusammengehalten.

Nun wusste er, dass dieser Mann nicht hier war, um die Aussicht zu genießen – definitiv nicht.

Der Reverend spürte, wie sich sein Herzschlag beschleunigte. Einen so unglücklichen Mann wie diesen zu sehen, der ganz offensichtlich mit der Welt abgeschlossen hatte, machte ihn traurig. Er hatte in seinen 40 Jahren als Geistlicher schon mit vielen entmutigten Seelen zu tun gehabt und kannte die Anzeichen beginnender Selbstzerstörung nur zu gut.

Es war seine Pflicht, diesem Mann zu helfen. Genau diese Aufgabe stand schließlich im Mittelpunkt seines Lebens und seiner Arbeit.

Der Reverend hielt direkt auf den Mann zu, und als er ihn beinahe erreicht hatte, wehte ihm ein beißender Geruch in die Nase. Es stank nach einer Mischung aus verdorbenem Fisch und Abfall, der zu lange in der Sonne vor sich hingerottet hatte. Der Reverend versuchte, flach zu atmen, war dabei jedoch bemüht, eine freundliche Miene aufzusetzen. Als er neben den Fremden trat, konnte er hören, wie die Brandung gegen die Felsen krachte und die Möwen in das Konzert einstimmten.

»Guten Tag, mein Sohn«, sagte der Reverend und atmete tief durch. »Eine herrliche Aussicht, nicht wahr? Was für ein wundervoller Tag.«

Der Reverend drehte sich um und sah den Mann an. Er musste unwillkürlich nach Luft schnappen. Das Gesicht des Mannes war furchtbar blass, auf seinen Wangen und an seiner Stirn erkannte er abgerissene Hautfetzen. Aus seinen Wunden sickerte eine klare Flüssigkeit.

Die Augen des Mannes waren glasig. Der Reverend erkannte keinerlei Leben in ihnen, kein Anzeichen dafür, dass er seine Umgebung bewusst wahrnahm.

Dieser Mann ist furchtbar krank.

»Es ist schon gut«, sagte er zu dem Mann und versuchte, seine Stimme betont ruhig klingen zu lassen. »Ich kann Ihnen helfen.«

Der Fremde schaukelte weiter hektisch vor und zurück und starrte aufs Meer hinaus.

»Wie heißen Sie?«

Er bekam keine Antwort.

»Mein Name ist Reverend Bill Blight. Würden Sie mir Ihren Namen verraten?«

Der Fremde hob seinen Arm und zeigte auf das Wasser hinaus. Er öffnete seinen Mund und stieß einen erstickten Schrei aus.

»Ja, das ist der Ozean«, ermutigte ihn der Reverend.

Der Mann stöhnte erneut, diesmal mit mehr Entschlossenheit.

Der Reverend nickte und lächelte.

Vielleicht ist er krank oder geistig zurückgeblieben und

aus einer Klinik ausgebrochen, dachte er, obwohl er hier in der Nähe keine psychiatrische Anstalt kannte.

»Kommen Sie, ich wohne ganz in der Nähe. Sie können mit zu mir kommen und dort etwas essen.«

Der Reverend fasste den Mann sanft am Arm und spürte, dass sein Hemd klamm war. Es war nicht mehr richtig nass, sondern es fühlte sich eher an, als habe der Wind seine klatschnasse Kleidung größtenteils getrocknet. Er begann, den Mann vom Rand der Klippe wegzuführen.

Doch dieser riss sich los, stieß störrische Grunzlaute aus und kehrte an den Rand der Klippe zurück.

Der arme Mann scheint sich dem Meer zutiefst verbunden zu fühlen, dachte der Reverend. Er lächelte und packte den Mann erneut am Arm.

»Kommen Sie. Ich kann Sie später wieder hierher bringen, wenn Sie etwas gegessen und sich richtig gewaschen haben.«

Dieses Mal folgte der Mann dem Reverend ohne Gegenwehr, wimmerte jedoch leise, als dieser ihn von der Küste wegführte.

Das Haus des Reverends war lediglich einen gemütlichen, zehnminütigen Spaziergang vom Meer entfernt. Das hohe, dünne Gras, das die Klippen bedeckte, säumte auch den gesamten Weg hin zu seinem Haus. Der dunkle, sandige Boden ließ keine üppig grüne Vegetation zu. Hinter seinem Haus erhob sich eine kleine Gruppe von Hügeln wie Klumpen aus grünem Lehm. Hier hatte er sich sein kleines Nest gebaut, war nicht zu weit von der Stadt oder der Kirche entfernt. Bis vor wenigen Jahren war er hier zufrieden und geborgen gewesen. Mittlerweile hingen zu viele traurige Erinnerungen daran.

Es war Spätnachmittag und die Sonne setzte am Horizont bereits zu ihrem Sinkflug an, als sie das Haus erreichten. Der Reverend führte den Mann hinein und setzte ihn an den Küchentisch.

»Wir sollten erst mal Ihre Wunden versorgen, mein Freund.« Der Reverend ging ins Badezimmer, griff nach einer Tube mit antiseptischer Salbe, einigen Pflastern und einer Tüte mit Wattebällchen. Er ging zu dem Mann zurück und legte alles auf den alten Holztisch.

»Das brennt jetzt vielleicht ein bisschen, in Ordnung?«

Der Mann starrte mit leerem Ausdruck auf die Tür.

Der Reverend verteilte ein wenig Salbe auf ein Wattebällchen und tupfte damit vorsichtig die blutigen Wunden ab. Der Mann zuckte jedoch nicht zusammen oder kreischte vor Schmerzen auf. Erstaunt fuhr der Reverend fort, ihn zu säubern und zu verbinden.

Als Nächstes ließ er die Badewanne mit dampfend heißem Wasser vollaufen. Er half dem Mann, sich auszuziehen – seine nasskalte Kleidung warf er in den Müll – und in die Wanne zu steigen. Er reichte ihm ein Stück Seife und schloss die Badezimmertür, um ihm ein wenig Privatsphäre zu geben. Im Schlafzimmer suchte der Reverend ein paar alte Klamotten zusammen und ging dann in das kleine Wohnzimmer hinüber, wo er das Telefonbuch nach Kliniken in der Umgebung absuchte. Es gab nur zwei, die nächstgelegene war eine Autostunde weit entfernt.

Er rief die erste Nummer an. Dort lagen keine Meldungen über vermisste Patienten vor. Als er mit der zweiten Klinik telefonierte, sagte man ihm dasselbe.

Er bedankte sich für die Auskunft und legte verwundert wieder auf. Wer war dieser Mann?

Vielleicht war er ja auch in einem privaten Heim untergebracht. Wenn das zutraf, dürfte es schier unmöglich werden, herauszufinden, woher der Fremde kam. Er hatte die Taschen in der abgerissenen Kleidung des Mannes durchsucht, bevor er sie weggeworfen hatte, jedoch keinen Ausweis oder andere Dokumente vorgefunden.

Alles, was er entdeckt hatte, war ein kleines, zerfetztes Tagebuch in der hinteren Hosentasche. Die Seiten waren völlig durchnässt und klebten aneinander. Er hatte es zum Trocknen auf ein Regal im Wohnzimmer gelegt.

Der Reverend entfernte sich vom Telefon und ging zum Badezimmer zurück.

Er klopfte an die Tür und trat ein.

Er runzelte die Stirn. Der Mann verharrte unverändert in genau der Position, in der er ihn zurückgelassen hatte – mit angezogenen Knien, das Stück Seife fest in seiner Hand.

Der Reverend schüttelte den Kopf und grinste. »Sie sehen noch genauso dreckig aus wie vorhin, als ich Sie gefunden habe.«

Er stieß einen kurzen Seufzer aus, tat einen Schritt auf die Badewanne zu und nahm dem Mann die Seife aus der Hand.

Als der Reverend anschließend die Küche betrat, stand der Mann am Fenster und starrte auf den zunehmend dunkleren Himmel hinaus. Er trug die alte Kleidung des Reverends und roch entschieden sauberer. Aufgrund der vielen Pflaster wirkte er trotzdem ziemlich abschreckend.

Der Reverend schenkte ihm ein aufmunterndes Lächeln und gesellte sich zu ihm. »Morgen bringe ich Sie zurück an den Strand, alles klar?« Er fasste den Mann am Arm und spürte, dass dieser sich wehrte. »Kommen Sie, jetzt können Sie doch sowieso nicht mehr viel sehen. Ich verspreche Ihnen, dass ich Sie morgen wieder zum Meer begleite. Dann können wir den ganzen Tag dort verbringen.«

Er führte den Mann zum Tisch hinüber, wo er sitzen blieb, während der Reverend das Abendessen zubereitete.

»Wie klingt Rindereintopf?«, rief der Reverend über seine Schulter. Er wusste zwar ganz genau, dass er keine Antwort erhalten würde, aber das störte ihn nicht. Es gefiel ihm, ein wenig Gesellschaft zu haben, auch wenn diese Gesellschaft ziemlich einfältig war. Er drehte sich wieder um und begann das Fleisch zu schneiden.

Eine Stunde später trug der Reverend einen großen Teller mit Eintopf zu dem Mann hinüber und stellte ihn vor diesem ab.

»Bitte schön«, sagte er mit einem Nicken. »Lecker und herzhaft.«

Der Mann saß nur da und starrte auf den Berg, der vor ihm stand. Er schien keine Ahnung zu haben, was er damit anfangen sollte.

Der Reverend griff nach dem Löffel und steckte ihn dem Mann in die Hand. Dann zeigte er ihm, wie er das Besteck zum Mund führen konnte. Wie ein unwissendes Kind ahmte der Mann den Reverend nach und schob sich einen Löffel voll Eintopf in den Mund.

»So ist es richtig«, ermunterte ihn der Reverend.

Sobald der Mann den Eintopf gekostet hatte, beugte er sich jedoch nach vorne und spuckte ihn wieder aus.

Der Reverend wich zurück, um sich nicht schmutzig zu machen. Stöhnend erhob sich der Mann, warf dabei seinen Stuhl um und rannte zur Arbeitsplatte hinüber.

»Was machen Sie denn da? Was ist denn los?«

Der Reverend bekam Angst. Angst, er könnte dem Mann etwas zu essen gegeben haben, wogegen er allergisch war. Auf jeden Fall schien es, als brauchte der andere dringend einen ordentlichen Schluck Wasser.

Doch das war es nicht, was der Mann wollte.

Statt zum Spülbecken zu gehen, schnappte er sich den Klumpen rohes Fleisch, das von der Zubereitung des Eintopfs noch übrig war, und stopfte ihn sich in den Mund.

»Meine Güte«, entfuhr es dem Reverend vor Schreck.

Der Mann machte sich über das Fleisch her wie ein

ausgehungertes wildes Tier. Blut rann über sein Gesicht und tropfte auf seine Brust.

Dem Reverend wurde von dem Anblick ganz übel. Er hastete zu dem Mann hinüber und entriss ihm das Fleisch.

»Lassen Sie das«, befahl er.

Der Mann, sein Gesicht orangefarben verschmiert, senkte den Blick.

Plötzlich schien er sich für sein Verhalten zu schämen. Der Reverend warf das angekaute Stück Fleisch in den Abfalleimer und wusch sich am Spülbecken sorgfältig die Hände. Dann führte er den Mann ins Badezimmer, wo er ihm Gesicht und Hände mit Seife säuberte.

Anschließend setzte er ihn in sein Schlafzimmer und schloss die Tür.

Er war der Ansicht, der Mann könne ein wenig Erholung gut gebrauchen.

Die Nacht wurde allmählich kühler. Der Reverend saß am Kamin und las im Tagebuch des Mannes. Die Wärme des Feuers hatte die durchnässten Seiten getrocknet, aber ein Großteil der Einträge war trotzdem kaum noch zu entziffern.

Die Nässe hatte die Schrift verschmiert. Der Reverend war überrascht gewesen, als er das Tagebuch gefunden hatte, denn es bewies, dass der Fremde nicht geistig zurückgeblieben war, wie er zunächst angenommen hatte. Inzwischen hatte der Reverend die meisten Seiten des Tagebuchs, deren Inhalt noch nicht dem Wasser zum Opfer gefallen war, gelesen, aber nichts Interessantes darin gefunden.

Er blätterte eine der zerknitterten Seiten um und sah, dass die Buchstaben zu undeutliche Schemen verlaufen waren.

Er schlug die nächste Seite auf.

18. Mai 19 –
Dies ist meine zweite Nacht an Bort der »Coup L'Aire«. Die andern Jungs, es sind so um die 35, scheinen recht nett zu sein. Der Käpt'n ist ein bisschen rupig, aber sind sie das nicht alle?

Mein Boss, sie nennen ihn den Franzosen, ist in Ordnung. Ich weiß nicht, warum sie ihn so nennen, einen Akzent hat er nämlich nicht.

Heute Nacht schreibe ich nur einen kurzen Eintrag, ich bin hundemüde. Morgen halten wir in Hati (jedenfals glaube ich, dass das so geschrieben wird), um Kisten mit Zuker an Bort zu nehmen. Das sollte ein Spaß werden: Ich hab von den Jungs gehört das da immer jede Menge nackige Frauen rumrennen und da alle auf Zaubersprüche und Vodoo und solches Zeug stehen.

Ich hab den ganzen Tag damit verbracht die Maschinen zu reparieren und Seile zu prüfen. Keine besonders glamuröse Arbeit aber die Bezahlung is gans okay.

Der Reverend lächelte. Er würde dem Mann in den nächsten Tagen ein wenig Rechtschreibung und Grammatik beibringen müssen. Er blätterte weiter.

20. Mai 19 –
Junge, was war das heute für ein Tag und eine Nacht! Es gibt jede Menge zu erzälen, deshalb beeil ich mich lieber. Ich will nicht den ganzen Tag mit schreiben vergeuden. Sonst werd ich bestimt gefeuert.

Gestern sind wir also in Hati angekommen. Wir sind alle in einem Ort namens Port-au-Prince, ich habs abgeschrieben, raus, wo wir die Kisten mit dem Zuker abgeholt haben. Na ja, wir haben dann den ganzen Tag haufenweise Zukerkisten auf das Schiff gebracht – und ich will hier mal festhalten, das Zuker verdammt schwer ist – bis wir endlich alle an Bort hatten. Ich fand diesen Ort gleich von Anfang an unheimlich. All diese Schwarzen in ihren komischen Klamoten, die diese seltsame Sprache sprechen. Ich bin kein Rassist oder so. Aber ich hab nun mal so ein komisches Gefühl.

Hinterher hat der Käpt'n uns dann gesagt wir können über Nacht hierbleiben. Er meinte, wir könnten die Erholung alle gut brauchen. Da musste ich ihm recht geben!

Ein paar von den alten Jungs haben mir gesagt, sie wollten per Anhalter rüber nach Mariani (schreibt man das so?) fahren, wos angeblich Vodoopriester und echte Zombies gibt (ja, klar!).

Ich hab gelacht und ihnen gesagt, dass ich lieber mit den andren in der Stadt bleibe (viele waren aber nich übrig, weil die meisten mit nach Mariani gefahrn sind). Aber ich war einfach totmüde.

Jedenfalls sind sie um zwei Uhr morgens total aufgeregt zurückgekomen und haben nach Alkohol gestunken. Sie haben ein paar von uns gewekt und uns erzählt was sie erlebt haben.

Sie meinten, sie hätten eine Weile getrunken und dann gemeinsam beschlossen, das es Zeit wär, endlich ein paar echte Zombies zu sehen. Sie sind durch das kleine Kaff gelaufen und standen plötzlich im Wald. Dann sind sie an ein großes Feld gekommen, auf dem warscheinlich der ganze Zuker angebaut wurde, den wir verladen haben, und da haben sie ein paar echt seltsame Sachen gesehen. Sie haben sich versteckt und so eine merkwürdige Zeremonie beobachtet, bei der auch gesungen und getanzt wurde. Sie haben behauptet, sie hätten wirklich ein paar echte Zombies gesehen, aber ich hab da so meine Zweifel. Jedenfalls wirds jetz noch unheimlicher.

Als das Ritual zuende war und die ganzen Leute wieder in ihren Häusern verschwunden waren, haben die Jungs sich auf das Feld geschlichen und angefangen, mit dem Zukerrohr rumzuspielen.

Sie haben sich total albern aufgefürt und so getan, als wären sie Zombies und haben das Ritual nachgespilt. Dann ist eine alte Frau aus ihrem Haus aufgetaucht und hat sie gesehen.

Sie hat angefangen zu schrein und mit Glasperlen rumzuwerfen. Na ja, die Jungs sind dann schnell wieder abgehaun.

Als sie mir die Geschichte erzählt haben, hab ich mich kaputgelacht. Die hatten Angst vor ner alten Frau! Aber so haben sie es erzält. Ich hör jetzt besser auf, ich hab genug geschrieben. Außerdem is Swampy krank und ich muss mich um ihn kümmern. Ich glaub, ein paar von den andren haben sich seine Grippe auch schon eingefangen, sie jammern die ganze Zeit, das sie sich ganz elent fühlen. Ich glaub die wollen sich nur vor der Arbeit drücken!

An dieser Stelle endete das Tagebuch. Der Reverend seufzte. *Was für eine Geschichte,* dachte er. *Irgendwann muss ich ihn mal fragen, was ...* Ein gequälter Schrei erschütterte das kleine Haus. Der Reverend schreckte hoch. Er ließ das Tagebuch fallen und rappelte sich aus seinem Sessel auf.

»Was um Himmels willen …?«, murmelte er, als der Schrei nicht enden wollte.

Der Reverend stürzte in einem Tempo durch das Haus, das für sein Alter eigentlich unmöglich war, und rannte zum Schlafzimmer. Schwer keuchend öffnete er die Tür und schaltete das Licht an. Der Mann wand sich auf dem Bett, sein Gesicht zu einer entsetzlichen Maske der Qual verzerrt. Er hielt sich mit beiden Händen den Kopf und stöhnte. Ein paar der Pflaster hatte er abgerissen, und es sickerte wieder Blut aus seinen Wunden. Der Reverend eilte zu dem Mann hinüber und versuchte, seine Arme festzuhalten.

»Ganz ruhig. Beruhigen Sie sich.«

»Es tut so weeeeh«, brüllte der Mann.

Der Reverend war so erstaunt darüber, dass der Mann gesprochen hatte, dass er seinen Griff löste und der Mann sich losreißen konnte. Er fuchtelte mit den Armen in der Luft herum und traf den Reverend am Kopf, der mit einem Grunzen zu Boden ging.

»TUT WEH … KOMMEN … AUFHÖREN«, schrie der Mann.

Der Reverend rieb sich die Schläfen und rappelte sich mit wackeligen Beinen wieder auf. Er blickte auf den Mann hinunter und legte die Stirn in Falten. Was war nur mit ihm los? Warum sprach er plötzlich? Es war beinahe, als sei er in Trance gewesen und erst jetzt wieder daraus erwacht.

»Be… beruhigen Sie sich«, keuchte der Reverend. Er packte die Arme des Mannes und hielt ihn wieder fest. »Es ist ja gut. Haben Sie sehr starke Schmerzen?«

»Kommen«, stieß er hervor. »Gehen weg … tut so weeeeeh«, schluchzte sein Gegenüber.

»Was?«, fragte der Reverend. »Kommen? Wer kommt?«

Ohne Vorwarnung setzte der Mann sich auf und befreite sich mit einem Ruck aus dem Griff des Reverends.

Der Mann, der nun noch blasser geworden war, atmete rasselnd. Er öffnete den Mund.

Der Reverend hielt sich zurück, beobachtete ihn aufmerksam und wartete darauf, was er als Nächstes sagen würde. Stattdessen gab der Mann jedoch nur ein Gurgeln von sich und Blut floss aus seinem Mund.

Der Reverend eilte zu ihm. »Oh, bitte, Gott. Hilf diesem Mann.«

Dickes, eitriges Blut strömte aus dem Mund des Mannes und seine Augen füllten sich mit Tränen.

»Ich rufe einen Notarzt«, sagte der Reverend. »Machen Sie sich keine Sorgen.«

Aber der Mann packte den Reverend am Unterarm und hielt ihn mit aller Kraft fest. »Lassen Sie mich los«, krächzte der Reverend. »Ich muss den Notarzt rufen.« Er versuchte, die Finger des Mannes zu lösen, aber sie gaben nicht nach. »Hören Sie auf!«, brüllte der Reverend.

Doch der Mann packte ihn noch fester, so fest, dass der Reverend erwartete, jeden Moment das Geräusch seiner brechenden Knochen zu hören.

Er klammerte sich an der Hand des Mannes fest, und gerade, als er schon aufgeben wollte, hörte der Mann auf, zuzudrücken. Das Blut, das aus seinem Mund strömte, verfärbte sich schwarz und seine angsterfüllten Augen quollen weit aus ihren Höhlen hervor.

Mit einem letzten Husten fiel der Mann rückwärts aufs Bett. Die Hand, mit der er den Reverend festgehalten hatte, baumelte über dem Boden.

Der Reverend blieb einen Moment lang völlig fassungslos und wie vom Blitz getroffen stehen.

Dann streckte er vorsichtig seine zitternde Hand über den Körper des Mannes, legte sie an dessen Hals und fühlte mit zwei Fingern den Puls des Fremden.

Wie er bereits befürchtet hatte, fand er keinen. Er legte seinen Kopf auf die Brust des Mannes und horchte. Er konnte keinen Herzschlag hören.

Der Reverend bekreuzigte sich hastig und sprach ein Gebet.

Er öffnete seine Augen wieder und starrte auf den Verstorbenen hinunter. Ihm fiel auf, dass er noch nicht einmal den Namen des Mannes kannte.

Er streckte seinen Arm aus und griff nach dessen Hand.

»Es ist gut«, sagte er mit sanfter Stimme. »Der Herr wird sich um dich kümmern.« Er tätschelte die erschlaffte Hand und legte sie vorsichtig auf den blutigen Brustkorb des Mannes.

Dann drehte er sich um und verließ das Schlafzimmer. Der Reverend ging ins Wohnzimmer zurück, in dem das Feuer noch immer hoch im Kamin loderte, und ließ sich auf seinen Sessel fallen. Er würde einen Notarzt rufen müssen. Bis gerade eben hatte er geglaubt, dass er das nie wieder tun musste. Er versuchte sich zu bewegen, aber er hatte nicht die Kraft dazu. Eigentlich war es ja auch gar kein Notfall mehr.

Der Mann war bereits tot. Trotzdem: je früher, desto besser.

Er sah zu dem Bild hinauf, das an der Wand hing. Es erfüllte ihn mit entsetzlichem Kummer. Als er noch ein junger Mann gewesen war, hatte er geglaubt, alles im Leben erfülle einen bestimmten Zweck. Alle Kreaturen, egal, ob gut oder böse, hielten sich aus einem bestimmten Grund auf dieser Erde auf.

Er hatte geglaubt, jeder Moment in ihrem Leben sei für die Menschen Teil eines Lernprozesses.

Daher hatte er es auch als Weg des Herrn betrachtet, wenn jemandem eine Tragödie widerfuhr. Als etwas, das geschehen musste, damit die Menschen daraus eine Lehre zogen und anschließend – hoffentlich – ein erfüllteres, sinnvolleres Leben führten.

Früher hatte er das geglaubt.

Zum ersten Mal zweifelte er daran, als seine Frau vor zwei Jahren an einem Gehirntumor starb. Dabei zuzusehen, wie sie allmählich an Kraft verlor, war das Herzzerreißendste gewesen, was seine Augen und seine Seele je hatten verkraften müssen.

Und als sie schließlich gestorben war, hatte er diese entsetzliche Leere in sich gespürt. Der Herr hatte ihm keinerlei Trost gespendet. Er hatte keine Hilfe von der Kirche gewollt.

In der Nacht, in der sie gestorben war, hatte er auf dasselbe Bild gestarrt und zum allerersten Mal keine Freude und keinen Trost in der Gestalt Christi gefunden, der sein Leben geopfert hatte, um die Menschen zu retten.

In den folgenden Jahren hatte er seinen Glauben immer wieder infrage gestellt.

Er ging pflichtschuldig weiter zur Kirche und hielt seine Predigten, betete sogar weiterhin jeden Abend, auch wenn er sich manchmal bei dem Gedanken ertappte, dass er es nur noch aus Gewohnheit tat.

Und nun dieser Fremde.

Sein Tod schien völlig sinnlos gewesen zu sein. Welchen Sinn konnte er schon gehabt haben, wenn er selbst doch absolut willens gewesen war, dieser unglücklichen Seele zu helfen?

Je älter der Reverend wurde, desto weiter schrumpfte sein Glaube an Sinn und Vorsehung. So weit, dass er in diesem Augenblick, da er auf das glänzende Bildnis Christi blickte, nur noch Wut empfand.

Er streckte einen Arm aus und griff nach dem Telefonbuch.

Ein schwaches Licht flackerte in den Raum. Der Reverend ließ das Telefonbuch sofort wieder fallen und erhob sich.

Er ging in die Küche, schaltete das Licht jedoch nicht an, sondern stellte sich ans Fenster. Er blickte hinaus, sah aber nichts als Dunkelheit.

Kann kein Schiff gewesen sein, dachte er. *Hier ist weit und breit kein Hafen.*

Er wusste, dass auf dem nicht allzu fernen Meer zahlreiche

Schiffe vorbeifuhren, aber stets parallel zum Land. Der nächste Anleger war zwei Stunden entfernt.

Sein nächster Gedanke war, dass sich womöglich ein Wanderer zu seinem Häuschen verirrt hatte. Er konnte jedoch keine Menschenseele entdecken, auch nicht das suchende Licht einer Taschenlampe.

Hinter ihm bewegte sich etwas.

Der Reverend drehte sich um und sah, wie eine Gestalt auf ihn zutaumelte.

Er erstarrte. Sein erster Gedanke war, dass er einem Einbrecher gegenüberstand. Er wollte ihm gerade erklären, dass er kein Geld im Haus aufbewahrte, als die Gestalt in das herabfallende Mondlicht trat.

»Unmöglich«, flüsterte er.

Der Mann, der immer weiter auf ihn zuwankte, war der Fremde.

Die Pflaster klafften bei jedem seiner Schritte auf. Aus seinem Mund, der die ganze Zeit über offen stand, tropfte dasselbe schwarze, triefende Zeug, das er kurz vor seinem Tod erbrochen hatte.

Oder vor seinem scheinbaren Tod, schoss es dem Reverend durch den Kopf.

Ich habe eben seinen Puls nicht gefunden, das ist alles. Und sein Herz muss einfach zu schwach geschlagen haben, als dass ich es hätte wahrnehmen können.

»G… geht's Ihnen gut?«, erkundigte sich der Reverend, obwohl er wusste, dass er keine Antwort erhalten würde.

Der Mann kam immer näher. Seine starren Augen waren völlig ausdruckslos. Er hinterließ eine dunkle Blutspur, als seine Füße über den Holzboden schabten.

Er stank erbärmlich. Der widerliche Geruch, der den Reverend nun umhüllte, war doppelt so intensiv wie der vor einigen Stunden, als er den Mann gefunden hatte.

Auch wenn es jedem gesunden Menschenverstand widersprach, sagte ihm irgendetwas tief in seinem Inneren, dass dieser Mann nicht mehr am Leben war. Er war sich sicher, dass er keinen Puls mehr gefühlt hatte, und der Reverend war dem Tod schon oft genug begegnet, um seine hässliche Fratze zu erkennen. Dies war eine Kreatur, die der Teufel persönlich geschickt hatte, und sie schlurfte immer weiter auf ihn zu.

Der Reverend drehte sich um und suchte verzweifelt nach einer geeigneten Waffe.

Er durchwühlte die Schubladen, bis er ein großes Küchenmesser fand. Als er sich wieder zurückdrehte, war das Ding keine zwei Meter mehr von ihm entfernt.

»VERSCHWINDE!«, brüllte er und fuchtelte mit dem großen Messer in der Luft herum. »LASS MICH IN RUHE!«

Doch das Ungeheuer blieb nicht stehen.

Schwarzes Blut pladderte aus seinem Mund und während es sich dem Reverend noch weiter näherte, hob es seine Arme wie in der kranken Parodie einer Umarmung.

»Bitte, geh weg«, flehte er.

Mit steifen, kalten Händen umschloss das Biest die Kehle des Reverends und drückte fest zu.

Der Reverend zerrte an seinen Händen, um sich zu befreien, aber der Griff um seinen Hals war zu stark. Er bekam keine Luft mehr und wehrte sich verzweifelt, doch er spürte, dass seine Kräfte ihn schnell verließen. Er musste irgendetwas unternehmen, bevor das Leben vollständig aus seinem Körper gequetscht wurde.

Der Reverend ließ das Messer niedersausen und trieb die Klinge mit solcher Wucht durch die Schädeldecke der Kreatur, dass es ihm gelang, das Messer bis zum Griff hineinzujagen.

Das Vieh ließ ein ohrenbetäubendes Brüllen hören und aus

seinem Mund quoll noch mehr Blut. Es legte seine Hände um das im Schädel begrabene Messer, was von einer tiefroten Lawine quittiert wurde. Es stieß einen letzten Schrei aus, dann wurde sein Körper vollkommen schlaff und sank zu Boden.

Mit weit aufgerissenen Augen und blutüberströmtem Gesicht stand der Reverend vollkommen reglos und ungläubig da. Ungläubig, dass dieser Mann wirklich auf ihn zugewankt war und er selbst diese Tat vollbracht hatte. Er war ein Mörder. Er hatte eines von Gottes Geschöpfen getötet, auch wenn es abscheulich anzusehen gewesen war.

»Was habe ich nur getan?«, wimmerte er.

Dafür werde ich furchtbar bestraft werden.

Er wandte sich von der ausgestreckt auf dem Boden liegenden menschlichen Hülle ab und eilte zur Tür in die milde Nachtluft hinaus. Im hohen Gras fiel er auf die Knie und übergab sich lange und heftig.

Als sein Magen schließlich leer war, wischte sich der Reverend den Mund ab und erhob sich wieder. Die leichte Brise fühlte sich gut an, als sie über den kalten Schweiß wehte, der von seinem Gesicht tropfte.

Aus dem Augenwinkel nahm er ein flackerndes Leuchten wahr. Er blickte in Richtung Strand und sah dort tatsächlich ein Licht. Es war nicht besonders hell und wirkte, als lodere eine Wolke aus gelbem Nebel in der Dunkelheit auf.

Der Reverend ging in Richtung des Ozeans. Für eine kleine Weile vergaß er, was sich in seinem Haus befand und dort tot auf dem Küchenfußboden lag. Im Moment interessierte ihn nur die Quelle des seltsamen Lichtscheins.

Vielleicht ist doch jemand mit einer Taschenlampe unterwegs, ging ihm durch den Kopf. *Er oder sie könnte verletzt sein.*

Das Licht erlosch.

Der Reverend blieb stehen und überlegte stirnrunzelnd, warum das geheimnisvolle Licht so unvermittelt verschwunden war.

Selbst wenn jemand dort draußen ist, kann ich ihn oder sie jetzt nicht mit zu mir nach Hause nehmen.

Trotzdem ging er weiter.

Er stapfte weitere fünf Minuten über den sandigen Boden, ehe er die Klippe erreichte, auf der er dem verstorbenen Mann zum ersten Mal begegnet war.

Er konnte niemanden mit einer Taschenlampe sehen, trat noch näher an den Abgrund und schaute auf den Ozean hinab.

Der Reverend war überrascht, als er ein Schiff entdeckte. Es lag ein kleines Stück vom Strand entfernt vor Anker und er konnte beobachten, wie mehrere Gestalten von Bord gingen. Einige hatten das Schiff bereits verlassen und trotteten über den finsteren Strand, während andere noch die steilen Stufen hinunterkletterten, die zum Sand führten.

Es war unmöglich, all die dunklen Gestalten zu zählen, aber der Reverend schätzte, dass es mindestens 20 sein mussten. Im Inneren des Schiffs hielten sich vermutlich noch weitere auf, die er nicht sehen konnte und die darauf warteten, ebenfalls auszusteigen.

Die winzigen Bullaugen an der Seite des Schiffs waren hell erleuchtet und am Bug thronte eine riesige Fackel.

Da ist mein geheimnisvolles Licht, dachte der Reverend.

Er fragte sich, warum sie mit dem Schiff ausgerechnet hier vor Anker gegangen waren. Vermutlich war ein unerwartetes Problem aufgetreten und hatte sie gezwungen, sofort an Land zu gehen.

Er blieb noch eine Weile stehen und beobachtete, wie sich weitere Grüppchen aus dunklen Gestalten auf dem Strand verteilten. Erst, als ihm ein vertrauter Geruch in die Nase stieg, lief ein kalter Schauer durch seinen Körper und er beschloss, wieder zu gehen.

Der Reverend wandte dem Meer seinen Rücken zu und begab sich wieder in Richtung seines Häuschens.

Den Großteil des Weges legte er im Laufschritt zurück. Als er das Haus erreichte, schnaufte und schwitzte er heftig. Vor der offenen Tür blieb er stehen.

Er holte tief Luft, bevor er sein Haus betrat, machte die Tür hinter sich zu und schloss sie sorgfältig ab. Der widerliche, vertraute Gestank, den er am Meer wahrgenommen hatte, hatte eine tiefe Angst in ihm geweckt. Er hatte das starke Gefühl, dass schon bald etwas Unnatürliches geschehen würde.

Er gab seinem Instinkt nach und ging durch das ganze Haus, um sämtliche Fenster und Vorhänge zu schließen. Eine Hintertür gab es nicht, daher musste er sich lediglich um die Fenster kümmern.

Als er fertig war, ließ der Reverend sich völlig erschöpft in seinen Sessel neben dem fast vollständig heruntergebrannten Kaminfeuer fallen.

Und was mache ich jetzt mir der Leiche?, fragte er sich. Der Gedanke, die Unmengen an Blut aufwischen zu müssen, belastete sein ohnehin schweres Gemüt noch mehr.

Als er sah, dass das Feuer geschürt werden musste, erhob er sich und warf weitere Holzscheite in den Kamin. Schon bald prasselte das Feuer wieder lebendig und er lehnte sich mit einem Seufzen zurück.

Was hält diese grauenvolle Nacht wohl noch für mich bereit?, fragte sich der Reverend. Er wollte am liebsten vergessen, was vorgefallen war. Was er getan hatte. Wie konnte er nach diesem Erlebnis noch in der Kirche von Frieden und brüderlichem Miteinander predigen und Gebete anstimmen?

Über das Knistern des Feuers hinweg vernahm der Reverend ein schwaches Stöhnen. Er drehte sich um, sah zur Küche hinüber und erwartete beinahe, den Mann erneut auf sich zuwanken zu sehen, während das Messer noch immer in seinem Kopf steckte. Vor der heutigen Nacht hätte er so etwas niemals für möglich gehalten. Es jagte ihm beinahe ebenso viel Angst wie das tiefe, lang gezogene Stöhnen, das immer lauter zu werden schien.

Der Reverend erhob sich und trat in die Küche. Die Leiche lag noch immer auf dem Küchenboden, reglos und blutüberströmt.

Nun hörte er, dass das Stöhnen von draußen hereindrang. Vorsichtig ging er um die Leiche herum und stellte sich vor das Fenster. Er schob den Vorhang zur Seite und schaute hinaus.

Zunächst konnte er nichts erkennen und hörte nur das fremdartig klingende Heulen unzähliger Stimmen.

Dann sah er, wie sich die dunklen Gestalten näherten. Der Reverend hielt angstvoll den Atem an. Aus der grenzenlosen Dunkelheit trotteten mindestens 30 Männer auf ihn zu.

»Was wollen die bloß von mir?«, flüsterte er.

Erst, als sie noch näher taumelten und in den Schein des Mondlichts traten, konnte der Reverend sie richtig erkennen. Die Körper der meisten waren von grauenvollen Wunden übersät. Einigen fehlten ganze Fleischstücke am Hals, anderen schien man Teile des Gesichts abgerissen zu haben. Einem Mann war der Arm unterhalb des Ellenbogens abgetrennt worden. Ihre Kleidung war völlig zerfetzt und ein paar von ihnen trugen nichts als einige Fetzen Stoff am Körper.

Ob das die Männer vom Schiff sind?

Sie müssen es sein, dachte er.

Er schloss den Vorhang wieder und drehte sich um.

»Was ist passiert?«, fragte er die Leiche auf seinem Boden. »Welche Abscheulichkeit hast du nur in mein Haus gebracht?«

Panik machte sich im Herzen des Reverends breit. Er rannte in das schwach erleuchtete Wohnzimmer. Verwirrung und Schrecken ergriffen von ihm Besitz.

Das erste Donnern an der Tür überraschte ihn völlig.

Er kreischte auf, blickte zur Haustür und hörte das dumpfe Pochen zahlreicher Menschenhände.

Nicht Menschen – Menschen sehen nicht so aus. Menschen kommen nicht zu dir nach Hause und tun so etwas.

Er hörte das Geräusch von zersplitterndem Glas. Als er sich umdrehte, sah er, wie Scherben auf seinen Küchenfußboden regneten.

»Was wollt ihr von mir?«, brüllte der Reverend. »Ich bin ein Mann Gottes. Ich habe kein Geld und ich habe nichts Falsches getan!« *Ich habe einen Mann getötet,* rief er sich selbst ins Gedächtnis zurück.

Er sah, wie sich eine der Gestalten an das zerbrochene Fenster klammerte.

Ein weiteres Gesicht erschien, beide versuchten unter Stöhnen, ins Haus zu gelangen. Auch das dröhnende Hämmern an der Haustür riss nicht ab.

Die Schreie wurden lauter und schienen nun aus dem Inneren des Hauses zu kommen, möglicherweise aus dem Schlafzimmer. Der Reverend hörte, wie noch mehr Glas zerschmetterte.

Er schloss die Augen. Er wusste, dass sie das Haus umzingelt hatten.

Schon in wenigen Minuten würde auch der Letzte von ihnen eingedrungen sein.

Der Reverend fiel auf die Knie. Überall um sich herum hörte er entsetzliches Scharren. Dann wieder Glas, das splitterte. Jedes Donnern wurde von einem tiefen Grunzen begleitet.

Die Haustür gab allmählich nach. Eine der Türangeln brach aus dem Rahmen, ein Stück vom Korpus splitterte ab und eine Hand schlängelte sich durch den entstandenen Spalt.

Der Reverend hob seinen Kopf und sah, dass es einer der Teufel am Fenster schon beinahe ins Haus geschafft hatte. Er blutete heftig aus den unzähligen Schnittwunden, die er sich an der zerbrochenen Scheibe selbst zugefügt hatte. Dies schien ihn jedoch nicht im Geringsten zu stören.

Das Stöhnen aus dem Schlafzimmer wurde nun deutlich lauter.

Es dröhnte in den Ohren des Reverends und überdeckte das Knistern des Feuers fast völlig.

Das Feuer!

Der Reverend erhob sich, rannte zum Kamin und griff vorsichtig nach einem bereits halb abgebrannten Holzscheit. Mit seiner provisorischen Fackel eilte er ins Schlafzimmer, blieb jedoch in der Tür stehen. Ein halbes Dutzend der Kreaturen erwartete ihn bereits und näherte sich bedrohlich. Ein paar andere versuchten, durch das zerbrochene Fenster zu klettern. Über ihre ausdruckslosen Gesichter floss Blut. Einen Augenblick lang musste der Reverend wieder an den Fremden denken.

Er wurde aus seinen Gedanken gerissen, als sich unvermittelt eine Hand an seinem Hemd festkrallte.

Der Reverend stieß einen angewiderten Schrei aus und versetzte der Kreatur einen Schlag mit dem brennenden Holzscheit. Sie heulte auf, taumelte zurück und kauerte sich zusammen, die Hände vor das Gesicht gepresst.

Der Reverend warf das lodernde Holz ins Zimmer, knallte die Tür zu und überließ die schreienden Ungeheuer sich selbst.

Im Wohnzimmer war die Lage noch ernster. Unter der Kraft von rund einem Dutzend der mörderischen Kreaturen hatte die Haustür schließlich nachgegeben. Auch die Küche war nun bis zum Bersten mit den entsetzlichen Gestalten gefüllt.

Er sah, dass sich ein paar von ihnen bereits über die Leiche des Fremden hermachten.

Der Reverend wandte der Armee der Teufel den Rücken zu und sah sich in seinem kleinen Wohnzimmer um, wobei sein Blick auf das Tagesbuch des Mannes fiel. Er schnappte danach, eilte zum Kaminfeuer hinüber, beugte sich in die glühende Hitze und hielt das zerfledderte Buch in die Flammen. Die Seiten fingen sofort Feuer. Mit dem brennenden Buch hastete er zu sämtlichen Vorhängen im Raum und setzte den verblichenen Stoff in Brand. Schon bald hatte sich das Haus in ein flammendes Inferno verwandelt. Der Lärm der tobenden Eindringlinge wich schmerzerfüllten Schreien, als einige der Ungeheuer von den Flammen erfasst wurden.

Als er mit den Vorhängen fertig war, verharrte der Reverend einen Moment lang vollkommen ruhig und blickte zu dem Christusbild empor. Während die Flammen um ihn herum immer höher loderten, sagte er: »Ich habe keine Ahnung, warum du es als angemessen empfindest, einen einfachen, ehrenwerten Mann wie mich auf so schreckliche Art und Weise zu quälen. Falls es eine Strafe sein soll, dann akzeptiere ich sie und übernehme die Verantwortung für das, was ich getan habe ...« Er hielt einen Augenblick lang inne, bevor er fortfuhr. »… und für meinen Glauben. Möge Gott meiner Seele gnädig sein.«

Er ließ das brennende Buch auf seine Brust fallen und seine Schreie verschmolzen mit denen der Kreaturen.

NOTIZEN ZUR ENTSTEHUNG:

Religion fasziniert mich.

Ich selbst bin kein religiöser Mensch – ich wurde nicht von religiösen Eltern erzogen. Trotzdem bin ich vom Konzept einer organisierten Kirche fasziniert. Ich schätze, das hat zu einem großen Teil mit der engen Verbindung zwischen Religion und Horror zu tun. Die Bibel sollte eigentlich als erstes Horrorbuch überhaupt bezeichnet werden. Unzählige Gräueltaten wurden im Laufe der menschlichen Geschichte im Namen der Religion verübt. Auch einer der furchteinflößendsten Romane aller Zeiten – *Der Exorzist,* falls Sie sich gefragt haben sollten – ist eine Horrorgeschichte mit religiösem Unterbau.

Das hier ist also meine Version von kirchlichem Horror, gepaart mit meinem anderen Lieblingsthema: Zombies.

Der Sarg

(The Coffin)

Doug konnte das Feuerzeug in seiner verschwitzten Hand fühlen. Er wusste, dass er es benutzen sollte, aber irgendetwas hielt ihn davon ab. Nervosität? Seine zitternden Hände? Oder die Tatsache, dass er ohne sichtbaren Ausweg in diesem Grab festsaß?

Knips einfach das Feuerzeug an, sagte er sich. *Vielleicht bist du nur ein paar Zentimeter von einem Ausgang entfernt und weißt es noch nicht einmal.*

Aber er nahm nicht den Hauch eines Lichtscheins vor sich wahr. Nur tiefschwarze Dunkelheit.

Wenn er doch nur den Mut aufbringen würde, mit seinem Daumen das Feuerzeugrädchen zu drehen. Warum schaffte er es nicht? Hatte er wirklich so entsetzliche Angst davor, was er dann vorfinden würde – oder eben auch nicht?

Er blinzelte einige warme Tränen aus seinen Augen. Der Schmerz in seinem Nacken weitete sich allmählich zu einer echten Qual aus. Wenn er seinem Kopf nicht bald eine Ruhepause gönnte, würde er sich vielleicht bald gar nicht mehr bewegen können. Nur wenige Zentimeter vor seiner Nase befand sich eine riesige Pfütze, die er vor lauter Entsetzen erbrochen hatte.

Um sich abzulenken, versuchte Doug erneut, sich rückwärts zu schlängeln. Er biss die Zähne zusammen, presste seine Handballen gegen den kalten, stahlharten Boden und streckte seine Arme so fest durch, dass jeder einzelne Muskel vor Schmerzen aufheulte. Sein Körper bewegte sich jedoch keinen Rattenschwanz breit. Er entspannte sich wieder, stieß einen langen, heißen Atemhauch aus und fluchte.

Er konnte nicht zurück. So viel war sicher. Und er konnte nicht vorwärts. Er wusste, dass vor ihm genauso wenig Platz war wie an dieser Stelle. Während seiner panischen Phase, als ihm bewusst geworden war, dass er festsaß, hatte er versucht, sich vorwärts zu bewegen, nur, um dann feststellen zu müssen, dass er sich in einen noch engeren Bereich hineinmanövriert hatte.

Er kam sich vor wie der Korken in einer Champagnerflasche. Nur dass niemand kommen würde, um ihn mit einem lauten Knall zu befreien.

Ein stechender Schmerz fuhr durch Dougs Nacken. Er zuckte zusammen. Nun rächte es sich, dass er die ganze Zeit den Kopf nach oben gehalten hatte.

Aber das muss ich, dachte er.

Mit einem Stöhnen ließ Doug den pochenden Schädel auf den Metallboden sinken. Die rechte Seite seines Gesichts landete in der heißen, wässrigen Masse. Allein schon aufgrund ihrer Konsistenz musste er würgen – aber da war auch noch dieser Gestank. Faulig und durchdringend. Er unterdrückte den Reflex, sich zu übergeben, und konzentrierte sich auf das angenehme Gefühl, den Kopf kurz ausruhen zu können. Die starken Schmerzen, die sich in seiner gesamten Nackenmuskulatur ausgebreitet hatten, ließen allmählich nach, und er fühlte sich trotz seines Kissens aus Kotze ein wenig schläfrig.

Wenn ich jetzt noch den Mut hätte, das Feuerzeug anzumachen.

Ein wahnsinniges Lachen entwich aus Dougs Mund. Warum konnte er seinen Kopf in eine Pfütze aus Erbrochenem legen, schaffte es aber nicht, ein lächerliches Feuerzeug zu benutzen?

Er schloss seine schwerfällig gewordenen Augen.

Die Müdigkeit übermannte ihn.

Er schlief ein …

… und träumte, dass er von Männern verfolgt wurde – großen, finsteren Kerlen, wie jene, die ihn tatsächlich gejagt hatten. Nur dass er in seinem Traum genügend Geld hatte, um sie zu bezahlen. Aber aus irgendeinem Grund verfolgten sie ihn trotzdem. Er träumte von hässlichen, alten, verlassenen Motels und von schäbigen Badezimmern, in denen der einzige Fluchtweg nicht durch das Fenster führte, sondern durch einen Lüftungsschacht über ihm. Plötzlich schoben sich die Seitenbegrenzungen und Decke des Schachts in seinem Traum unaufhaltsam auf ihn zu. Er konnte nicht das Geringste dagegen tun. Sie kamen immer näher, bis sein Körper eingepfercht war. Er schrie auf …

… und schrie so lange weiter, bis ihm bewusst wurde, dass er wieder wach war und sich der Schacht gar nicht wirklich wie eine Müllpresse zusammenschob.

Er steckte einfach nur fest. Genau wie in den vergangenen 40 Minuten.

Oder länger? Wie lange hab ich geschlafen?, fragte er sich und spürte das silberne Feuerzeug noch immer schwer in seiner Hand. Er hatte es im Schlaf nicht fallen gelassen.

Ich muss, dachte er. *Ich hab keine andere Wahl.*

Aber was, wenn der Schacht sich endlos vor ihm erstreckte? Was, wenn es wirklich keinen anderen Ausweg gab und es nur vor oder zurück ging?

Aber vielleicht entdeckte er ja auch eine Falltür oder etwas Ähnliches?

Er war entschlossen, nicht als Gefangener in diesem Lüftungsschacht zu enden, in dem es nach abgestandener Pisse stank. Und wenn er etwas tun konnte, um ein wenig Licht in diesen Metallsarg zu bringen, dann musste er es tun.

Er hob seinen Arm. Genau wie sein Kopf fühlte er sich entsetzlich schwer an und Doug konnte spüren, dass Stücke seines Erbrochenen an seiner Haut klebten. Er legte seinen Daumen auf das Rädchen des Feuerzeugs, hielt inne, nahm die Dunkelheit ein letztes Mal in sich auf und drehte es. Funken flogen, aber es loderte keine Flamme auf. Er versuchte es noch ein paarmal.

»Verdammt«, murmelte er und spürte, wie sein Mut mit jedem unbelohnten Klicken ein wenig schwand.

Beim fünften Versuch ging das Feuerzeug an.

Eine kleine Flamme tanzte vor Dougs Augen, aber das Licht, das sie verbreitete, reichte nicht aus, um zu sehen, was sich vor oder um ihn herum befand. Er bewegte den winzigen Stift, mit dem sich die Menge des ausgestoßenen Feuerzeugbenzins steuern ließ, und die Flammensäule wuchs höher.

Nun konnte er beide Wände und die Decke des Lüftungsschachts erkennen: graues Metall, das von Staub und Schimmel bedeckt war. Er stellte das Feuerzeug vor sich ab und konnte endlich erkennen, was vor ihm lag.

Doug heulte auf und pisste sich in die Hosen.

Das Skelett lag nicht mehr als einen Meter von ihm entfernt. Seine langen Arme schienen sich ihm entgegenzustrecken und wirkten wie der irrsinnige Versuch einer Umarmung. Doug konnte die gebrochenen Fingerglieder erkennen – einige waren nur merkwürdig verrenkt, andere komplett zerschmettert. Er blickte dorthin, wo einst der Kopf gewesen war. Obwohl er wusste, dass dieser Mensch eines entsetzlichen Todes gestorben sein musste, wirkte es durch das Licht, das auf seinen Schädel fiel, als würde er Doug anlachen.

Doug lachte nicht zurück.

Das Schicksal war ganz und gar nichts, worüber man lachte.

NOTIZEN ZUR ENTSTEHUNG:

In dieser Geschichte dreht sich alles um Angst. Um meine ganz persönliche Angst, wenn ich ehrlich bin.
Einer meiner schlimmsten Albträume ist es, in einem furchtbar engen Raum festzustecken, ohne dass ich mich bewegen kann. Allein der Gedanke, noch nicht einmal in der Lage zu sein, meine Arme zu benutzen, jagt mir schon einen eiskalten Schauer über den Rücken. Was es aber noch schlimmer machen würde, wäre die Tatsache, dass es sehr wohl einen Ausweg gibt: das Licht sehen zu können oder eine Tür, aber eben nicht in der Lage zu sein, sie zu erreichen. Du steckst einfach nur fest, kannst dich nicht bewegen und nichts weiter tun, als der Verlockung der Freiheit ins Gesicht zu starren und zu warten …

The Song Remains the Same

(The Song Remains the Same)

Dr. Eric Stelig hatte in den vielen Jahren als Leiter des Staatsgefängnisses für geisteskranke Straftäter in Baltimore noch nie zuvor etwas Derartiges zu Gesicht bekommen. Er stand am Rand des Aufenthaltsraums von Station C, die liebevoll als »Psycho-Station« bezeichnet wurde, und schnappte angewidert nach Luft. In seinem Leben hatte er zwar schon ein paar ziemlich abstoßende Dinge gesehen, aber das hier war mit Abstand das Schlimmste. Nicht, weil es ekelhafter gewesen wäre als alles zuvor, denn das war es nicht. Nein, dies hier war aufgrund seiner Bedeutung besonders furchtbar.

»Wie konnte das nur passieren, verdammt noch mal?«, murmelte Stelig.

»Ich weiß es nicht«, antwortete Adams mit einem langen Seufzen.

Stelig drehte sich um und warf einen Blick auf den Oberarzt. Der kleine, allmählich kahl werdende Mann schwitzte und sah aus, als habe er Schmerzen. »Warum wurde das nicht verhindert? Mein Gott, was kommt denn als Nächstes? Ein verfluchter Ausbruch?«

»Es ging alles so schnell, Sir. Wir konnten es nicht aufhalten.«

»Die Antwort reicht mir nicht«, knurrte Stelig. »Was zur Hölle habt ihr Idioten bloß getrieben, als das passiert ist?«

Adams stotterte irgendetwas Unverständliches.

»Wahrscheinlich die Schwestern gevögelt oder davon geträumt, die Schwestern zu vögeln.« Stelig schüttelte den Kopf und blickte wieder auf das Blutbad. »Wie zur Hölle sollen wir das bitte vertuschen?«

Sie konnten den Tod von einer, vielleicht auch zwei Personen vertuschen – das hatte er in der Vergangenheit schon oft genug getan –, aber gleich 14 Leichen? Wie zum Teufel sollten sie den Tod von elf Geisteskranken und drei Schwestern vertuschen?

Stelig schaute sich in dem riesigen Raum um, der von oben bis unten mit Blut und Kot beschmiert war, und sah sich die 14 Toten an. Jedem Einzelnen von ihnen war die Zunge entweder abgebissen oder komplett aus dem Mund gerissen worden. Er erschauderte.

Wie kann ein einziger Mensch nur so etwas tun?, fragte er sich.

»Wo ist Warren jetzt?«, wandte sich Stelig an Adams.

»Auf der Krankenstation.«

»Was? Warum habt ihr ihn nicht eingesperrt?«

»Wir haben ihn da in der Ecke gefunden.« Adams deutete auf die linke hintere Ecke des Raumes. »Er lag in Embryostellung da, hat geweint und irgendwas vor sich hin gemurmelt. Nur unverständliches Kauderwelsch.«

Stelig schnaubte. »Dann ist der verfluchte Psychopath jetzt eben komplett durchgedreht. Hier sind schließlich alle durchgedreht. Warum ist er auf der Krankenstation, verdammt noch mal?«

»Weil seine beiden Trommelfelle durchbohrt sind.«

Stelig stöhnte. »Mein Gott. Hat er sich das selbst angetan?«

Adams zuckte mit den Schultern. »Sieht ganz so aus. Wir haben ein Plastikmesser neben ihm gefunden. Scheiße, wissen Sie, wie fest er hätte zustoßen müssen, um …«

»Dann ist Warren jetzt also taub?«, schnitt Stelig ihm das Wort ab.

»Äh, ja. Scheint so.«

»Aber er kann noch sprechen, oder?«

»Wenn Sie denn Unsinn, der aus seinem Mund kommt, als

Sprechen bezeichnen wollen, dann ja. Er kann noch sprechen.«

Stelig wandte sich von dem Massaker ab. Seine Augen waren dankbar für die neue Aussicht. »Lassen Sie uns gehen. Vielleicht bekomme ich ja doch ein paar Antworten aus ihm heraus. Scheiße, ich will wissen, warum er das getan hat. Warum er vielleicht im Alleingang meine verdammte Karriere zerstört hat.«

Davor ...

Der Mann sitzt in der Ecke, schaut ins Leere und summt leise. Er tut den ganzen Tag nichts anderes, als in der Ecke zu sitzen und zu summen.

Er spricht nicht mit den anderen, aber nicht, weil er sie hasst, sondern weil er dafür seine glorreiche Hymne unterbrechen müsste.

Selbst jetzt, als der schwarze Mann mit dem komischen, haarigen Ding um ihn herumwischt, hört er nicht auf zu summen. Wie ein Kolibri, so nennt ihn der schwarze Mann.

»Hey, Kolibri. Wie geht's dir heute?«

Der Mann lächelt flüchtig, unterbricht sein Lied aber keinen Augenblick lang, lässt nicht einen einzigen Ton aus. Er darf keinen Ton auslassen, sonst verliert er seine innere Ruhe.

Der schwarze Mann, der jeden Tag dieselbe blaue Uniform trägt, wischt weiter mit dem komischen, haarigen Ding vor und zurück, hin und her. »Wie's mir geht, willst du wissen? Danke, ich kann mich nicht beschweren. Die Pumpe läuft noch und das Gehalt kommt pünktlich. Und ich hab so wunderbare Freunde wie dich, die mir Gesellschaft leisten.« Der schwarze Mann kichert.

Er starrt weiter ins Nichts und summt. Er mag den

schwarzen Mann. Der schwarze Mann mag sein Summen. Im Gegensatz zu gewissen anderen Leuten. Aber das behält er, genau wie ein paar weitere Dinge, für sich. Er verrät seine Geheimnisse nie jemandem.

»Sag mal, summst du auch mal was anderes, Kolibri?«, fragt der schwarze Mann. »Ach, egal. Mich stört das nicht. Scheiße, nein, mich stört das überhaupt nicht. Das gibt einem Trost, nicht wahr, Kolibri? Vertrautheit. Bei mir ist es auch so: Je älter ich werde, desto wichtiger wird das Tröstliche. Seit meine Frau gestorben ist und die Kinder erwachsen sind und ihr eigenes Leben führen, ist Trost alles, was ich noch habe. Ist es nicht so, Kolibri?«

Der Mann lächelt. Der schwarze Mann erzählt von seiner verstorbenen Frau und von seinen Kindern, die jetzt ihr eigenes Leben führen. Jeden Tag erzählt er dasselbe. Und jeden Tag unterbricht er das Wischen mit dem komischen, haarigen Ding, während er erzählt. Aber dem Mann ist das egal. Er schaut einfach weiter ins Nichts und summt.

Und hofft, dass der böse Mann ihn hört.

Er hat seit einer ganzen Weile keinen Piep mehr von dem bösen Mann gehört. Vielleicht bestraften sie ihn ja immer noch – aber vielleicht schlief er auch nur. Er weiß jedoch, dass ihn der böse Mann selbst im Schlaf hören kann. Und das bringt ihn zum Lächeln. Sein Geheimnis.

»Ja, mein Leben ist gar nicht mal so übel, Kolibri. Ich hab diesen Job. Scheiße, er ist zwar nicht besonders gut bezahlt, und ein paar der Sachen, die ich so aufwischen muss, würden dich bestimmt richtig anwidern. Da gibt's ein paar echt üble Stationen. Die Psycho-Station ist am schlimmsten. Ich würde auf mein halbes Gehalt verzichten, wenn ich dafür nur die Station hier putzen müsste. Die Station hier ist nämlich am besten. Sie ist sauber und ruhig – und hier sind ein paar Leute wie du, mit denen ich mich unterhalten kann.«

Der Mann weiß, was als Nächstes kommt. Er hat es schon eine Million Mal gehört. Aber diesen Teil hört er gern. Er macht ihn am glücklichsten.

»Hier ist es ganz anders als auf der Psycho-Station. Scheiße. Mir läuft jedes Mal ’n Schauer über den Rücken, wenn ich da hinmuss. Die ganzen Augen, die mich dort anstarren, und die ganzen teuflischen Hirne, die darüber nachdenken, wie sie sich mich schnappen können. Sie pissen und scheißen und spucken und verteilen ihre Wichse auf dem Boden, nur, um mich zu ärgern. Da bin ich mir ganz sicher. Nur, um mir das Leben zur Hölle zu machen. Ich bin fast 70, Kolibri. Ich hab keine Zeit, mir Sorgen darüber zu machen, ob mich vielleicht irgendein Irrer mit Gott weiß was anfallen und umbringen will.«

Der schwarze Mann hält inne, um Luft zu holen. Er ist fast 70, und er hat nicht mehr so viel Energie wie früher. Nicht mehr so viel wie damals, als der Mann hierherkam und der schwarze Mann noch jung war. Nun ja, jünger als jetzt. Aber er hat das Summen des Mannes schon immer gemocht. Hat ihm nie gesagt, er solle damit aufhören, so wie die Männer in Weiß.

»Aber ich brauch das Geld. Das ist eine Tatsache, Kolibri.«

Der schwarze Mann seufzt, schnappt sich das komische, haarige Ding und fängt wieder an, damit über den Boden zu wischen. »Ich komm trotzdem nicht drüber weg, dass ihr hier oben im selben Haus untergebracht seid wie die verrückten Irren da unten. Scheiße, du bist auch nicht gefährlicher als meine alte Großmutter, Gott sei ihrer Seele gnädig. Und sie war die freundlichste alte Dame der Welt.« Der schwarze Mann schüttelt den Kopf und macht ein komisches, schnalzendes Geräusch mit seinem Mund. »Mach’s gut, Kolibri. Danke fürs Zuhören.«

Der schwarze Mann geht.

Der Kolibri summt weiter.

Der Mann nimmt die Dinge bewusst wahr, die um ihn herum passieren. Sie denken, er sei ein Einfaltspinsel oder so, aber sie wissen gar nichts. Er weiß, dass der große Mann in Weiß es mit einer der Frauen in Weiß treibt – den Frauen, die die komischen Hüte tragen. Und er weiß, dass der große Mann in Weiß einen Ring am Finger trägt, genauso einen Ring, wie der Mann selbst ihn hatte, nur dass seiner jetzt weg ist. Die Männer in Weiß haben ihm den abgenommen, als er hierherkam. Er weiß, dass es der kleine Mann in Weiß mit der sabbernden Frau macht, die den ganzen Tag nur im Bett liegt. Er macht es, wenn es dunkel ist und sonst keine anderen Männer in Weiß da sind. Er weiß auch, dass der böse Mann sein Summen hasst. Das hat er immer getan. Aber diese Dinge hält er geheim. Er ist ein Kolibri. Kolibris sprechen nie, sie summen nur.

Der Mann ist gut darin, Geheimnisse zu bewahren. Das sagen alle. Darum ist er hier. Der dicke Polizist, der ihn angeschrien und geschlagen hat, fand das auch. Der Polizist meinte, er würde einen guten Spion abgeben – er verrät gar nichts, hat er gesagt. Er wollte alles über Julie wissen und Sam und die kleine Debbie. Aber das ging nur den Mann etwas an. Nicht den Polizisten.

Er hat sein Geheimnis auch dem alten Doktor nicht anvertraut. Der alte Doktor mit all seinen Falten und seinen weißen Klamotten. Der Doktor hat ihn nicht geschlagen, aber der Mann hat dem alten Doktor trotzdem nichts über Julie und Sam und die kleine Debbie erzählt. Der Mann weiß alles über Julie und Sam und die kleine Debbie. Natürlich weiß er alles über sie, aber es ist sein Geheimnis, und das bleibt es auch.

Der Mann hört die Stimme des bösen Mannes.

Der Mann ist deswegen ganz aufgeregt – aber er zeigt seine Aufregung nicht. Er sitzt nur weiter in seiner Ecke und summt, aber er dreht seinen Kopf ein wenig nach rechts und schaut das Loch in der Wand an.

Durch dieses Loch hört er den bösen Mann. Die Stimme des bösen Mannes klingt schwach und blechern, so als käme sie aus dem Radio. Der Mann starrt auf das Zickzackmuster der Metallplatte, die das Loch abdeckt, und summt. Leise, sanft, lyrisch. Summt und summt. Er summt das Loch an, stellt sich vor, es wäre Julie, und das Zickzackmuster sei ihr lächelndes Gesicht. Stellt sich vor, ihr gefalle sein Summen und dass sie ihn anlächelt und bittet weiterzumachen. Ja, das stellt der Mann sich gerne vor, wenn er das Loch ansummt – dass seine Frau dort sitzt, dass sie seine Stimme liebt und ihm nicht sagt, er solle aufhören, solle endlich mit dem höllischen Summen aufhören, sonst würde sie ihn verlassen. Diese bösen Gedanken machen ihn wütend, dann verliert er seine innere Ruhe. Deshalb versucht er, diese bösen Gedanken nicht zuzulassen, und stellt sich stattdessen Julie vor, die ihn anlächelt und sein Summen liebt.

»Hör auf! Hör mit dem verfluchten Summen auf!«

Es ist der böse Mann.

»Hör auf! Geh raus aus meinem Kopf!«

Fünf Jahre. Seit fünf Jahren summt der Mann nun schon das Loch an. Seit fünf Jahren sagt der böse Mann, er solle damit aufhören.

Der Mann lächelt. Summt weiter.

Es ist sein größtes und bestes Geheimnis. Niemand kennt es. Nicht mal der böse Mann. Niemand außer ihm. Und vielleicht der schwarze Mann. Der Mann ist sich nicht ganz sicher, aber er glaubt, der schwarze Mann könnte vielleicht davon wissen. Aber das ist egal, weil der schwarze Mann sein Summen mag.

»Ich werd dich verdammt noch mal umbringen! Hör auf! Hör auf!«

Die entfernte Stimme klingt noch wütender als gestern. Und gestern klang sie schon furchtbar wütend. So wütend, dass der böse Mann geknebelt und festgebunden werden musste. Der Mann hatte alles durch das Loch in der Wand gehört. Es hat ihn zum Lächeln gebracht, beinahe zum Lachen. Aber er kann nicht lachen, weil er dafür sein Summen unterbrechen müsste.

Der Mann weiß nicht, warum, aber es scheint, als könne nur der böse Mann auf der bösen Station sein Summen durch das Loch in der Wand hören.

»Ich werd dich einfach ignorieren. Hmmm … hmmm … Siehst du, ich kann auch summen. Hmmm … Halt verdammt noch mal die Klappe!«

Jeden Tag, fünf Jahre lang. Jeden Tag brüllt der böse Mann ihn an und will, dass er aufhört. Natürlich tut der Mann das nie. Immerhin ist der andere ein böser Mensch und böse Menschen bekommen, was sie verdienen. Der schwarze Mann mit dem komischen, haarigen Ding ist kein böser Mann. Der schwarze Mann mag sein Summen. Der schwarze Mann hasst es, auf der bösen Station zu putzen. Und die böse Station ist voll von bösen Männern. Trotzdem ist der Mann überzeugt, dass derjenige, der ihn anschreit, der Schlimmste von allen ist.

Das Seltsame ist, dass der böse Mann gar nicht weiß, wer da eigentlich summt. Er weiß nicht, woher es kommt. An manchen Tagen denkt er, das Summen sei nur in seinem Kopf.

Der Mann hat mit angehört, wie sich der böse Mann in den fünf Jahren verändert hat. Hat gehört, wie der böse Mann immer wütender und verwirrter wurde. Ohne den bösen Mann je zu sehen, hat er diese Veränderung bemerkt. Immer öfter wird der böse Mann festgebunden. Immer öfter fängt der böse Mann an zu schreien und mit Sachen um sich zu werfen. Aber niemand weiß Bescheid. Die Männer in Weiß wissen nicht, was den bösen Mann so wütend macht. Sie hören das Summen des Mannes durch das Loch in der Wand nicht. Sie wissen, dass er summt, aber sie wissen nicht, dass er den bösen Mann ansummt. Wissen nicht, dass er den Kopf des bösen Mannes jeden Tag, jede Stunde, jeden Augenblick mit seinem lyrischen Wahnsinn füllt.

Es ist ein Geheimnis. Zwischen dem bösen Mann und ihm selbst – und vielleicht dem schwarzen Mann, aber der wird ihn nicht verraten.

Der Mann hört den bösen Mann weinen. Ein sanftes Schluchzen dringt durch das Loch in der Wand zu ihm herauf.

»Warum hörst du nicht auf? Bitte, hör auf.«

Aber der Mann summt weiter.

Und der böse Mann weint weiter.

Es macht den Mann glücklich, zufrieden. Fast so glücklich wie damals, als er Julie und Sam und der kleinen Debbie die Kehle aufgeschlitzt hat. Jetzt ist alles still. Der Mann kann das Weinen des bösen Mannes nicht mehr hören. Der Mann summt weiter, aber er horcht auch. Horcht angestrengt darauf, was hinter dem Loch in der Wand und Julies lächelndem Gesicht passiert.

Ein wenig Zeit vergeht, etwa fünf Minuten, bevor der Mann Geräusche hinter dem Loch in der Wand hört. Entfernte Geräusche, aber trotzdem deutlich.

Summend horcht der Mann weiter. Und hört Schreie. Jede Menge Schreie. Aber er hört auch den bösen Mann – der ebenfalls schreit, aber es sind unverständliche Schreie – und das einzige Wort, das er versteht, ist »aufhören«.

Der Mann fragt sich, was dort vor sich geht. So etwas hat

er noch nie zuvor gehört, nicht in all den fünf Jahren, in denen er den bösen Mann schon ansummt.

Die Aufregung dauert gut 20 Minuten an. Schwache Schreie, zerbrechende Stühle und Betten, verstummende und wiederkehrende Stimmen, die dann erneut verstummen. All das schwirrt im Kopf des Mannes herum und einen Moment lang verliert er seinen Rhythmus und hört auf zu summen.

Visionen von Julies Körper, zerfetzt und blutig, füllen seinen Kopf. Bilder von Sam, der sich auf dem Boden windet und seine Kehle umklammert, aus der Blut spritzt. Die kleine Debbie, wie sie auf ihrem Bett kauert, die Bettdecke ganz fest um ihr Gesicht gewickelt, aus der ihre angsterfüllten, feuchten Augen herausschauen. Sie alle verschmelzen zu einer grandiosen Spukgestalt aus Blut und Fleisch.

Als die Vision verblasst, hört der Mann, dass auch die ferne Aufregung vorüber ist. Keine Schreie mehr, keine zerberstenden Möbel.

Der Mann spürt, wie seine innere Ruhe allmählich schwindet. Als ihm bewusst wird, dass er aufgehört hat zu summen, fängt er wieder von vorne an und fühlt sich gleich viel besser.

Nun ist alles ruhig – bis auf ein einsames Schluchzen. Der Mann weiß sofort, dass es der böse Mann ist, der weint. Nur dieses Mal ist es ein anderes Weinen – glücklich, erleichtert, nicht das wütende Schluchzen, an das sich der Mann gewöhnt hat.

Vielleicht haben sie den bösen Mann wieder ruhiggestellt.

Doch als der Mann die Schreie hinter dem Loch in der Wand hört – Schreie, die ganz gewiss von den Männern in Weiß stammen, Schreie wie »Oh, mein Gott!« und »Was zur Hölle ist hier passiert?« – weiß er, dass etwas Schreckliches geschehen ist. Der böse Mann hat etwas Schreckliches getan.

Aber das wusste der Mann bereits.

Er hat erwartet, dass es passieren würde. Er war sich nicht sicher, wann es passieren würde, aber er wusste, dass es passieren würde. Er hat darauf gehofft, dafür gebetet, es geplant.

Und das Beste ist – niemand weiß es. Es ist sein kleines Geheimnis.

Seines und das des bösen Mannes.

Der Mann summt weiter und starrt ins Leere.

Danach …

Stelig stand am Rand des Aufenthaltsraums auf Station D, schaute sich um und schüttelte den Kopf. »Wir verschwenden hier nur unsere Zeit. Warren ist verrückt. Er ist ein Lügner.«

»Er mag vielleicht ein kaltblütiger Killer sein, aber er ist kein Lügner. Scheiße, er hat seine Verbrechen doch sofort gestanden, als die Bullen ihn festgenommen haben.«

»Ja, aber einem anderen die Schuld daran zu geben, was er heute getan hat … Mein Gott, was für ein Irrer!«

Adams zuckte mit den Schultern. »Ich verstehe nur nicht, warum er bei so was lügen sollte.«

»Weil er durchgeknallt ist, darum.«

Als Stelig auf die Krankenstation gegangen war, um Warren zu befragen, hatte er den Mann seltsam ruhig vorgefunden. Er war an seinem Bett festgebunden, hatte einen Verband um die Ohren gewickelt und alle Fragen von Stelig zu dem, was geschehen war, bereitwillig beantwortet. Stelig hatte jede Frage auf ein Blatt Papier schreiben müssen, aber Warren, der tatsächlich noch immer sprechen konnte, hatte ihm nur immer wieder dasselbe gesagt – dass es nicht seine Schuld sei. Es sei jemand anders aus der Anstalt gewesen. Der habe es getan. Der habe all diese Menschen umgebracht. Und der sei auch für seine Ohren verantwortlich.

Also hatte Stelig gemeinsam mit Adams das gesamte Krankenhaus abgesucht – jedes einzelne Stockwerk, jede Station, jedes Zimmer. Er konnte nicht sagen, was er zu finden erwartet hatte – vielleicht einen Patienten, der in einem der Zimmer kauerte, die Kleidung verschmiert, während seine Hand das blutige Messer umklammerte. Das wäre immerhin etwas gewesen. Eine Antwort.

Bisher hatte er, da Warren die Verantwortung nicht übernehmen wollte, jedoch rein gar nichts in der Hand.

Dies hier war die letzte Station, die letzte Etage. Das oberste Stockwerk. Sollte er auch hier nichts finden, würde er sich noch einmal mit Warren unterhalten müssen.

Stelig entdeckte den Putzmann, Sam Goodfrey, und rief ihn zu sich. Der ältere schwarze Mann lehnte seinen Wischmopp gegen die Wand und schlurfte auf ihn zu. »Ja, Sir?«

»Sam, ist Ihnen hier heute irgendetwas Ungewöhnliches aufgefallen?«

»Zum Beispiel, Sir?«

»Hat sich irgendeiner der Patienten merkwürdig benommen oder war vielleicht einer von ihnen eine Zeit lang verschwunden?«

Sam blickte zu Boden, leckte sich über die Lippen und sah dann wieder zu ihnen hinauf. Seine Augen erinnerten Stelig an die eines Welpen – nur dass dieser Welpe Tränensäcke von der Größe einer Reisetasche unter den Augen hatte. »Nein, Sir. Nichts Auffälliges. Warum?«

»Nun, ich schätze, Sie können es ebenso gut jetzt erfahren. Irgendwann werden Sie es ja sowieso mitbekommen. Auf Station C ist etwas ganz Furchtbares passiert.« Stelig hielt einen Moment inne, bevor er fortfuhr. »Sämtliche Patienten wurden getötet. Und drei der Schwestern.«

Der alte Mann schnappte nach Luft und legte eine faltige

Hand auf seinen Mund. »Lieber Gott. Das ist ja entsetzlich. Wie ist denn das passiert?«

»Warren Spencer.«

»Hat er sie alle umgebracht?«

Stelig nickte.

»Nun, wir sind uns noch nicht ganz sicher«, sagte Adams. »Warren behauptet, es sei jemand anders gewesen. Ein anderer Patient. Wir durchsuchen gerade das Krankenhaus, um Anhaltspunkte zu finden, wer es sonst noch gewesen sein könnte.«

»Ich bin sicher, dass es Warren war«, bekräftigte Stelig. »Passen Sie trotzdem auf, vielleicht benimmt sich ja doch einer der Patienten … ungewöhnlich.«

»Das werde ich. Das werde ich ganz bestimmt, Sir.«

»Okay. Ich danke Ihnen. Und ich brauche Ihnen ja wohl nicht zu sagen, dass diese Information das Gebäude nicht verlässt. Niemand muss davon erfahren, solange es nicht absolut notwendig ist. Verstanden?«

Der alte Mann nickte. »Natürlich, Sir.«

»Gut. Bitte gehen Sie wieder an Ihre Arbeit.«

Der Mann nickte, wandte sich ab und schlurfte langsam zu seinen Putzutensilien zurück.

»Hab ich mir das nur eingebildet oder sah der alte Sack glücklich über die Nachricht aus?«

»Vielleicht, ich weiß nicht«, erwiderte Stelig und rieb sich mit seinem Daumen und Zeigefinger die Nase.

»Denken Sie, er weiß mehr, als er zugibt?«

»Machen Sie sich verdammt noch mal nicht lächerlich. Er ist ein alter Mann. Er macht hier sauber. Was kann der bitteschön schon wissen?«

Adams zuckte mit den Schultern.

»Ich hab's Ihnen ja gesagt, das hier ist Zeitverschwendung. Die Patienten hier oben sind ungefähr so harmlos wie …«,

Stelig sprach das Erste aus, was ihm in den Sinn kam, »ein Haufen niedlicher Welpen.«

»Dürfte ich Sie vielleicht daran erinnern, Sir, dass sie alle Kriminelle sind?«

»Die meisten Patienten hier sind einfach nur verrückt. Harmlos, aber verrückt.« Stelig blickte auf den untersetzten Oberarzt hinunter. »Dürfte ich *Sie* vielleicht daran erinnern, dass dies hier die gute Station ist, die ruhige Station? Die Insassen haben seit der Ausübung ihrer Verbrechen keinerlei Anzeichen für gewalttätiges Verhalten mehr an den Tag gelegt. Verdammt, die sind nicht im Geringsten gewaltbereit. Nicht mehr.«

»Was ist mit Harris da drüben?« Adams zeigte auf den Mann, der in der hinteren Ecke des Raumes saß. »Er hat seine ganze Familie abgeschlachtet.«

Stelig schnaubte verächtlich. »Das war vor fünf Jahren. Seither hat er keinerlei Anzeichen für gewalttätiges oder aggressives Verhalten gezeigt. Er ist bereitwillig mit der Polizei mitgegangen und hat sich nicht einmal gewehrt. Verdammt, Harris ist harmloser als irgendjemand sonst hier. Alles, was er je getan hat, ist in dieser Ecke zu hocken und vor sich hinzusummen.« Stelig unterbrach sich und schaute zu Harris hinüber. Beobachtete den Mann, der nur ins Leere starrte und dümmlich in sich hineingrinste. Lauschte seinem Summen.

»Gott, ich glaube, ich würde durchdrehen, wenn ich mir das den ganzen Tag anhören müsste«, sagte Adams. »Er summt den ganzen Tag dieselben drei Töne. Sonst nichts. Ist das zu fassen?« Adams kicherte. »Da würde doch jeder verrückt werden. Keine Ahnung, wie die Ärzte und Schwestern hier oben das aushalten.«

Stelig seufzte. Harris hatte ihm immer leidgetan. Er konnte nicht sagen, warum, aber er hatte etwas Bemitleidenswertes an sich. »Ja, ich weiß, was Sie meinen. Aber es beweist nur, dass ich recht habe. Hier sind alle völlig harmlos. Verrückt, aber harmlos. Wir verschwenden nur unsere Zeit. Warren hat es getan – und das weiß er auch. Er will nur nicht die Schuld dafür auf sich nehmen, das ist alles.«

»Ich weiß nicht. Ich verstehe einfach nicht, warum er lügen sollte, das ist alles.«

Plötzlich sah Harris Stelig an. Er drehte seinen Kopf und starrte dem Doktor direkt in die Augen. Unbehagen machte sich in Steligs gesamtem Körper breit. Der Mann summte noch immer dieselben drei Töne, aber nun trug er ein schiefes Grinsen im Gesicht. Es hätte beinahe komisch gewirkt, wäre da nicht der wissende Glanz in seinen Augen gewesen.

Er machte Stelig nervös, auch wenn er das niemals zugegeben hätte.

Stelig drehte sich um und versuchte, sein Unbehagen abzuschütteln. »Sie vertrauen den Menschen zu sehr, Adams. Das ist Ihr Problem. Kommen Sie, lassen Sie uns gehen. Hier finden wir nichts.«

Als die beiden Männer den Korridor entlanggingen, begann Stelig zu summen.

»Ein echter Ohrwurm«, sagte Adams mit einem Lächeln.

»Hä?«

»Sie haben dieselben drei Töne gesummt wie unser hauseigener Sänger.«

»Hab ich das?«

Adams nickte.

Steligs Unbehagen wuchs. Er lächelte, aber als er zu sprechen begann, klang seine Stimme sehr ernst. »Na, dann will ich nur hoffen, dass ich die Melodie auch wieder loswerde.«

NOTIZEN ZUR ENTSTEHUNG:

Ich habe diese Geschichte für die Sammlung *Asylum Volume 3: The Quiet Ward* geschrieben. Für alle, die sie nicht kennen: Die *Asylum*-Anthologien waren eine tolle Buchreihe, in der Geschichten aus verschiedenen Abteilungen einer psychiatrischen Anstalt erzählt wurden. In jedem Buch ging es um eine andere Station oder eine andere Art von Wahnsinn: Es gab jeweils einen Band über die Station mit den Gewalttätigen bzw. den Psychopathen und die dritte und letzte Folge, in der auch diese Geschichte erschien und die sich mit der ruhigen Station befasste.
Oh, und für den Fall, dass Sie sich das gefragt haben: Ja, den Titel habe ich bei dem gleichnamigen Led-Zeppelin-Song abgekupfert.

Die Versuchung der Rechtschaffenen

(Temptation of the Righteous Path)

Schreie. Überall um ihn herum schrien die Menschen. Unverständliches Geheul und Finsternis stampften wie der Fuß eines Riesen auf seinen Verstand ein, wollten alles zerstören, was sich ihm in den Weg stellte. Das war das Ende. Wirklich und wahrhaftig das Ende. Doch es musste noch eine letzte Entscheidung getroffen werden, ein letzter Akt der Hingabe, bevor alles aufhörte …

Er schreckte aus dem Schlaf hoch, als ihn eine Hand berührte. »Hä? Was?«

»Sie wurden auserwählt. Kommen Sie, stehen Sie auf.«

Aleister P. Donaldson starrte mit zusammengekniffenen Augen auf den Mann, dessen Arm an seinem Armani-Jackett zerrte, und übergab sich.

»Oh, hey! Vorsicht, junger Mann. Begrüßt man so seinen Erlöser?«

Aleister spie den Rest seines Erbrochenen auf den Boden der dreckigen Gasse und versuchte zu begreifen, was gerade mit ihm passierte. *Hat der Alte sich gerade als mein Erlöser bezeichnet?*

Der Alte zog Aleister auf die Beine, was ihm mit erstaunlicher Kraft gelang.

»Wenn ich mich nicht gerade wie Scheiße fühlen würde, dann wärst du jetzt tot, alter Mann«, stammelte Aleister und plötzlich schien sein Kopf von einer wahren Schmerzexplosion zerfetzt zu werden, so als seien tausend Atomsprengköpfe darin hochgegangen.

»Kommen Sie, beeilen Sie sich.«

»Ich geh nirgend…« Aleister wurde durch die Gasse zu einer offenen Tür gezerrt und fand sich im Inneren eines düsteren Raumes wieder, bevor er seinen schwachen Protest zu Ende führen konnte. Ihm war ein wenig flau im Magen und beinahe hätte er sich erneut übergeben, aber er unterdrückte den Drang und rückte stattdessen seine schiefe Krawatte wieder zurecht.

Nachdem sein Kopf aufgehört hatte, Karussell zu fahren, sortierte er seine verschwommenen Gedanken und sagte: »Okay, ich will verdammt noch mal wissen, was hier los ist. Bin ich entführt worden?«

»Pfirsiche!«

Aleister erschrak, als er den plötzlichen Ausruf hörte.

»Keine Pfirsiche«, sagte der alte Mann, der Aleister durch die Gasse geschleift hatte, zu einem anderen alten Mann, der auf einer Kiste mit der Aufschrift *Pfirsiche* saß.

»Schicksal?«, krächzte die Stimme einer Frau. »Ich kann dir einiges über das Schicksal erzählen. Mein Schicksal war es, ein Star zu werden. Königin des Broadway haben sie mich genannt. Ich hatte das Aussehen, die Stimme, das Talent, die …«

»Pfirsiche!«

»Nein, ich hatte keine beschissenen Pfirsiche«, bellte die Frau. »Aber ich hatte ein hübsches Paar Melonen.« Sie lachte, laut und feucht.

»Melonen«, wiederholte der Pfirsich-Mann und kicherte.

»Ruhe, bitte! Der Erlöser wünscht zu sprechen.«

Aleister fühlte sich ermattet, schwach und furchtbar schmutzig. Daran war er jedoch gewöhnt. Aus einem Traum gerissen und in irgendeinen schmuddeligen Raum gezerrt zu werden, war hingegen neu für ihn.

Stimmt, ich hab ja geträumt, richtig? Irgendwelche Leute haben geschrien und ich musste irgendetwas tun, bevor der

Fuß des Riesen alle zerquetscht hätte. Gott, was hab ich bloß letzte Nacht getrunken?

Anscheinend hatte sich der Kopfschmerz nun dauerhaft eingerichtet. Während sein Verstand allmählich begann, die dichten Spinnweben seiner Trunkenheit wegzupusten, merkte er, dass er in einer Kneipe saß. In einer sehr alten, ziemlich heruntergekommenen Kneipe, aber trotzdem in einer Kneipe. Er erkannte sie nicht – der Laden musste schon dichtgemacht haben, bevor Shauna ihn verlassen hatte und er in diese lange, düstere Abwärtsspirale geraten war. Außer dem Erlöser saßen noch fünf weitere Personen auf leeren Kisten oder klapprigen Stühlen im Raum. Sie sahen allesamt ungewaschen aus und trugen mehrere Schichten schäbiger Klamotten übereinander. Abgesehen von den beiden Frauen hatten sie allesamt lange, graue Bärte.

Ich wurde von 'nem Haufen Penner entführt?

Aleister kicherte, doch als sein Kopf davon noch mehr schmerzte, brach er ab.

»Hört mal, wenn's euch nichts ausmacht, dann geh ich jetzt wieder nach Hause.«

»Nein, Sie können nicht gehen«, sagte der Erlöser. »Nein, nein, nein, das ist gar nicht gut. Sie wurden auserwählt. So wie wir alle auserwählt wurden. Nein, Sie können nicht gehen. Die Welt ist auf Sie angewiesen.«

Aleister setzte ein dümmlich-betrunkenes Grinsen auf. »Das Einzige, was auf mich angewiesen ist, sind die Kneipen. Dank mir sind die nämlich alle noch im Geschäft, wisst ihr.«

»Ich war im Showbusiness«, sagte die Königin des Broadway. »Ja, ich hätte ein Star sein können.«

Aleister bemerkte zuerst den verträumten Glanz in ihren Augen und dann die Maus, die sie streichelte. Der Nager wirkte ziemlich träge.

»Das ist ja 'ne nette Maus, die du da hast«, sagte Aleister, stopfte sein Hemd in die Hose und schlich sich langsam rückwärts zur Tür. »Wie heißt sie denn?«

»Ratte«, antwortete die Königin des Broadway.

»Das ist aber ein seltsamer Name für eine …« Ihm drehte sich der Magen um. »Oh.«

»Wo wollen Sie denn hin?«, fragte der Erlöser. Er verließ seinen Posten neben der langen, verstaubten Bar und rannte auf Aleister zu. »Sie können nicht gehen. Die Welt braucht Sie.«

Der abgemagerte Penner baute sich neben Aleister auf. Aleister blieb stehen. Er wollte den Typen nicht verärgern – er sah alt und zerbrechlich aus, aber wer konnte schon sagen, wie es um seinen Geisteszustand bestellt war. »Hört mal«, versuchte Aleister es erneut, »ihr habt da einen Fehler gemacht. Ich bin keiner von euch. Mein Name ist Aleister P. Donaldson und ich arbeite in der Wall Street. Ich hab eine, na, sagen wir mal, harte Nacht hinter mir …«

Ein paar harte Monate trifft es wohl eher.

»… ich muss da draußen in der Gasse eingeschlafen sein. Also, ich habe zwar keine Ahnung, was ihr hier treibt, obwohl ich sicher bin, dass es ganz großartig und wahnsinnig wichtig ist. Aber ich fühle mich beschissen und will nur noch nach Hause, mir die Seele aus dem Leib kotzen und schlafen. Okay?«

Der Erlöser sah ihn mit intensivem, durchdringendem Blick an. Er stank widerlich – nach einer Mischung aus Müll, Urin und Alkohol – und als er seinen Mund öffnete, um zu sprechen, wich Aleister reflexartig einen Schritt zurück.

Mein Gott! Der Gestank, der aus seinem Rachen kam, war nicht von dieser Welt.

»Er hat zu mir gesprochen und mir gesagt, ich solle sechs Menschen finden«, verkündete der Mann mit sanfter Stimme. »Sechs Menschen, die vom Zorn des Allmächtigen verschont bleiben werden. Er hat mir gesagt, ich würde sie erkennen, und tatsächlich habe ich sie alle gefunden, bis auf einen. Bis jetzt. Sie sind der Letzte, Mr. Donaldson. Ich bin Ihr Erlöser und Sie werden hierbleiben und tun, was ich Ihnen sage.«

»Hey, willst du damit behaupten …?«

Der Erlöser nickte. Dann pflückte er etwas, das aussah wie eine Bohne, aus seinem zerzausten Bart, und warf sich den Brocken in den Mund. »Setzen Sie sich.«

Tagsüber war Aleister ein einflussreicher Broker, jemand, der wusste, was es bedeutete, an der Spitze zu stehen – und der auch ganz genau wusste, wie man sich oben hielt. Er war gut darin, Befehle zu keifen und andere dazu zu bringen, ihm die Scheiße von seinem Arsch abzuwischen. Warum also, in Gottes Namen, ließ er zu, dass ihn irgendein alter Penner zu einer leeren Kiste führte? Warum saß er neben einem stinkenden Müllschlucker, der aussah wie Abraham Lincolns Großvater?

Entweder träume ich immer noch oder ich bin vollkommen durchgedreht.

Nein, ich werde mich nur eine Weile ausruhen, ausnüchtern und dann verdammt noch mal von hier verschwinden. Was soll schon passieren? Verflucht, vielleicht wird das hier ja sogar ganz lustig. Dann habe ich am Montag im Büro eine gute Geschichte zu erzählen.

Aleister drehte sich zu dem Penner um, der neben ihm saß. Der schlaksige alte Kauz wandte sich ihm zu, furzte und streckte ihm die Hand hin. »Hi, Boss. Ich bin Jack.« Seine kalten Augen ruhten ganz tief in seinem furchtbar dünnen, schmutzigen Gesicht.

Aleister lehnte den Händedruck ab. Er mochte vielleicht ein riesiges Arschloch sein, das seine Frau betrog, aber er war kein kranker Säufer. »Nett, dich kennenzulernen, Jack. Ich bin Millionen wert.«

Jack runzelte die Stirn und zog seine Hand zurück.

»Hast du auch ’nen Nachnamen, Jack?«

Jack lächelte, aber es war kein schöner Anblick. »Sicher hab ich den. The Ripper.«

Es dauerte einen Augenblick, bis Aleister es kapierte. Er nickte. »Klar. Okay. Schlitz mir aber bloß nicht die Kehle auf.«

»Warum sollte ich das tun?«, fragte Jack und legte erneut seine Stirn in Falten.

»Vergiss es«, antwortete Aleister.

»Ich würde sagen, wir fangen dann mal mit der Versammlung an«, warf einer der Penner ein, die bisher noch nichts gesagt hatten. »Die Verhandlung hat begonnen.«

»Ich seh gar keinen Richter oder Gerichtsdiener«, scherzte Aleister.

Der Mann drehte sich um und sah Aleister an. Er wirkte ein wenig jünger als die anderen und hatte einen strengen Gesichtsausdruck. »Dann sind Sie ein Idiot, mein Herr. Der Erlöser ist der Richter und wir anderen sind die Gerichtsdiener.«

Der Mann hatte irgendetwas Vertrautes an sich …

»Und wer ist der Angeklagte?«, erkundigte Aleister sich.

»Die Welt, natürlich.«

»Anwälte?«

»Wir sind sowohl Gerichtsdiener als auch Anwälte.«

»Beeindruckend«, erwiderte Aleister, während er durch den Sumpf seines Gedächtnisses watete und versuchte, sich daran zu erinnern, wo er diesen Mann schon einmal gesehen hatte.

»Richter Stevens, bitte drehen Sie sich wieder um. Wir haben Wichtiges zu besprechen.«

»Heilige Scheiße!«, entfuhr es Aleister. »Sie sind Richter Henry Stevens? Derselbe Richter Stevens, der vor 15 Jahren diesen Schauspieler verurteilt hat? Wie hieß der noch gleich …?«

»Bruce Harris«, antwortete Richter Stevens mit einem Kopfnicken. »Ja, ich glaube, das war ich.« Er wirkte beinahe stolz, weil ihn jemand erkannt hatte.

Aleister erinnerte sich an einen stattlichen, makellos gekleideten Mann mit sanftem Gesicht und kräftiger Stimme, den er öfter im Fernsehen gesehen hatte. Der Mann, der zwei Kisten vor ihm saß, war mager und hatte glasige Augen. Sein grauer Bart war vollkommen verfilzt und voller Essensreste. Neben ihm stand ein alter Aktenkoffer, der ebenso ramponiert und am Ende aussah wie der Richter selbst. »Gott, Mann, was ist mit Ihnen passiert?«

Richter Stevens schnaubte. »Bruce Harris.« Er drehte sich wieder um. »Die Verhandlung hat begonnen. Den Vorsitz hat unser Erlöser.«

Der Erlöser seufzte und strich sich über seinen ZZ-Top-Bart. »Danke, Richter.«

»Gerne«, sagte Richter Stevens mit tiefer Stimme.

Unglaublich, dachte Aleister. Er empfand Mitleid für den Mann.

»Ratte hat Hunger«, verkündete die Königin des Broadway. »Wir müssen Ratte füttern. Hat irgendjemand was zu essen?«

»Pfirsiche!«

»Ratte mag keine Pfirsiche«, erwiderte die Königin. »Er mag nur gebratene Karotten.«

»Gebratene Ratte!«, schrie Pfirsich und alle im Raum – einschließlich Aleister – lachten. Alle außer der Broadway Queen. Sie hielt sich Ratte vors Gesicht und murmelte: »Hör nicht auf sie, Ratte. Das ist nur ein Haufen Fieslinge. Ja, das sind sie.«

»Ich glaube nicht, dass er dich hören kann«, sagte Jack.

»Ich glaube, er ist taub«, fügte Richter Stevens hinzu.

Der Nager ist ungefähr so taub, wie ihr anderen geistig gesund seid, dachte Aleister, aber er sprach es nicht laut aus. Er wollte niemanden verärgern.

»Können wir uns jetzt bitte alle wieder beruhigen und über unseren Plan reden?«, bat der Erlöser. Er griff hinter sich, holte eine imaginäres Glas hervor und trank einen Schluck von was auch immer sich darin befinden sollte. »Ah«, stieß er wie nach einem erfrischenden Drink aus und stellte das unsichtbare Glas wieder auf die Bar. »Okay, können wir anfangen?«

»Ich habe bereits verkündet, dass die Verhandlung begonnen hat«, sagte Richter Stevens. »Mehr kann ich nicht tun, oder?« Sein Gesicht wurde rot.

»Nein, können Sie nicht«, bestätigte der Erlöser.

Der Richter nickte.

»Pfirsich muss pinkeln«, rief Pfirsich.

Der Erlöser verdrehte seine blutunterlaufenen Augen und seufzte schwer. »Das Ende ist nah. Aber gut, wenn du pinkeln musst, dann geh pinkeln.«

Keine schlechte Idee.

Aleister erhob sich.

Neben ihm keuchte Jack atemlos: »Nein, bitte, bringen Sie mich nicht um. Ich habe kein Geld. Ich bin nur eine Hure. Eine dreckige, bettelarme Unglückliche.«

»Aber ich dachte …« Aleister zuckte mit den Schultern. »Vergiss es. Mach dir keine Sorgen, altes Haus, ich werde dich nicht umbringen.«

»Oh, danke, Sir.« Er neigte seinen Kopf und murmelte etwas, das wie ein Gebet klang.

»Und wo, bitte, glauben Sie, gehen Sie jetzt hin?«, wollte der Erlöser wissen.

»Auf die Toilette – das wird ja wohl erlaubt sein, oder?«

»Nun …«

»Pfirsich geht doch auch.«

Aleister sah, wie Pfirsich sich erhob, seinen Reißverschluss öffnete und sich auf den Fußboden erleichterte.

Aleister schüttelte den Kopf und ging in Richtung Herrentoilette. »Ich brauch nicht lange.«

»Das Ende ist nah«, wiederholte der Erlöser. »Wir müssen so schnell wie möglich anfangen.«

»Verstanden, Boss. Keine Sorge, es dauert nicht lange. Wenn ich scheißen muss, muss ich dann noch mal um deine Erlaubnis bitten?«

»Erlaubnis?« Der Erlöser wirkte völlig perplex.

»Erlaubnis zum Pfirsiche machen«, murmelte Pfirsich und verrichtete weiter sein Geschäft.

»Beeilen Sie sich einfach.«

»Sicher«, sagte Aleister und betrachtete die Pfütze auf dem Fußboden. Ein Hauch des widerlichen Gestanks stieg ihm in die Nase. Er drehte sich zu der einzigen Person im Raum um, die noch immer nichts gesagt hatte. Als er an ihr vorbeiging, sah er, wie düster die Frau aussah – sie hatte nicht nur dunkle Haut, sondern auch ein dunkles Wesen. Sie trug einen schwarzen Schal um ihren Kopf und hatte vollkommen leere Augen. Aber sie atmete, was zumindest Aleisters Bedenken zerstreute, die Frau weile womöglich nicht mehr unter den Lebenden. Sie bewegte sich nicht und zuckte nicht einmal. Sie saß nur da und starrte den Erlöser an.

Verdammt unheimlich!, schoss es Aleister durch den Kopf.

Er betrat die Herrentoilette und stellte sich vor eins der Urinale. Er leerte seine Blase in einem heftigen Strahl aus Restalkohol, fühlte sich gleich viel besser und wollte sich auf den Versuch einlassen, jegliches Gift, das sich vielleicht noch in seinem Körper befand, auszukotzen. Es fiel ihm nicht allzu schwer – allein durch den Geruch in der Toilette musste er schon würgen.

Er war gerade in den letzten Zügen, als er hinter sich ein Quieken hörte. Er wusch sich den Mund, richtete sich auf und drehte sich zu den Kabinen um.

Das Geräusch ertönte erneut.

Aleister ging auf die einzige Kabine zu, deren Tür geschlossen war, und stieß sie auf. Angewidert wich er zurück. Er hasste Ratten. Besonders lebendige. Es mussten mindestens zehn sein – riesige New Yorker Mistviecher, die meisten so groß wie ein kleiner Pudel.

Aleister hätte die Kabinentür am liebsten wieder geschlossen, wollte den Viechern aber auch nicht zu nahe kommen.

Sie sahen aus wie ein Meer aus grauem und braunem Fell – einige huschten über den Fußboden, andere streckten ihren Kopf aus der Toilettenschüssel. Er war sich nicht ganz sicher, was sie fraßen, aber es sah aus und stank wie zehn Jahre alte Scheiße. Aleister, der in kalten Schweiß gebadet war, überkam plötzlich der Drang, einen seiner maßgefertigten, 400 Dollar teuren italienischen Schuhe auszuziehen und mitten in die Versammlung übergroßer Nager zu schleudern.

Der Schuh traf einige von ihnen mit voller Wucht und sie stießen ein lautes Kreischen aus. Die restlichen Tiere stoben in alle Richtungen davon. Aleister fluchte und stürzte zur Tür.

Er war ein Idiot. Jetzt hatte er nicht nur einen Haufen stinksaurer Ratten am Hals, er hatte auch einen teuren Schuh verloren.

Er riss die Toilettentür auf und stieß beinahe mit der Königin des Broadway zusammen. Glücklicherweise konnte er noch abbremsen, bevor sie ihm irgendwelchen unflätigen, kranken Gossenslang ins Gesicht geschleudert hätte.

»Was hast du mit meinen Babys gemacht?«, schrie die Broadway Queen. Wenn sie aufrecht stand, war sie eine ausgesprochen imposante Erscheinung. »Hast du ihnen wehgetan?«

»Das sind beschissene Ratten, Lady«, erwiderte Aleister.

Die Königin des Broadway stapfte mit tränengeschwängerten Augen – *oder war das Eiter?* – in die Herrentoilette und ihr starker, unangenehmer Geruch hinterließ eine Fahne, die Aleister komplett einzuhüllen schien.

»Beschissene Irre«, murmelte er und ging humpelnd in die Kneipe zurück.

»Hey, habt ihr hier irgendwas zu trinken?«, erkundigte sich Aleister beim Erlöser, der ihn fragend ansah.

»Du hast die Broadway Queen verärgert«, stellte der Erlöser fest.

»Ja, naja, ihre Babys haben mich zuerst verärgert. Habt ihr 'ne Flasche Jack da?«

»Ich bin Jack«, sagte eine Stimme hinter ihm.

Aleister wirbelte herum. »Wenn dein Nachname Daniels ist, dann komm her, damit ich dich trinken kann.«

Jack erhob sich. »Woher wusstest du, dass mein Nachname Daniels ist?«

»Ich dachte, der wäre The Ripper.«

Jacks Augen weiteten sich und er wirkte eingeschüchtert. »Bist du Jack the Ripper?«

»Ja, und wenn du dich nicht sofort hinsetzt, dann schlitz ich dir die Kehle auf.« Jack setzte sich wieder, legte seine Hände in den Schoß und rührte sich nicht mehr.

Mit einem Seufzen drehte sich Aleister wieder zum Erlöser um. »Also, was ist jetzt mit dem Whiskey?«

»Unten ist jede Menge Whiskey.«

Aleister klatschte in die Hände. »Kein Scheiß? Klasse, Mann, dann lasst uns welchen holen.«

»Er ist für später.«

»Später?« Aleister schaute sich im Raum um und ließ seinen Blick auch über sein eigenes Konterfei im Spiegel hinter der Bar schweifen. Er konnte nirgendwo Treppen erkennen.

Dann muss ich wohl noch ein bisschen warten.

Er lächelte den Erlöser an, der nicht zurücklächelte, ging zurück zu seiner Kiste und setzte sich.

Neben ihm begann Jack zu zittern.

»Hey, ich hab nur Spaß gemacht. Ich bin gar nicht wirklich Jack the Ripper.«

Jack drehte langsam den Kopf und sah Aleister aus dem Augenwinkel an. »Wirklich?«

»Nee, mein Name ist Bundy. Ted Bundy.«

Jack lächelte und streckte blitzschnell seine Hand aus. »Hi, Ted. Mein Name ist Jack. Nachname The Ripper.«

Dieses Mal nahm Aleister Jacks Hand und schüttelte sie.

Ach, was soll's?, dachte er.

Sein Körper schrie förmlich nach Whiskey. Er brauchte wirklich dringend einen Schluck. Die Fahrt mit der U-Bahn nach Hause dauerte zu lange – sofern er es ohne Alkohol überhaupt in der U-Bahn ausgehalten hätte – und in den Kneipen musste er dafür bezahlen. Wenn er blieb, kam er hingegen in den Genuss von kostenlosem Alkohol. Gott allein wusste, wie viele Flaschen nach der Schließung in diesem Laden zurückgelassen worden waren. Je freundlicher er sich gegenüber diesen Leuten also verhielt, desto besser standen seine Chancen auf reichlich flüssiges Gold.

Jacks Hand war glitschig. Aleister zog seine Hand wieder zurück und stellte fest, dass sich jetzt ein rot verschmierter Fleck auf ihrer Innenfläche befand.

Was zur Hölle ist das denn?

Er wollte seine Hand schon vor die Nase halten und an der klebrigen Substanz riechen, entschied dann jedoch, dass einige Dinge besser ungeklärt blieben. Er wischte sich gerade den Fleck an seiner Hose ab, als die Königin des Broadway laut plärrend aus der Herrentoilette stürzte.

»Er hat Ratsy und Ratso umgebracht.«

Ratsy und Ratso?

Aleister biss sich mit den Zähnen fest auf die Unterlippe, um nicht laut loszulachen.

»Sie sind nun an einem besseren Ort«, beschwichtigte sie der Erlöser.

»Blödsinn! Er hat sie umgebracht. Kaltblütig.«

»Hickock und Smith«, sagte Pfirsich. »Keine Ahnung, ob sie Pfirsiche mochten oder nicht.«

»Wir sollten ihn aufhängen«, brummte Richter Stevens. »Ja, ihn auf die gute, altmodische Art aufknüpfen.«

»Genau wie Hickock und Smith«, fügte Pfirsich hinzu.

»Sie waren doch nur Ratten«, platzte Aleister heraus.

»Sie waren Pfirsiche!«

»Hmmm … leckere, eingemachte Pfirsiche.«

»Eingemachte Ratten«, kicherte Pfirsich.

»Eingemachte Nieren«, sagte Jack, aber er kicherte nicht.

»Wir sprechen hier von Rattes Brüdern«, mahnte die Broadway Queen. »Und sie wurden ermordet, genau wie meine eigenen Brüder. Ich sollte gerade die Hauptrolle in *Cats* bekommen, als sie ermordet wurden.«

»Katzen und Ratten«, stieß Pfirsich aus.

»Eingemachte Katzen und Ratten«, fügte Jack mit einem Kopfnicken hinzu.

»Ich hätte in *Cats* mitspielen sollen«, schrie die Königin des Broadway wieder. »Ich hätte ein Star werden können.«

»Star?«, schnaubte Richter Stevens verächtlich. »Ich habe mal einen Star verurteilt. Bruce Harris. Der Hurensohn hat gern Frauenkleider getragen, wusstet ihr das?«

»*Cats!*«, brüllte der Erlöser. Plötzlich verstummten alle im Raum und starrten den alten Mann an.

Zum ersten Mal war es in der Kneipe still.

Der Erlöser hob die Arme und sah aus wie ein Fernsehprediger, als er seinen wissenden Blick über die Gruppe gleiten ließ. Selbst Aleister wartete gespannt darauf, was der wunderliche alte Kauz ihnen wohl mitzuteilen hatte.

»*Cats*«, brüllte er erneut, »war ein Haufen Scheiße!«

Im Raum brandete begeisterter Beifall auf und Aleister bemerkte, dass sogar die Broadway Queen applaudierte.

Inmitten des Begeisterungssturmes konnte Aleister hören, wie Pfirsich »Pfirsiche!« ausrief.

Wer zur Hölle sind diese Leute? Von der Gesellschaft abgelehnt, das sind sie. Traurige, armselige, verlorene Seelen. Menschen, die die Zeit vergessen hat.

Aleister schloss die Augen und stellte sich vor, wie der Whiskey seine Kehle hinunterrann und die warme, klebrige Süße sich in seinem ganzen Körper ausbreitete.

Bald werden sie die Flaschen von unten holen. Du musst nur noch ein Weilchen durchhalten.

Der Tumult hatte sich gelegt. Aleister öffnete seine Augen wieder und schaute den Erlöser an.

»So, jetzt hatten wir alle unseren Spaß und was zu essen. Die Party ist vorbei. Ich habe hier, auf diesem schmalen Floß, sechs Menschen um mich versammelt, sechs Menschen, die von Gott, dem Allmächtigen, höchstpersönlich als Noah unserer Zeit auserwählt wurden. Nur wir und wir allein werden verschont, wenn die Welt endet und die Menschheit ausgelöscht wird. Uns wird dann die Aufgabe zuteilwerden, unsere Art zu erhalten.« Er unterbrach sich, griff nach seinem unsichtbaren Glas und nahm einen Schluck daraus.

Darum geht's hier? Sie glauben, dass die Welt untergeht?

Aleister stöhnte. Es war schlimm genug, dass er in einem Raum mit einem Haufen verrückter alter Penner festsaß, aber jetzt entpuppten sie sich auch noch als religiöse Irre?

Solange ich meinen kostenlosen Whiskey bekomme, ist es mir herzlich egal, ob sie glauben, sie seien aus der Zukunft angereist.

Ein ernüchternder Gedanke.

»Wir sieben werden alles sein, was noch übrig bleibt, wenn für die Welt der letzte Vorhang fällt. Doch fürchtet euch nicht, meine Auserwählten, denn die Erde wird noch immer hier sein. Sie wird neu geboren werden, genau wie die Menschheit neu geboren werden wird, und sie wird wunderschön und rein sein.«

»Wie Pfirsiche!«

»Ganz genau, mein lieber Obstverkäufer. Genau wie Pfirsiche.«

Der kleine Mann, der auf der Pfirsichkiste saß, lachte und nickte heftig mit dem Kopf. Aleister war sich sicher, dass er noch nie eine bemitleidenswertere Kreatur zu Gesicht bekommen hatte.

Aleister hob seine Hand.

»Ja, mein Sohn?«, ertcilte ihm der Erlöser das Wort.

»Wann gibt's den Whiskey?«

»Bald, mein Sohn. Sehr bald.«

Aleister lief das Wasser im Munde zusammen.

»Ich nehme einen Whiskey Sour, bitte«, sagte Jack.

»Oh, für mich einen Mint Julep«, meldete sich die Königin des Broadway zu Wort.

»Später«, sagte der Erlöser und ließ seine Schultern sinken. »Später, später, später, später, später!«

Aleister schämte sich ein wenig, weil er den Erlöser verärgert hatte. »Tut mir leid, mein Erlöser«, sagte er. »Bitte mach weiter.«

Das schien den alten Mann ein wenig aufzuheitern. Er richtete sich wieder auf. »Vielen Dank, Mr. Donaldson.«

»Die Verhandlung hat begonnen«, sagte Richter Stevens.

Der Erlöser entfernte sich von der Bar und steuerte auf eines der schmutzigen Fenster zu, die mit Drahtgittern verkleidet waren, vermutlich, um Vandalen abzuhalten – *oder um uns drinnen festzuhalten!* – und sein langer, zerfetzter Mantel flatterte beim Gehen hinter ihm her. Er schaute hinaus. Die anderen warteten, bis der Erlöser wieder seinen Platz vor der Bar eingenommen hatte. »Uns bleibt nicht mehr viel Zeit. Die Apokalypse ist nah. Draußen wird es bereits dunkel.«

Aleister schielte auf seine Uhr. Es war erst halb zwölf Uhr mittags. Sein Blick blieb wieder am Fenster hängen und er musste zugeben, dass es draußen tatsächlich ziemlich finster aussah. Dann jedoch erinnerte er sich, dass die Scheibe auf eine Gasse blickte. Außerdem war sie von einer dicken Schicht aus Staub und Schimmel bedeckt.

Armer Irrer.

»Alle ab in den Keller«, forderte der Erlöser sie auf.

Das klingt schon besser. Keller bedeutet Alkohol!

Aleister erhob sich zusammen mit den anderen Pennern. Sie schienen alle ziemlich verblüfft zu sein – alle bis auf den Erlöser natürlich.

»Okay, Doreen, du gehst vor.«

Doreen also.

Aleister beobachtete, wie sich die schwarze Frau in Bewegung setzte, die die ganze Zeit über kein Wort gesagt und sich noch nicht einmal gerührt hatte. Ihr folgte Richter Stevens, dann Pfirsich, dann die Broadway Queen und schließlich Jack, während Aleister die Nachhut bildete. Der Erlöser fiel hinter Aleister zurück und griff nach seinem unsichtbaren Glas, wie um es mitzunehmen, als er sich von der Bar entfernte.

Kurz darauf blieb Doreen vor einer Tür stehen, die sich im hinteren Teil der Kneipe befand. Sie öffnete sie und ging hindurch.

Hier versteckt sich also die Treppe, dachte Aleister.

Er blieb stehen, als er die Tür erreichte. Kurz vor den

Stufen, die endlos tief in den Keller hinabzuführen schienen, befand sich ein schmaler Treppenabsatz.

Aleister drehte sich um und sah den Erlöser an. »Da unten ist der Whiskey, richtig?«

»Natürlich«, versicherte der alte Mann. Sein Atem umhüllte Aleisters Kopf mit heißen, überwältigenden Dämpfen. »Da unten sind eine Menge Dinge – Essen, Wasser, Betten. Alles, was wir brauchen, um mindestens zwei Monate lang durchzuhalten.«

Aleister hatte das Gefühl, jemand habe seinem Körper sämtlichen Atem geraubt. »Z… zwei Monate?«

Der Erlöser nickte. »Haben Sie mir denn nicht zugehört, Mr. Donaldson? Wir werden dort unten ausharren, während die Welt den Rest der Menschheit zerstört. Wir müssen anschließend eine Weile warten, bevor wir wieder herauskommen können, damit die Welt auch wirklich sicher für uns ist. Ich glaube fest daran, dass *Er* uns ein Zeichen geben wird, wenn es an der Zeit ist, herauszukommen.«

Aleisters Kehle fühlte sich völlig ausgetrocknet an – er brauchte dringend Alkohol.

»In der Zwischenzeit werden wir gemeinsam singen, uns Geschichten erzählen, essen und trinken wie die Könige und uns natürlich fortpflanzen.«

Aleister starrte auf die endlose Treppe hinunter. Mit einem Mal wurde ihm das volle Ausmaß dessen bewusst, was diese Irren eigentlich vorhatten. Zum ersten Mal, solange er zurückdenken konnte, war das Schwindelgefühl, das er verspürte, nicht auf exzessiven Alkoholgenuss zurückzuführen.

»Ihr seid verrückt«, keuchte er. »Ihr seid allesamt beschissene, vollkommen durchgeknallte Penner. Die Welt geht nicht unter. Um Himmels willen, wir sind hier in einer verlassenen Kneipe in Manhattan. Die Welt da draußen mag ja vielleicht beschissen und trostlos sein – ich schätze ihr

Typen seid der beste Beweis dafür – aber sie geht ganz bestimmt nicht unter.«

»Hören Sie auf mit diesem Unsinn, Mr. Donaldson, und gehen Sie bitte in den Keller hinunter. Doreen wartet.«

Aleister sah den Erlöser stirnrunzelnd an. »Sie wartet? Worauf?«

»Auf Sie. Sie mag Sie. Sie hat es mir gesagt. Sie möchte jede Menge Babys von Ihnen. Stellen Sie sich das doch nur mal vor: Zwei Monate Liebe machen mit meiner süßen Doreen.«

»Doreen ist Ihre Frau?«

Der Erlöser lachte. »Nein, meine Tochter.«

»Aber sie ist schw…«

Ach, das führt doch zu nichts. Wie soll man mit einem Irren schon vernünftig diskutieren?

Von unten hörte Aleister den unverkennbaren Ausruf »Pfirsiche!«

»Kommen Sie, wir müssen jetzt wirklich gehen. Das Ende ist nah. Im Keller werden wir in Sicherheit sein.«

Aller Gratisalkohol dieser Welt war das nicht wert, da war Aleister sich ganz sicher.

Wem mache ich etwas vor? Da unten ist kein Alkohol. Ich muss verrückt gewesen sein, das zu glauben.

Aleister quetschte sich am Erlöser vorbei.

»Sie können nicht gehen.«

»Stimmt, ich bin einer der Auserwählten.«

»Das sind Sie. Wir brauchen Sie. Doreen braucht Sie.«

»Doreen ist mir scheißegal. Ich gebe einen Scheiß auf euch armselige Säufer.«

Aleister drehte sich um und stürmte auf die Tür zu, die in die Gasse hinausführte.

»Aber Sie brauchen uns«, rief der Erlöser ihm nach. »Es ist Ihr Schicksal.«

Von wegen Schicksal, dachte Aleister.

Als er die Tür erreicht hatte, drehte er sich noch einmal um und sah, dass der Erlöser ihn anstarrte. Aleister schüttelte den Kopf. »Ich wünsch dir ’n schönes Leben, Kumpel. Sag den anderen auf Wiedersehen von mir, ja?«

Der Erlöser hielt seinen Blick weiter auf Aleister gerichtet, zwinkerte ihm wissend zu und sagte mit einem leichten Grinsen: »Sie werden zurückkommen. Sie sind einer von uns, Mr. Donaldson, ob Ihnen das nun bewusst ist oder nicht.« Daraufhin neigte der Erlöser den Kopf, machte einen Schritt zurück und schloss die Tür hinter sich. Aleister war nun ganz allein in der Kneipe. »Leck mich«, sagte er und spürte irgendetwas Schweres in seiner Hose. Er schob die Hand in seine linke Hosentasche und zu seiner großen Begeisterung berührten seine Finger einen Flachmann. Er hatte völlig vergessen, dass er ihn bei sich trug, und wunderte sich, dass er ihn nicht schon längst bemerkt hatte.

Was soll’s?

Er zog die kleine Flasche aus Edelstahl heraus und schüttelte sie. Sie war halb voll.

Sein Herz machte einen Satz, und seine Seele fühlte sich herrlich leicht. »Danke, Herr«, sagte er, schraubte den Deckel der Flasche auf und trank sie in einem Zug aus.

»Ah«, stöhnte er. »Das hab ich gebraucht.«

Er fühlte sich sofort besser und absolut in der Lage, sich der U-Bahn zu stellen. Er schob den Flachmann zurück in seine Hosentasche, griff nach der Türklinke und öffnete die Tür.

Draußen hörte er Schreie, unzählige Schreie, aber er sagte sich, dies war nun mal New York, was konnte man da schon anderes erwarten?

Verrückte Penner und ihre Geschichten, dachte er und trat ins Freie.

Draußen wartete die Dunkelheit bereits auf ihn.

NOTIZEN ZUR ENTSTEHUNG:

Ich mag Geschichten, die mit Sprache und Doppeldeutigkeit spielen. Sofern sie gut gemacht sind, können Sie eine Atmosphäre des Geheimnisvollen verbreiten und den Leser im Idealfall dazu bringen, noch lange nach dem Lektüre über den Inhalt nachzudenken. Genau das habe ich auch bei dieser Story versucht. Geht es wirklich nur um ein paar Penner mit Wahnvorstellungen? Ist es stattdessen eine Endzeitvision? Oder vielleicht doch nur ein mahnender Seitenhieb auf die Folgen von Alkohol ...?
Die Interpretation möchte ich Ihnen überlassen.
Und sagen Sie mir Bescheid, ich hab nämlich selbst keine Ahnung ...

Der Müllmann

(The Garbage Man)

Es war ein paar Minuten nach 22 Uhr, als sie die Mülldeponie erreichten.

George Fisher sah auf seinen zehnjährigen Sohn hinunter und flüsterte: »Du wartest hier. Ich komm dich holen, sobald ich sicher bin, dass die Luft rein ist.«

Bobby, der in seinem geliebten »Ich hasse Hippies«-Cartman-T-Shirt und seinen roten Shorts aussah wie der Inbegriff von vorpubertärer Unschuld, nickte. Er stellte die Mülltüte, in der sich die Nachbarskatze Mojo befand, auf dem Boden ab.

George trat vor das drei Meter hohe Wellblechtor. An dem Metallzaun, der die Müllkippe umgab, war links daneben ein Schild festgenagelt, auf dem *Privatbesitz. Unbefugte werden erschossen – oder Schlimmeres* stand.

George schluckte.

Es war eine beinahe perfekte Sommernacht – angenehm warm, kein Wind –, aber ein Blick auf das Schild genügte und kalte Angst breitete sich in seinem gesamten Körper aus.

George kannte den Besitzer der Deponie, Edmund Mullroy. Schließlich sah er ihn fast jeden Tag im Schlachthaus, das etwa zwanzig Fußminuten entfernt der direkteste Nachbar der Müllkippe war. Und außerdem der Ort, an dem er und sein Bruder Tony arbeiteten. Er war ein ruhiger Typ, der fast nie lächelte und ständig auf einer Zigarre herumkaute, aber eigentlich recht freundlich wirkte. George bezweifelte, dass Edmund wirklich ein Mann war, der Eindringlinge einfach erschoss, sofern er keinen triftigen Grund dafür hatte. Das

Schild am Zaun diente ganz sicher nur der Abschreckung, um Randalierer fernzuhalten, aber das bedeutete keineswegs, dass George deswegen weniger Bedenken gehabt hätte, die Deponie unangemeldet zu betreten.

Die Müllkippe lag in einem dicht bewaldeten Gebiet am Rand der Stadt, ganz am Ende einer unbefestigten Straße, und war nicht für die öffentliche Nutzung bestimmt. Edmund sammelte gerne einmal pro Woche den Müll der Stadtbewohner ein, aber falls man kurzfristig irgendwelchen Unrat loswerden wollte, musste man erst sein Einverständnis einholen. Es bestand natürlich immer die Option, die halbstündige Fahrt hinaus zur städtischen Mülldeponie zu unternehmen, aber die meisten Leute in der Stadt waren absolut einverstanden mit der Art und Weise, wie Edmund die Müllkippe führte.

Sie wären sicher nicht mehr so ohne Weiteres damit einverstanden, wenn sie von Edmunds anderem, geheimen Geschäftszweig wüssten, dachte George.

George wusste davon, und um die Wahrheit zu sagen, wusste er nicht, was ihm mehr Angst einjagte: das Schild am Zaun, das androhte, unbefugte Eindringlinge zu erschießen – *oder Schlimmeres!* – oder zu wissen, was Edmund zwischen all den Müllhaufen tatsächlich versteckte.

Kalte Schweißperlen tropften über Georges Gesicht. Er wollte nicht hier sein. Er wünschte sich, er wäre zu Hause, ganz entspannt vor seinem Fernseher, und könnte einen Joint rauchen. Aber er war wegen Bobby hergekommen, das durfte er nicht vergessen.

Wenigstens musste er sich keine Sorgen wegen eines bösartigen Wachhunds machen. Nachdem Edmunds letzter Hund, Funky, vor fünf Jahren gestorben war, hatte er sich nie die Mühe gemacht, die stinkende alte Promenadenmischung zu ersetzen. Edmund hatte George bei einer ihrer seltenen Unterhaltungen irgendwann einmal erklärt, dass es nahezu unmöglich sei, Funky zu ersetzen. Dass er auch gar nicht die Absicht habe, weil er einen neuen Welpen viel zu lange abrichten müsste und ihn das Zeit und Energie kosten würde, die er gar nicht mehr hatte.

George fand damals, dass das wirklich ein Jammer sei. Aber nun, wo er kurz davor stand, sich nach Einbruch der Dunkelheit auf die Müllkippe zu schleichen, hätte er kaum erleichterter sein können, dass auf der anderen Seite des Tores kein Hund darauf wartete, ihm die Kehle zu zerfetzen.

Das Tor war mit einer massiv aussehenden Kette verschlossen. Es gelang George jedoch, die beiden Flügel zumindest so weit auseinanderzudrücken, dass er durch die Lücke schlüpfen konnte, wobei er eine Seite mit seiner Hand festhielt, damit sie nicht wieder zuknallte und ihn zerquetschte.

Als George es auf die Mülldeponie geschafft hatte, richtete er sich auf. Er atmete langsam aus und sah sich auf der Anlage nach irgendeinem Anzeichen von Edmund um.

Die Deponie ähnelte allen, auf denen er bisher gewesen war: Müllberge, die wie riesige, zerzauste Ameisenhügel aussahen, wurden von Flutlichtscheinwerfern angestrahlt, die über dem Zaun angebracht waren. Am einen Ende des Geländes stand ein langer, möglicherweise einst weißer Containerwohnwagen auf abgesägten Baumstümpfen. Er verfügte über eine Treppe und eine Rampe, die zur Vordertür führten. Seine Fassade war schmutzig, hässlich und ziemlich verbraucht – genau wie sein Besitzer. Im Inneren des Wohnwagens brannte Licht, aber Edmunds Lieferwagen war nirgends zu sehen.

Mit ein bisschen Glück bedeutete das, er war nicht da und würde nicht zurückkommen, bevor George und Bobby wieder verschwanden. George wusste jedoch, dass der Lieferwagen nicht zu sehen war, stellte keine Garantie für Edmunds Abwesenheit dar. Vielleicht parkte er seinen Wagen ja immer außer Sichtweite – für den Fall, dass irgendwelches Pack auf der Suche nach schnellem Geld hier herumschnüffelte.

Als ob jemand diese beschissene Rostlaube würde klauen wollen, dachte George. Im nächsten Moment hörte er hinter sich ein metallisches Klappern, das seine Eier auf die Hälfte ihrer normalen Größe schrumpfen ließ.

George wirbelte herum und konnte gerade noch sehen, wie sich Bobby durch den schmalen Spalt zwischen den beiden Flügeln des Tores hindurchquetschte.

»Ich dachte, ich hätte dir gesagt, dass du draußen warten sollst, bis ich dir sage, dass die Luft rein ist«, schimpfte George, auch wenn er eher erschrocken als wütend war.

»Mojo hat sich einsam gefühlt«, sagte Bobby, als er es durch das Tor geschafft hatte. Auf seinem jungen Gesicht lag ein schiefes Grinsen und seine Rehaugen schienen George geradewegs zu durchbohren.

»Verfluchter Mojo«, murmelte George. »Na ja, Edmund scheint nicht da zu sein, also lass uns die Sache hinter uns bringen, damit wir wieder nach Hause gehen können.«

»Hier stinkt's«, stellte Bobby fest.

Es lag ein besonders penetranter Fäulnisgeruch in der Luft. Abgesehen vom üblichen Müllkippen-Gestank – einer Mischung aus vergammelten Lebensmitteln und verschimmelten, längst vergessenen Möbeln – war da diese widerliche Süße, die direkt unter der Oberfläche zu hängen schien: der Geruch des Todes.

»Versuch einfach, nicht zu tief einzuatmen«, erwiderte George.

Nein, Moment, wir sind schließlich hier, um dafür zu sorgen, dass sich der Junge nicht in einen Psychopathen verwandelt. Das ist wie beim Rauchen, richtig? Gib ihnen zehn Schachteln zu rauchen, eine nach der anderen, und sie werden hinterher nie wieder 'ne Kippe wollen. So soll das doch funktionieren, oder? Also sollte ich ihn wohl eher ermuntern, tief einzuatmen, bis ihm von dem Gestank ganz übel wird.

»Der Geruch macht mir nichts aus«, sagte Bobby beiläufig.

Vor Georges innerem Auge entstand ein imaginäres Bild von Bobby, der im Schneidersitz im Hinterhof saß, das blutige Messer in der einen Hand, die ausgeweidete Katze in der anderen.

»Na, der sollte dir aber was ausmachen«, sagte George. »Das ist ein ganz grauenhafter Geruch. Davon sollte dir kotzübel werden.«

Bobby zuckte mit den Schultern. »Warum sind wir hier? Wollen wir Mojo hier begraben?«

George seufzte. »Das wirst du noch früh genug erfahren. Komm jetzt.« Er setzte sich in Bewegung. Bobby folgte ihm und schleifte die ausgebeulte, immer nasser werdende Tüte dabei so achtlos über den Boden, als handele es sich um einen Sack voller Steine.

George ließ seinen Blick über die Müllhaufen schweifen, ohne genau zu wissen, was er eigentlich suchte. Alles, was er sehen konnte, waren Berge voller Müll, hoch aufgehäuft aus einer bunten Ansammlung alter Stühle, Toaster, Lampen, vereinzelter abgenutzter Sofas, zertrümmerter Fernseher und natürlich Hunderter und Aberhunderter von Mülltüten.

Sind sie das?, fragte sich George. Er bezweifelte es. Er konnte sich nicht vorstellen, dass Edmund das Risiko eingehen würde, sie so offen hier herumliegen zu lassen, wo jeder sie sehen konnte.

Hinter ihm fragte Bobby: »Hörst du das?«

George blieb stehen und horchte. Alles, was er hören konnte, war das dumpfe Pochen seines Herzens. Er drehte sich zu seinem Sohn um. »Was meinst du denn?«

»Da weint jemand. Klingt, als ob es von da drüben kommt.« Bobby hob seinen Arm und zeigte in die Richtung.

Georges Blick folgte dem ausgestreckten Finger seines Sohnes, der direkt auf Edmunds Wohnwagen am anderen Ende des Geländes deutete.

George horchte erneut.

Nun glaubte er tatsächlich, etwas hören zu können: ein leises Wimmern. Es klang wie das Weinen einer Frau. Aber Edmund lebte allein und er hatte keine Familie.

Ist sicher nur das Heulen des Windes ... es weht aber gar kein Scheißwind. Oder ...

»Der Fernseher«, beendete George seinen Gedanken laut. »Wahrscheinlich sieht der alte Edmund nur fern.«

»Klingt aber nicht so«, murmelte Bobby. »Können wir nicht rübergehen und nachsehen?«

George drehte sich wieder zu seinem Sohn um. Mit seinem schiefen Grinsen und seinen weit aufgerissenen Augen sah er in diesem Moment aus wie am Weihnachtsmorgen, wenn er zum ersten Mal die Geschenke zu Gesicht bekam, die unter dem Baum lagen.

»Nein. Wir sollten überhaupt nicht hier sein. Wir werden bei niemandem zu Hause rumspionieren und riskieren, geschnappt zu werden.«

»Aber ...«

»Kein Aber. Du gehst nicht mal in die Nähe dieses Hauses, verstanden? Du bleibst hier bei mir und tust, was ich sage, sonst wird es dir leidtun.«

Bobbys Gesicht wirkte mit einem Mal völlig leer und finster. Er senkte seinen Blick.

»Jetzt komm, ich will das endlich hinter mich bringen«, sagte George und setzte sich in Bewegung.

Als das Geräusch der über den Boden schleifenden Tüte jedoch ausblieb, blieb er erneut stehen und drehte sich um.

Bobby stand noch immer mit gesenktem Kopf da, hielt die Mülltüte aber nicht mehr mit seiner winzigen Hand umklammert. Sie lag neben ihm auf dem Boden.

»Heb die Tüte auf und komm.«

Bobby bewegte sich nicht.

»Jetzt krieg endlich deinen Arsch hoch!«, knurrte George, doch seine zitternde Stimme klang ganz und gar nicht so streng, wie er beabsichtigt hatte. »Ich werde dir kräftig den Hintern versohlen, wenn du jetzt nicht sofort diese Tüte aufhebst und deine dürren Stelzen in Bewegung setzt.«

Mit einem lauten Seufzen beugte sich Bobby nach unten und schnappte sich die Mülltüte. Er schlurfte vorwärts.

George drehte sich wieder um und ging weiter.

Sie hatten Edmunds Haus schon bald hinter sich gelassen und das Weinen verwandelte sich in einen Geist, der durch Georges fragilen Verstand huschte. *Es muss der Fernseher gewesen sein, ganz bestimmt. Es kann gar nichts anderes gewesen sein ... oder?*

Soweit er wusste, war Edmund zwar nicht wie Tony, aber bei allem, was er über seine geheime Beschäftigung erfahren hatte, konnte er sich nicht ganz sicher sein.

Gott, ich hoffe nur, dass ich hier das Richtige für Bobby tue. Ich hoffe, ich mache nicht alles nur noch schlimmer.

Aber was konnte er sonst schon tun? Es war ja nicht gerade so, dass unzählige Alternativen zur Wahl standen, um das Problem seines Sohns zu lösen.

Bobby Fisher war kein Idiot. Er war weder geistig zurückgeblieben noch sonst etwas in der Art. Er war eben sehr still, das war er schon immer gewesen. Selbst als Baby hatte er kaum geschrien.

Als der Junge fünf Jahre alt gewesen war, hatte George sich wegen seiner scheinbaren verbalen Defizite Sorgen um ihn gemacht und ihn zu verschiedenen Ärzten geschleift.

Seinem Sohn fehle nichts, hatten diese ihm versichert. Er war nicht geistig zurückgeblieben – ganz im Gegenteil. Laut der Ärzte war er für sein Alter sogar ausgesprochen intelligent. Er war eben nur ein ungewöhnlich stilles Kind.

Ein ungewöhnlich stilles Kind, das gerne Katzen das Genick bricht und dann guckt, wie ihre Eingeweide aussehen.

Je älter Bobby wurde, desto schlimmer wurde es. Seine soziale Ader war weiterhin nicht besonders ausgeprägt. Er entwickelte sich zu einem Außenseiter, auch wenn ihn das selbst nicht sonderlich zu stören schien. Richtig besorgt wurde George erst, als Bobby begann, im Hinterhof Feuer anzuzünden und massenweise tote Vögel und andere kleine Tiere achtlos dort liegen zu lassen, nachdem er ihnen vorher den Kopf oder andere Körperteile abgerissen hatte.

Anfangs hatte George diese Vorfälle als das normale Verhalten eines präpubertären Jungen abgetan.

Lag dort schon wieder ein geköpfter Vogel im Gras? Nur ein weiterer Strich auf der Liste der Opfer in Bobby Fishers Krieg gegen die Welt unserer gefiederten Freunde. Ein potenziell gefährliches Feuer im Hinterhof? Na ja, so sind Jungs eben.

Doch George erkannte die Anzeichen. Hätte er sich nicht so gerne in Bücher über wahre Verbrechen vergraben, besonders Bücher, die von ehemaligen FBI-Agenten verfasst worden waren, hätte er sie vermutlich übersehen. Er hätte seinem Sohn einfach nur eine verpasst, ihm gesagt, er solle so etwas nie wieder tun und sich anschließend nicht weiter darum gekümmert.

Die Katze hatte das Fass zum Überlaufen gebracht. Als er seinen Sohn nach dem Abendessen dabei erwischt hatte, wie er mit Mojos Eingeweiden spielte, hatte er der Wahrheit ins Auge blicken müssen. Und das bedeutete, dass er etwas unternehmen musste, um Bobby vom selben mörderischen

Weg abzubringen, den auch sein Onkel eingeschlagen hatte. Und das Erste, was ihm dazu einfiel, war die gute alte »Gib ihnen was zu rauchen bis sie kotzen«-Methode.

Georges Eltern hatten ihn dazu gezwungen zu rauchen, bis er sich übergeben musste, als sie ihn eines Tages mit einem Glimmstängel im Mund erwischt hatten. Damals war er etwa in Bobbys Alter gewesen und sie hatten verzweifelt gehofft, ihn dadurch für den Rest seines Lebens von diesem Laster fernzuhalten. Und es hatte funktioniert – für etwa sechs Monate. Danach hatte er wieder angefangen. Die ersten paar Male hatte sein Magen zwar rebelliert, wenn er sich eine Zigarette angesteckt hatte, aber das hatte schon bald aufgehört. Seither rauchte er.

Würde in Bobbys Fall ein ähnliches Experiment auch ein ähnliches Resultat liefern?

George hoffte, dass die Abschreckung aufgrund der drastischeren Situation und dem damit verbundenen drastischeren Ergebnis länger anhalten würde. Aber bei Gott, er fragte sich trotzdem die ganze Zeit, ob er wirklich das Richtige für seinen Sohn tat.

Sie ließen einen Müllberg nach dem anderen hinter sich. Der Gestank von Verfaultem wurde immer stärker und schien die Luft förmlich zu zersetzen. Als sie schließlich einen hohen Berg umrundeten, der hauptsächlich aus Mülltüten und elektrischen Haushaltsgeräten bestand, sah George es.

Er wusste sofort, dass er gefunden hatte, weswegen er hergekommen war.

»Dort drüben«, sagte George und deutete auf etwa zehn Löcher im Boden. Die meisten waren so breit, dass ein riesiger Stier hineingepasst hätte.

Bobby hob den Kopf. Er runzelte die Stirn. »Werfen wir Mojo in eins von den Löchern?«

George nickte.

»Sind wir deshalb hergekommen?« Bobby klang nicht allzu beeindruckt.

»Genau deshalb.«

Auch wenn dies der Wahrheit entsprach, war die Tatsache, dass sie Mojo hier entsorgen würden, eher ein glücklicher Zufall als der eigentliche Grund, weshalb er seinen Sohn gezwungen hatte, meilenweit durch die Nacht zu Edmunds Müllkippe zu wandern.

Nun wusste George, wie Edmund sich der Beweise für seine geheime Beschäftigung entledigte, und es war noch besser, als er erwartet hatte. Mojo würde ein schönes neues Zuhause in einer dieser Gruben finden.

»Wieso haben wir denn nicht einfach ein Loch hinten im Hof gegraben?«, wollte Bobby wissen.

»Das werd ich dir zeigen«, antwortete George. Mit schweißnassen Handflächen und zum Zerreißen gespannten Nerven ging er zu einer der Gruben hinüber. Der Gestank des Todes wurde immer überwältigender, je weiter er sich den Löchern im Boden näherte.

Er stellte sich an den Rand einer Öffnung und blickte hinein. Als Erstes fielen ihm die nutzlosen, größeren und kleineren Körperteile der Rinder ins Auge, die Edmund im Schlachthaus zusammengesammelt hatte. Einigen war das Fleisch komplett abgezogen worden, während an anderen noch immer ein paar zottelige Fellstücke klebten, aber alle waren eindeutig als Teile von Tieren zu erkennen. Dann blieb sein Blick an den Müllsäcken unter den Kadavern hängen. Ihnen gehörte Georges eigentliches Interesse.

»Da ist doch nur noch mehr Müll drin«, bemerkte Bobby, der neben seinen Vater getreten war.

George schluckte. Sein Mund war ebenso trocken wie der Boden, auf dem sie standen. »Das ist kein gewöhnlicher Müll, mein Sohn.«

Mit leiser Stimme fragte Bobby: »Wie meinst du das?«

George drehte sich zu seinem Sohn um. »In diesen Müllsäcken stecken Leichen.«

Bobby blieb der Mund offen stehen und seine Augen weiteten sich. »Ehrlich?«

George nickte. »Die Gruben hier sind voller Leichen, die einfach hier abgeladen wurden und jetzt zwischen den ganzen Tierkadavern verrotten.«

»Verrotten« war jedoch streng genommen nicht der richtige Ausdruck. George wusste mit Sicherheit, dass Edmund den unappetitlichen Inhalt dieser Gruben verbrannte. Er war es gewohnt, während der Arbeit im Schlachthaus dicke, übel riechende Rauchwolken über der Mülldeponie aufsteigen zu sehen. »Sieht aus, als ob der gute alte Edmund mal wieder eine seiner dicken Zigarren raucht«, scherzten die Männer dann oft.

Der schwarze Erdboden rund um die Gruben war ein weiterer Beleg für Edmunds ganz besondere Form der Müllentsorgung.

»Wo sind die Leichen denn hergekommen?«, wollte Bobby wissen, dem die Ehrfurcht noch immer ins Gesicht geschrieben stand. »Sind die von Ed?«

»Na ja, nicht ganz«, antwortete George.

Edmund Mullroy war kein gewöhnlicher Müllmann. Seinen Lebensunterhalt verdiente er damit, dass er einmal in der Woche den Müll in der Stadt und im Schlachthaus abholte. Das war sein legaler Job. Edmund war jedoch auch in dunklere Aktivitäten verstrickt.

Er holte Leichen ab – und entsorgte sie. Es handelte sich dabei um die Opfer der zahlreichen Serienkiller, die in der nahe gelegenen Großstadt wohnten. Und um die des einzigen Mörders ihrer Heimatstadt: Tony Fisher.

Die Mörder konnten Edmund jederzeit anrufen, Tag und

Nacht – normalerweise nachts – und er fuhr dann zu ihnen nach Hause oder zu einem anderen vereinbarten Treffpunkt, wo er die Müllsäcke mit den Leichenteilen – oder im Falle der etwas Zimperlicheren unter ihnen: noch nicht zerlegten Opfern – abholte. Dann fuhr er mit den Leichnamen wieder zurück zu seiner Müllkippe und entsorgte sie, ohne dass jemand Fragen stellte. Denn solange seine Methoden legal waren, war es Edmunds gutes Recht, seinen Müll so zu entsorgen, wie er es für richtig hielt. Daher zuckte auch niemand mit der Wimper, wenn Edmund mal wieder eines seiner Feuer entzündete. Sie wussten ja nicht, was er, abgesehen von den Abfällen aus dem Schlachthaus, noch so alles verbrannte.

George war sich nicht ganz sicher, was die exakte Zahl seiner Kunden anging, aber aufgrund seiner Unterhaltungen mit Tony schätzte er, dass Edmund mit knapp hundert Mördern in der nahen Metropole Geschäfte machte – eben mit allen, die der Meinung waren, dass die altmodische Art der Leichenentsorgung à la John Wayne Gacy viel zu riskant war und immer darauf hinauslief, dass man geschnappt wurde.

George hieß das mörderische Treiben seines Bruders nicht gut, aber er würde Tony trotzdem nicht an die Bullen ausliefern. Immerhin ging es hier um seinen Bruder, sein eigenes Fleisch und Blut. Tony hatte George praktisch großgezogen, nachdem ihre Mutter gestorben war. George war damals acht Jahre alt gewesen und sein Vater hatte immer tiefer ins Glas geschaut. Er hatte bereits zahlreiche lange Gespräche mit seinem Bruder darüber geführt, weshalb er den Drang verspürte, Leute umzubringen. Er hatte ihn sogar angefleht, damit aufzuhören, aber trotz wiederholter Versprechen schaffte Tony das ebenso wenig, wie ein Spieler oder Junkie sich von seiner Sucht befreien konnte.

Und so schwieg George weiterhin über die ruchlosen

Taten seines Bruders. Was ging es ihn es schließlich auch an? Die Menschen würden sich sowieso immer gegenseitig umbringen – das lag in der menschlichen Natur. Was würde es, im Großen und Ganzen betrachtet, schon ändern, ob man nun einen mehr oder weniger einsperrte?

George nahm an, dass Edmund vermutlich einer ganz ähnlichen Philosophie folgte. Warum hätte er sich sonst bereit erklären sollen, Tony – und all den anderen Killern – zu helfen, als dieser vor sieben Jahren an ihn herangetreten war, während Edmund gerade seine übliche Abfuhr erledigte? Nach allem, was George heute Abend gehört hatte – oder glaubte, gehört zu haben –, beschlich ihn jedoch der Verdacht, dass Edmund in Tonys Fall einen persönlicheren Grund hatte, ihm zu helfen, als bei den anderen Mördern.

George hatte kurze Zeit später vom Arrangement der beiden erfahren. Tony hatte eines Nachts alles ausgeplaudert, nachdem sie gemeinsam eine ganze Flasche J&B geleert hatten: wie Edmund Tonys »schmutzige Wäsche« abholte – das war ihr Codewort für eine Leiche – und dafür eine kleine Aufwandsentschädigung in bar erhielt. Durch diese geringen Zusatzausgaben war der Mörder nicht nur von den Scherereien befreit, die die Entsorgung der Leiche bedeutete, sondern konnte auch ganz beruhigt sein, dass sämtliche Beweise restlos zerstört wurden.

So grauenvoll die ganze Angelegenheit auch sein mochte, George musste gestehen, dass es nach einem guten Geschäft aussah.

Anscheinend hatte Tony über »Freunde« von Edmunds Nebentätigkeit erfahren und das Ganze sofort für eine großartige Idee gehalten. Georges Bruder zufolge betrieb Edmund sein erfolgreiches Nebengeschäft bereits seit knapp 30 Jahren. Soweit George wusste, hatten die Bullen keinen blassen Schimmer, was da hinter ihrem Rücken passierte.

George hatte Tony versprochen, Stillschweigen über Edmunds Nebenerwerb zu bewahren, und bis zur heutigen Nacht hatte er dieses Versprechen auch nicht gebrochen.

George liebte seinen Bruder, aber er wollte verdammt sein, wenn er dabei zusehen würde, wie sein einziges Kind in Tonys Fußstapfen trat.

Er würde Bobby zeigen, was Morden wirklich bedeutete. Wie tote, verstümmelte Menschenreste aussahen und rochen. Bobby musste die Folgen seines mörderischen Treibens erkennen. Er musste einen derartigen Schock erleiden, dass er Vögeln nicht mehr die Köpfe abreißen und Katzen nicht mehr die Bäuche würde aufschlitzen wollte.

»Wirf Mojo in die Grube da«, befahl George seinem Sohn und deutete auf das am nächsten gelegene Loch im Boden. In seinem Mund machte sich allmählich ein fauliger Geschmack breit, so als wäre seine Zunge mit einer dicken Schicht aus Schimmel überzogen.

Bobby schleuderte die Mülltüte in das Loch. »Auf Wiedersehen, Mojo.« Er drehte sich zu George um und sagte: »Sollten wir nicht ein Gebet sprechen?«

George spuckte auf den Boden. »Nein, dafür haben wir keine Zeit«, antwortete er und wischte sich über den Mund. »Der wahre Grund, warum ich dich hierher gebracht habe, ist, dass ich dir zeigen möchte, wie eine Leiche aussieht.«

Bobbys Augen begannen zu leuchten. »Echt?«

George seufzte schwer. »Schau mich verdammt noch mal nicht so begeistert an. Das ist nicht cool. Jemanden umzubringen, ist kein Spaß. Es ist furchtbar und schmutzig und falsch. Genauso, wie es falsch war, Mojo umzubringen.«

»Aber es hat Spaß gemacht«, entgegnete Bobby leise und begann, sich den Hintern zu reiben. Auf seinen Pobacken hatte sich inzwischen vermutlich ein ordentlicher blauer Fleck gebildet.

George sah Bobby mit festem Blick an. – »*Mit Ihrem Sohn ist alles in Ordnung, Mr. Fisher. Er ist ein ganz normaler, gesunder Junge. Für sein Alter ist er sogar ausgesprochen intelligent. Er ist eben ... ein ungewöhnlich stilles Kind, das ist alles.«* – »So etwas wirst du nie wieder denken. Ich werde dir zeigen, wie hässlich der Tod wirklich ist. Wenn wir zurück nach Hause gehen, wirst du nie wieder einen toten Menschen sehen wollen. Hast du mich verstanden?«

Bobby nickte zögerlich.

»Gut. Okay, warte hier.« George drehte sich zu der Grube um. Sein Magen schlug schon bei dem Gedanken Purzelbäume, in dieses Drecksloch hinunterspringen und einen der Müllsäcke heraufholen zu müssen.

Er war zwar an Blut und Knochen gewöhnt, aber bis zu den Ellbogen in toten Kühen und Schweinen zu stehen, war Welten von menschlichen Leichenteilen entfernt.

Denk einfach dran, dass du das tust, um Bobby zu helfen.

Anstatt direkt hinunterzuspringen, setzte sich George zunächst an den Rand der Grube und ließ seine Beine baumeln, so als teste er die Wassertemperatur, bevor er in ein Schwimmbecken sprang. Schließlich tauchte er hinein und begann mit dem Abstieg.

Der ohnehin bereits äußerst intensive, beißende Gestank traf ihn mit der Wucht einer heranrasenden Lokomotive: eine Mischung aus gebratenem und altem Fleisch und weiteren fauligen Gerüchen, über deren Herkunft George nicht näher nachdenken wollte. Es fiel ihm schon schwer genug, die beiden Hotdogs und die drei Flaschen Bier, die er sich heute zum Abendessen gegönnt hatte, bei sich zu behalten.

Er stieg über tierische Überreste und aufgrund der ausgebeulten Müllsäcke darunter war es schwierig, einen sicheren Tritt zu finden. Als er schließlich halbwegs stabil stand, beugte George sich nach unten und griff nach einem der

Müllsäcke, die zuoberst auf dem Haufen lagen. Er zerrte daran, bis er ihn befreit hatte.

Was sich auch immer in dem grünen Müllsack befand, es war so schwer und sperrig, dass der Sack beinahe aus allen Nähten platzte. Dunkelrotes Blut schwappte heraus, als George begann, die menschlichen Überreste aus der Grube zu hieven. Er blickte zu Bobby hinauf, der mit angespannter Vorfreude zu George hinunterschaute.

Du wirst sehen, wie der Tod wirklich aussieht, Junge. Aus allernächster Nähe. Hässlich, schmutzig, stinkend ...

Das Dröhnen eines Lieferwagens glitt wie ein scharfes Messer Georges Wirbelsäule entlang.

Ihm wurde eiskalt.

»Das ist Edmund. Versteck dich!«, bellte er.

»Warum? Ist doch nur der alte Ed«, entgegnete Bobby.

»Wir sind hier eingebrochen, schon vergessen? Das ist gegen das Gesetz. Er wird nicht sonderlich erfreut sein, wenn er uns hier findet. Also versteck dich.«

»Aber ...«

»Versteck dich, verdammt!«

»Wo denn?«

George war einer Panikattacke nahe – *Ich hab das Tor überhaupt nicht gehört!* – und versuchte verzweifelt, eine Antwort auf Bobbys Frage zu finden. »Hinter einem von den Müllhaufen«, war alles, was er seinem Sohn anbieten konnte. »Schnell, beeil dich. Ich bin direkt hinter dir.«

Bobby zuckte mit den Schultern, drehte sich um und verschwand.

George ließ den Müllsack fallen, streckte seine Arme aus, klammerte sich mit den Händen am Rand der Grube fest und versuchte, aus der Öffnung herauszuklettern. Als er jedoch seinen linken Fuß von dem mit toten Überbleibseln bedeckten Boden hob, rutschte sein rechter ab und George verlor den Halt und kippte nach hinten. Er landete auf einem unbequemen, nassen Bett aus teils harten, teils matschigen Leichenteilen. »Scheiße«, winselte er.

Er rappelte sich hastig wieder auf, hielt sich erneut am Rand der Grube fest und streckte vorsichtig den Kopf aus dem Loch, während das Dröhnen des Motors immer lauter wurde. Er erhaschte einen Blick auf die Scheinwerfer, die sich durch die Nacht näherten, und zog seinen Kopf wieder zurück.

»Scheiße«, winselte er erneut, und dabei klang seine Stimme eine Oktave höher.

Er saß in der Falle. Er würde ganz sicher entdeckt werden. Aber was dann? Würde Edmund ihn erschießen, wie sein Schild es versprach? Würde er ihn in seinen Wohnwagen mitnehmen und foltern? Würde Edmund mit ihm in die Stadt fahren und ihn einem seiner Kunden als kleine Aufmerksamkeit überlassen? Vielleicht würde er ihn ja auch verschonen. Vielleicht konnte George ja einfach behaupten, er habe einen über den Durst getrunken, sei nur zufällig auf der Müllkippe gelandet, in die Grube geplumpst und habe dort seinen Rausch ausgeschlafen.

Klar, das würde er mir sicher glauben. Sieh's ein, George, wenn er dich erwischt, bist du am Arsch.

Falls das tatsächlich passierte, konnte George nur hoffen, dass Bobby nicht auf die falsche Bahn geriet. Wenn sich jedoch niemand mehr um ihn kümmerte und dafür sorgte, dass er in seinem Leben nicht vom rechten Weg abwich, bezweifelte George das ganz stark.

Mein Gott, noch bist du nicht tot! Also reiß dich gefälligst zusammen und denk darüber nach, wie du hier wieder rauskommst!

Angesichts der Tatsache, dass sich ihm nur eine sehr begrenzte Auswahl an Verstecken bot und ihm die Zeit weglief, schätzte George seine Chancen, den nächsten Morgen noch zu erleben, eher gering ein.

Denk nach, denk nach, denk nach ...

Die Idee traf ihn wie ein Hammerschlag auf den Hinterkopf.

Allein der Gedanke machte ihn krank. George war sich alles andere als sicher, ob er die Sache wirklich durchziehen konnte, aber es war das Einzige, was ihm in diesem Moment einfiel.

Er legte sich auf die toten Tierfragmente und Müllsäcke. Mit zusammengebissenen Zähnen begann er, einzelne Teile auf seinen Körper zu schaufeln, bis sie ihn wie eine Decke aus Haut und Knochen vor Blicken verbargen.

Nachdem er auch seinen Kopf mit einem großen Stück Tierkadaver bedeckt hatte, blieb er reglos liegen und hoffte, zwischen all dem Abfall um ihn herum nicht mehr auffindbar zu sein.

Während er zwischen den menschlichen und tierischen Überresten lag und seine Augen und Lippen fest zusammenpresste, lauschte George dem glucksenden, rumpelnden Stottern des Lieferwagens, das weiter an Intensität gewann.

Irgendwann schien der Lieferwagen direkt über ihm zu stehen. Das Motorengeräusch verwandelte sich in ein leises, beständiges Brummen und dann hörte George, wie die Tür geöffnet wurde.

Er wartete. Eine lange Stille folgte.

Irgendetwas streifte seine Hand. Beinahe hätte er laut aufgeschrien, aber es gelang ihm, den Schrei hinunterzuschlucken.

Die Stille schien sich bis in alle Ewigkeit zu erstrecken und George begann sich zu fragen, ob Edmund womöglich schon wieder verschwunden war. Vielleicht würde doch alles gut werden, machte er sich Mut.

Doch dann hörte er jemanden reden, schwach und gedämpft.

Georges erster Gedanke war, dass Edmund mit dem Opfer eines seiner Kunden plauderte, das er hierher gebracht hatte. Vielleicht suchte er ja einen Freund für das Opfer, das bereits bei ihm zu Hause »wohnte«.

Doch je länger sie sich unterhielten, desto mehr kam es George wie eine freundliche Plauderei vor.

Also kein Opfer.

Es musste ein Freund sein.

Aber Edmund hatte keine Freunde, zumindest nicht, soweit George wusste. Dann kam ihm ein Gedanke, der ihm das Blut in den Adern gefrieren ließ: Vielleicht war es ja auch einer der Killer aus der Stadt, einer von Edmunds Kunden.

Oh mein Gott ...

»Die da?«

Die Worte klangen nach Edmunds leicht gedämpfter Stimme – abgenutzt und rau wie eine geliebte, gut eingetragene Lederjacke.

»Ja, die da.« Die zweite Stimme klang weicher, höher.

Bobby?

Sie hatte genau wie die Stimme seines Jungen geklungen. Aber das konnte nicht sein.

Plötzlich fiel etwas entsetzlich Schweres auf George hinunter.

Er musste sich zusammenreißen, um nicht vor Schmerzen aufzuschreien.

Kurz darauf wurde George erneut von irgendetwas getroffen, doch diesmal schien das Gewicht glücklicherweise deutlich geringer zu sein.

Mein Gott, ich werde hier lebendig begraben, verdammt noch mal!

»Bist du sicher, dass du zuschauen möchtest?«, fragte Edmund und seine Stimme klang jetzt noch gedämpfter.

»Das kann ganz schön stinken. Wenn das ganze tote Fleisch erst mal brutzelt ...«

»Ich schau mir gern Feuer an«, erwiderte die junge Stimme.

Bobby. Das war eindeutig Bobby!

»Wenn du meinst.«

»Und dann will ich die restlichen Leichen im Lieferwagen sehen.«

Ein trockenes, knurrendes Lachen. »Sicher, Junge. So, jetzt tritt ein Stück zurück. Jetzt bekommst du deine erste Lektion in Sachen Entsorgung von schmutziger Wäsche und Zerstörung von Beweisen.«

In der Grube versuchte George, dem das Atmen zunehmend schwerer fiel, sich zu befreien. Es war ihm inzwischen egal, ob er erschossen würde – er wollte nur noch hier raus. Doch aufgrund all des zusätzlichen Gewichts, das nun auf ihm lastete, konnte er sich nicht mehr bewegen.

Plötzlich hörte er von oben ein Prasseln, so als tropfe Regen auf ein Zeltdach und dann füllte der erstickende Geruch von Benzin seinen Schädel.

Oh Gott, nein! Um Himmels willen, nein! Oh Gott, bitte nicht!

Ein schlaues Kind. Ein ganz normales Kind. Ein ungewöhnlich ruhiges Kind.

Ich schau mir gern Feuer an ...

Dann wurde George Fisher von den Flammen verschlungen.

NOTIZEN ZUR ENTSTEHUNG:

Was ich an Geschichten über Serienkiller besonders spannend finde, ist weder die Forensik noch die Jagd nach dem Killer, sondern die Killer selbst. Die Frage, warum sie tun, was sie tun. Warum wurden sie zu solch grausamen Mördern? Ist es angeboren oder hat es mit ihrer Umgebung und ihrer Erziehung zu tun? In den meisten meiner Erzählungen – Romane eingeschlossen – geht es in irgendeiner Form um Serienkiller. Normalerweise finden sich darin Haupt- oder Nebenfiguren, die diesem »Beruf« nachgehen. In dieser Geschichte stelle ich eine Frage: Was würden *Sie* tun, wenn Sie bei Ihrem Kind eindeutige Anzeichen erkennen, dass es sich zu einem potenziellen Serienkiller entwickelt?

Wer wird überleben?

(Who Wants to be a Survivor?)

Teil 1: Die Vorbereitung

Der körperlich eher unbeeindruckende Mann schlenderte mit einem unverschämten Grinsen im Gesicht auf den Wachmann zu. Er trug eine große, zerschlissene Sporttasche bei sich. Sie war von einer Schmutzschicht bedeckt und Markenname und Logo waren im Laufe der Zeit durch die Abnutzung stark verblasst.

Der Wachmann betrachtete ihn von oben bis unten. Der ziemlich schmuddelige Mann erinnerte ihn spontan an einen übrig gebliebenen Hippie. Tatsächlich konnte der Typ aber kaum älter als 30 sein, war also höchstens ein Möchtegern-Hippie. Der Wachmann lächelte in sich hinein, nickte dem zierlichen Kerl jedoch pflichtbewusst zu, als dieser sich ihm näherte.

Ich frage mich, was für Drogen der Typ dabei hat, dachte der Wachmann, während er einen Blick auf die abgenutzte Tasche warf.

»Wie geht's, …«, grüßte der Mann, während er einen Blick auf das Namensschild des Wachmanns warf, »… Mike?« Er grinste.

»Was kann ich für Sie tun?«, fragte der Wachmann.

Der Mann kratzte sich an seinem kahlen Schädel und schniefte.

Kokain?, wunderte sich der Wachmann. *Hätte ja eher auf Hasch getippt.*

»Heiß heute Abend«, sagte der Mann. »Da kommt man echt ins Schwitzen.«

»Das kann man wohl sagen. Ich wär auf jeden Fall lieber da drin als hier draußen.«

Der kleine Hippie lachte über die Bemerkung des Wachmanns. Es war ein Lachen aus tiefstem Herzen, das angesichts der eher beiläufigen Bemerkung übertrieben wirkte. Er beruhigte sich jedoch schnell wieder und wischte sich über die Augen.

»Da bin ich ganz bei Ihnen«, erwiderte er. »Hat die Show schon angefangen?«

Der Wachmann nickte. »Ich fürchte ja, Sir. Haben Sie eine Karte?«

Der Mann seufzte und nuschelte: »Ja. Ich will Martys Show schon seit Ewigkeiten mal sehen. Bin extra den ganzen Weg aus San Francisco hergekommen. Mit dem Bus, Mann.«

Der Wachmann atmete tief ein und sah auf die Uhr. Dann blickte er wieder auf den Kerl mit dem Bart hinunter. »Ich schätze, ich kann Sie noch reinlassen. Aber ich muss Sie persönlich reinbringen und warten, bis sie eine Werbepause machen.«

»Die Show ist live, oder?«, fragte der Mann mit einem Lächeln, in dem sich ein Anflug von Wahnsinn abzeichnete.

»Das ist sie. Eine der Letzten ihrer Art. Dürfte ich dann bitte Ihre Karte sehen, Sir?«

Der Mann nickte. Er stellte seine ausgebeulte Tasche auf dem Bürgersteig ab und öffnete den Reißverschluss. Er steckte einen Arm hinein und wühlte darin herum. »Sie muss irgendwo da drin sein. Wahrscheinlich ist sie rausgef… Ah! Da ist sie ja.«

Er richtete sich wieder auf.

Der Wachmann streckte eine Hand aus. »Die Show hat gerade erst angefangen, also …«

Sein Atem blieb ihm im selben Moment im Halse stecken, als das Messer in seinen Bauch eindrang.

»Nimm das, du mieses Schwein«, raunzte der Mann und spuckte auf den Asphalt, während er dem Wachmann die Klinge immer wieder mit wütenden Stichen in Magen und Brust rammte. Blut schoss aus dem Mund des Wachmanns und er stieß bei jedem Messerstich ein hilfloses Ächzen aus.

Während er auf den unscheinbaren Mann hinunterschaute und seine Hände auf den Bauch presste, spürte er, wie der warme Lebenssaft aus seinem Körper tropfte.

»Beschissenes Schwein! Du bist ein wertloses Instrument der faschistischen Ideale des Establishments!«

Als der Wachmann auf den warmen Betonboden prallte, sah er Bilder von Segeljachten auf fernen Ozeanen und Filmen, die in New York spielten, vor seinem inneren Auge. Er nahm nur vage wahr, was der Andere ausrief. Er lag auf dem klebrigen Bürgersteig, während Szenen aus *Taxi Driver* durch sein benommenes Bewusstsein huschten. Dann hörte er die Schreie.

»Komm schon! Lass uns abhauen!«

Er hörte das Trampeln unzähliger Schritte, die an ihm vorbeistapften. Nur sehr schwach nahm er wahr, dass einige aus der Meute ihn anspuckten, und spürte mehrere heftige Tritte.

Als er starb, spulten sich in seiner Erinnerung verschwommene Szenen aus *Serpico* ab.

Es klopfte an die Tür des Regieraums. Craig erhob sich. »Ich mach auf, Jungs.«

Er durchquerte das schwach erleuchtete Kabuff, entriegelte das Schloss und öffnete die Tür. Er lächelte und nickte.

Craig machte einen Schritt zur Seite und die beiden Männer traten in den verrauchten Regieraum.

»Hey, wer seid ihr?«, fragte einer der Wachmänner, die sich im Raum aufhielten.

Der Vordere der beiden zog eine Waffe aus seiner Jacke. »Wenn sich auch nur einer von euch bewegt, schießen wir euch ein hübsches Loch in den Schädel.«

Craig machte die Tür zu und schloss wieder ab.

»Wir übernehmen jetzt die Show«, sagte der Mann mit der Waffe. »Schiebt eure Ärsche da rüber in die Ecke.«

Alle vier Anwesenden blickten Craig an und aus ihren Augen sprachen Angst und Verwirrung.

»Tut, was sie sagen«, forderte Craig sie auf.

Sie sprangen von ihren Stühlen auf und schlurften in die ihnen zugewiesene Ecke hinüber. Der zweite Mann zog ein Gewehr aus seiner Tasche und richtete es auf die kleine Gruppe. »Überraschung!«, rief er. Er kicherte, als sie zusammenzuckten.

»Wie kann ich mit dem Kameramann unten reden?«, wandte sich der erste Mann an Craig.

»Ich zeig's dir.« Craig gesellte sich zu seinen Komplizen und setzte sich an das große Pult. Er griff nach dem Kopfhörer. »Was soll ich ihnen sagen, Flag?«

Der Mann ließ sich neben ihm nieder und setzte sich ebenfalls Kopfhörer auf. »Kannst du es so einstellen, dass ich mit dem Kameramann sprechen kann?«

»Sam hat gesagt, dass ich hier oben das Sagen habe.«

Flag seufzte. »Okay. Sam will, dass wir nur eine Kamera benutzen.«

»Hey, willst du dich von Shorty echt so rumkommandieren lassen, Flag?«

»Halt dein beschissenes Maul, Bobby.«

»Ja, sei still«, sagte Craig.

Bobby kicherte und wandte seine Aufmerksamkeit wieder der Gruppe in der Ecke zu. »Wer von euch ist der Regisseur?«

»Das bin ich«, antwortete ein kleiner, hagerer Mann. »Seid ihr Terroristen?«

»Scheiße, nein«, kicherte Bobby.

»Was wollt ihr denn dann?«

»Der Welt zeigen, welches Übel das Ferns…«

Flag wirbelte herum. »Ich dachte, ich hätte euch gesagt, dass ihr die Klappe halten sollt!« Er warf Bobby einen warnenden Blick zu. »Kannst du nicht einfach mal still sein?«

Bobby nickte. »Tut mir leid, Flag.« Ein wahnsinniges Grinsen breitete sich auf seinem dicken Gesicht aus. »Können wir sie erschießen? Können wir?« Er fuchtelte mit dem Gewehr in Richtung der in der Ecke kauernden Männer.

»Mein Gott. Nein«, seufzte Flag. »Sam hat gesagt, wir sollen sie nicht umbringen. Wir brauchen ihre Hilfe.«

Flag wandte sich wieder zu dem Kontrollpult um und ließ seinen Blick über die Reihe der Bildschirme schweifen, die ihm zeigten, welche Kamera unten im Studio gerade welchen Ausschnitt einfing. Auf den meisten Monitoren war Marty Laffin zu sehen, der in der Mitte der Bühne stand. Einer zeigte die Band. Außerdem gab es einen normalen Fernseher, auf dem das Sendesignal zu sehen war, das in diesem Moment über Millionen von Mattscheiben im ganzen Land flimmerte. Ihn würde Flag besonders im Auge behalten müssen.

Craig stieß Flag in die Seite. »Ich bin so weit. Du rufst das FBI an. Das Telefon ist da drüben.«

»Okay«, sagte Flag.

Das Publikum applaudierte. Dank der 200 begeisterten Fans, die laut klatschten und grölten, musste kein Lachen aus der Konserve eingespielt werden. Die Zuschauer veranstalteten praktischerweise einen derart ohrenbetäubenden Lärm, dass die Schreie draußen auf dem Flur völlig unbemerkt geblieben waren.

Marty Laffin grinste und forderte die Zuschauer mit einer

winkenden Handbewegung auf, ihren begeisterten Applaus für einen Augenblick im Zaum zu halten.

Er wartete, bis Ruhe im Studio eingekehrt war, und hielt einen perfekt getimten Moment lang inne, bevor er die Pointe ablieferte: »Und das war nur diese Woche.« Erneut ertönte schallendes, noch lauteres Gelächter, unter das sich begeisterte Pfiffe und Gejohle mischten. Der Moderator hob einen Arm und wollte gerade Dave Morrison und seine Band ansagen, als die Flügel der Hintertür aufgestoßen wurden.

Als sich sämtliche Köpfe umdrehten, lachte Marty.

»Na, was ist denn jetzt los?«, stieß er aus und fragte sich, ob das vielleicht Teil eines zusätzlichen Sketches war, in den sein Team ihn absichtlich nicht eingeweiht hatte. Er sah zu seinem Produzenten rüber und erwartete, ihn bei dem Versuch zu erwischen, ein leichtes Grinsen auf seinem Gesicht zu verbergen. Marty runzelte die Stirn, als er sah, dass der Produzent genauso verblüfft zu sein schien wie er selbst.

Marty schätzte die Gruppe auf etwa 20 Personen. »Ah! Hallo, zusammen!«, rief er ihnen entgegen. »Wir sind wohl ein bisschen spät dran, wie?«

Einige Zuschauer kicherten, während andere das Geschehen interessiert beobachteten.

Marty blickte in die Kamera und zuckte mit den Schultern. »Wusste ich doch, dass ich besser zur Probe hätte gehen sollen.«

Noch mehr nervöses Gelächter aus dem Publikum.

»Okay, setzt euch auf eure Plätze«, sagte Marty in dem Versuch, das Publikum ein wenig zu beruhigen.

Ein Mann rannte durch die Zuschauerreihen direkt auf die Bühne zu. Martys Gesichtszüge entgleisten und er wich ein paar Schritte zurück.

»Hey, Mann. Bleib da stehen, ja? Wir wollen keinen Ärger.«

Marty konnte hören, wie der Produzent neben der Bühne den Sicherheitsdienst rief.

Der zerzauste Typ sprang auf die Bühne. Er schleppte eine abgewetzte Tasche mit sich herum. Was Marty jedoch am meisten beunruhigte, war der wahnsinnige Glanz in den starren Augen des Mannes.

»Bleib einfach ruhig, Marty.«

Die Stimme des Mannes klang so eiskalt, dass Marty ein Schauer über den Rücken lief. Der Moderator schielte zu den großes Kameras hinüber und erkannte, dass an allen Dreien noch immer ein rotes Licht brannte.

Warum haben sie uns denn noch nicht vom Sender genommen?

»Äh, wir machen eine kleine Pause und sind gleich wieder zurück«, verkündete Marty in Kamera 1. Aber das rote Licht erlosch nicht.

Die Zuschauer wurden allmählich unruhig. Sie tuschelten nervös miteinander und auf die ansonsten unbesorgten Gesichter der meisten trat ein verwirrter Ausdruck. Sie waren sich nicht sicher, ob das Geschehen da vorne auf der Bühne wirklich noch zur Show gehörte.

Marty versuchte, die Aufmerksamkeit von einem der Kameramänner auf sich zu ziehen, blieb jedoch wie angewurzelt stehen, als der Fremde ein blutverschmiertes Messer zückte.

Auf der Bühne, im Licht der Scheinwerfer, schweißüberströmt und mit zum Bersten gespannten Nerven wurde Marty Laffin bewusst, wie ernst die Situation tatsächlich war. Er beobachtete, wie sich der Rest der ungebetenen Studiogäste zu den Eingängen begab. Sie alle trugen ähnliche Taschen bei sich.

Als Marty seinen Blick wieder dem Wahnsinnigen auf der Bühne zuwandte, nahm er wahr, wie dieser ihm zuzwinkerte.

»Bleib einfach cool, okay?«

Dann drehte sich die zerrissene Gestalt zur Kamera um und richtete das Wort ans Publikum. »Guten Abend, liebe Zuschauer. Mein Name ist Sam, aber ihr könnt mich Uncle Sam nennen. Wenn ihr alle tut, was ich sage, wird niemand verletzt. Meine Familie bewacht momentan sämtliche Ausgänge. Solltet ihr also den Wunsch verspüren zu fliehen, fürchte ich, dass das nicht möglich sein wird. Erstens sind die Ausgänge blockiert und zweitens werdet ihr euch auf der falschen Seite einer Kugel wiederfinden, falls ihr es trotzdem versuchen solltet.«

Alle 200 Zuschauer schnappten erschrocken nach Luft und drehten ihre Köpfe, um sich zu vergewissern, dass er die Wahrheit gesagt hatte. Die meisten begannen zu weinen, als sie die bewaffneten Männer vor den Türen stehen sahen, die ihre Taschen vor sich auf den Boden gestellt hatten und ihre Gewehre in ihren Armen wiegten.

Marty spähte zum im Dunkeln liegenden Regieraum hinauf. Er fragte sich, warum zur Hölle noch niemand die Polizei gerufen hatte. Und wo waren eigentlich die Wachleute, verdammt noch mal? Er ermahnte sich, Ruhe zu bewahren und sich an das zu halten, was diese Psychopathen von ihm verlangten. Und vor allem zu versuchen, sich selbst vor diesen Typen zu retten.

»Äh … entschuldigen Sie bitte.« Es war die schwache Stimme des Aufnahmeleiters, der aus der Dunkelheit trat. Angsterfüllt legte der korpulente Mann seine Stirn in Falten.

»Ja?«, sagte Sam mit einem Lächeln.

»Ich, äh, hab hier eine Nachricht für Sie. Von … Shorty.«

»Über Kopfhörer?«

Der Aufnahmeleiter, Bill, nickte.

»Gut. Sag ihm, dass hier unten alles nach Plan läuft.«

Marty beobachtete, wie Bill die Nachricht weiterleitete.

»Er sagt … oben auch«, erwiderte der Aufnahmeleiter.

Der Mann nickte.

»Hey! Was ist da los?« Der Zwischenruf kam von einem Mann aus dem Publikum.

Marty hätte den Mann am liebsten angebrüllt und ihm gesagt, er solle die Klappe halten. Sein Mund fühlte sich jedoch so ausgetrocknet an, dass er kein Wort herausgebracht hätte, zumal ihm momentan ohnehin der Mut fehlte, irgendetwas zu sagen.

Es folgte eine lange Pause, bevor Sam antwortete: »Eine Reinigung.«

Was soll das denn bedeuten?, fragte sich Marty. *Und wie sind die Kerle überhaupt in den Regieraum gekommen?*

»Und was wollt ihr von uns?«

Marty hörte, wie einige Zuschauer dem Mann zuflüsterten, er solle endlich still sein.

»Das werdet ihr schon sehr bald erfahren«, antwortete der Mann, der sich Sam nannte. »Aber jetzt wollen wir erst mal mit der Show weitermachen. Seid ihr alle bereit?«

Er drehte sich um und grinste Marty breit an. »Kann's losgehen?«

Marty nickte langsam. Das Atmen fiel ihm schwer und er befürchtete, in Ohnmacht zu fallen.

»Ray! Slide!«, rief der Mann.

Zwei der Komplizen des Mannes schossen auf die Bühne. Sie sahen jung aus, noch keine 20, waren beide kahl rasiert und trugen eine Waffe bei sich. Die Tatsache, dass ihre Gesichter so frisch und unverbraucht wirkten, machte das Ganze nur umso furchteinflößender – vor allem aufgrund des bösen, leeren Glanzes in ihren Augen.

Sam starrte Marty noch immer an. »Warten deine Gäste im Green Room?«

Marty nickte.

»Wo ist der?«

»Äh, da drüben. Durch die Hintertür, dann die Treppe runter, ganz am Ende des Flurs. Es ist die letzte Tür rechts.«

Der Mann bedankte sich mit einem Grinsen.

Marty fühlte sich ganz elend, weil er dem Mann verraten hatte, wo sich die prominenten Gäste aufhielten, aber er sagte sich, dass sie ihn womöglich umgebracht und die Stars trotzdem gefunden hätten. Schweigen hatte also keinen Sinn.

»Los«, befahl der Mann seinen jungen Handlangern. Sie nickten und eilten davon.

Der Mann drehte sich wieder zum Publikum um. »Ihr müsst keine Angst haben. Ihr seid nun alle unter den Fittichen von Uncle Sam. Jetzt wird alles gut.« Der Mann verstummte. Alles wurde ruhig. Im Studio herrschte Totenstille, bis plötzlich das leise Echo verhallender Schüsse zu ihnen empordrang. Es waren vier in kurzen Abständen abgefeuerte Schüsse.

Aus den Kehlen von 200 Zuschauern lösten sich entsetzte Schreie. Ungläubige Angst hing in der Luft. Die Vorstellung, dass einige der berühmtesten Stars in diesem Moment gestorben waren, überforderte die meisten Menschen im Studio, Marty eingeschlossen.

Wie konnte das passieren?, fragte er sich.

Aber er redete sich ein, dass er selbst nichts zu befürchten habe. Er war einer der erfolgreichsten Talkshow-Moderatoren der Welt. Seine Show wurde in mehr Ländern ausgestrahlt als jedes Konkurrenzformat. Er war so populär, dass ihm seine Berühmtheit quasi als Lebensversicherung diente.

Mir wird nichts passieren, versicherte er sich selbst.

Darum war Marty Laffin auch nicht darauf vorbereitet, als sich der Mann plötzlich auf ihn stürzte. Schon im nächsten Moment hatte er Marty das Messer in den Hals gerammt.

Marty schrie auf – die Schmerzen waren unerträglich. Sein Schrei verwandelte sich kurz darauf in ein Gurgeln, als sich seine Kehle mit Blut füllte.

Er hörte die Schreie des Publikums und spürte, wie das Blut über seine Brust rann.

»Stirb, du elendes Schwein. Stirb!«

Bevor Marty auf den Boden der Bühne knallte, nahm er noch das Gebrüll der Anhänger des Mannes wahr: Sie stießen regelrechte Freudenschreie aus. Trotz der Qualen, die er litt, rang sich Marty noch den Gedanken ab, dass dies wohl eine Art Triumph für sie sein musste. Es wirkte fast, als wäre das Ganze nur ein Spiel für sie.

Das Letzte, was Marty mitbekam, während immer mehr Blut aus seiner Kehle strömte, waren die Schlachtrufe des Mannes: »Tod dem Fernsehen! Lebt in Reinheit! Herzlich willkommen zum Spiel des Überlebens!«

Teil 2: Das Spiel

1: (im Haus von George und Francis Murly)

Es war ein ganz gewöhnlicher Freitagabend für George und Francis Murly. Sie hatten sich Popcorn gemacht – auf die altmodische Art: in der Pfanne und mit einer absolut gesundheitsgefährdenden Menge Öl. Jetzt saßen sie auf ihrem alten, zerschlissenen Sofa aus Synthetikfasern, während der große elektrische Ventilator dringend benötigte Luft auf ihre alternden Gesichter blies. Im Fernsehen lief die x-te Wiederholung von *The Sound of Music*.

»Ich sag dir, diese Hitze bringt mich noch um.«

»Ach, hör auf«, lachte Francis. »So schlimm ist es nun auch wieder nicht. Du bist einfach nur ein alter Brummbär.«

»Bin ich nicht«, schnaubte George und stopfte sich eine großzügige Handvoll Popcorn in den Mund.

»Ich sag dir, was dich umbringen wird: wenn du dir zu viel Popcorn auf einmal reinschiebst. Daran erstickst du nämlich.«

George schnaubte erneut und schnappte sich die Fernbedienung. »Der verdammte Film hängt mir zum Hals raus. Den hab ich schon mindestens 50 Mal gesehen.«

»Ach, jetzt übertreib nicht«, sagte Francis kichernd und steckte sich eine weitaus bescheidenere Portion Popcorn in den Mund. »Du hast ihn genauso oft gesehen wie ich. Vielleicht vier- oder fünfmal.«

»Das reicht auch. Ich guck mal, was sonst noch läuft.«

Francis zuckte mit den Schultern und kaute. Es war ihr egal, solange es irgendetwas Anständiges zu sehen gab.

George zappte durch verschiedene Programme – Filme, Sportübertragungen, Dokumentationen –, bevor er bei Kanal sechs landete.

Auf dem Bildschirm war ein dürrer, ungepflegt wirkender Mann zu sehen. Er saß hinter einem Schreibtisch und trug ein breites Lächeln zur Schau. Er nickte jemandem zu, der sich außerhalb des Bildes befand.

»Wer zur Hölle ist das denn?«, erschrak Francis. »Der sieht ja ganz dreckig aus.«

»Sei still«, schnappte George. »Ich will das hören.«

Die Kamera schwenkte auf den ziemlich verhärmt wirkenden Bandleader Dave Morrison. Mit einem matten Winken bedeutete der seltsame Moderator seiner Band, den Song abzubrechen, und beugte sich zu seinem Mikrofon. »Hiiiier iiiist Sammy!«

Als die Kamera über die Bühne schwenkte und schließlich an dem Mann hängen blieb, war nur sehr verhaltener Applaus zu hören. Das leise Klatschen klang seltsam und hallte im gesamten Studio wider. Der Mann hinter dem Schreibtisch lächelte und fing ebenfalls an zu klatschen. »Danke, Dave.« Er zog das Mikrofon, das auf dem Schreibtisch stand, näher zu sich heran. »Willkommen, liebe Zuschauer, zu … ›Wer wird überleben?‹« Er fuchtelte mit seinen Armen in der Luft herum. Erneut waren vereinzeltes Klatschen und Pfiffe im Studio zu hören. Die Kamera blieb auf den Mann gerichtet.

»Mein Name ist Sam. Ich bin heute Abend Ihr Gastgeber. Ihr alter Gastgeber, Marty Laffin, ist tot. Ich habe seine Kehle mit diesem Messer durchbohrt.« Er hielt ein großes, blutverschmiertes Messer in die Höhe. »Etwa so«, fuhr er fort. Dann führte er noch einmal vor, wie er Marty erstochen hatte, verdrehte die Augen und streckte seine Zunge heraus, als er nachahmte, wie Marty ausgesehen hatte, als er gestorben war. Als er fertig war, legte er das Messer auf den Schreibtisch zurück. »Nun, ich schätze, Sie als Zuschauer möchten endlich erfahren, worum es bei dieser Show eigentlich geht. Ihr Ungläubigen!«, bellte er.

Die Mikrofone im Studio fingen die Reaktionen mehrerer Personen ein, die ebenfalls das Wort *Ungläubige* riefen.

»Eure Religion ist das Fernsehen! Möge euch die Verachtung unseres Herrn und Erlösers treffen!«

Wieder ertönte ein Echo aus allen Ecken des Studios.

Der Mann verschaffte sich mit einer Geste Ruhe. Er starrte direkt in die Kamera und proklamierte: »Ich bin eure einzige Hoffnung auf Erlösung, Leute! Lasst nicht zu, dass wir von Maschinen und Propaganda regiert werden! Lasst uns frei sein und in der Wahrhaftigkeit des einzigen Weges leben!«

Er schüttelte den Kopf. »Bevor wir mit der Show des heutigen Abends beginnen, möchte ich euch als potenziellen Konvertiten einige Videos unserer letzten Opfer zeigen. Sie mussten dargebracht werden, damit wir und unsere Mitmenschen gereinigt und von dem Übel des Fernsehens befreit werden können.«

Er nickte jemandem zu, der neben der Kamera stand.

Die Studioaufnahmen wurden durch das unruhige Bild eines kleinen Hauses ersetzt. Es war Nacht. Der Kameramann, wer immer er auch sein mochte, rannte auf eine Tür zu. Gelächter und Flüstern waren zu hören. Jemand, nicht die Person mit der Kamera, klingelte an der Tür, und dann ertönte ein Flüstern, alle sollten still sein, aus dem Off. Kurz darauf wurde die Tür von einem jungen Mann geöffnet, dem die Verblüffung ins Gesicht geschrieben stand.

»Was ist …?«, brachte er noch hervor, bevor eine Horde von Leuten, die teilweise nicht älter wirkten als 20, an der Kamera vorbeirannte und ins Haus drängte. Es war eine Menge Gejohle und Gelächter zu hören, während die Person mit der Kamera den anderen hinterherrannte. Die Horde hatte den Mann und eine Frau zu Boden geworfen, riss dem unglückseligen Paar die Kleider vom Leib und skandierte lautstark: »Ungläubige! Ihr betet das Böse an!«

Die Kamera fing ein, wie die beiden schreienden Opfer splitternackt ausgezogen und mit Seilen an die Beine eines Tisches gefesselt wurden. Im Bild befanden sich mindestens zehn Personen, die allesamt Messer und Schusswaffen in der Hand hielten. Sie buhten das gefesselte, zu Tode erschrockene Pärchen aus und beschimpften es brüllend. Dann fingen sie unter dem stets wachsamen Auge der Kamera an, ungefähr fünf Minuten lang unaufhörlich auf beide einzustechen und zuschlagen. Endlich, als der Teppichboden vollkommen mit Blut getränkt war und die zwei ihre letzten, blutigen Atemzüge getan hatten, erschoss die Meute sie – den Mann in den Kopf, die Frau in die Brust.

Die Kamera folgte einigen Mitgliedern der Bande, die ihre Finger in das Blut tauchten und über den gesamten Fernsehbildschirm DAS IST DAS BÖSE und TOD DEN MASSENMEDIEN schrieben.

Nachdem die Kamera noch ein letztes Mal über die entsetzlich zerstückelten Leichen gewandert war, wurde das Bild schwarz.

Auf dem Bildschirm erschien nun wieder das grell erleuchtete Studio und auf dem Gesicht des Mannes, der noch immer hinter dem Schreibtisch saß, lag ein wahnsinniges Stirnrunzeln. »Na, na, na«, sagte Sam. »Wie hat euch das gefallen?«

Überall in den Zuschauerrängen klangen Schreie und Schluchzer auf.

»Bill, frag Shorty, ob wir immer noch auf Sendung sind.«

Bill sprach in sein Headset, lauschte kurz und nickte.

»Gut«, erwiderte Sam und grinste. »Gut.«

»Das ist ja furchtbar«, stieß Francis entsetzt aus. »Mach das aus, George.«

»Das hat so entsetzlich real gewirkt«, nuschelte George. »Ich frag mich, was das für 'ne Sendung ist.«

»Sie ist krank, das ist sie. Manche Leute haben einfach einen kranken Sinn für Humor.«

»Aber der kleine Glatzkopf ist lustig. Auf seine ganz eigene, seltsame Art.«

»Also, ich schau mir das auf jeden Fall nicht länger an«, sagte Francis und erhob sich. »Ich geh ins Bett.«

George bedeutete ihr mit einem Winken, still zu sein, und Francis marschierte schnaubend aus dem Wohnzimmer.

2: (im Haus der Familie McGregor)

Stewart McGregor klopfte an die Tür des Schlafzimmers seiner Eltern, wartete ein paar Sekunden ab und trat dann ein. Sein Vater sah von seinem Taschenbuch auf und lächelte ihn an.

»Hey, Stew. Was gibt's?«

Seine Mutter hatte ihr Gesicht noch immer in die Akte ihres aktuellen Falls vergraben.

»Mum, Dad«, sagte er.

Sein Dad nahm seine Lesebrille ab und runzelte die Stirn. »Was ist denn los?«

»Ich glaube, ihr kommt besser mit und seht es euch selbst an.«

Zu dritt gingen sie ins Wohnzimmer, in dem immer noch der Fernseher lief. Stewart bat seine Eltern, sich auf die Couch zu setzen, während er sich auf einem der Sessel neben ihnen niederließ. Auf dem Bildschirm war ein kahlköpfiger Mann mit langem, ungewaschenem Bart hinter einem Schreibtisch zu sehen.

»Das sieht aus wie die Kulisse von Marty Laffin«, sagte Luke McGregor.

»Das ist sie auch. Na ja, war sie«, korrigierte Stewart sich.

»Was ist das denn alles?«, fragte Pam McGregor. »Was ist denn da los?«

»Ich glaube, das wird euch interessieren«, sagte Stewart. »Der Mann da, der hat Marty Laffin umgebracht. Im Fernsehen. Vor laufender Kamera.«

»Das ist doch lächerlich«, schnappte Luke mit einem nervösen Kichern.

»Es ist die Wahrheit«, versicherte Stewart ernst.

Luke und Pam starrten ihren 20-jährigen Sohn an. Sie konnten es in seinen Augen sehen.

»Oh, mein Gott«, murmelte Pam. Sie richteten ihren Blick wieder auf den Bildschirm. »Wer ist das denn?«

»Ein Terrorist?«, fragte Luke.

»Ich glaube nicht. Ich denke, eher der Anführer eines Kults. Wie Charles Manson oder David Koresh. Er nennt sich Uncle Sam. Er hat die Show übernommen.«

»Mein Gott«, stieß Luke aus.

»Er hat schon ein Video von seinen Leuten gezeigt, wie sie ein Paar in ihrem eigenen Haus umgebracht haben. Es war … schrecklich.«

»Wo bleibt denn die Polizei?«, fragte Pam.

Stewart zuckte mit den Schultern. »Von der Polizei hat er noch nichts gesagt. Aber er muss den ganzen Laden unter Kontrolle haben. Er hat zwei von seinen Anhängern befohlen, die Gäste zu erschießen.«

»Er hat die Prominenten erschossen?«

Stewart nickte. »Und die Show ist live.«

Sie drehten sich wieder um und starrten auf den Fernseher.

Eine extrem verängstigt wirkende Frau saß auf einem der Sessel neben dem Schreibtisch. Sie war ziemlich korpulent und trug Unmengen von Make-up, das in schwarzen und roten Strömen über ihr aufgedunsenes Gesicht rann.

»Und hier haben wir Doris. Herzlich willkommen, Doris, bei ›Wer wird überleben?‹!«

Außer dem Heulen der Frau und dem Klatschen des glatzköpfigen Mannes war nichts zu hören.

»Doris kommt aus … woher, sagten Sie doch gleich?«

Sie antwortete mit einem neuerlichen lauten, nassen Tränenausbruch.

»Sagen wir: Miami. Sie sieht aus, als käme sie aus Miami, oder, Dave?«

Die Kamera schwenkte hektisch zu dem Bandleader hinüber. Er blickte verloren in die Kamera und nickte kaum merklich. Die Kamera fing kurz weitere Mitglieder der Band ein. Ein paar von ihnen weinten. Dann blieb sie eine Weile auf Dave gerichtet, bevor sie wieder zu dem kleinen Mann hinter dem Schreibtisch zurückschwenkte.

»Du bist kein Mann der großen Worte, was, Dave?« Er kicherte. »Wie läuft's da oben, Shorty?«

Der Mann sah an der Kamera vorbei. Dahinter murmelte irgendjemand etwas. Der Mann nickte und wandte sich dann wieder Doris zu.

»Bei Shorty, Bobby und Flag läuft alles bestens«, verkündete er mit einem Grinsen.

Doris schniefte und wischte sich mit der Hand über Nase und Augen.

»Also, passen Sie auf, so funktioniert das Spiel: Ich werde Ihnen jetzt zehn Fragen stellen. Wenn Sie sie alle richtig beantworten, bleiben Sie am Leben, aber wenn auch nur eine falsche Antwort dabei ist, lasse ich Sie selbst wählen, wie Sie sterben möchten. Verstanden?«

Die Frau, die nun unkontrolliert flennte, versuchte wegzulaufen. Sie wurde von zwei kahlköpfigen Männern aufgehalten, die sie packten und unsanft zurück in den Sessel stießen.

Einer der Männer beugte sich zu ihr hinunter und flüsterte ihr etwas ins Ohr. Sie nickte nervös und blieb auf ihrem Sessel sitzen.

»Haben wir's jetzt alle schön bequem?«, erkundigte sich der Mann.

»Ja.« Die Frau sprach sehr leise.

»Okay. Erste Frage. Wie …« Er unterbrach sich und warf Dave einen Blick zu. »Hey, Dave, wie wär's mit ein bisschen Musik für Doris? Damit sie besser nachdenken kann.«

Er grinste, als Dave ein sanftes, stimmungsvolles Arpeggio anstimmte.

»Perfekt. Also, Doris. Wie viele Eier hatte Hitler?«

Die Frau schniefte und sah den Mann mit einem verwirrten Stirnrunzeln an. »W… Was?«

»Wie viele Hoden hatte Adolf Hitler?«

Die Frau schluckte und flüsterte: »Einen?«

»Sehr gut«, lachte der Mann. »Das war eine leichte Frage

zum Einstieg. Nächste Frage: Wie heißt die Hauptstadt von Australien?«

Mit ängstlichem Stirnrunzeln senkte die dicke Frau ihren Blick und schluchzte. Sie schüttelte den Kopf.

»Schnell. Sie haben nur noch zehn Sekunden.«

Aus dem Publikum war ein entfernter Zuruf zu hören. Er war so leise, dass die Mikrofone ihn kaum einfingen, aber es war deutlich das Wort »Canberra« zu hören.

Der Mann verdrehte die Augen und schüttelte den Kopf.

»Canberra?«, wiederholte die Frau und blickte hoffnungsvoll zu ihrem Peiniger empor.

Der Mann schaute an der Kamera vorbei und nickte.

Ein Schuss ertönte und das Publikum schrie auf. Der Mann stand auf und hob seine Hände. »Ruhe! Seid still, sonst ereilt euch das gleiche Schicksal!«

Die Musik verstummte. Es dauerte eine Weile, bis sich die Zuschauer wieder beruhigt hatten. Der Mann setzte sich wieder. Über das Weinen aus zahlreichen Kehlen sagte er in die Kamera: »Dreh dich um und zeig es.«

Das Bild begann zu wackeln, als die Kamera sich umdrehte und den dunklen Zuschauerraum einfing.

»Licht an!«, brüllte der Mann hinter der Kamera.

Ein Scheinwerfer erleuchtete die Zuschauerränge und förderte den entsetzlichen Anblick eines Mannes, dem man den Schädel weggeschossen hatte, zutage. Die Menschen um ihn herum waren über und über mit seinem Blut bespritzt und an ihnen klebten blutige Fetzen seines Gehirns und Gewebes. Als eine Frau anfing, sich zu übergeben, schwenkte die Kamera wieder zu dem Mann hinter dem Schreibtisch zurück.

Auf seinem Gesicht lag ein breites Grinsen.

»In dieser Show erlauben wir nicht, dass jemand schummelt, stimmt's, Dave?«

Ein schneller Schwenk auf Dave zeigte, dass er sein Gesicht in den Händen vergraben hatte und weinte. Die Kamera schwenkte wieder zurück zu dem Mann.

»Dave ist im Moment ein bisschen mitgenommen. Aber wir machen trotzdem weiter. Ich werde Ihnen eine neue Frage stellen, Doris, okay?« Er blickte ins Publikum. »Und dass mir niemand mehr die Antworten dazwischenruft!« Er drehte sich wieder zu der zitternden Doris um.

»Welcher der Monde des Saturns ähnelt dem Todesstern aus *Krieg der Sterne?*«

Doris schluckte einige Tränen hinunter. Sie sah aus, als müsse sie sich übergeben.

»Kommen Sie, Sie haben nur noch zehn Sekunden. Welcher sieht aus wie der Todesstern?«

»Ich weiß es nicht«, brüllte Doris. »Der größte«, schluchzte sie.

»Nein!«, schrie Stewart McGregor auf seinen Fernseher ein. »Es ist Mimas. Blöde Kuh.«

»Stewart«, zischte seine Mutter. Sie starrte ihn an und verzog das Gesicht.

»Tut mir leid«, entschuldigte sich Stewart, ohne seinen Blick vom Fernseher abzuwenden.

»Ich fürchte, das ist nicht korrekt«, seufzte der Mann hinter dem Schreibtisch. »Die Antwort, auf die ich gehofft hatte, ist Mimas. Also, wie möchten Sie sterben?«

Für die Frau war das nun endgültig zu viel. Sie stieß ein kreischendes Heulen aus und sprang aus ihrem Sessel auf. Die beiden Männer packten sie erneut, warfen sie unsanft zurück und drückten sie mit ihren behandschuhten Händen auf das Polster. Sie wehrte sich und trat um sich, aber es gelang ihr nicht, sich zu befreien.

Aus dem Publikum war Geschrei zu hören, und irgendjemand rief: »Neeeiiin!«

Auf Befehl des Mannes hinter dem Schreibtisch drehte sich die Kamera erneut um und fing einen alten Mann ein, der mit den Armen in der Luft herumfuchtelte, während er den Gang hinunterrannte. Tränen strömten über sein Gesicht. »Doris! Lasst sie in Ru…«

Seine Schreie erstarben, als ein Schuss ertönte und der Mann auf den Boden des Zuschauerraums stürzte. Die wackelnde Kamera zeigte, dass er in den Rücken getroffen worden war. Während er keuchend um sein Leben rang, schwenkte die Kamera zurück auf die Bühne und zeigte einen lächelnden glatzköpfigen Mann und eine vollkommen hysterische Frau.

»Alfred!«, schrie sie. »Al…freeeed!«

»Wie wollen Sie sterben?«, brüllte der Mann unbeirrt über den Lärm hinweg. Die Frau schluchzte jetzt hemmungslos. Der Mann sah zu den anderen beiden Glatzköpfen hinüber und nickte.

Die beiden hoben ihre Waffen und feuerten zwei Kugeln in den Hinterkopf der Frau. Ihr Gesicht explodierte und sie kippte nach vorne.

Pam McGregor schrie auf und hielt sich die Hände vor die Augen. »Warum hören sie nicht damit auf?« Sie schnappte kurz nach Luft. »Warum schalten sie denn die Kameras nicht aus?«

Luke beugte sich zu ihr und nahm sie fest in den Arm. »Ich weiß es nicht, Schatz. Ich weiß es nicht.«

»Ich glaube, da sind ungefähr 20 von ihnen«, erläuterte Stewart. »Und sie sind alle bewaffnet.«

»Wahrscheinlich haben sie das ganze Publikum als Geiseln genommen«, vermutete Luke. »Und benutzen sie als eine Art Schutzschild, damit die Polizei das Studio nicht stürmen kann.«

»Das hab ich mir auch schon gedacht«, pflichtete Stewart

bei. »Ich meine, es ist besser, ein Dutzend Leute zu töten als 200. Richtig?«

Sein Vater nickte.

Die Aufmerksamkeit der Familie McGregor richtete sich wieder auf den Bildschirm, als die unverwechselbare Stimme vom Anführer des Kults ertönte.

»Kommt schon! Irgendwelche Freiwilligen?«

Im Publikum blieb es totenstill.

»Wie wär's mit Ihnen?«, fragte der Mann und deutete in die Zuschauermenge.

Die Kamera machte einen Schwenk und fing einen groß gewachsenen Mann ein. Er saß in der zweiten Reihe und versuchte, trotz der offensichtlichen Angst in seinen Augen einen selbstbewussten Eindruck zu vermitteln.

»Das ist der Typ, der vorhin dazwischengerufen hat«, informierte Stewart seine Eltern. »Er wollte wissen, was los ist und was der Mann eigentlich will.«

»Tapferer Mann«, stieß Luke aus.

»Oder dumm«, entgegnete Stewart und sah zu seinem Vater hinüber. Sie warfen sich ein nervöses Grinsen zu und schenkten ihre Aufmerksamkeit dann erneut dem Geschehen auf dem Bildschirm.

»Ja, Sie«, sagte der Mann. »Sie hatten doch vorhin auch eine Menge zu sagen. Kommen Sie auf die Bühne.«

Der hoch aufgeschossene Mann erhob sich und schaute sich eingeschüchtert um.

Die Kamera zeigte die Meute der glatzköpfigen Anhänger, die grinsend ihre Waffen im Arm wiegten. Sie hatten sich in einem Abstand von zwei Metern am Rand des gesamten Zuschauerraums verteilt.

Der Ausgewählte trat aus seiner Sitzreihe und schritt den Gang entlang.

»Einen Applaus bitte für unseren Freiwilligen«, brüllte der

Mann hinter dem Schreibtisch. Er begann zu klatschen, aber wenig überraschend blieben die Zuschauer still und ließen ihn allein applaudieren.

»Dave, wie wär's mit ein bisschen Musik?«, rief er. »Irgendwas Jazziges.«

Während die Kamera dem nächsten Kandidaten folgte, erklang eine schwache Version von »One« aus *A Chorus Line* im Studio – es war eine widerliche Farce. Der Mann betrat die Bühne und setzte sich auf den Sessel, den Doris zuvor nicht benutzt hatte.

Der Mann hinter dem Schreibtisch brachte mit einer Handbewegung die Band zum Verstummen.

»Also, wie heißt denn unser großer Junge?«

Der Hüne starrte auf Doris' blutige Leiche hinunter. Er schloss die Augen. Sein Gesicht war entsetzlich blass. »John«, antwortete er.

»John! Willkommen in meiner Show. Sie wissen ja, wie das Spiel funktioniert. Ich wette, Sie haben im Lauf ihres Lebens schon viele Gameshows gesehen, Sie hirnloser Zombie. Auch Sie wurden von den reichen Schweinen darauf programmiert, was Ihnen zu gefallen hat und was Sie sich anschauen sollen. Die senden über ihre Fernsehshows nämlich geheime Botschaften, die Ihnen regelrecht das Gehirn waschen. Ich weiß genau, wie sie dabei vorgehen, und meine Familie auch!«

Der Mann erhob sich und richtete seine Arme gen Himmel, fast als wolle er ein kollektives »Gepriesen sei der Herr!« in seiner Kirche anstimmen.

»Dies ist das Böse, das zerstört werden muss. Es wurde auf diese Erde geschickt, um unseren Glauben und die tiefe Überzeugung unserer Seelen zu testen!«

Der Mann schloss die Augen und hörte zu, wie seine Anhänger seine Bezeugung nachsangen. Die Kamera blieb auf den schwitzenden Mann gerichtet. Schließlich setzte er sich wieder und atmete tief ein. »Wir werden euch alle bekehren und das wahre Böse enthüllen.«

Er öffnete seine Augen und grinste den großen Mann an. »Musik, bitte, Dave.«

Erneut erklang das Arpeggio-Stück im Hintergrund.

»Erste Frage, Little John. Was ist das Böse, das wir zu zerstören suchen?«

Der große Mann blickte ins Publikum und sah dann wieder den kleinen, kahlköpfigen Irren an.

»Äh, das Fernsehen«, antwortete er.

»Das ist korrekt!«, rief der Mann aus. »Es besteht also doch noch Hoffnung für die Menschheit!«

Er wischte sich den Schweiß von der Stirn und seufzte. »Nächste Frage, Little John. Wer hat am Ende des ersten *Rocky*-Films gewonnen – und wie?«

John legte seine Stirn in Falten. Er schien verwirrt darüber zu sein, dass der Mann ihm eine verhältnismäßig einfache Frage gestellt hatte. Er räusperte sich.

»Äh, Apollo Creed hat gewonnen. Weil, äh … also … er hatte die meisten Punkte?«

»Sehr gut.« Der Mann klatschte. »Sie sind wohl ein *Rocky*-Fan?«

»Ja.«

»Ich auch. Großartige Filme. Sie machen das sehr gut, Little John. Stimmt's, Dave?«

Die Kamera schwenkte erneut.

»Wenn Sie es sagen«, sagte Dave, und seine Finger huschten blitzschnell über die Klaviatur.

Die Kamera wanderte wieder zu dem seltsamen Moderator zurück, der breit grinste und mit dem Kopf nickte. »Das ist richtig, Dave. Wenn ich es sage. Nächste Frage: Wie viele Menschen hat Andrej Chikatilo umgebracht?«

John starrte auf Doris' leblosen Körper hinunter und begann zu schluchzen.

»Weißt du das?«, fragte Luke seinen Sohn.

»53. Ich bin mir ziemlich sicher, dass er den Rekord hält.«

»Ich glaube nicht, dass John es weiß«, seufzte Luke.

»Ich kann mir das nicht anschauen«, schrie Pam McGregor und erhob sich. »Das ist furchtbar.«

Sie stürmte aus dem Wohnzimmer. Einen Moment später streckte sie ihren Kopf durch die Tür. Sie weinte. »Aber sagt mir Bescheid, ob er die richtige Antwort wusste, ja?«

3: (im Wohnheim-Zimmer von Mike Barry und Lou Montgomery)

»Schneller, Little John. Der Countdown läuft. Wie viele Menschen hat Andrej Chikatilo brutal ermordet?«

Lou Montgomery schleuderte eine Handvoll Kartoffelchips gegen den Fernseher. »Komm schon, John! Rat einfach, um Himmels willen!«

»Weißt du's denn?«, wollte Phillip Adams wissen und trat Lou in den Rücken.

Lou drehte sich zu ihm um und hob seinen Mittelfinger. »Nein. Du?«

Die anderen Jungs im Zimmer lachten.

»Seht's ein, ihr seid beide Idioten«, sagte Jay Waterhouse. »Wenn irgendeiner von euch da sitzen würde, wäre er schon längst tot. Er hat 53 Menschen umgebracht. Wisst ihr, er konnte nur dank des beschissenen totalitären Systems in Russland so viele Leute umbringen und so lange unentdeckt bleiben …«

»Halt verdammt noch mal die Klappe«, warf James Gardiner ein. »Johns Zeit ist abgelaufen.«

Im Zimmer wurde es vollkommen still und alle Gesichter fixierten sich wieder auf den Fernseher.

»... aber ich lasse Sie raten«, sagte der kahlköpfige Mann gerade. »Weil ich so ein netter Kerl bin.«

Der brabbelnde Mann wischte sich über die Augen. »Bitte, bringen Sie mich nicht um«, heulte er. »Bitte!«

Der Mann hinter dem Schreibtisch seufzte. »Raten Sie.«

»35«, stieß John unter lautem Schluchzen aus.

Der Mann schüttelte langsam den Kopf. »Aah ... Leiiideeer faaalsch«, sang er. »Ich schätze, Sie hätten sich ein bisschen mehr für die weltweite Nachrichtenlage interessieren sollen, als andauernd nur in die böse Gehirn-Waschmaschine zu glotzen. Also, wie wollen Sie sterben?« Er drehte sich um und blickte direkt in die Kamera.

»Echt scheißunheimlich, der Typ«, murmelte Phillip Adams.

Die anderen im Zimmer brummten zustimmend.

»Ich hoffe, Ihnen zu Hause gefällt meine Show. Ich wette, dass uns die meisten Haushalte des Landes heute Abend zuschauen.«

Er drehte sich wieder zu dem völlig hysterischen Mann um. »John! Wählen Sie Ihr Schicksal!«

Seine beiden glatzköpfigen Handlanger traten ins Bild. Sie packten John an den Armen und rissen sie von seinem Gesicht weg.

»Antworte unserem Anführer!«, brüllte einer der beiden. »Antworte oder wir werden für dich entscheiden!«

Die Tür des Zimmers öffnete sich und Mike Barry kam herein. Er ließ den Blick über seine Freunde schweifen, die auf dem Boden und dem Bett – seinem Bett! – saßen, und schloss die Tür hinter sich.

»Hey, Mike«, rief Lou über seine Schulter zurück. »Du wirst nicht glauben, was da abgeht, verdammt.«

»Ja, ich hab's schon gehört«, erwiderte er und warf seine

Tasche auf den Boden. »So ’n Typ ist in die Bibliothek reingeplatzt und hat erzählt, dass irgendein Psycho-Kult die *Marty Laffin Show* übernommen hat und dass sie jetzt Leute umbringen. Erst hab ich gedacht, das wär ’n übler Scherz, aber …«

»Lass dich erschießen!«, schrie Phillip Adams.

»Quatsch«, schnaubte Jay Waterhouse. »Ich würde mir aussuchen, dass sie mich in den Bauch stechen, bis ich am Blutverlust sterbe.«

Alle außer Mike lachten.

»Ihr seid doch alle krank«, sagte er. »Wie könnt ihr euch so darüber amüsieren, dass Leute umgebracht werden?«

Eine unangenehme Stille breitete sich im Raum aus.

»Wir amüsieren uns ja gar nicht«, entgegnete Lou schließlich. »Es ist schrecklich. Du hast recht. Aber es ist real. Das passiert wirklich in diesem Moment.«

»Ja, das ist die Wirklichkeit«, fügte Jay hinzu. »So, als ob man die Nachrichten anschaut oder eine von diesen Reality-Shows. Nur dass das da nicht manipuliert oder zensiert ist. Hey, Lou, kannst du mir mal die Chips rübergeben?«

Ein Schuss, laut und authentisch, erfüllte dröhnend das kleine Zimmer.

»Heilige Scheiße«, murmelte Phillip.

»Verdammt, ich hab’s verpasst«, seufzte Jay. »Was ist passiert?«

»John hat entschieden, sich erschießen zu lassen. In den Hinterkopf.«

»Die beste Art, abzutreten«, nickte Jay.

»Das ist verflucht noch mal unglaublich«, stöhnte Mike.

»Setz dich hin«, rief Lou ihm zu. »Komm schon, Mike. Wir machen uns nicht über die Sache lustig. Das ist alles nur so … unglaublich schrecklich.«

»Ja, na ja, ich geh erst mal duschen«, sagte Mike.

Phillip zuckte mit den Schultern. »Wie du meinst.«

Mike warf einen Blick auf den Bildschirm. Was er sah, entsetzte ihn. Die Kamera verweilte noch immer auf der Leiche des Mannes. So wie sein Kopf zu Boden gefallen war, gleich neben einer Frau, starrte sein Gesicht – oder was davon noch übrig war – direkt in die Linse.

»Widerlich«, ächzte James Gardiner.

Die Kamera schwenkte wieder zurück zum Moderator. Der kahlköpfige Mann mit dem langen Bart grinste. Er schaute zu Dave Morrison hinüber. »Was meinst du, wie läuft die Show bisher so?«

Die Kamera fing das sehr blasse Gesicht und die verquollenen Augen von Dave Morrison ein. »Sie sind krank«, keuchte er. »Unschuldige Menschen umzubringen.«

Die Kamera zeigte weiterhin den verheulten, aber wütenden Dave. Von der Seite war ein Grummeln zu hören, das vermutlich von dem kahlköpfigen Mann stammte.

»Warum hört ihr bloß auf diesen Irren?«, schrie Dave und schaute ins Publikum. »Er erzählt uns hier, dass das Fernsehen den Leuten das Gehirn wäscht, aber genau dasselbe macht er doch auch mit euch! Er benutzt euch nur! Er nutzt eure Verletzlichkeit aus und wäscht euch allen das Gehirn!«

Einer der Anhänger des Mannes rannte über die Bühne ins Blickfeld der Kamera.

Dave blieb hinter seinen diversen Keyboards stehen. »Fickt euch! Ich hab keine Angst vor euch armen Irren. Ihr seid krank! Ihr seid Loser, unbedeutende Nieman…«

Erschrocken rang das Publikum kollektiv nach Luft, als der kahlköpfige Mann von oben ein riesiges Messer in Dave Morrisons Kopf rammte.

Das Luftschnappen wich Schreien, die vom lärmenden Stampfen zahlreicher Füße untermalt wurden. Plötzlich schwenkte die Kamera nach oben und blieb an den Sparren unter der Decke hängen. Unzählige Schüsse knallten und dann war auf dem Bildschirm nur noch Schneegestöber zu sehen.

»Mein Gott, was ist denn jetzt passiert?«, stieß Jay Waterhouse aus.

»Habt ihr gesehen, wie das Messer …?« James Gardiner stöhnte laut und schüttelte den Kopf.

»Ich schätze, der Kameramann ist in Ohnmacht gefallen.«

Die anderen zuckten zusammen, als sie Mike Barrys Stimme hörten.

»Ich dachte, du wolltest duschen«, bemerkte Lou. Er drehte sich um und blickte seinen Mitbewohner an, der sich mit starrem Blick auf das andere Bett setzte.

Mike Barry zuckte die Achseln. »Die Dusche kann warten.«

4: (im Haus der Familie Layford)

Julie schlurfte wieder ins Wohnzimmer, in dem ihre 15-jährige Tochter das weiße Schneegestöber auf dem Fernsehbildschirm anstarrte.

»Ich hab ihn endlich erreicht«, sagte Julie. Sie ließ sich mit einem Seufzer in den Sessel fallen.

Thalia Layford drehte den Kopf. »Ist Dad auf dem Polizeirevier?«

»Ja. Er ist mit ein paar anderen Beamten dort geblieben.«

Gott sei Dank, dachte sie.

Thalia schenkte ihre volle Aufmerksamkeit wieder dem Fernseher, sah, dass die Übertragung immer noch ausgefallen war, erhob sich und setzte sich neben ihre Mum in den Sessel. »Weiß er, was los ist? Was hat er gesagt?«

Julie griff nach der Zigarettenschachtel, die auf dem Couchtisch lag, schüttelte eine Kippe heraus und steckte sie zwischen ihre Lippen. »Anscheinend gleicht die Stadt einem Irrenhaus. Das FBI ist da und Polizisten aus ganz New York. Dad hat gesagt, dass einer der Typen dieses Kults am Anfang der Show im FBI-Hauptquartier angerufen und ihnen mitgeteilt hat, dass sie die *Marty Laffin Show* unter ihre Kontrolle gebracht haben. Er hat dem FBI gesagt, sie seien 30 Mann, allesamt schwer bewaffnet und hätten sämtliche Türen verschlossen.«

Julie unterbrach sich und atmete tief ein. Dann zündete sie ihre Zigarette an.

»Schon okay, Mum. Dad ist nicht dort. Er ist auf dem Revier, er ist in Sicherheit.«

»Ich weiß«, erwiderte Julie und lächelte ihre Tochter flüchtig an, während sie eine Rauchwolke in die Luft blies. »Aber vielleicht wird er ja trotzdem noch angefordert. Diese Typen sind vollkommen wahnsinnig. Das ist ein Kult. Weißt du, was das bedeutet?«

Thalia verdrehte die Augen. »Natürlich weiß ich, was ein Kult ist. Ich bin kein Idiot, Mum.«

»Nein«, kicherte Julie. »Ich meine, weißt du, wie ein Kult normalerweise funktioniert?«

»Wie meinst du das?«

Julie nahm einen tiefen Zug aus ihrer Zigarette, bevor sie fortfuhr. »Kulte begehen oft Massenselbstmord. Diese Leute würden lieber durch ihre eigene Hand sterben, als von der Polizei geschnappt zu werden. Na ja, in Wahrheit ist es eigentlich der Anführer, der nicht geschnappt werden will. Er befiehlt seinen ergebenen Anhängern dann, ihm ins Königreich der Himmel zu folgen – oder irgend so einen Scheiß.«

»Wow«, murmelte Thalia.

»Genau.« Julie nahm zwei weitere hektische Züge. »Und es ist ihnen völlig egal, wen sie dabei mit in den Tod reißen.

In diesem Fall würde es mich nicht überraschen, wenn sie den ganzen Laden anzünden.«

»Meinst du wirklich? Würden sie sich nicht eher … ich weiß nicht … erschießen oder so?«

Julie zuckte mit den Schultern und stieß eine weitere Rauchwolke aus. »Vielleicht. Aber sie müssen ja das ganze Publikum und … die Polizei umbringen.«

Thalia senkte ihren Blick. Erst jetzt verstand sie völlig, warum ihre Mutter solche Angst hatte. »Weißt du, du solltest wirklich aufhören zu rauchen.«

»Ich weiß«, schnaubte Julie.

»Was hat Dad noch gesagt?«

»Wenn sie sich irgendwie verar… hintergangen vorkommen, wenn ihnen zum Beispiel der Strom abgedreht wird oder so, haben sie anscheinend damit gedroht, so viele Menschen wie möglich umzubringen. Ihr Befehl lautet, dass sie auf Sendung bleiben müssen, bis sie mit ihrer Show fertig sind. Was zur Hölle das auch immer bedeuten mag. Dann werden sie die Überlebenden gehen lassen. Sie haben gesagt, sie werden … ein paar Leute … opfern, aber …« Sie unterbrach sich wieder, um an ihrer Zigarette zu ziehen. »Im Prinzip haben sie gesagt, es sterben entweder ein halbes Dutzend Leute oder 200. Das müsse das FBI entscheiden.«

»Sie haben sie erpresst?«

»In gewisser Weise schon, schätze ich.«

»Hat Dad gesagt, was die Polizei tun wird?«

»Er musste auflegen, bevor wir darüber reden konnten. Aber er hat versprochen, dass er bald wieder anruft.«

Sie waren beide gleichermaßen überrascht, als der vertraute Ton der Show wieder zu hören war. Sie richteten ihren Blick auf den Fernseher.

»Wie geht's dir?«, fragte Julie.

»Mir geht's gut.«

»Du musst dir das nicht anschauen, weißt du? Das ist kein Film …«

Stirnrunzelnd warf Thalia ihrer Mutter einen flüchtigen Blick zu, der besagte, dass ihr das selbstverständlich klar war und sie nun bitteschön die Klappe halten sollte.

Die Kamera fing den kahlköpfigen Mann ein, der noch immer hinter dem Schreibtisch thronte. Schweiß tropfte von seinem knallroten Gesicht. Etwas hatte sich geändert. Bald war zu erkennen, dass sie das Geschehen nun aus einem leicht veränderten Winkel filmten.

»Willkommen zurück«, sagte der Mann in die Kamera. »Wir hatten ein paar kleinere technische Schwierigkeiten.«

Aus dem Publikum war noch lauteres Weinen zu hören als zuvor.

»Hier ist es ganz schön wild zugegangen«, kicherte der Mann. »Wirklich eine Schande, dass Sie zu Hause alles verpasst haben.« Er lehnte sich über den Schreibtisch. »Na, ich will Ihnen die Auswirkungen aber nicht vorenthalten«, flüsterte er.

Die Kamera machte einen Schwenk. Sie zeigte mehrere leblose Körper, die noch immer dort lagen, wo sie aufgeprallt waren. Einigen hatte man die Köpfe weggeschossen, anderen klafften blutige Löcher in Brustkorb und Bauch. Viele von ihnen lagen über den Boden des Auditoriums verstreut und in der Luft hingen noch immer dünne Rauchschwaden. Es war ziemlich offensichtlich, was passiert sein musste. Ein paar der kahlköpfigen Kult-Anhänger waren damit beschäftigt, ihre Waffen nachzuladen.

Es waren immer noch gut 100 Zuschauer am Leben, die alle entweder weinten oder reglos ins Leere starrten, vermutlich kurz davor, durchzudrehen.

Die Kamera wandte sich von dem Massaker ab und kehrte zu dem Mann zurück. »Wir haben ihnen gesagt, dass sie nicht versuchen sollen abzuhauen«, sagte er. »Wir haben sie gewarnt. Nun, also, tut uns leid wegen des kleinen Zwischenfalls. Der Kameramann ist in Ohnmacht gefallen und hat dabei den Stecker rausgezogen oder so. Aber wir haben ja noch einen – Shaun, an Kamera 2? Ja, Kamera 2.«

Er drehte sich ein wenig und schielte an der Optik vorbei. »Wie geht's meinen Jungs da oben? Sind wir noch auf Sendung?«

Zustimmendes Gemurmel war zu hören, dann nickte der Mann.

»Gut«, sagte er und drehte sich wieder zu den Zuschauern. »Das war Bill, der Aufnahmeleiter. Er lebt noch«, kicherte der Mann. »Zeig uns Bill noch mal, ja, Shaun?«

Die Kamera schwenkte zu dem untersetzen Aufnahmeleiter. Der blasse Mann schenkte ihr einen flüchtigen Blick und schaute dann nach unten.

»Einen Applaus für Bill, bitte«, rief der kahlköpfige Mann und klatschte in die Hände. Seine Anhänger klatschten mit, sonst jedoch niemand.

»Danke, Bill, du warst uns heute Abend eine große Hilfe.«

Die Kamera war inzwischen wieder auf den Mann gerichtet.

»Wissen Sie, ich fürchte, meine Jungs sind da oben im Regieraum jetzt ganz alleine. Scheint so, als wären der Regisseur und seine Leute in dem ganzen Durcheinander abgehauen. Sie haben's bis zur Tür des Regieraums geschafft.« Er schüttelte den Kopf. Es war offensichtlich, dass er allmählich die Selbstbeherrschung verlor. Er kratzte sich andauernd am Kopf und stolperte immer wieder über seine Worte.

»Was sollen wir jetzt machen?«, fragte er einen seiner Anhänger.

Die Kamera schwenkte zu dem kahlköpfigen Kult-Mitglied. Er zuckte mit den Schultern und schüttelte den Kopf.

»Keine Ahnung, Sam. Noch mehr Leute wegen der bösen Macht des Fernsehens opfern?«

»Nee, scheiß drauf«, erwiderte dieser.

Die Kamera schwenkte schnell wieder zum Anführer zurück.

»Ich weiß!«, rief er aus. »Lasst uns das Haus des Teufels zerstören!« Er stand auf und hob die Arme. Auf seinem Gesicht lag ein bösartiges Grinsen.

»Es wird Zeit, dass wir dem Herrn beweisen, was wir wert sind. Lasst uns dieses beschissene Studio abfackeln!«

Im Hause Layford klingelte das Telefon. Julia sprang auf. »Das wird Dad sein.«

Sie eilte in den Flur und nahm das Telefon ab.

Zwei Minuten später kehrte sie wieder ins Wohnzimmer zurück. Sie ließ sich in den Sessel fallen.

»Was hat er gesagt?«

»Das Sondereinsatzkommando wird das Studio jetzt stürmen«, teilte sie ihre Tochter mit.

»Na, das wird aber auch langsam Zeit«, entgegnete Thalia.

TEIL 3: DIE ABRECHNUNG

Als die Beamten des Sonderkommandos sich endlich Zugang zum Gebäude verschafft hatten, wurde klar, dass sie es definitiv nicht mit einer Terrorgruppe zu tun hatten. Sämtliche Polizei- und Ordnungskräfte vereinte zwar die Annahme, dass es sich bei der Gruppe in der Sendeanstalt um einen Kult handelte. Aber sic waren sich erst vollkommen sicher, als sie das Schloss vorsichtig und leise geknackt hatten und sehen konnten, dass sich im Foyer keine Mitglieder des Kults aufhielten. Eine Terrorgruppe hätte dort auf jeden Fall Wachen postiert.

Manche Sekten wären vielleicht ebenfalls auf den Gedanken gekommen, dort Wachposten abzustellen, aber das war eher die Ausnahme. Die meisten dieser Vereinigungen waren vollkommen desorganisiert und wurden von Vollidioten angeführt, die mehr Charisma als Grips besaßen.

Dieser Kult bildete offensichtlich keine Ausnahme.

Das Sonderkommando war schnell und mit äußerster Präzision vorgegangen und hatte den Lärm auf ein absolutes Minimum beschränkt. Sie hatten die Wachmänner gecheckt, die ausgestreckt in ihrem eigenen Blut am Boden lagen, aber sie waren alle längst tot gewesen.

Jetzt hatten sich die zwölf Beamten des Sonderkommandos auf die drei Eingangstüren des Studios verteilt. Jede Gruppe bestand aus vier Beamten, von denen jeweils zwei mit Sturmgewehren bewaffnet waren, während die anderen beiden einen kleinen, aber durchschlagkräftigen Rammbock schleppten. Ihre Befehle erhielten sie über Kopfhörer von ihrem Einsatzleiter, der das Geschehen von draußen über einen tragbaren Fernseher verfolgte.

Mit erhobenen Waffen und einsatzbereiten Rammböcken warteten die Beamten im Inneren des Gebäudes auf den finalen Befehl.

Hinter den Türen hörten sie den Anführer brüllen: »Es wird Zeit, dass wir dem Herrn beweisen, was wir wert sind. Lasst uns dieses beschissene Studio abfackeln!«

Direkt im Anschluss erhielten die Beamten das Kommando.

Sam starrte auf das Meer zu Tode erschrockener Gesichter. Seine Gedanken kreisten nur noch darum, wie brillant sein Plan war. Wie brillant er selbst war.

Er wusste, dass es zu einer Massenhysterie kommen würde, wenn er das Studio in Brand steckte, aber seine Leute würden die Türen bewachen und auf jeden schießen, der versuchen würde, abzuhauen. Er hatte keine Schuldgefühle, weil er seine Anhänger in den Tod schickte. Sie waren Niemande, Ausreißer ohne die Fähigkeit, selbstständig zu denken.

Beschissene Vollidioten, dachte er. *Die würden sogar glauben, dass ich schwarz bin, wenn ich es ihnen erzählen würde.*

Aber er liebte die Macht. Er war für diese Menschen wie ein Gott. Diesen Aspekt würde er durchaus vermissen.

Man weiß ja nie, ich könnte vielleicht eine neue Gruppe um mich sammeln, wenn ich ganz weit weg von hier bin, dachte er. *Ich könnte mein Aussehen verändern, in ein anderes Land ziehen ...*

Unvermittelt wurden alle drei Eingangstüren gleichzeitig aufgebrochen und Polizeibeamte stürmten das Studio.

Sam sah völlig perplex zu, wie etwa ein Dutzend bewaffneter Polizisten in den Raum strömte.

»Legen Sie Ihre Waffen auf den Boden und nehmen Sie die Hände über den Kopf!«

Sam hörte, wie die Zuschauer aufschrien, und rutschte unter den Schreibtisch.

Als er das Geschehen nun aus seinem improvisierten Kartenhaus beobachtete, sah er, dass sämtliche Polizisten mit ihren Waffen auf die Kultmitglieder zielten. Selbst jene Beamten, die eben noch die Türen mit den Rammböcken aufgestoßen hatten, waren mittlerweile mit Gewehren bewaffnet.

»Legen Sie sofort Ihre Waffen ab!«, brüllten die schwer bewaffneten Beamten, die außerdem Schutzkleidung trugen.

Die Angehörigen des Kults zögerten einen Augenblick lang und dachten darüber nach, was sie nun tun sollten.

Genau, wie Sam es ihnen wieder und wieder gepredigt hatte, entschieden sich die Jünger aus Uncle Sams Familie dafür, lieber kämpfend unterzugehen als festgenommen zu werden.

Sämtliche Bewaffneten nahmen einen Gegenspieler ins Visier. Überall im Studio hallte das Donnern von Schüssen auf.

Die Kultanhänger, die die Eingänge bewacht hatten, wurden von Kugeln förmlich durchlöchert.

Als die Schlacht zu Ende war, lag Sams gesamte Gefolgschaft tot am Boden. Dagegen war nicht ein einziger Beamter verletzt.

»Sam«, rief einer der Polizisten ihm zu. »Kommen Sie mit erhobenen Händen raus. Wenn Sie auf uns feuern, sind wir gezwungen, zurückzuschießen. Das ist eine Warnung. Kommen Sie langsam da raus.«

Während die Sirenen der Krankenwagen aufheulten und die verbliebenen Zuschauer aus dem Studio geführt wurden, erhob sich Sam.

»Bitte nicht schießen. Es tut mir leid. Es war nicht meine Schuld. Ich war gar nicht der Anführer, wissen Sie. Sie haben mich gezwungen, das zu tun. Ich war nur der Sündenbock.«

Sam beteuerte noch immer seine Unschuld, als ihm zwei Beamte Handschellen anlegten und ihn aus dem Studio führten.

»Hey, was ist mit Flag, Shorty und Bobby passiert?«, fragte Sam, während er nach draußen eskortiert wurde.

»Um die haben wir uns auch gekümmert«, antwortete einer der Polizisten.

»Gut«, sagte Sam. »Ich hab diese Arschlöcher gehasst. Flag war der Anführer, wissen Sie. Er hat sich das Ganze hier ausgedacht.«

Zwei Männer saßen unter einem Schatten spendenden Sonnenschirm und nippten in dem überfüllten Café an ihrem Kaffee.

»Okay, Bill, wie lautet Ihr vollständiger Name?«

»William Anthony Crivelli. Aber ich bevorzuge Bill.«

»Ist das Italienisch?«, erkundigte sich der Mann von der Zeitung mit einem Lächeln.

»Ja. Meine Familie stammt ursprünglich aus Venedig.«

Der Mann kritzelte etwas in sein Notizbuch. »Das stört Sie doch nicht, Bill, oder?«

»Natürlich nicht. Wie wollen Sie sich denn sonst die ganze Story merken?«

Der Mann lächelte und nickte. »Okay. Was war Ihr Job bei der *Marty Laffin Show?*«

»Ich war der Aufnahmeleiter.«

»Wie lange waren Sie dort schon Aufnahmeleiter?«

Bill atmete tief ein und nagte auf seiner Unterlippe herum. »Gott! Lange. Ich bin ziemlich schnell zum Team gestoßen, nachdem die Show zum ersten Mal ausgestrahlt wurde. Ich hab den Job von Carlo übernommen … Carlo … Ich kann mich nicht mehr an seinen Nachnamen erinnern. Wie auch immer, das war vor, oh, ungefähr 15 Jahren.«

»Waren Sie gut mit Marty befreundet?«

»Wenn man das so sagen kann. Er kapselte sein Privatleben sehr stark ab. Er hatte nicht viele enge Freunde. Ich schätze, man könnte also sagen, dass wir befreundet waren. Ich war ein paarmal zum Abendessen bei ihm zu Hause.«

Die beiden Männer kicherten.

»Wie kommen Sie zurecht mit dem, was passiert ist? Ich meine, es klingt, als gehe es Ihnen gut, aber, na ja, es ist auch erst ein paar Tage her.«

Bill nippte an seinem Café Latte und zuckte mit den Schultern. »Ich schlafe schlecht. Manchmal hab ich auch Albträume. Das Übliche eben. Aber, wie Sie schon sagten, es ist ja erst ein paar Tage her. Meine Frau ist einfach wunderbar. Die Kinder auch.«

»Das ist großartig«, sagte der Reporter. »Eine Familie ist

die beste Therapie. Aber was empfinden Sie, wenn Sie diesen Mann, Sam Drayton, jetzt hören oder sehen?«

»Hass.«

»Sie verspüren kein, ich weiß nicht, Mitleid mit ihm?«

»Der Mann hat über 100 unschuldige Menschen auf dem Gewissen. Er war ein Niemand, ein Loser, der alles getan hätte, um beachtet zu werden.«

»Denken Sie das wirklich?«

»Ob ich denke, dass das der Grund dafür ist, warum er getan hat, was er getan hat? Ja. Nach allem, was ich von der Polizei gehört habe, war Sam Drayton ein Penner. Er hat nicht gearbeitet und staatliche Unterstützung eingesackt, während er leichtgläubige, mittellose Menschen ausgenutzt hat. Ein paar von denen waren praktisch noch Kinder.«

»Er war ein aufstrebender Schauspieler und Komiker, wussten Sie das?«

Bill nickte. Er trank einen weiteren Schluck Kaffee. »Anscheinend wurde er bei jedem Vorsprechen, zu dem er gegangen ist, abgelehnt. Hat jahrelang versucht, als Schauspieler oder Komiker erfolgreich zu werden. Hat's nie zu was gebracht. Haben Sie mal diesen Film gesehen, *King of Comedy?*«

Der Mann von der Zeitung nickte.

»Ich glaube, er war einfach stinkwütend auf die Filmbranche. Dachte, die ganze Welt habe sich gegen ihn verschworen.«

Der Reporter blickte auf. »Sie klingen wie ein Psychologe.«

Bill lächelte. »Das ist nur meine persönliche Meinung.«

»Denken Sie, dass er all das getan hat, um sich zu rächen?«

»Na ja, ich glaube schon, dass da noch ein bisschen mehr dahintersteckt als …« Bill hielt inne, als er sah, dass ein Mann an den Tisch getreten war. Er hatte lange Haare und war unglaublich dünn.

»Kann ich Ihnen helfen?«, fragte Bill.

Der Reporter drehte sich um.

»Sind Sie Bill Crivelli? *Der* Bill Crivelli?«

»Ja«, antwortete Bill.

»Wow. Ich kann's kaum glauben, dass Sie das wirklich sind. Ich hab Sie im Fernsehen gesehen, Mann. Ich finde, Sie sind ein Held!« Der Mann streckte ihm ein kleines Buch und einen Kugelschreiber hin. »Wü... würden Sie das für mich unterschreiben?«

Bill nickte und nahm dem strahlenden Mann das Notizbuch aus der Hand. »Wie heißen Sie denn?«

»Ray«, sagte der Mann stolz.

Bill schrieb:

Für Ray. Wenn Sie an sich glauben, können Sie mit allem fertig werden. Ich habe es auch geschafft.
Alles Gute,
Bill Crivelli.

Nachdem er unterschrieben hatte, trug er noch das Datum nach. Dann reichte er das Notizbuch an Ray zurück.

»Wow«, murmelte Ray, als er die Widmung las. »Vielen Dank, Mr. Crivelli.«

»Hat mich gefreut, Sie kennenzulernen«, sagte Bill.

Als Ray sich mit schlurfenden Schritten wieder von ihrem Tisch entfernte, lächelte der Mann von der Zeitung Bill an.

»Passiert Ihnen das jetzt öfter?«

»Sicher«, erwiderte Bill. »Ich werde andauernd von Leuten angesprochen, die nicht glauben können, dass ich es wirklich bin. Ich habe in den letzten paar Tagen unzählige Autogramme gegeben. Es ist wirklich seltsam. Ich meine, wer bin ich denn schon? Letzte Woche war ich nur der Aufnahmeleiter der *Marty Laffin Show* und jetzt werde ich überall erkannt, wo ich hinkomme.«

»Stört Sie das?«

»Es gefällt mir«, sagte Bill. »Ich wollte schon immer berühmt werden. Erst gestern hat man mir eine Gastrolle in einer erfolgreichen Fernsehserie angeboten.« Er grinste. »Aus rechtlichen Gründen darf ich den Namen noch nicht nennen.«

»Das verstehe ich«, sagte der Reporter.

»Ich hab jetzt sogar einen Agenten«, fuhr Bill fort.

»Sie werden noch berühmter als Sam Drayton.«

Bills Lächeln verblasste ein wenig. Er trank seinen Kaffee aus und sah den jungen Reporter mit festem Blick an. »Ich schätze schon.«

Berühmter als Sam Drayton.

Die Worte verfolgten Bill noch während des gesamten Interviews.

NOTIZEN ZUR ENTSTEHUNG:

Das ist die zweite meiner Geschichten, die jemals einen Abnehmer fand, und auch die zweite, die auf Horrorfind.com veröffentlicht wurde. Ich habe sie 2001 geschrieben, als es mit dem Boom der Reality-Formate im Fernsehen gerade richtig losging. In dieser Geschichte habe ich meine Vorliebe für miese Gameshows und Late-Night-Talks mit meiner Faszination für Kulte kombiniert.

JUNKIES
(Junkies)

Als das Treffen zu Ende war, steuerte ich direkt auf den Tisch mit dem Essen und den Getränken zu. Obwohl ich keinen rechten Appetit auf die bereitliegende Auswahl an Keksen und Donuts hatte, grummelte mein Magen, also griff ich widerwillig nach einem Haferkeks. Während ich abbiss, bildete sich allmählich eine Menschentraube um mich herum. Ein tiefes Murmeln umschwirrte meinen Kopf, als sich die bunt zusammengewürfelte Gruppe von Fremden banalem Small Talk hingab. Die meisten schienen erleichtert über den Kurswechsel zu sein, nachdem sie vorher den anderen Süchtigen eine Stunde lang per Seelenstriptease ihr Innerstes nach außen gekehrt hatten.

Jemand schob sich neben mich und schnappte sich einen Styroporbecher von dem Stapel neben der großen Dose mit löslichem Kaffee. »Dein erstes Mal, was?«

Ich hatte das Stückchen des geschmacksneutralen Kekses hinuntergeschluckt und misslaunig ein weiteres Mal abgebissen, bevor mir bewusst wurde, dass die Person mit mir sprach. Ich drehte mich halb um und sah den Mann an, der sich an meine Seite gesellt hatte. Er war größer als ich, aber jünger, etwa zehn Jahre. Der junge Mann war abgemagert, schien nur noch aus Haut und Knochen zu bestehen – er sah aus, als habe ihm jemand einen Staubsauger in den Mund gesteckt, ihn angeschaltet und sämtliche Luft aus seinem Körper gesaugt. Seine furchtbar eckigen Wangenknochen traten wie zwei gemeißelte »L« deutlich hervor. Auf jeden Fall ein Junkie.

»Ja«, murmelte ich mit vollem Mund. Ich schluckte hastig und musste mir alle Mühe geben, um nicht zu würgen.

»Du bist also ein Esser«, fuhr der Junkie fort und löffelte das braune Granulat in seinen Becher. Er füllte ihn mit heißem Wasser und trank einen gierigen Schluck von seinem Instantkaffee, ohne Milch oder Zucker hinzuzufügen. »Ich war mal mit einer Esserin befreundet. Üble Angewohnheit. Guckst du dir immer noch Filme an?«

Ich nickte.

»Dachte ich mir. Ich hab mir schon gedacht, dass es auf deine Sucht zurückzuführen ist, dass du bei dieser Hitze einen Pulli trägst. Welchen Film zeigen sie gerade?«

»Einen alten ausländischen Schwarz-Weiß-Streifen«, antwortete ich und kratzte mich am Arm. Durch die Wolle des Pullovers juckte meine Haut wie verrückt. »Ich glaube, es ist Kurosawa – *Die sieben Samurai,* wie's aussieht.«

Frustriert warf ich den halb gegessenen Keks auf den Tisch und versuchte mein Glück mit einem Donut. Zuerst schmeckte ich den Zucker, dann den frittierten Teig und zuletzt die Marmelade, die wie aus einem aufgeschlitzten, blutenden Herz herausquoll. Eigentlich hätte er ganz köstlich schmecken müssen, aber stattdessen drehte sich mir von der Geschmacksmischung der Magen um. Nachdem ich monatelang nichts als meine spezielle Diätnahrung zu mir genommen hatte, schmeckte richtiges Essen, auch Süßigkeiten, für mich inzwischen wie feuchte, schimmelige Pappe. Ich sah mich nach einem Mülleimer um, in dem ich den faulen Donut entsorgen konnte.

»Kannst das richtige Zeug nicht essen, hm?«

Der Junkie folgte mir.

Ich stöhnte innerlich. Mir war nicht nach Reden – das hatte ich heute Abend schon genug getan. Ich wollte einfach nur probieren, meinen Hunger mit dem kostenlosen Essen und Trinken zu stillen, und dann wieder verschwinden – zurück in meine Wohnung und zu den Gelüsten, die mich zwangsläufig überkommen würden, sobald ich in meinem Bett lag und den verzweifelten Versuch unternahm, einzuschlafen.

»Ich schätze nicht«, erwiderte ich, drehte mich um und versuchte zu lächeln, obwohl ich wusste, dass es wie eine verzerrte Grimasse aussehen musste.

Der Junkie hielt nun zwei Styroporbecher in den Händen. Er reichte mir einen. Er war beinahe randvoll mit dampfender schwarzer Flüssigkeit.

»Meine Freundin, die Esserin, mochte Kaffee. Es war die einzige richtige Nahrung, die sie bei sich behalten konnte.«

»Mochte? Willst du damit sagen, dass sie die Abhängigkeit am Ende besiegt hat?«

Der Junkie schüttelte den Kopf. »Ich fürchte nein«, antwortete er. »Sie ist vor sechs Monaten gestorben. Hat sich mit Hitchcock-DVDs den Rest gegeben. Sie hatte 'ne Schwäche für Hitchcock.«

»Die sind auch wirklich lecker«, erwiderte ich, nahm einen Schluck Kaffee und hoffte, damit die Erinnerungen an all die Nächte wegzuspülen, in denen ich Hitchs köstliche Periode der späten Fünfziger zum Abendessen genossen hatte – die Filme schmeckten nach Kalbfleisch und Bratkartoffeln – und an all die Nachmittage, an denen ich mir seine frühen britischen Filme hatte schmecken lassen: ein eher herzhafter Geschmack nach Eintopf und Bier.

»Ja, Sara mochte ältere Filme besonders. Sie fand, die hätten einen feineren Geschmack – *Casablanca* war ihr Lieblingsfilm. Gott, sie muss in der Zeit, in der ich sie kannte, mindestens 30 *Casablanca*-DVDs gegessen haben. Sie hatte immer einen Vorrat davon im Hinterzimmer der MovieTime-Filiale, in der sie gearbeitet hat, herumliegen –, sie hat jahrelang die Nachtschicht im Laden in Bentleigh gemanagt und an den meisten Wochenenden spätnachts noch Partys veranstaltet. So habe ich sie auch kennengelernt – weil sie Angst hatte, dass ihr Freund von ihrer Esssucht erfährt. Mich hat das Essen ja nie interessiert. Ich bin eher … na ja, ich schätze, man könnte sagen, ich habe keine Angst vor Nadeln.«

Ich nickte und trank einen weiteren Schluck von meinem Kaffee. Dieser Typ hatte recht – der Kaffee löste keinen Würgereflex bei mir aus.

»Ich bin jetzt seit fast einem Monat clean. Der härteste verdammte Monat meines Lebens. Ich vermisse es immer noch. Gott, wie ich es vermisse. Der schwarze Film, der wie Tinte durch meine Venen strömt …« Der Junkie seufzte und gönnte sich einen üppigen Schluck Koffein. »Alte VHS-Videos waren die Droge meiner Wahl, besonders die Horror- und Actionfilme aus den Achtzigern. Die hatten dieses gewisse Etwas. Die haben mir einen Kick gegeben, das glaubst du nicht.« Der Junkie lächelte und ich hatte Angst, seine Wangenknochen würden seine Haut aufschlitzen.

»Hast du's je mit Filmrollen versucht? Ich hab gehört, das soll der ultimative Kick sein.«

Der Junkie nickte. »Ein paarmal. Ich konnte mir Filmrollen nicht leisten, deshalb bin ich nur bei sehr seltenen Gelegenheiten in den Genuss dieses goldenen Rausches gekommen, wenn ich es schaffte, eine Einladung zur exklusiven Party irgendeines Filmproduzenten zu ergattern.«

Ich hatte schon von diesen Partys gehört. Ich war selbst nie auf einer gewesen, aber anscheinend bekamen die Gäste dort die allerbesten Filme serviert: die saubersten, ursprünglichsten Kopien von Fellini, Buñuel und Scorsese, teure DVD-Importe aus Japan und Italien, seltene Laserdiscs und schwer zu findende Videos – VHS und Beta gleichermaßen. Ja, diese exklusiven Partys waren angeblich der Traum eines jeden Kino-Junkies. Allein der Gedanke daran, eine dieser teuren asiatischen DVD-Boxen von *Grindhouse* zu verschlingen, ließ mein Herz schneller schlagen und in meinem Kopf drehte sich alles.

»Ich sag dir, Film schlägt alles. Ich meine, Videobänder sind gut. Sie sind die Droge der Wahl für die Arbeiterklasse. Aber Zellophan … Mann, wenn das erst mal runtergekocht ist, sieht es aus wie samtweiche Schokolade – nichts zu sehen von der Grobkörnigkeit der Videobänder. Aber ich hab das alles aufgegeben. Es hat mein ganzes Leben bestimmt. Ich musste aufhören. Sonst hätte es mich umgebracht.«

Ich wusste, wie sich dieser Junkie fühlte.

Ich hatte in den vergangenen vier Monaten Tag und Nacht, zum Frühstück, Mittag- und Abendessen, nur Videobänder und DVDs gefuttert. Das forderte seinen Tribut, denn ich nahm stark zu. Videobänder und DVDs haben erstaunlich viele Kalorien. Auf die Toilette konnte ich im besten Fall nur noch unregelmäßig gehen – und was dann aus mir herauskam, war erschreckend: eine seltsame Mischung aus metallischem Schlamm und klumpigem Stuhl.

Aber ich konnte einfach nicht damit aufhören.

Von jenem Moment an, als ich meine erste DVD gekostet hatte – aus Versehen, während ich versuchte, einige Flecken von meiner Kopie von *Der Pate* mit dem Zeigefinger wegzuwischen –, war ich süchtig danach. Anstatt nach Nichts oder einer vage metallischen Note schmeckte die DVD wie ein köstliches Rinderfilet mit einer Soße aus Rotwein und Champignonrahm. Und als ich ein Stück abbrach und darauf herumkaute, schmeckte sie sogar noch besser. Schon kurze Zeit später plünderte ich meine Sammlung und verspeiste an nur zwei Tagen meine komplette John-Waters-Box – billig, aber lecker, wie ein Cheeseburger oder Pizza. Meine Chaplin-Filme verschlang ich in einer wahren Orgie binnen weniger Stunden – wie warmen Apfelkuchen –, während ich mir meine

John-Hughes-Sammlung als Mitternachtssnack schmecken ließ. Die DVDs besaßen ein überraschend italienisches Aroma.

Außerdem fing ich an, Dutzende meiner alten Videokassetten auseinanderzunehmen und die Bänder zu verspeisen. Auch wenn sie mich nicht ganz so befriedigten wie die DVDs – sie verfügten einfach nicht über denselben reinen Geschmack und schmeckten hin und wieder ein wenig abgestanden –, hielten sie doch entschieden länger vor und boten eine ganz eigene Geschmacksnote: erdig und robust wie selbst gekochte Erbsensuppe oder Frikadellen. Ein paar von ihnen brachten sogar einen Unterton von Popcorn mit, hauptsächlich die Actionstreifen aus den 80ern, beispielsweise *Running Man* oder *Die City-Cobra.*

Ich konnte nicht genug davon kriegen und musste unbedingt stapelweise Filme konsumieren.

Irgendwann stieß ich auf ein Internetforum mit anderen Filmsüchtigen und erfuhr, dass die Sucht mit dem Essen noch längst nicht zu Ende war. Dort gab es Leute, die sich Film und Videobänder spritzten, Bänder rauchten, zerkrümelte DVDs und Laserdiscs schnupften, Unmengen verflüssigter Videobänder tranken und nach ihren Krügen mit Video-Bier auch noch Schnapsgläser mit flüssigem Film leerten. Und es gab besonders wilde Partylöwen, die sich Pillen einwarfen, die aus einer Mischung von allem bestanden: Das waren vor allem die Leute, die sich im Kino nur die größten Hollywood-Blockbuster anschauten – keine echten Cineasten. Im ganzen Land veranstalteten die Geschäftsführer der Videotheken heimliche Filmpartys, auf denen Süchtige sich treffen und in einem Raum voller Drogenutensilien Filme anschauen und ihren diversen Lastern frönen konnten. Das waren die schäbigeren Versionen der exklusiven Feten der Studiobosse.

Es entstand eine populäre, hin und wieder sehr leidenschaftliche Untergrundszene, aber für mich wurde schließlich alles zu viel. Vor ein paar Wochen stellte ich fest, dass meine Haut allmählich eine matschbraune Färbung annahm, so als habe jemand meinen ganzen Körper mit Dreck eingerieben. Kurz darauf fühlte sie sich dann irgendwie seltsam an, wie Plastik, aber trotzdem biegsam – ganz ähnlich wie Videobänder. Und dann liefen plötzlich Bilder vor meinen Augen ab, so als sei mein Gehirn an einen Filmprojektor angeschlossen – ein konstanter Strom von Bildern, die mitten im Raum zu hängen schienen und es schwierig machten, zu unterscheiden, was sich in der wirklichen Welt abspielte und was in meinem Kopf.

Aber am furchteinflößendsten von allem war der Schmerz in meiner Brust, den ich am Tag zuvor zum ersten Mal verspürt hatte. Ich hatte fast 40 Kilogramm zugenommen, seit ich angefangen hatte, DVDs und Videobänder zu essen. Es schien, als habe mein Körper nun endgültig genug davon. Als ich zum Mittagessen *Der Unbeugsame* verschlang, den Geschmack von Eiern und Bier auf meinen Lippen, hatte ich mit einem Mal das Gefühl, nicht mehr genügend Luft zu bekommen. Mein Herz schlug Purzelbäume und in meiner Brust pulsierte ein heftiger Schmerz.

Völlig panisch warf ich das restliche Stück der DVD in den Mülleimer und schwor mir, nie wieder Filme zu mir zu nehmen. Ich sah mich online nach einer Selbsthilfegruppe um und fand eine ganz in meiner Nähe. An diesem Abend war ich zum ersten Mal zu einem Treffen für trockene Filmoholiker gekommen. Während ich hier so stand und meinen Kaffee schlürfte, beschlich mich das Gefühl, dass es auch das letzte Mal sein würde.

Ich warf den leeren Becher in den Mülleimer und seufzte beim Gedanken an die Aufgabe, die mich zu Hause erwartete.

Ich hatte damit angefangen, meine riesige DVD- und Videosammlung wegzuwerfen, aber es war immer noch gut die Hälfte davon übrig. Alles in allem handelte es sich um nahezu 500 DVDs und Videos.

Beim Gedanken an all das Essen lief mir das Wasser im Munde zusammen.

»Ich sollte dann besser mal nach Hause gehen«, wandte ich mich an den Junkie. »Ich muss noch den Rest von meinem Vorrat wegschmeißen.«

Der Junkie lächelte, aber es war kein schöner Anblick. »Ich kenne diesen Schmerz. Ich hab mich immer noch nicht ganz davon erholt, dass ich meinen ganzen Stoff wegwerfen musste. Ich, äh, nehm' nicht an, dass du Hilfe brauchst?«

Mein erster Instinkt war, Nein zu sagen. Ich kannte den Typen doch kaum. Außerdem wollte ich nicht, dass irgendjemand sah, wie ich heulte, wenn ich meine geliebte Sammlung in die Tonne donnerte.

»Würde die ganze Sache entschieden schneller machen. Und einfacher. Ich hab das Gleiche durchgemacht. Ich weiß, wie schwer das ist.«

Ich dachte über sein Angebot nach und beschloss, dass es tatsächlich gut wäre, jemanden dabei zu haben, der meine Sucht verstand. »Sicher, warum eigentlich nicht?«, erwiderte ich. »Danke.«

»Kein Ding. Wohnst du weit weg?«

»Nur zehn Minuten Fahrt.«

»Super. Ich fahr dir nach.«

Während wir auf die Tür zugingen, schaute ich mich um und stellte fest, dass der Saal inzwischen beinahe leer war. Die meisten anderen Esser, Junkies, Alkoholiker und Raucher waren bereits gegangen. In dem leeren Gruppenheim der Pfadfinder hallten unsere Schritte wie in einer hohlen Muschel wider.

Wir traten in die warme Nachtluft hinaus. Samurais ritten auf Pferden durch einen dichten Vorhang aus Regen an uns vorbei.

»Du hast nicht zufällig *Wild at Heart* auf Video?«, fragte der Junkie, kramte ein Feuerzeug hervor und knipste es an.

»Zufällig habe ich den tatsächlich.«

»Ich liebe diesen Film. Bei dem fängt mein Blut richtig an zu kochen.«

Ich nickte. »Der ist wirklich gut. Aber ich ziehe *Black Velvet* vor. Der hat einfach diesen … ungewöhnlichen Geschmack. Beinahe französisch.«

Der Junkie drehte sich zu mir um und grinste.

Ich grinste zurück.

Ja, es war gut, einen anderen Filmverrückten an meiner Seite zu haben.

NOTIZEN ZUR ENTSTEHUNG:

Es wird viele von Ihnen nicht überraschen, aber ich bin ein riesengroßer Filmfan. Als ich daher gefragt wurde, ob ich eine Erzählung zu der wunderbaren Website *Horror Drive-In* beisteuern wolle, wusste ich sofort, dass ich etwas schreiben wollte, das mit Filmen zu tun hatte. Schließlich ist die Seite ja vor allem ein Ort, an dem sich Filmverrückte über alle möglichen Themen austauschen, von Fellini bis hin zu John Waters (wir sprechen aber nicht nur über Filme, sondern auch über Bücher und Musik, doch Filme – besonders die aus der Horror- und Exploitation-Ecke – stehen im Mittelpunkt unserer Diskussionen). Mir kam schon bald die Idee einer Filmbesessenheit von Menschen wie mir, die es nicht nur lieben, sich die Streifen im Kino anzusehen, sondern sie auch sammeln. Ich wusste, dass den Leuten auf *Horror Drive-In* eine Geschichte über Filmbesessene gefallen würde – da viele von ihnen ebenso verrückt nach Filmen und seltenen Editionen sind wie ich. Deshalb habe ich einfach die Idee von Filmen als Droge aufgegriffen und mich von ihr mitreißen lassen.

Ein Licht für Rose

(A Light for Rose)

Das erste Mal, als Clayton das Licht sah, dachte er sich zunächst nichts weiter dabei.

Er unternahm den verzweifelten Versuch einzuschlafen, als ihn ein greller Lichtblitz plötzlich dazu zwang, die Augen zu öffnen. Er lag da und starrte aus dem Fenster. Das Licht – oder was immer ihn geblendet hatte – war verschwunden.

Bumm, bumm, bumm, bumm ... Bumm, bumm, bumm, bumm ...

Während die Schritte über ihm andauerten, nahm er ein zweites Flackern wahr.

Er rollte sich auf den Rücken und starrte in die Dunkelheit hinauf.

Vielleicht ein Blitzschlag?, dachte er, obwohl es eine schwüle Sommernacht war.

Er schüttelte den Gedanken mit einem Schulterzucken ab und beschloss, einen weiteren, vermutlich ebenso fruchtlosen Versuch zum Einschlafen zu unternehmen, als erneut ein Lichtschein durch seine Wohnung geisterte.

Clayton setzte sich auf.

Das Licht verschwand erneut, um wenige Augenblicke später wieder durch sein Fenster zu blinzeln, so als spiegele sich das Sonnenlicht in der Windschutzscheibe eines Autos wider.

Allerdings war es Nacht und er befand sich im fünften Stock.

Das hat mir gerade noch gefehlt, dachte er. *Als wäre das Trampeln nicht schon schlimm genug.*

Er rieb sich das Gesicht, spürte das Kitzeln seiner Bartstoppeln und seufzte.

Bumm, bumm, bumm, bumm ... Bumm, bumm, bumm, bumm ...

Die Müdigkeit lastete schwer auf ihm, ebenso wie die erdrückende Hitze der vergangenen Tage. Obwohl er unbedingt einschlafen wollte, schlafen musste, hielten ihn die Schritte der Wohnungsbewohnerin über ihm wach.

Er warf einen Blick auf seinen Wecker. Die roten Zahlen starrten ihn an: 00:51.

Das Trampeln über ihm würde noch weitere zehn Minuten andauern, dann konnte er endlich einen neuen Anlauf unternehmen, in den dringend benötigten, erholsamen Schlaf zu sinken.

Aber nicht, wenn das mit diesem verdammten Licht so weitergeht.

Genau wie die Schritte schien es einem bestimmten Rhythmus zu folgen.

Wo kommt das bloß her?, fragte er sich.

Das Licht blinkte noch weitere zehn Minuten. Schließlich hörte es gleichzeitig mit den Schritten wieder auf.

»Na, endlich«, stöhnte Clayton, legte sich hin und schloss die Augen.

Nun konnte er endlich einschlafen. Die Schritte würden erst morgen Nacht zurückkehren – das seltsame Licht hoffentlich nicht.

Kurz danach dämmerte Clayton ins Land der Träume hinüber.

Das Licht kehrte um 0:50 Uhr in der folgenden Nacht zurück, genau im selben Moment, als auch die Schritte wieder zu hören waren.

Clayton saß im Bett und schaute sich irgendeinen alten Schwarz-Weiß-Film an. Er war kurz davor einzunicken, als wieder der blitzende, beinahe blendende Schein seine Pupillen streifte.

Er setzte sich auf und rieb sich fluchend die Augen.

Nicht schon wieder.

Bumm, bumm, bumm, bumm ... Bumm, bumm, bumm, bumm ...

Er konnte die Schritte nun nicht mehr ausblenden und wusste, dass er erst würde einschlafen können, wenn sowohl die Schritte als auch das Licht wieder verschwunden waren.

Er schaltete den Fernseher aus, schleuderte die Fernbedienung zur Seite und sprang aus dem Bett. Er machte sich nicht die Mühe, die Lampe anzuschalten – der schwache Schein des Mondes erfüllte den Raum mit ausreichend Helligkeit und er fand sich auch so zurecht.

Er blieb mitten in seiner Wohnung stehen, sah nach oben und schüttelte den Kopf.

Hör auf, dir Sorgen zu machen, Rose. Wenn du mich wach hältst, kommt er auch nicht früher nach Hause.

Natürlich wusste er, wie er das Problem von Rose und sich selbst hätte lösen können. Dazu wären nur ein wenig Mut seinerseits und Roses Bereitwilligkeit nötig gewesen.

Ja, klar. Wem mache ich was vor? Eine wunderschöne Frau wie sie wird sicher nichts von mir wissen wollen.

Dann war da auch noch Roses Mann Hal, um den er sich Sorgen machen musste. Mit ihm wollte Clayton ganz bestimmt keinen Ärger bekommen.

Clayton trottete zum Kühlschrank hinüber und angelte sich ein Coors Light. Er öffnete die Bierdose und trank einen Schluck. Es schmeckte lauwarm und bitter, aber es erfüllte seinen Zweck.

Er blieb neben dem Kühlschrank stehen, beobachtete das rhythmische Flackern des seltsamen Lichts und lauschte dem regelmäßigen Stapfen von Roses Schritten.

Bumm, bumm, bumm, bumm ... Bumm, bumm, bumm, bumm ...

Clayton trat ans Fenster. Sirenengeheul, das Geräusch von quietschenden Reifen und gelegentliche Schreie drangen durch das offene Fenster zu ihm herauf. Irgendwo weinte ein Baby. Wenn es draußen wärmer wurde, ließ er das Fenster gerne offen stehen. Er mochte es, wenn ein Luftzug durch sein stickiges Ein-Zimmer-Apartment wehte. Der Lärm der Stadt störte ihn nicht.

Clayton blickte in die Gasse hinunter. Ihm kam der Gedanke, dass vielleicht jemand mit einer Taschenlampe herumspielte und sich einen Scherz mit ihm erlaubte. Aber er sah nichts als Schatten und dunkle Umrisse. Umrisse, bei denen es sich möglicherweise um Mülltonnen oder herumstehende Einkaufswagen handelte, welche die angrenzende Gasse verstopften – aber vielleicht verbarg sich ja auch etwas Unheimlicheres dahinter.

Was auch immer sich dort unten in der übel riechenden Gasse befand, es war ganz sicher nicht die Quelle des seltsamen Lichts.

Es blinkte ihn noch immer an.

Es erinnerte ihn an die Traumfänger, die er als kleiner Junge gehabt hatte. Das Sonnen- oder Mondlicht war von Hunderten winziger Spiegel reflektiert worden, während sie langsam im Wind tanzten.

Nun hing jedoch kein Traumfänger mehr in seinem Fenster.

Vielleicht, wenn er wieder auf die Beine gekommen war und sich ein schickes Apartment an der Upper East Side leisten konnte. Ja, wenn er endlich aus diesem Drecksloch im Village wegziehen konnte, würde er sich ein ganzes Regiment von Traumfängern kaufen.

Er sah zum Vollmond empor und trank einen weiteren Schluck Bier.

In Gedanken floh er in ein neues, besseres Leben. Als er die Dose geleert hatte, war es bereits nach ein Uhr. Die Schritte waren verstummt und auch das Licht war erloschen.

Er wandte sich vom Fenster ab, warf die Blechbüchse auf den Boden und sprang zurück ins Bett.

Clayton blieb wach, bis Hal nach Hause kam, dachte über das Licht nach und fragte sich, was – oder wer – wohl dahintersteckte. Das Licht kam nicht mehr zurück und schließlich schlief er ein.

»Ja, ich weiß. Es tut mir leid.«

Geoff seufzte. »Mein Gott, Clay. Ich organisiere diese Vorstellungsgespräche für dich und du tauchst da nicht mal auf. Was für 'ne verfluchte Botschaft sendest du damit wohl an deine potenziellen Brötchengeber, hä?«

»Hör zu, Geoff. Ich war in letzter Zeit einfach wahnsinnig müde. Ich hab nicht viel geschlafen und heute Morgen einfach verpennt. Das ist alles.«

»Das ist alles? Okay, hör zu, Kumpel, ich hab's geschafft, dir übermorgen noch mal ein Vorstellungsgespräch bei meinem Chef zu verschaffen, Punkt acht Uhr dreißig. Glaubst du, du kriegst das hin?«

Clayton hätte ihm am liebsten gesagt, dass er den Job eigentlich gar nicht wollte, dass er keine 20 Kilo zulegen oder vorzeitig die Haare verlieren wollte wie Geoff. Aber der Junge war sein bester Freund und er legte sich wirklich wahnsinnig ins Zeug, um ihm zu helfen.

»Sicher. Danke.«

»Sei pünktlich, ja? Zieh dir 'nen anständigen Anzug an und kriech richtig zu Kreuze wegen heute Morgen, okay?«

»Das werd ich.«

»Also, jetzt erzähl mal. Was ist los? Warum bist du in

letzter Zeit immer so müde? Du arbeitest nicht, du hast keine Frau, die dich wach hält, und du gehst kaum noch aus.«

»Ich schlafe einfach schlecht, das ist alles.«

»Dafür gibt's Tabletten.«

»Ich will aber nichts nehmen. Das weißt du. Es ist nichts Ernstes. Nur …«

»Nur *was?*«

Clayton wusste, was Geoff dazu sagen würde, aber er musste es trotzdem jemandem erzählen.

»Hält diese Alte, Rose, dich immer noch wach?«

»Ja.«

Geoff lachte. »Tigert die etwa nach wie vor jeden Abend auf und ab und wartet drauf, dass ihr geliebter Ehemann endlich anruft?«

»Ja.«

»Ich sag's dir, dieser Hal ist ein verdammter Glückpilz. Was würde ich nicht alles tun, um die flachzulegen.«

»Das ist aber nicht der einzige Grund, warum ich nicht schlafen kann«, setzte Clayton nach.

»Okay. Was ist denn noch?«

»Ein Licht.«

Geoff schwieg einen Augenblick. »Hä?«

»In den letzten beiden Nächten war da so ein komisches flackerndes Licht. Es sieht aus, als ob irgendwo jemand eine Lupe vor den Mond hält und den gebündelten Strahl in meine Wohnung lenkt. Nur dass es flackert. An und aus. Ungefähr zehn Minuten lang, dann verschwindet es wieder.«

Clayton erwartete Gelächter oder abfällige Bemerkungen.

»Junge, du muss echt mal schlafen«, erwiderte Geoff stattdessen schmunzelnd.

»Aber was kann das denn sein? Ich hab keine Ahnung, wo es herkommt oder was die Ursache dafür ist. Es scheint immer genau dann aufzuhören, wenn Rose ins Bett geht.«

Geoff atmete ganz langsam ein. »Was denkst du denn, was es ist? Ein UFO?«

»Nein, natürlich nicht. Ich weiß nicht.«

Clayton hatte zwar ein paar Theorien, aber die waren allesamt lächerlich. Er wusste genau, was für eine Reaktion sie bei Geoff auslösen würden, deshalb hielt er lieber die Klappe.

»Wahrscheinlich ist es gar nichts.«

»Sicher. Es ist nichts«, erwiderte Geoff. »Hör zu, spann mal aus. Geh zu dem Vorstellungsgespräch, schinde richtig Eindruck und schnapp dir den Job, dann kannst du endlich aus Greenwich Village weg und zu mir ins Haus ziehen. Hier ist 'ne Wohnung frei, die wartet nur auf dich, Kumpel. Stell dir nur mal vor, was wir für Partys feiern könnten. Wieso gehst du nicht einfach zu Rose nach oben und leistest ihr Gesellschaft, bis Hal nach Hause kommt …?«

Wenn du wüsstest, wie oft ich genau darüber schon nachgedacht habe!

»Wenigstens hält sie dich dann nicht mehr mit ihrem Getrampel auf Trab. Du wärst viel zu müde von der ganzen …«

»Ja, ja«, unterbrach ihn Clayton. »Danke für den guten Rat.«

Geoff lachte. »Okay, Clay. Ich sollte besser Schluss machen. Melde dich nach dem Vorstellungsgespräch mal und erzähl, wie's gelaufen ist, ja?«

»Klar.«

»Viel Glück, okay?«

»Danke.«

Clayton legte auf.

Er widmete sich wieder seinem Abendessen: Bier und Pizza.

Es war kurz nach 21:30 Uhr.

Clayton saß auf der Bettkante und wartete. Seine Augen waren schwer und er wusste genau, dass er lieber schlafen sollte, aber er wollte sehen, ob das Licht auch heute Nacht wieder zurückkehrte.

Er hatte sich das Hirn darüber zermartert, was es mit dem Licht auf sich haben konnte. Obwohl er sich ganz sicher war, dass es eine simple Erklärung dafür gab, ließ ihn der Gedanke nicht los, dass vielleicht doch etwas Aufregendes dahintersteckte. Beispielsweise, dass irgendwo jemand gefangen gehalten wurde und versuchte, auf die einzige ihm mögliche Weise zu kommunizieren – indem er ein Licht durch Claytons Wohnung flackern ließ.

Clayton wusste zwar, dass das höchst unwahrscheinlich war und seine Idee sicher nur darauf zurückzuführen war, dass er zu viele schlechte Horrorfilme gesehen hatte, aber irgendwoher musste das Licht ja kommen. Es musste einen Grund dafür geben.

Bumm, bumm, bumm, bumm ... Bumm, bumm, bumm, bumm ...

»Beim nächsten Schritt ist es null Uhr fünfzig«, sagte Clayton und lächelte über seinen eigenen Witz.

Er hörte zu, wie Rose auf und ab ging und stets eine kleine Pause machte, um umzudrehen, wenn sie das Ende ihrer Wohnung erreichte.

Er hat in den letzten beiden Wochen jede Nacht angerufen. Er wird auch heute Nacht wieder anrufen.

Wenn er natürlich den Mut dazu hätte ...

Ein Licht schien in Claytons Apartment. Er richtete sich kerzengerade auf, starrte darauf und wurde sich bewusst, dass er den Atem anhielt. Er atmete langsam aus, während der strahlende Kegel erneut durch seine Wohnung wanderte.

Sein geheimnisvolles Licht war zurückgekehrt – und das Muster war dasselbe wie schon bei den letzten Malen.

Er stand auf und während er zum Fenster hinüberging, kam ihm seine Idee, bei dem Licht handele es sich um eine Form von Hilferuf, plötzlich viel logischer vor. Es wirkte wirklich wie eine Art Signal.

Auch in dieser Nacht war es wieder warm und der Mond schien hell. Clayton spürte, wie eine sanfte Brise zu ihm hereinwehte. Er blickte in die Gasse hinunter und nahm eine Bewegung in den Schatten wahr. Sein Herz begann zu rasen. Was, wenn er recht hatte und dort unten wirklich jemand gefangen war, der versuchte, ihn zu erreichen?

Das entfernte Geräusch einer scheppernden Mülltonne drang zu Clayton in die Wohnung hinauf.

Als er sich in der Hoffnung, weitere Details ausmachen zu können, nach vorne beugte, blendete erneut ein Licht seine Augen.

Obwohl es kurz darauf wieder verschwunden war, schien es ihm in diesem Moment absolut sicher zu sein, dass der Ausgangspunkt des Lichts direkt vor ihm lag und nicht unten in der Gasse.

Wahrscheinlich nur ein paar Katzen, dachte er, als der Lärm nicht verstummte.

Er richtete seine Aufmerksamkeit wieder nach vorne.

Sein Fenster blickte wie das aller anderen Wohnungen auf dieser Seite des Gebäudes auf ein altes Lagerhaus, das schon seit Jahren leer stand. Das ZU VERMIETEN-Schild war schon länger durch Graffiti verunstaltet und die dunklen, leeren Räume boten hin und wieder Obdachlosen und Junkies ein kurzzeitiges Zuhause. Es war groß, dreckig, leer und hässlich. Nicht unbedingt der schönste Ausblick, den man sich vorstellen konnte, aber wenn man bedachte, in was für einer Mietskaserne er selbst wohnte, war er angemessen.

Das Licht schien aus dieser Richtung hinüberzuleuchten, aber Clayton konnte trotzdem nicht mit Sicherheit sagen, woher es genau kam. Da das Licht ständig an- und wieder ausging, konnte es von überall stammen.

Aber was steckt denn nun wirklich dahinter?

Clayton starrte so lange und angestrengt in die dunklen Fenster des Lagerhauses, dass seine Augen begannen, ihm Streiche zu spielen. Er bildete sich ein, die dunklen Umrisse einer Person zu sehen – einer Person, die in einem der Räume saß.

Clayton blinzelte und schüttelte den Kopf.

Mein Gott, jetzt habe ich schon Halluzinationen.

Er sah erneut in den Raum, in dem er glaubte, die dunkle Gestalt wahrgenommen zu haben, sah jedoch nichts als tiefe Schwärze.

Er lächelte.

Schon unglaublich, was dein Verstand so alles heraufbeschwört, wenn du in die Dunkelheit starrst.

Das Licht flackerte erneut auf und verschwand dann wieder.

Von oben hörte er die gedämpfte Stimme von Rose.

Scheint, als hätten wir eine weitere Nacht unbeschadet überstanden.

Mit einem Seufzen wandte Clayton sich vom Fenster ab. Er ging zurück zu seinem Bett und legte sich auf die Matratze.

Fragen wirbelten in seinem Kopf herum. Fragen, auf die er immer noch eine Antwort suchte, als er 20 Minuten später in den Schlaf sank.

Es war ein langer und öder Tag gewesen. Clayton hatte einen Spaziergang zum Laden gemacht und Schokolade, Kaffee, Brot, Zigaretten und ein paar Bier gekauft. Da er ziemlich knapp bei Kasse war, konnte er sich nur das Allernötigste leisten. Das einzig Interessante an diesem Tag war, dass er

Rose gesehen hatte. Sie hatte draußen an der Hauswand gelehnt und geraucht. Da Hal nicht dabei gewesen war, hatte Clayton angenommen, dass er oben in der Wohnung lag und schlief. Rose hatte ihn angelächelt, als er mit seinen Einkaufstüten die Stufen zur Eingangstür des Gebäudes hinaufgestapft war. Er hatte etwas Geistreiches sagen wollen, dann aber nur zurückgelächelt und ihr zugenickt. Er war noch nicht einmal stehen geblieben.

Ich bin ein Idiot, dachte er, als er nun in der Dunkelheit seines Apartments saß, eine Dose Coors Light in seiner verschwitzten Hand. *Da hab ich mal die Gelegenheit, mich mit ihr zu unterhalten, und was mache ich? Ich grinse nur wie ein Volltrottel und gehe weiter.*

Es war jedoch ein Trost, dass Rose ihn ebenfalls angelächelt hatte. Andererseits dachte er, dass sie eben so ein Mensch war – nett und freundlich und mit einem Lächeln für jeden, der ihr begegnete.

Trotzdem gefiel ihm der Gedanke, dass sich ihre Mundwinkel nach oben gezogen hatten, weil sie auf ihn stand. Dass sie ihm damit ein Zeichen gegeben hatte, heute Abend zu ihr nach oben zu kommen, wenn ihr Mann gegangen war.

Und genau das sollte ich jetzt auch tun, anstatt hier herumzusitzen und auf das Licht zu warten.

Clayton erschrak, als die Schritte anfingen. Er stieß ein nervöses Kichern aus.

Bumm, bumm, bumm, bumm ... Bumm, bumm, bumm, bumm ...

Er wusste nicht, warum er sich heute Nacht so angespannt fühlte. Er war ziemlich aufgekratzt, seit er Rose am Nachmittag gesehen hatte.

Er nahm einen Schluck und sah zum Fenster.

Sie ist aber auch echt heiß.

Er rief sich in Erinnerung, wie sie am Nachmittag

ausgesehen hatte – enges weißes Schlauch-Top und kurze, abgeschnittene Jeans.

Ein Glück, dass Sommer ist!, dachte er und wartete weiter.

Als das Licht noch immer nicht auftauchte, nachdem er Rose oben bereits ein paar Minuten lang gehört hatte, seufzte Clayton enttäuscht.

Wo ist es denn?

Er drehte sich um und sah auf die Uhr. Sie verriet ihm die Antwort. Es war erst 0:30 Uhr. Wenn er von den drei vergangenen Nächten ausging, würde sich das Licht erst um 0:50 Uhr zeigen.

Erst in 20 Minuten.

Rose war zu früh dran.

Die arme Frau, dachte Clayton. *Sie wird von Nacht zu Nacht nervöser.*

Er fragte sich, in welchem Zustand sie sich wohl nach einem Monat des Wartens und Auf-und-ab-Gehens befinden würde.

Vielleicht wäre sie dann ja wirklich dankbar für ein bisschen Gesellschaft. Immerhin hatte sie ihn angelächelt, also wusste sie ganz offensichtlich, dass er ebenfalls im Haus wohnte, und betrachtete ihn als freundlichen Nachbarn.

Ich kann nicht. Das bin ich nicht. Ich hab noch nie bei einer praktisch völlig Fremden geklingelt und sie gefragt, ob sie vielleicht gern ein wenig Gesellschaft hätte. Sie wird mich für verrückt halten oder noch Schlimmeres.

Trotzdem erregte ihn der Gedanke.

Bumm, bumm, bumm, bumm ... Bumm, bumm, bumm, bumm ...

Sie war ganz allein dort oben. Jung, wunderschön und verängstigt. Wahrscheinlich brauchte sie dringend einen starken Arm, der sie tröstete und wärmte, bis ihr Ehemann wieder nach Hause kam.

Er dachte an seine Unterhaltung mit Geoff am vergangenen Abend. Daran, was Geoff zu ihm gesagt hatte – *»Wieso gehst du nicht einfach zu Rose nach oben und leistest ihr Gesellschaft, bis Hal nach Hause kommt ...? Wenigstens hält sie dich dann nicht mehr mit ihrem Getrampel auf Trab.«*

Warum eigentlich nicht? Ich habe schließlich nichts zu verlieren.

Außer seinen Zähnen, falls sie ihrem Mann davon erzählte, wenn er nach Hause kam.

Aber er kommt frühestens in einer Stunde nach Hause. Stell dir das doch nur mal vor – eine ganze Stunde mit Rose. Ich muss endlich mal beweisen, dass ich Eier in der Hose habe, und hin und wieder was riskieren.

Er beschloss, dass es wert war, ein paar Zähne zu verlieren, wenn er dafür ein bisschen Zeit mit Rose verbringen konnte.

Clayton erhob sich und ging zur Tür. Er trug noch immer seine Jeans und sein T-Shirt und musste sich daher nicht umziehen. Er machte trotzdem einen Abstecher zum Bad, um sein Deo aufzufrischen und mit Mundspülung zu gurgeln, bevor er die Wohnung verließ.

Er öffnete die Tür einen Spaltbreit und lugte hinaus auf den düsteren Korridor. Alles war ruhig. Er trat hinaus, schloss die Tür hinter sich und schlich zur Treppe, die in den obersten Stock hinaufführte.

Eigentlich hätte er nicht so leise sein müssen, schließlich kamen und gingen im Haus die ganze Nacht über Leute – hier spielten sich noch ganz andere Sachen ab als Szenen, in denen ein Mann einer armen, hilflosen Frau zu Hilfe eilte –, aber er kam sich irgendwie hinterhältig vor und schämte sich sogar ein bisschen.

Schließlich war er unterwegs, um einer verheirateten Frau einen Besuch abzustatten.

Vorsichtig erklomm Clayton jede einzelne Stufe. Als er

das Ende der Treppe erreichte, war er erleichtert, dass ihm unterwegs keine nächtlichen Besucher begegnet waren.

Er wischte sich seine verschwitzten Handflächen an der Jeans ab und ging den Flur entlang.

Normalerweise wäre Clayton einer der Ersten gewesen, die sich über die schlechte Beleuchtung im Gebäude beschwerten, aber heute Nacht war er dankbar dafür.

Vor Apartment 612 blieb er stehen.

Ich bin gekommen, um dir zu helfen, Rose.

Aber auch seine guten Absichten konnten seine Nervosität nicht verbergen. Er blickte auf die Reihen aus Türen in seinem Rücken und erwartete, dass sich jeden Moment eine von ihnen öffnen, eine neugierige Nachbarin ihren Kopf herausstrecken und ihm sagen würde, er solle verdammt noch mal verschwinden. Ihr Mann sei nämlich Polizist und er solle bloß aufpassen, was er tat.

Er hob seinen Arm, klopfte aber nicht.

Ihm fiel wieder ein, dass er, falls er tatsächlich erfolgreich sein und Rose ihn einlassen sollte, sein Licht verpassen würde.

Komm schon, Clay. Was ist wichtiger? Mit einer schönen Frau zu schlafen oder irgendein komisches Licht zu beobachten?

Er kannte die Antwort, aber während er dort mit zum Klopfen erhobenem Arm im Korridor stand, erschien ihm die ganze Idee plötzlich furchtbar lächerlich und kindisch. Vielleicht würde jemand wie Geoff die Sache wirklich durchziehen können, aber Clayton war nicht wie Geoff und bis zu diesem Augenblick war er darüber eigentlich auch ganz froh gewesen.

Bumm, bumm, bumm, bumm ... Bumm, bumm, bumm, bumm ...

Die Schritte klangen gedämpft, hallten jedoch laut in Claytons Herz wider. Er wusste, dass er nie wieder zurückkehren würde, wenn er sich jetzt umdrehte. Dies war seine einzige Chance. Seine einzige Gelegenheit, mit jemandem zusammen zu sein, der so attraktiv war wie Rose. Verflucht, vielleicht würde er hinterher ja endlich wieder ein bisschen Schlaf finden.

Es war im besten Interesse aller, wenn er jetzt anklopfte.

Irgendwo unter ihm fiel eine Tür mit lautem Knallen ins Schloss.

Clayton zuckte erschrocken zusammen.

Es hatte wie die Haustür geklungen.

Clayton stellte sich vor, wie Hal früher nach Hause kam und die sechs Treppen erklomm. Er stellte sich vor, wie Hal die Wohnung betrat und ihn mit Rose im Bett erwischte. Und er stellte sich das unvermeidbare Blutbad vor, das sich an die Szene anschließen würde.

Sie geht immer noch auf und ab. Er hat noch nicht angerufen.

Clayton kam der Gedanke, dass Hal sie womöglich überraschen wollte. Dass er irgendwo angehalten und Blumen und Pralinen gekauft hatte.

Das war zu viel.

Clayton ließ seinen Arm sinken und seufzte.

Feigling.

Lieber ein gesunder Feigling, als ein verprügelter, aber befriedigter Mann, dachte er.

Clayton drehte sich um und eilte zurück ins Treppenhaus. Als er die Stufen hinunterstürzte, war ihm egal, wie viel Lärm er dabei machte.

Er wollte wieder in seiner Wohnung sein, bevor sein imaginärer Hal den fünften Stock erreichte.

Clayton begegnete niemandem, während er zu seiner Wohnung rannte. Er öffnete die Tür, trat in die vertraute Dunkelheit und fühlte sich sicher.

Er keuchte, schwitzte heftig und stellte fest, dass es bereits 0:52 Uhr war.

Bumm, bumm, bumm, bumm ... Bumm, bumm, bumm, bumm ...

Oben waren noch immer die Schritte zu hören. Sie waren genauso laut wie vorher, aber nun erinnerten sie Clayton an eine verpasste Gelegenheit. Er wünschte sich mehr als je zuvor, sie würden endlich aufhören.

Was die ganze Sache noch schlimmer machte, war, dass das Licht nirgends zu sehen war.

Clayton trat ans Fenster und schaute zu dem alten Lagerhaus hinüber. Die Uhrzeit stimmte, aber nirgendwo blitzte ein Licht.

Er fühlte sich traurig, so als habe er einen kleinen Teil von sich selbst verloren.

Trotzdem wartete er am Fenster, bis die Schritte aufhörten und er Rose über sich reden hören konnte.

Das Licht kehrte nicht zurück. Nun würde er niemals erfahren, was wirklich die Ursache dafür gewesen war.

Zu allem Überfluss schien er auch noch falsch damit gelegen zu haben, dass Hal früher nach Hause gekommen war, um Rose zu überraschen.

Ich hätte anklopfen sollen, dachte er.

Clayton kam sich vor wie ein Narr und ein Feigling, als er sich, enttäuscht von sich selbst, auszog und in sein Bett stieg.

Trotz allem, was passiert war – oder vielleicht gerade deswegen – schlief er beinahe sofort ein.

Obwohl er sich am nächsten Morgen wie gerädert fühlte, schaffte Clayton es, rechtzeitig für das Vorstellungsgespräch aufzustehen. Er duschte und rasierte sich, trank zwei Tassen Kaffee zum Frühstück und zog seinen einzigen anständigen Anzug an. Als er kurz noch einen kontrollierenden Blick in den Spiegel an seinem Kleiderschrank warf, gefiel ihm, was er sah.

Ich werd sie vom Hocker reißen.

Er griff nach seiner Aktentasche und ging zur Tür.

Er erlitt einen kleinen Schock, als er sah, dass der gesamte Flur voller Polizisten war. Einige von ihnen sprachen mit Bewohnern des Hauses, andere gingen die Treppe zum sechsten Stock hinauf oder hinunter und Clayton sah, dass am Treppengeländer ein gelbes Absperrband befestigt war.

»Clayton!«

Clayton drehte sich um und erkannte Herbert Jones. Herbert wohnte ebenfalls im fünften Stock und wusste immer gerne über alles Bescheid, was im Haus passierte.

»Mein Gott, ist das ein Zirkus hier«, sagte der alte Mann mit einem schiefen Grinsen und schüttelte den Kopf. Er trug noch immer seinen Morgenmantel.

Clayton starrte den kleinen, grauhaarigen Mann an. »Was zur Hölle ist denn hier passiert?«

»Hast du's etwa noch nicht gehört?«

Clayton schüttelte den Kopf.

»Die kleine Rose Hawkins wurde letzte Nacht ermordet.«

In Claytons Kopf drehte sich alles. »Ermordet? Rose?«

»Das hab ich doch grade gesagt. Sie wurde abgeschlachtet. Im Schlaf. Die Bullen glauben, dass es ein Serienkiller war. Du weißt schon, der Typ, der diese ganzen Frauen in ihren Wohnungen abgemurkst hat, während sie geschlafen haben.«

»Das glauben sie?«

Der alte Mann grinste und zeigte seine krummen, gelben Zähne. »Nee, eigentlich nicht. Aber *ich* glaube das. Und ich wette, ich habe recht.«

Clayton beobachtete das Geschehen wie durch einen Schleier: die umhereilenden Polizisten, die Aussagen aufnahmen und nach Spuren suchten. Es war alles so surreal.

»Ich wette, die Bullen werden auch mit dir reden wollen«, sagte Herbert.

»Hä?«

Clayton verfiel in Panik. Glaubten sie etwa, er habe es getan? Hatte ihn letzte Nacht doch jemand gesehen?

»Die Bullen. Die werden mit dir reden wollen. Ich meine, Scheiße, du wohnst doch direkt unter dem armen Mädchen.« Herbert beugte sich ganz dicht zu ihm heran. Er roch nach Schweiß und Kaffee. »Hast du denn letzte Nacht irgendwas gehört?«

Clayton schüttelte den Kopf und entspannte sich ein wenig. »Nein. Nur ihre Schritte.«

»Während sie auf Hal gewartet hat?«

Clayton nickte.

»Er hat sie gefunden. Furchtbar, zu Hause so was vorzufinden, was?«

»Ich hab gehört, wie sie mit ihm gesprochen hat«, fuhr Clayton fort, während seine Gedanken abschweiften und er an die letzte Nacht zurückdachte.

»Scheint so, als sei der Mörder in ihre Wohnung eingebrochen. Das muss gewesen sein, nachdem sie mit Hal gesprochen hat, aber bevor er nach Hause kam. Ich schätze, der Kerl muss sie beobachtet haben oder so. Ich meine, wie hätte er denn sonst wissen sollen, wann er einbrechen muss, um sie allein zu erwischen?«

»Dann bin ich eingeschlafen«, sagte Clayton und seine Stimme klang abwesend.

»Also eigentlich hättest du den Krach hören müssen, nachdem Hal heimkam. Mein Gott, das ganze Haus war voller Bullen und Sanitäter. Hast du davon gar nichts mitbekommen?«

»Nein.«

Herbert stieß einen Pfiff aus. »Junge, du hast echt einen tiefen Schlaf.«

»Na ja, ich war in letzter Zeit ziemlich müde. Wissen sie schon, wer's gewesen ist?«

»Das sind die Bullen. Was glaubst du wohl?« Herbert lachte. »Im Moment ist Hal ihr Hauptverdächtiger. Aber nicht, weil sie eindeutige Beweise hätten. Die übliche Routine eben. Sie reden schon den ganzen Vormittag mit allen hier im Haus, aber bisher haben sie noch keine Hinweise gefunden. Abgesehen von dem, den der Mörder hinterlassen hat. Scheiße, sie haben überhaupt nur einen Hinweis, weil der Mörder unvorsichtig war.«

»Was hat er denn hinterlassen?«

»Also, laut Mrs. Dally in Nummer 616 haben sie irgendeine Halskette gefunden. So ein altes Ding aus Glas. Hal behauptet, es gehöre weder ihm noch Rose. Deshalb denken sie, dass es der Mörder dagelassen hat. Natürlich geben die Bullen das nicht zu. Es hat einen Kampf gegeben, weißt du? Anscheinend hat Rose sich gewehrt wie …« Herbert unterbrach sich, als ein Polizist zu ihnen kam.

»Wer sind Sie?«

Es dauerte einen Moment, bevor Clayton klar wurde, dass der Polizist mit ihm sprach. »Clayton Patterson.«

»Wohnen Sie in diesem Apartment?«

Clayton nickte.

»Dann muss ich Ihnen ein paar Fragen stellen«, sagte der Polizist und klappte seinen Notizblock auf. Er warf Herbert einen Blick zu. »Würden Sie uns bitte entschuldigen, Sir?«

»Natürlich, Officer.« Herbert schlurfte davon und sein Morgenmantel flatterte hinter ihm her.

»Gut, mein Sohn. Wie war noch mal Ihr Name?«

»Ich komme zu spät zu meinem Vorstellungsgespräch«, sagte Clayton.

Der Polizist schnaubte und verzog einen Mundwinkel. »Das werden Sie ausfallen lassen müssen, mein Junge.«

Clayton ließ seine Aktentasche fallen. Sie prallte mit einem dumpfen Schlag auf den Boden und ihre Leere spiegelte seine eigenen Gefühle wider. »Ich wollte den Job sowieso nicht.«

Der Polizist nickte. »Ihren vollständigen Namen, bitte.«

Clayton sah auf seinen Wecker: 0:50 Uhr.

Er wartete. Als die Schritte ausblieben, stieß er einen Seufzer aus.

Nicht dass er sie erwartet hatte.

Trotzdem fehlte ihm jetzt etwas. Es war zu still. Es schien, als habe er sich bereits an das allnächtliche Ritual gewöhnt.

Er blickte zum Fenster des alten Lagers hinüber, beobachtete den Strahl des Mondlichts, der eine helle Linie in sein Apartment zeichnete. Auch das blinkende Licht war nirgends zu sehen.

Und es würde auch nie zurückkehren, das wusste Clayton.

Es war erloschen genau wie das Leben von Rose.

Clayton zitterte trotz der warmen Brise, die durch das offene Fenster hereinwehte. Und obwohl er völlig erschöpft war, würde er heute Nacht keine Erholung finden.

NOTIZEN ZUR ENTSTEHUNG:

Ich bin ein großer Fan von Mystery-Kriminalgeschichten und Magazinen wie *Ellery Queen* und *Alfred Hitchcock*. Ich habe diese Geschichte mit der Absicht geschrieben, sie bei *Ellery Queen* einzureichen. Das ist ein hart umkämpfter Markt – und tatsächlich: Ein paar Monate später erhielt ich ein erstes Ablehnungsschreiben des legendären Magazins. Aber nur kurze Zeit später trat Eric von Nocturne Press an mich heran und fragte mich, ob ich ihm eine Erzählung für die erste Ausgabe von *Post Mortem* anbieten könnte. Diese Geschichte war in meinem Kopf noch ganz frisch, also habe ich sie ihm geschickt. Sie gefiel ihm und er hat sie gekauft.

Der ewige Kreis

(The Cycle)

Es war vermutlich das Unglaublichste und Groteskeste, was er jemals gesehen hatte.

Auf dem Schild stand: *Überfahrene Tiere zu verkaufen. Gut und frisch.*

Das allein war schon grauenhaft genug, doch das, was in nicht besonders liebevoll dahingepinselten Buchstaben in verblassender roter Farbe danebenstand, empfand Craig als noch makabrer: *Seelen zu verkaufen.*

Craig Becker trug nur eine Jeans und eine Baseballmütze, als er aus seinem staubgelben Jeep Cherokee stieg – seine Klimaanlage hatte vor ein paar Tagen in der Nähe von Montgomery den Geist aufgegeben. Er wischte sich mit seinem schwarzen Easy-Rider-T-Shirt, das nach langen Autofahrten, billigen Motels und, passenderweise, Gras roch, den Schweiß vom Gesicht. Sein Körper war braun gebrannt und trotz der Speckfalten, die an den Seiten über seine Jeans quollen, und den allmählich ergrauenden Löckchen auf seiner Brust noch ganz passabel in Form.

Craig warf sich das feuchte T-Shirt über Nacken und Schultern, um beides vor der brennenden Sonne zu schützen. Dann trottete er durch den Kies auf den Stand am Straßenrand zu. Der beißende Gestank von totem Fleisch hing schwer in der Luft.

Im Gegensatz zu dem, was das Schild versprach, sahen die überfahrenen Tiere weder gut noch frisch aus: Fliegen umschwirrten die Ansammlung toter Opossums, Füchse, Rehe und anderer Kadaver und summten über die zahlreichen Blechdosen hinweg.

»Tagchen«, begrüßte ihn der Mann, der hinter dem Stand saß, in einem Singsang, der für die Südstaaten typisch war.

»Tag«, grüßte Craig zurück. »Heiß heute.«

Der Mann erhob sich, sah in den leuchtend blauen Himmel und nickte. »Schätze schon. Was kann ich für Sie tun?«

Der Mann war klapperdürr und hässlich. Nicht hässlich im Sinne von »dank Inzucht vollkommen missgebildet«, wie Craig es schon in unzähligen Filmen gesehen hatte, sondern schlicht und einfach hässlich im Sinne von »Der arme Mistkerl hat den Kürzeren gezogen. Der sieht ja aus, als habe man einen Affen mit einem Wiesel gekreuzt, und keine Frau, die noch halbwegs klar sehen kann, würde dem jemals zu nahe kommen«.

»Hab Ihr Schild gesehen. Dachte, ich halte mal und guck mir das an. So was wird ja nicht alle Tage zum Verkauf angeboten.«

Der Mann verzog seine dünnen Lippen und entblößte die gelben Stummel seiner Zähne. »Nein, ich schätze, so was finden Sie eher nicht daheim in … England?«

Craig schüttelte den Kopf. »Richtiger Stammbaum, falsches Land. Australien, Melbourne.«

»Aus…tra…li…en«, wiederholte der Mann dümmlich. »Was führt Sie denn in diese Gegend? Von hier sind's bestimmt 1000 Meilen bis zum Grand Canyon.«

»Ich bin kein Tourist«, sagte Craig und zeigte auf seine Kappe. »Ich bin ein ganz normaler Typ.«

Der rattenartige Mann kniff die Augen zusammen und schaute auf seine Baseballmütze. »I love Bush«, las er. »Soll das 'n Scherz sein oder so was? Wer is' Bush?«

Ach du lieber Himmel, dachte Craig, lächelte aber dennoch und sagte: »Das ist ein Wortspiel. Sie wissen schon … George Bush … nicht wie in ›Busch‹, also, dem weiblichen …« Craig entnahm dem leeren Blick des Mannes, dass er zwar verdammt noch mal eine Menge über überfahrene Tiere wusste, dass das aber wohl auch schon alles war, womit er sich auskannte. »Wie dem auch sei«, fuhr Craig fort und ließ seinen Blick über die Ansammlung toter Tiere schweifen, »ich fahre quer durch Amerika. Sie wissen schon, die große Odyssee. Ich versuche, das *wahre* Amerika zu finden, genau wie Peter Fonda und Dennis Hopper.« Craig griff nach seinem T-Shirt, entschied sich dann aber dagegen. Wenn der Typ noch nicht mal wusste, wie der amtierende Präsident seines eigenen Landes hieß, dann hatte er ganz sicher keine Ahnung, wer …

»Meinen Sie wie in diesem Film *Easy Rider?*«

»Ganz genau«, erwiderte Craig überrascht. »Nur dass ich in einem Jeep durchs Land fahre, nicht auf einer Harley. Längst nicht so romantisch, aber, Scheiße, ich will ja auch nicht sterben, bevor ich alles gesehen habe. Ich will ja nicht überfahren …« Craig schluckte. »Ich bin übrigens Craig.«

»Almus«, erwiderte der Mann. »Haben Sie Hunger?«

Craig hatte seit den Eiern mit Speck am Morgen nichts mehr gegessen. Er aß beides nicht besonders gerne, aber in dem Diner – *Patty's Good Eat In* – hatte es kaum etwas anderes gegeben, das nicht frittiert war oder das er ohne Wörterbuch hätte identifizieren können.

»Sicher«, antwortete er. »Haben Sie hier irgendwo was auf dem Grill liegen oder was?« Craig sah an dem Stand vorbei in die Wälder, konnte jedoch nirgendwo ein Haus erkennen.

»Nein«, quiekte Almus beinahe. »Ich hab gemeint, ob Sie vielleicht eins von den überfahrenen Tieren kaufen wollen.«

Craig drehte sich der Magen um. Meinte der Typ das etwa ernst?

Ein Schrei in der Ferne unterbrach Almus' kurzen Lachanfall. Es hatte nach einer Wildkatze oder nach einem Wolf geklungen. Almus warf einen Blick über seine Schulter. Als er sich wieder umdrehte, wirkte er verstört. »Tschuldigung«, sagte er schließlich. »Ich wollte Sie nicht auslachen.«

»Vergessen Sie's. Dann kaufen die Leute die toten Tiere hier also … um sie zu essen?«

»Natürlich. Wozu denn sonst?«

Craig dachte einen Augenblick lang darüber nach. »Um sie auszustopfen und irgendwo hinzustellen?«, bot er an.

»Die kann man prima essen. Sie wären überrascht, wie schmackhaft die Viecher sind. Und sie sind ein gutes Geschäft. Ihre Anschaffung kostet mich überhaupt nichts. Ich warte einfach, bis irgendein Tier überfahren wird, dann kratz ich's von der Straße ab, mach's ein bisschen sauber und verkauf es.«

»Verkaufen Sie viele davon?«

»Ich bin zufrieden.« Er drehte sich zu den aufgereihten Kadavern um, jeder von ihnen flach wie ein Pfannkuchen mit schlaff herunterhängendem Schwanz, blutigem Fell und toten, starren Augen. »Also, ich hab hier 'nen Fuchs, 'nen Biber, 'ne Wildkatze, Rehe …«

»Danke. Aber nein, danke«, unterbrach ihn Craig, dem die heiße Nachmittagsluft allmählich das Atmen erschwerte. Alles, was er riechen konnte, war bratendes Fleisch. »Ich bin auf einmal gar nicht mehr so hungrig.«

Almus zuckte mit den Schultern. »Wie Sie meinen.« Ein funkelnder Glanz stahl sich in seine ansonsten eher glasigen Augen. Er stellte sich hinter den Tisch, der neben seinem Angebot an überfahrenen Tieren postiert war. Craig folgte ihm. »Hätten Sie dann vielleicht Interesse an einer von denen?«

Blechdosen in den unterschiedlichsten Größen standen übereinandergestapelt auf dem abgesplitterten Tisch. Insgesamt waren es etwa 20: Die Kleinste hatte ungefähr die Größe einer Kaffeedose, die Größte erinnerte an eine Farbdose. Die meisten von ihnen waren verrostet und mit

Dellen übersät. Auf einigen klebten noch immer die Etiketten, auch wenn die meisten Markennamen verblasst waren. Von denen, die Craig noch entziffern konnte, hatte er noch nie etwas gehört.

»Sind das die Seelen?«, fragte Craig.

Almus nickte und der Glanz in seinen Augen flackerte noch deutlicher auf.

Dieser Mann hatte etwas äußerst Seltsames an sich – und es war nicht allein die Tatsache, dass er etwas schlicht wirkte oder irgendwo in Nirgendwo, USA, überfahrene Tiere und Seelen am Straßenrand verkaufte. Craig spürte, dass noch mehr dahintersteckte. Eine tiefere Intelligenz, die er verzweifelt zu verbergen versuchte.

»Wenn ein Tier stirbt, dann entweicht seine Seele aus dem Körper und schwebt in den Himmel hinauf … oder hinunter in die Hölle, je nachdem, was Gott für richtig hält. Aber wenn man schnell genug ist, kann man die Seele der toten Kreatur einfangen. Aber man muss wirklich sehr schnell sein, sonst verpasst man den richtigen Moment. Und man muss genau wissen, wie man sie einfangen kann.«

»Und Sie wissen das?«

»Ich hab schließlich die hier, oder nicht?«

Craig betrachtete erneut das Sortiment von aufgestapelten Blechdosen und konnte sich das Lachen kaum verkneifen. Er war fasziniert von dem Mann und davon, was sein bizarrer Verkaufsstand symbolisierte. Dies war Kapitalismus in seiner primitivsten Form. *Yes, Sir!* Er hatte definitiv den Geist Amerikas gefunden.

»Und wessen Seelen sind das?«

»Die meisten stammen von den überfahrenen Tieren hier.«

»Kann ich eine sehen?«

Almus schüttelte den Kopf. »Leider nein. Sie müssen erst eine Dose kaufen, bevor Sie sie öffnen dürfen. So eine Seele ist eine mächtige Sache. Da steckt eine Menge Kraft drin. Das hier mögen vielleicht nur die Seelen einfacher Tiere sein, aber es sind trotzdem Seelen.«

»Und was macht man damit?«

»Kaufen Sie eine und finden Sie's raus.«

Natürlich war das alles völliger Unsinn. Craig wusste, dass das nur eine clevere, wenn auch sehr morbide Masche war, dummen und ebenso morbiden Touristen ihr Geld aus der Tasche zu ziehen. Während seiner zweimonatigen Fahrt durchs Land hatte er schon Straßenhändler gesehen, die in Flaschen abgefüllte Luft verkauften. Oder Wasser, das angeblich Krebs heilte. Und sogar Locken vom Schamhaar angeblicher Jungfrauen. In einem Land, in dem man wirklich alles kaufen konnte und nichts zu absurd war, war der Einfall, die Seelen toter Tiere zu verticken, nur eine weitere Variante, auch das letzte Quäntchen Milch und den letzten Tropfen Honig aus dem reichen, schier endlosen Vorrat herauszuquetschen.

Craig konnte allerdings gut auf das verrottende Aas verzichten, das hier zum Verzehr angeboten wurde …

Die Leute kaufen doch nicht wirklich diese Tiere, um sie zu essen ...

Der Gedanke, dass man Seelen einfangen und einsperren konnte, um sie dann am Straßenrand zu verkaufen, war allerdings ebenso verblüffend wie grauenhaft. *Was für ein Hirn denkt sich nur so etwas aus?,* fragte sich Craig. *Entweder ein wirklich cleveres oder irgendein wirrer Junkie, der ernsthaft glaubte, er biete das Wesentliche des Lebens selbst zum Verkauf an.* Craig hatte sich noch nicht entschieden, in welche Kategorie er Almus einsortieren musste.

»Sind Sie verheiratet?«

Craig blickte in Almus' altes Gesicht. »Nein. Ich meine, das war ich, aber meine Frau ist … tot.«

Der Schmerz schien Craigs Brust zu zerreißen.

Es tut mir leid, Rachel.

»Ich dachte nur, dann hätten Sie ja auch eine für Ihre Frau kaufen können. Wäre doch ein schönes Geschenk gewesen.«

»Ich habe auch keine Kinder.«

Und das ist auch besser so, dachte er. *Es wäre furchtbar gewesen, wenn sie mit Rachel das hätten durchmachen müssen, was ich durchmachen musste.*

Craig war unangenehm berührt, weil Almus Erinnerungen heraufbeschworen hatte, die er mit größter Anstrengung zu verdrängen versucht hatte – Erinnerungen, wegen derer er unzählige Meilen durchs Land gefahren war, um sie hinter sich zu lassen. Er entschied, dass es nun wieder Zeit für ihn war, sich auf den Weg zu machen. Er fischte den Geldbeutel aus der Gesäßtasche seiner Jeans. »Wie viel kostet so eine Dose?«

»Kommt auf die Seele an. Je größer die Dose, desto größer das Tier und desto größer und mächtiger auch die Seele.«

Craig ließ seinen Blick über die Blechdosen-Sammlung schweifen. Er blieb an der großen Dose hängen. »Die Große da, was war das für ein Tier und wie viel kostet die?«

Wenn er schon eine kaufen würde, wieso dann nicht gleich das Maximum aus dem Geschäft herausholen? Er konnte es sich leisten und der Typ sah aus, als könne er das Geld gebrauchen.

Almus holte langsam seufzend Luft. Als er lächelte, zitterten seine Lippen. »Freut mich, dass Sie fragen.«

Ein Heulen, lang und sorgenvoll, schnitt durch die stille Nachmittagsluft wie eine Klinge durch Fleisch. Es jagte Craig einen eiskalten Schauer über den Rücken.

Er bemerkte Almus' Grinsen und als das Heulen verstummte, sagte der Alte: »Diese Dose enthält die mächtigste Seele von allen. Sie ist menschlich.«

Craig erbleichte. »Menschlich? Wollen Sie damit sagen, sie stammt von einer richtigen, echten Person? Einem menschlichen Wesen?«

»Genau das.«

Das trieb das Spielchen dann doch ein bisschen zu weit, aber Craig musste trotzdem nachhaken: »Und wo ist die Leiche?«

»Schon lange weg«, antwortete Almus. »Außerdem wäre das absolut geschmacklos, hier einen Menschen aufzuhängen, so als sei er nur irgendein überfahrenes Tier.«

Craig musste beinahe lachen.

Geschmacklos? Schau dich hier doch mal um, Kumpel.

Er schätzte, dass es eigentlich keine Rolle spielte, was sich angeblich in der Dose befand – schließlich war die ganze Sache ohnehin purer Unfug. Er machte sowieso nur zum Spaß bei diesem Spielchen mit – nicht, weil er ernsthaft glaubte, dass die Dose irgendwelche magischen Kräfte enthielt.

Verdammt, wenn da wirklich eine menschliche Seele drinsteckt, vielleicht könnte ich sie dann mit nach Hause nehmen und sie Rachel geben. Vielleicht hilft ihr das ja. Craig spürte ein Stechen des Bedauerns. *Nicht komisch,* ermahnte er sich.

»Okay, wie viel?«

»Zwan… 30 Dollar.«

Craig war daran gewöhnt, um Preise zu feilschen. Zu Hause arbeitete er in einem Gebrauchtwagenhandel und er hatte sein Verhandlungsgeschick während seiner Reise quer durch die USA schon unzählige Male unter Beweis stellen können. Diesmal entschied er jedoch, sich nicht damit aufzuhalten. Schließlich waren 30 Dollar ein guter Preis für eine menschliche Seele.

Craig reichte Almus das Geld.

Almus bedankte sich und übergab Craig die Blechdose.

Sie war schwerer, als er erwartet hatte.

»Tja, ich schätze, das war's dann«, verkündete Craig und klemmte sich die Dose unter den Arm.

»Und vergessen Sie nicht: Eine Seele ist eine mächtige Sache«, zwinkerte Almus ihm zu.

»Richtig«, erwiderte Craig. »Ich werde vorsichtig sein.«

»Sie haben die richtige Wahl getroffen. Ich glaube, Sie werden sehr glücklich damit sein.«

Ich werde sie benutzen, um unterwegs reinzupinkeln, aber trotzdem danke.

»Sind Sie sicher, dass Sie keins von den überfahrenen Tieren kaufen wollen? Ich mach Ihnen 'nen Sonderpreis. Ich hab hier ein ganz frisches Exemplar, das erst heute Morgen getötet wurde. Hier in der Gegend gibt's nicht viel Auswahl, was das Essen angeht, und es wird bald dunkel. Wenn Sie irgendwo campen wollen, hätten Sie vielleicht gern ein bisschen frisches Fleisch.«

Craig hatte tatsächlich vor, heute Nacht zu campen. Er hatte ausreichend Vorräte im Jeep, die er nach seinem Frühstück im *Patty's* in einem Laden gekauft hatte – ein bisschen Trockenfleisch, Käse und ein paar Cracker, einen Schokoriegel und ein Sixpack Bier – aber ein Stück Fleisch klang wirklich verdammt verlockend. Craig warf einen letzten Blick auf die von Fliegen übersäten Kadaver, stellte sich vor, wie er den Fuchs über dem Lagerfeuer grillte und wusste, dass er das einfach nicht fertigbringen würde.

»Tut mir leid. Vielleicht nächstes Mal.«

Almus lächelte ihn an und nickte.

Es war ein hinterhältiges Lächeln, in dem einige Geheimnisse zu lauern schienen.

Zum zweiten Mal, seit er an diesem Straßenstand angehalten hatte, machte sich in Craig ein Gefühl breit, dass der Verkäufer mehr wusste, als er sagte.

Das ist nur die Hitze, redete sich Craig ein, drehte sich um und ging zu seinem Jeep zurück. *Die grillt dein Gehirn.*

Trotzdem konnte er den Gedanken an Almus und sein Lächeln nicht abschütteln, auch nicht, als er bereits sehr weit von den toten Tieren und den billigen Seelen entfernt war.

Die Sonne ließ den Horizont in rosafarbenem Glanz erstrahlen. Die Welt bereitete sich auf die nächtliche Ruhe vor und Almus saß noch immer hinter seinem Stand. Und wartete.

Es war schon Stunden her, dass der Mann in seinem schicken Jeep über den verlassenen Highway verschwunden war, ohne zu wissen, was sich tatsächlich in seinem Besitz befand. Wie lange würde er noch damit warten, die Dose zu öffnen? Selbst wenn der Mann aus Australien nicht glaubte, dass das, was sich in der Dose befand, tatsächlich echt war, musste die menschliche Neugier inzwischen doch überhand genommen haben.

Das Warten brachte Almus beinahe um. Nicht wörtlich natürlich, aber der bittere Schmerz, den er bereits seit Tausenden von Sonnenuntergängen durchlitt, war nichts im Vergleich dazu, nun untätig abwarten zu müssen.

Hoffentlich würden die Schmerzen heute Nacht ein Ende finden.

Als die Sonne durch den Mond ersetzt wurde, entzündete Almus die Gaslaterne und die violette Landschaft versank in schwarzer Finsternis. Er brauchte das Licht nicht mehr, da er nun nicht mehr darauf angewiesen war, dass vorbeifahrende Autos sein Schild wahrnahmen – nicht dass auf diesem Abschnitt des Highways überhaupt noch irgendwer vorbeikam. Der Mann war wirklich ein absoluter Glücksfall für ihn gewesen. Aber das Licht schreckte die Bestien ab, zumindest bildete er sich das ein.

Als die Mücken begannen, das Licht zu umschwärmen,

sah Almus auf die zusammengeknüllten Geldscheine hinunter, die vor ihm auf dem Tisch lagen: ein Zwanziger und ein Zehner. Er lächelte.

Er war der Ansicht gewesen, 30 klänge nach einem fairen Preis. Der Mann schien bereit gewesen zu sein, diesen Preis zu bezahlen.

Mehr als bereit, dachte Almus und fragte sich, was der Mann wohl zu verbergen hatte. Vor welchem Kapitel aus seiner Vergangenheit er davonzulaufen versuchte.

Es hatte irgendetwas mit seiner Frau zu tun, da war Almus sich sicher. Tot? Nein. Sie war nicht tot, das spürte Almus. Er hatte schon viele Menschen gesehen, während er hier am Straßenrand gesessen hatte, aber keiner von ihnen hatte gekauft, was der Mann gekauft hatte. Nur eine ganz besondere Art von Mensch tauschte seine Seele ein: leidende, verlorene Menschen.

Mit Schmerzen kannte Almus sich nur allzu gut aus.

Nicht mehr lange, hoffte er.

Er machte sich keine allzu großen Sorgen. Er wusste, dass der Mann die Dose letzten Endes öffnen würde.

Neben dem Geld, mit dem der Mann bezahlt hatte, lag ein weiterer Zehn-Dollar-Schein. Nur dass er sehr viel älter war: Alexander Hamilton verblasste bereits und Knicke durchzogen das grüne Papier wie Risse einen zerbrochenen Spiegel. Ein Erinnerungsstück. Als hätte Almus wirklich noch eines gebraucht.

Damals war alles viel billiger, dachte Almus melancholisch.

Er hatte dem Mann aus Australien wirklich den perfekten Hinterwäldler vorgespielt. Almus war vielleicht nicht unbedingt das, was man einen Intellektuellen nennen würde, aber er war auch nicht der Trottel, für den der Mann ihn nun vermutlich hielt. Es war einzig und allein um den Verkauf gegangen und Almus hatte ganz genau gewusst, was er tun und sagen musste, um ihn abzuschließen, ohne den Mann zu nötigen, die Blechdose zu kaufen.

Die Nacht hatte ihren schwarzen Mantel inzwischen vollständig ausgebreitet und die Bestien begannen wie aufs Stichwort mit ihrem Kanon: Die Wölfe jaulten, die Füchse bellten, die Eulen riefen und die Grillen zirpten.

»Ich höre euch«, gab Almus zurück. »Quält mich, solange ihr wollt, ich werde nicht klein beigeben.«

Er konnte es spüren – sie alle wussten, dass er noch heute Nacht gehen würde.

Und er nahm wahr, dass ihn hinter dem Schein der Lampen 1000 Augen anstarrten, die ihn hassten und ihn verfolgten.

Sie wünschten sich, das zu haben, was er hatte. Oder besser gesagt: dass der Mann stattdessen eine ihrer Dosen gekauft hätte.

Almus blickte zu den über ihm hängenden, mit Insekten bedeckten Kadavern empor.

Das Gejaule, Heulen und Zischen klang wie eine Symphonie der Verachtung, aber sie konnte Almus nichts mehr anhaben. Genau wie den ständigen Schmerz, der immer wieder durch seinen ausgezehrten Körper schwappte, würde er auch sie schon sehr bald los sein.

Die Stelle an seinem Hinterkopf, an der ihn die Kugel getroffen hatte, bereitete ihm den größten Kummer. Aber auch der Rest seines Körpers, der von einem Auto überfahren worden war, machte es ihm schier unmöglich, sich zu bewegen, ohne dass ein entsetzlicher Schmerz hindurchschoss. Es gab nichts, was er gegen diesen Schmerz tun oder einnehmen konnte. Alles, was ihm blieb, war das, was er nun schon seit mehr als 30 Jahren tat – er wartete.

Craig öffnete eine Dose Coors Light und nahm einen dringend benötigten Schluck.

Das Bier war für seinen Geschmack zu warm, aber es half, der schmerzlichen Erinnerung, die Almus unwissentlich heraufbeschworen hatte, den Stachel zu ziehen. Außerdem würde ihn nach einem halben Dutzend Dosen nicht mehr interessieren, ob es lauwarm war oder nicht.

Überfahrene Tiere zu verkaufen. Gut und frisch.

Seelen zu verkaufen.

Mein Gott, dachte Craig.

Rachel.

Gottverdammt.

Er musste aufstoßen. Sein Rülpsen schmeckte nach einer Mischung aus Trockenfleisch, Käse und Snickers – das beinahe komplett geschmolzen gewesen war – und er trank einen weiteren Schluck von seinem Bier. Sein Zelt war aufgebaut und er hatte etwas gegessen. Als die Nacht kühler geworden war, hatte er ein Feuer auf der kleinen Lichtung angezündet, über die er auf der Suche nach einem guten Platz für sein Nachtlager gestolpert war. Es gab nun nichts mehr für ihn zu tun – außer seine Erinnerungen zu ertränken und zu versuchen, ein wenig Schlaf zu finden.

Die Kreaturen der Nacht riefen einander etwas zu, dessen Bedeutung nur sie allein entschlüsseln konnten. Für Craig klangen ihr Gejaule und ihr Geheul wie höhnisches Gelächter. Irgendwie schienen sie über Rachel Bescheid zu wissen. Darüber, was aus ihr geworden war und wie er sie im Stich gelassen hatte. Sie wussten von seinem Zwischenstopp bei Almus. Von der Blechdose, die er gekauft hatte. Von dem hinterhältigen Grinsen auf dem schweinehässlichen Gesicht dieses Hinterwäldlers, das Craig auch jetzt noch verfolgte, wenn er in die orangefarben züngelnden Flammen starrte.

30 Mäuse! Die Tiere unterhielten sich lachend. *Der australische Trottel hat 30 Dollar für eine leere Blechdose bezahlt. Ha! Was wollte er denn damit bloß beweisen? Für wen hat er sie denn wirklich gekauft? Für sich selbst? Wohl kaum. Was hat er sich nur dabei gedacht? Was für ein Narr. Ha!*

Es war alles die Schuld dieses Hinterwäldlers. Ihn zu fragen, ob er verheiratet sei. Wen außer Craig ging das bitte etwas an? Er hatte eben erst begonnen, sich sein Leben zurückzuerobern. Es gefiel ihm unterwegs zu sein – ohne Verantwortung, ohne Arbeit, ohne Frau …

Nun war all das vorbei. Nur wegen Almus.

Woher hätte er es auch wissen sollen?, dachte Craig. *Er wusste nichts über Rachel, darüber, wie sie sich verändert hatte. Wusste, nicht was für ein Mensch sie einst gewesen war.*

Craigs Kehle schnürte sich zusammen, als er sich an ihr Lachen erinnerte – ein süßes Kichern, das sich erst langsam zu einem herzhaften Ausbruch steigerte.

Er trank sein Bier aus und wischte sich mit der Hand über die Augen.

Das Lachen war seltener erklungen, als die manischen Episoden ihr Leben allmählich überschatteten. Oh sicher, die Ärzte hatten behauptet, sie sei nicht manisch und leide auch nicht an Demenz.

Trotzdem konnten sie ihre gewalttätigen, beleidigenden Ausbrüche nicht erklären. Oder ihre hasserfüllten Tiraden, durchzogen von Flüchen und Schimpfwörtern, die sie früher nie benutzt hatte.

Ihre gesamte Sicht auf das Leben hatte sich verändert. Die Menschen in ihrer Umgebung, diejenigen, die sie am meisten liebten, wurden zu ihren Feinden – jedenfalls in ihrer Vorstellung.

Craig war die Zielscheibe für den Großteil ihres Hasses.

»Ich wünschte, ich hätte dich nie kennengelernt«, brüllte

sie dann. *»Du verfluchter, beschissener Wichser! Unser Sohn wäre nicht gestorben, wenn ich dir niemals begegnet wäre!«*

Irrational.

Ihr gemeinsamer Sohn war bei der Geburt gestorben. Die folgenden Jahre waren für sie beide schwer gewesen, aber ihre Liebe hatte sie wie Superkleber zusammengehalten.

Bis zu ihrer Veränderung.

Eine Veränderung, die Craig zu ertragen, zu verstehen und zu akzeptieren versucht hatte.

Aber er hatte es nicht geschafft. Er war einfach nicht stark genug gewesen.

Wäre die Veränderung ihrer Persönlichkeit das frühe Symptom eines Hirntumors gewesen, er wäre bei ihr geblieben.

Sie hatte sich untersuchen lassen. Kein Krebs.

Abgesehen von ihrer Persönlichkeitsveränderung ging es ihr gesundheitlich ausgezeichnet.

Es war, als sei sie über Nacht zu einem anderen Menschen geworden. Als sei die Rachel, die es einst gegeben hatte, tot.

Deshalb hatte Craig sie verlassen und war nach Amerika gereist, um von all dem wegzukommen … um von ihr wegzukommen. Er wollte eine größtmögliche Distanz und da erschien es ihm als die beste – wenn auch vielleicht nicht die richtige – Lösung, in ein anderes Land zu reisen.

»Ich musste mich selbst finden, genau wie in dem Film«, erklärte Craig den Bäumen.

Allmählich beschlich ihn jedoch der Gedanke, dass er nach mehr suchte als nur nach Freiheit.

Nach einer alten Blechdose zum Beispiel?

Craig lugte zum Jeep hinüber, der drei Meter entfernt von ihm parkte.

»Was soll's?«, sagte er und stand auf.

Er öffnete die Hintertür und fand die zerbeulte Dose versteckt zwischen all dem Müll, den er bislang unterwegs angesammelt hatte. Er war erneut überrascht, wie schwer sie war, selbst für eine Dose dieser Größe. Craig machte die Tür des Jeeps wieder zu und ging zurück ans Feuer.

Er setzte sich auf einen Baumstamm und hielt die Dose in seinen Händen. Neugierig, aber noch immer unsicher, ob er sie öffnen sollte.

Da ist nichts drin, sagte er zu sich. *Warum machst du sie also nicht einfach auf?*

Er schenkte Almus und seinem ganzen Gerede über eingesammelte Seelen, die man einfangen konnte, bevor sie aus dem Körper entflohen, keinen Glauben. Aber der Mann hatte etwas Ungewöhnliches an sich – dieses Lächeln, diesen wissenden Glanz in seinen Augen –, das Craig einfach nicht richtig einordnen konnte.

Hatte Almus ihm wirklich eine leere Blechdose verkauft?

Dann überlegte er: Was, wenn sich darin irgendetwas befand, das nur darauf wartete, sich mit tödlichen Klauen auf ihn zu stürzen? Oder auf acht haarigen Beinen über ihn hinwegzukrabbeln? Oder ihm mit einem tödlichen Stachel einen Stich zu versetzen?

Er war hier draußen ganz allein, meilenweit von der nächsten Stadt, einem Arzt oder einem Krankenhaus entfernt. Das Einzige, das hier draußen einem Stück Zivilisation gleichkam, war – soweit Craig wusste – Almus mit seinem Verkaufsstand an der Straße.

Kein sehr tröstlicher Gedanke.

Craig konnte sich nicht daran erinnern, neben dem Stand ein Auto oder wenigstens ein Fahrrad gesehen zu haben.

Entweder wohnte der alte Kauz in der Nähe oder er musste einen langen Fußweg auf sich nehmen, wenn er zur Arbeit ging.

Craig hielt den Deckel ganz fest und schüttelte die Dose. In ihrem Inneren klapperte nichts.

Er stieß ein nervöses Seufzen aus. *Ist wirklich leer.*

Er kicherte.

Er stellte die Dose ab, beugte sich nach vorne und schnappte sich eine neue Bierdose. Er öffnete sie und leerte sie mit großen Schlucken, während er dem prasselnden Feuer und den Schreien der Tiere lauschte.

Kein Gelächter mehr, dachte Craig. Ihre Schreie klangen nun intensiver, fast lockend.

Sie wollten, dass er die Dose öffnete.

Danach hast du die ganze Zeit gesucht, schienen sie ihm zuzurufen. *Du hast dafür bezahlt, warum machst du sie nicht auf? Sie gehört dir. Bist du denn kein bisschen neugierig?*

Vielleicht hält sie ja ein paar Antworten für dich bereit. Du willst Rachel doch hinter dir lassen, nicht wahr?

Öffne sie und finde es heraus.

»Ach, drauf geschissen«, murmelte Craig, tauschte in seiner Hand Bierdose gegen Blechdose und öffnete den Deckel.

Ein fauler Geruch, eine Mischung aus Sumpfgas und totem Fleisch, strömte Craig entgegen und legte sich wie eine dichte Wolke um seinen Kopf.

»Igitt!«, keuchte er und warf die Dose auf den Boden. Sie rollte auf das Feuer zu. Craig wollte nicht, dass sie in den Flammen landete. Er sprang auf, aber die Dose blieb vor dem Feuer liegen.

Der Gestank verzog sich nicht.

Craig wandte sich von den Flammen ab und würgte. Er hatte Angst, bereits zu viel von dem eingeatmet zu haben, was er aus der Dose befreit hatte – was immer das auch gewesen sein mochte.

Aber wie viel ist wohl zu viel? Scheiße, ich weiß ja noch nicht mal, was es ist, was ich da inhaliert habe. Chemikalien? Gefährliches Gas? Die Überreste von verschimmeltem Käse?

Er spuckte Schleimklumpen auf den Boden und wusch sich anschließend das Gesicht mit dem übrig gebliebenen Bier ab. Er konnte den ranzigen Geruch noch immer riechen und auf der Zunge schmecken.

Ich habe 30 Dollar für eine giftige Dose ausgegeben!

Das würde er Almus heimzahlen. Er würde zurück zu diesem Straßenrand fahren, sämtliche Dosen öffnen und Almus' abstoßende, geldgierige Fresse in jede einzelne seiner faulig riechenden Dosen drücken, bis er daran erstickte.

Mit einem Mal wurde die Nacht totenstill.

Sämtliche Tiergeräusche verstummten. Allein das Knistern des Feuers hallte in den düsteren, schattigen Wäldern wider.

Craigs Herz, das ohnehin bereits wie wild raste, klopfte noch schneller und kalter Schweiß triefte aus jeder einzelnen Pore seines Körpers.

Es war viel zu still.

Dann eine Stimme: »Ich danke dir.«

Craig schnappte nach Luft. »Wer ist da?« Er starrte auf die Bäume, in die Richtung, aus der die Stimme gekommen zu sein schien. »Ich bin bewaffnet, also zeig dich besser.«

Er hatte weder eine Pistole noch irgendeine andere Waffe. Er glaubte nicht an Waffen.

Jetzt wünschte er sich allerdings, er täte es.

Denn aus den Wäldern trat Almus.

Nur dass er ganz anders aussah.

»Bleib stehen«, warnte Craig ihn mit bebender Stimme.

»Ich wusste, dass du sie früher oder später öffnen würdest«, sagte Almus und grinste. »Das liegt in der menschlichen Natur. Ich weiß das.« Während er sich Craig weiter näherte, zwinkerte er ihm zu, aber dabei rollte sein Augapfel aus der Höhle und blieb abrupt in der Luft hängen, als der Nerv, an dem er noch hing, nicht mehr weiter reichte. Wie ein blutiges

Jo-Jo hüpfte der Augapfel ein paarmal auf und ab, bevor er auf Almus' Brust zur Ruhe kam.

Craig wimmerte. Das Bier, das er getrunken hatte, wollte sich unaufgefordert wieder aus ihm herausdrängen.

»Schon komisch, dass du dir gerade diese Lichtung ausgesucht hast. Hier draußen in den Wäldern habe ich meinen Körper beerdigt. Weißt du, ich bin auch nicht anders als all die Tiere an meinem Stand«, erklärte Almus. »Ich bin auch überfahren worden.« Almus humpelte weiter auf ihn zu und der Schein des Feuers offenbarte sein wahres Äußeres.

Sein Schlüsselbein hatte sich durch seinen Hals gebohrt und stand heraus, sodass sich sein Kopf zur Seite neigte. Einer seiner Arme fehlte. Er war am Ellbogen abgerissen, während sich der andere in einem makabren Winkel nach hinten bog und merkwürdig wackelte, wenn Almus sich bewegte. Sein Oberkörper war blutverschmiert und durch seine zerrissenen Kleider konnte Craig mehrere tiefe, übel aussehende Wunden erkennen. Aus ihnen schienen Flüssigkeiten in allen Farben des Regenbogens zu tropfen, während sein Unterleib nur noch aus einer wirren Ansammlung von Eingeweiden, Fett und Muskeln bestand. Irgendein glänzendes, matschiges Organ rutschte aus der Öffnung in seinem Bauch und klatschte auf den Boden. Mit einem Lächeln zerquetschte Almus es, als er weiter auf den fassungslosen Craig zutaumelte, der noch immer befürchtete, sich übergeben zu müssen.

Almus schnupperte in die Luft. »Ah, der Duft der Freiheit!«, rief er aus und stellte seine schwarze, geschwollene Zunge zur Schau. Er legte eine Hand auf seinen Kopf, der nur noch aus blutigen Haaren und zersplitterten Schädelknochen bestand. »Der alte Wilmer war fix, das muss man ihm lassen. Und weißt du, was? Seine hat noch viel widerlicher gestunken als meine. Du hast Glück gehabt. Wilmers

Seele war fast 100 Jahre in ihrer Dose gefangen, bevor ich gekommen bin. Hab auch eine ganz schöne Summe dafür bezahlt.«

Craig wusste, dass er den Jeep oder die Straße erreichen musste, dass er vor dieser … Kreatur, diesem Wahnsinnigen fliehen musste.

»Ich bin weder ein Geist noch eine Seele. Ich bin eine Art seelenlose, physische Erscheinung meines toten Selbst. Ohne Seele kann ich diese Welt nicht verlassen. Aber all das wirst du selbst noch herausfinden. Siehst du, du hast die Dose gekauft und sie geöffnet – nun musst du die Folgen tragen. Eine Seele ersetzt die andere. So wie meine die von Wilmer ersetzt hat. Wilmer war nicht der Erste und du wirst nicht der Letzte sein.«

Almus' zerschmetterter Körper schwankte weiter auf ihn zu.

Craig nahm die widerlichen Dämpfe, die der Dose entwichen, längst nicht mehr wahr. Alles, was er nun noch riechen konnte, war Almus: seine intensiven, noch ekelhafteren Ausdünstungen. Eine Mischung aus Blut, Fäkalien und Tod.

Eine innere Stimme brüllte Craig zu: *Renn weg!*

»Du bist mein Erlöser, Craig. So wie ich Wilmers Erlöser war. Da ist nur noch eine allerletzte Sache, die erledigt werden muss, bevor ich vollkommen frei bin.«

Craig rannte. Er rannte zum Highway, ließ Almus' verstümmelte Gestalt zurück – oder wer immer dort hinten wirklich stand. Ließ sie allein in ihrer verrückten Welt aus Seelen und überfahrenen Tieren, während sie ihm nachrief: »Wer wird dein Erlöser sein, Craig?«

Craig rannte an Kiefern vorbei und sprang über Büsche hinweg. Der Mond wies ihm den Weg zum sicheren Highway. Die Nacht blieb still, als würde er von sämtlichen Kreaturen beobachtet. Sobald er die Straße vor sich erkannte, rannte er noch schneller – mit voller Blase und Tränen in den Augen, während in seinem Kopf ein Wirbelsturm aus Entsetzen und Verwirrung tobte. Er hörte Almus' Lachen, ein fröhliches Gackern, und dann schien ihm plötzlich ein blendendes Licht in die Augen. Die Kreatur, die sich auf ihn stürzte, stieß einen kreischenden Schrei aus, die Lichter wurden immer größer und …

Craig spürte einen entsetzlichen Schmerz, so als werde sein ganzer Körper auseinandergerissen … und dann fühlte es sich an, als würde noch etwas ganz anderes auseinandergerissen, aber da war kein Schmerz mehr. Nur das Gefühl, als verlasse er seinen Körper, dann das Lächeln eines Mannes, ein hinterhältiges, wissendes Lächeln …

Ein Auto fuhr auf den Seitenstreifen: ein Kombi mit einer Rückbank voller Kinder und auf dem Dach festgebundenen Koffern. Der Fahrer, ein rundlicher, rotgesichtiger Mann, sagte etwas zu der Frau, die neben ihm saß, stieg dann aus dem Wagen und wackelte auf den Stand zu.

Das könnte es sein, dachte Craig. *Oh, bitte, lass es ihn sein.*

»Hallöchen«, sagte der Mann und wischte sich das Gesicht mit einem Taschentuch ab. Er trug kurze Hosen, die viel zu eng für ihn waren, eine Baseballmütze mit dem Logo der Yankees und ein T-Shirt, auf dem *Unterstützt unsere Truppen – unterstützt Bush!* stand.

Im Auto lachten und kreischten die Kinder.

Der Mann drehte sich um und brüllte: »Ruhe!«

Die Kinder gehorchten.

Mit einem zufriedenen Ausdruck auf dem Gesicht wandte sich der Mann wieder Craig zu. »Tut mir leid. Die Kinder werden langsam unruhig und wir, na ja, wir haben uns verfahren.« Er zuckte mit den Schultern, als wolle er sagen, so etwas passiere schließlich ständig und so ein armer Kerl hinter einem Straßenstand kenne ja wohl den Weg zurück in die Zivilisation.

»Wissen Sie, wie man von hier wieder auf die Route 17 kommt?«

Craig ignorierte den permanenten Schmerz, der an seinem Körper nagte, und lächelte höflich. »Tut mir leid, Kumpel. Da kann ich Ihnen nicht helfen.«

Der Mann runzelte die Stirn und auf seinem dicken, verschwitzten Gesicht bildeten sich Falten. »Was für ein Akzent ist das denn, verdammt? Kanadisch?«

Craig hätte am liebsten laut geschrien, um diesen schwitzenden, konservativen Fleischklops wissen zu lassen, welch entsetzliche Qualen er litt. Dass er das Gefühl hatte, man habe seine Eingeweide einmal umgekrempelt, und dass sein Kopf sich anfühlte wie eine zerquetschte Tomate. Aber das konnte er nicht. Nicht, wenn er jemals wieder von diesen Schmerzen befreit werden wollte, aus diesem tristen Dasein, das er fristete. »Australisch«, antwortete Craig. »Möchten Sie was für die Kinder kaufen? Oder für Ihre Frau?«

Der Mann warf einen Blick auf das Schild und sah dann wieder Craig an. Er sah aus, als habe er eben an einem Haufen Scheiße gerochen. »Machen Sie Witze, Kumpel?«

Ganz ruhig, ermahnte Craig sich. *Du darfst nicht die Nerven verlieren. Es ist bestimmt seit einem Monat keiner hier gewesen.* »Vergessen Sie die überfahrenen Tiere. Wie wär's mit einer Seele?« Er sah auf die große Blechdose hinunter – sie war inzwischen noch verbeulter als damals, als Craig sie zum ersten Mal gesehen hatte – und hoffte, dass der Mann seinem Blick folgen würde.

Ich kann ihn nicht bitten, sie zu kaufen, das muss er alleine entscheiden. Aber verdammt noch mal, es hat schließlich keiner gesagt, dass ich seine Entscheidung nicht ein bisschen beeinflussen kann.

»Beschissener Irrer«, schnaubte der Mann. »Sie sollten sich schämen. Den Leuten so einen Scheiß zu verkaufen.« Er wischte sich über seine tropfende Stirn und hustete. »Und diese Mütze ist einfach widerlich – bei mir sitzen Kinder im Wagen! Und überhaupt: Wer sind Sie denn, dass Sie sich über unseren Präsidenten lustig machen? Sie sind ja noch nicht mal Amerikaner.«

Mit einem verächtlichen Blick ging der Mann wieder zurück zu seinem Kombi und fuhr davon, während die Kinder auf der Rückbank Grimassen in Craigs Richtung schnitten.

Er seufzte.

Nicht mal Amerikaner.

Stimmt.

Craig setzte sich. Die grelle Sonne blendete ihn und er wäre sicher ins Schwitzen geraten, hätte er sie spüren können. Aber alles, was er spürte, waren die Schmerzen.

Sein Blick fiel auf das Geld, das auf dem Boden lag. Seine Bezahlung. 30 Dollar für ein Leben in der Hölle.

Er hatte versucht, die Scheine zu zerreißen, sie zu verbrennen, hatte sogar versucht, das Geld zu essen. Aber ganz gleich, wie oft er auch versuchte, sie loszuwerden: Sie kamen jedes Mal wieder zurück.

Eine ständige Erinnerung.

Genau wie die Tiere in den Wäldern – unsichtbar, aber immer da. Immer abwartend.

Darauf, dass jemand ihre Dose kaufte.

Darauf, dass Craig verrückt wurde und von diesem gottverlassenen Verkaufsstand floh. Dann würden sie ihn angreifen und Rache üben. Es würde keine Rolle spielen, dass Craig die ganze Sache nicht begonnen hatte – er hatte sie fortgeführt, genau wie Almus es getan hatte.

Selbst jetzt konnte er sie lachen hören, weil sie wussten,

dass er an diesen Stand gefesselt war, bis dieser eine, besondere Mensch vorbeikam.

Craig hoffte, dass es nicht mehr allzu lange dauern würde. Sicher würde doch irgendjemand eine Seele kaufen wollen.

NOTIZEN ZUR ENTSTEHUNG:

Diese Geschichte habe ich mit den alten EC Comics im Hinterkopf geschrieben. Sicher haben Sie schon einmal von in den Fünfzigern erschienenen Serien wie *Tales from the Crypt* oder *The Vault of Horror* gehört. Ich bin selbst eine ganze Weile durch die USA gereist, deshalb dachte ich, es wäre interessant, wenn auch meine Hauptfigur kein Einheimischer wäre – auch wenn mir auf meinen Reisen nichts auch nur annähernd so Bizarres begegnete wie der Straßenstand in dieser Story. Mein dritter Roman, *Die Bestien,* spinnt diese Idee übrigens weiter. Wenn Sie also noch mehr von überfahrenen Tieren und billigen Seelen lesen möchten, schauen Sie einfach mal rein – Craig hat sogar einen kleinen Gastauftritt.

Das Projekt

(The Project)

Als Kind war ihm ausgerechnet die eine Sache verwehrt geblieben, die er sich am sehnlichsten gewünscht hatte.

Erst im letzten Monat hatte er eine Idee geboren, wie er sie doch noch bekommen konnte – er würde sie sich einfach selbst *machen*.

Die erste Nacht – Die Falle

»Wie viel?«, fragte Hartford.

»Kommt drauf an, was du willst, Süßer.«

Hartford leckte sich die Lippen und grinste. *Wenn die wüsste,* dachte er. »Sind 500 genug?«

Die Augen der Nutte leuchteten. »500? Heilige Scheiße, Süßer, du willst das volle Programm, oder?«

Hartford nickte. »Klar. Das volle Programm.«

Die Nutte trat noch dichter an ihn heran. Sie roch stark nach billigem Parfüm. »Ich werd dafür sorgen, dass du die beste Zeit deines Lebens hast, Süßer. Du wirst so dermaßen abgehen, die NASA wird dich glatt als Rakete benutzen wollen.«

Hartford betrachtete ihren Körper. In der glühenden New Yorker Hitze dieser Tage waren sogar die Nonnen leicht bekleidet. Allein beim Anblick der Klamotten, die die Prostituierte trug, bekam Hartford schon fast einen Steifen. Und das passierte so gut wie nie.

Na ja, vielleicht könnte ich sie ja wirklich ficken, dachte Hartford. *Gehört zwar eigentlich nicht zum Plan, aber was soll's?*

»Willst du's an 'nem bestimmten Ort treiben?«, fragte die Nutte.

»Ich hab ein nettes Häuschen in Newark.«

»Junge, du bist aber ganz schön weit von zu Hause weg.«

Hartford nickte. »Ich weiß, aber die besten Nutten gibt's nun mal in Manhattan.«

Die Prostituierte kicherte. »Das gefällt mir. Also, wo ist dein Wagen, Loverboy?«

»Parkt ganz in der Nähe. Komm, ich zeig's dir.«

Hartford ging die dunkle Straße hinunter. Die Nutte folgte ihm und ihre Pfennigabsätze klapperten bei jedem Schritt auf dem Asphalt. »Also, wie heißt denn mein dicker Fang?«

»Ed«, rief Hartford zurück. »Nenn mich einfach Ed.«

Hartford kletterte aus dem Bett, stand auf und wischte sich die Spucke vom Mund. Sein Penis wurde sofort wieder schlaff. »Na, das hat doch Spaß gemacht«, sagte er und blickte auf die nackte Nutte herunter.

Sie lag auf seinem Bett, die Augen halb geschlossen, während die Handabdrücke auf ihrer Kehle sich bereits violett verfärbten. Hartford wandte sich ab und ging in die Küche, wo er sich ein Glas Sprite einschenkte. Er leerte es mit einem einzigen lauten Schluck. »Ah, schon besser. Willst du auch eine, Schätzchen?«, rief er und lachte. »Nein, ich schätze nicht.« Hartford rülpste und schlenderte zurück ins Schlafzimmer zu der toten Nutte. Petula – zumindest war das der Name, den sie ihm genannt hatte.

Er packte sie an den Füßen und zerrte sie vom Bett. Als ihr Kopf mit einem lauten *Rumms!* auf dem Teppichboden aufschlug, zuckte Hartford zusammen. »Verdammt!«, knurrte er. Er hoffte, dass er ihre Schädeldecke nicht beschädigt hatte. Das könnte sein ganzes Projekt gefährden. Aber er hatte gelesen, dass Schädelknochen ziemlich robust waren.

Ein einziger Schlag würde also hoffentlich keinen allzu großen Schaden anrichten.

Er zerrte sie rückwärts durch die Schlafzimmertür und den Flur hinunter. Sein ursprünglicher Plan war gewesen, sie ins Badezimmer zu locken. Es war komplett gekachelt, bot den Vorteil einer Badewanne und war einfach viel leichter zu reinigen. Aber die verdammte Hure hatte unbedingt ins Schlafzimmer gewollt. Eigentlich wäre es kein Problem gewesen, ihr zu sagen, er wolle es im Badezimmer mit ihr treiben.

Ich glaube, mein größter Fehler war, dass ich nicht Ja gesagt habe, als sie mich gefragt hat, ob wir vorher duschen wollen.

Hartford hatte zuerst keine Ahnung gehabt, worauf zur Hölle sie eigentlich hinauswollte, als er antwortete, eine Dusche hätte er weniger im Sinn. Sie erwiderte: »Hey, ich hab auch nicht an irgendwelche Kaviar- oder Natursekt-Spielchen oder so gedacht.« Danach bestand sie darauf, ins Schlafzimmer zu gehen. Das sei viel gemütlicher und romantischer, hatte sie gemeint.

Während er ihren Körper ins Badezimmer schleppte, schwor er, sich beim nächsten Mal nichts mehr gefallen zu lassen und darauf zu bestehen, dass sie ins Badezimmer gingen. Dies hier war sein erstes Mal und er hatte noch viel zu lernen. Dieses eine Mal konnte er sich selbst gerade noch verzeihen.

Er knipste das Licht im Badezimmer an. Mit einiger Mühe hievte er die Leiche in die Wanne und brauchte anschließend dringend noch ein Glas Sprite, um wieder runterzukommen.

Ich lass mich auf keinen Fall noch mal von einer überreden, dachte er. *Viel zu anstrengend.*

Der Sex war ohnehin nicht besonders befriedigend gewesen. Sie schien sich prächtig zu amüsieren, aber er selbst war völlig teilnahmslos gekommen und auch nur, weil er sich dabei vorgestellt hatte, wie sein Projekt aussehen würde, wenn es erst einmal fertig war.

Hartford verließ die Küche und ging in die Garage. Er zog an der Schnur, um die Beleuchtung einzuschalten, und ein düsterer Schimmer erfüllte den drückenden, luftlosen Raum. Er schlurfte in die Ecke, in der er seine neu erstandenen Werkzeuge aufbewahrte, und nahm die Metallsäge und das Beil an sich.

Dann eilte er zurück ins Badezimmer. Dort legte er die Säge auf den gefliesten Boden und begann, mit dem Beil immer wieder in den Hals der Nutte zu hauen. Ihr Körper hüpfte bei jedem Schlag und Hartford fiel es schwer, einen gezielten, ruhigen Treffer zu landen. Schließlich sprang er in die Wanne und kniete sich mit über ihrem Bauch gespreizten Beinen hinein. Das machte die ganze Sache entschieden einfacher und als er schließlich bis zu ihrem Rückenmark vordrang, war er über und über mit Blut, Fleisch und kleinen Fetzen ihrer Luftröhre bedeckt. Und ihm war heiß. Was er in dieser Nacht mit Sicherheit gelernt hatte, war, dass es wirklich harte Arbeit bedeutete, einen Kopf vom Körper abzutrennen. Hartford drehte die Dusche auf, als er das Beil gegen die Säge eintauschte. Er lehnte sich zurück und ließ das herrlich kalte Wasser über seinen Kopf und seinen Körper strömen. Als er sich ausreichend abgekühlt und gewaschen hatte, brachte sich Hartford in eine stabile Position und begann, das angeschlagene, blutige Rückenmark zu zersägen.

Nach zehn anstrengenden Minuten gelang es Hartford schließlich, das Rückenmark vom Rest des Körpers zu trennen. Er ließ sich in den Regen des Duschstrahls zurückfallen und stieß einen triumphierenden Schrei aus. Sicher, er war erschöpft, aber er hatte es geschafft. Er hatte den ersten Schritt getan. Er streckte eine Hand über den nassen, blutüberströmten

Körper aus und hob den Kopf hoch. Dunkles Blut tropfte von dem sehnigen Stumpf. Die Nutte starrte ihn mit offenem Mund an, so als sei sie vollkommen perplex über ihren momentanen Zustand. Hartford hielt den Kopf direkt vor sein Gesicht und küsste die blutverklebten Lippen.

Schon bald würde der Kopf nichts weiter sein als ein bloßer Schädel, die Schädeldecke abgetrennt, das Hirn entfernt. Aber in diesem Moment sonnte sich Hartford im Glanze seiner eigenen Leistung, lachte vor Freude – und bestaunte den abgesägten Kopf.

Die zweite Nacht – Die zwei Toms

Als Hartford sie an der Ecke stehen sah, stieß er ein erfreutes Quietschen aus. Die meisten Straßenlaternen waren zerstört, aber ein paar brannten noch immer und in ihrem Schein erkannte er, dass sie genau das waren, wonach er gesucht hatte. Er blieb neben den beiden Männern stehen und kurbelte das Fenster herunter. Heiße, nach Müll stinkende Luft wehte zu ihm herein.

»Hallöchen«, sagte der Mann mit dem violetten Filzhut. Er trat an den Wagen. Der andere blieb zurück, rauchte seine Zigarette und sah sich weiter nach potenziellen Freiern, aber auch nach Polizisten um.

»Suchst du nach ’n bisschen Spaß?«, fragte er und lehnte sich durch das offene Fenster.

»Sicher«, antwortete Hartford. »Immer.«

»Tja, dann bist du hier genau richtig«, sagte der Mann und kicherte. »Ich bin der Beste in ganz Queens. Du bist doch kein Bulle, oder?«

»Ein Bulle? Scheiße, nein«, versicherte Hartford.

»Na, dann is’ ja gut. Ich hab wirklich gehofft, dass du kein

Bulle bist. Du bist viel zu süß. Das wäre wirklich eine Schande. Also, was soll's sein?«

»Ich will das volle Programm«, antwortete Hartford, als ihm wieder einfiel, was die Nutte in der vergangenen Nacht gesagt hatte.

»Also, dafür brauchst du 'ne Menge Kohle, Schätzchen.« Der Mann richtete sich wieder auf und betrachtete Hartfords Auto. »Bist du sicher, dass du dir das leisten kannst?«

»Ganz sicher«, erwiderte Hartford. »Ich kann mir euch beide leisten.«

»Beide?«, wiederholte der Mann erstaunt. Er kratzte sich in seinem schwarzen Gesicht, auf das ein zweifelnder Blick getreten war. »Junge, wie viel Bares hast du denn?«

»1000«, antwortete Hartford und zeigte ihm ein Bündel Geldscheine.

»Na, da soll mich doch …«, sagte der Mann. »Du wartest hier, Süßer.«

Hartford sah zu, wie der Typ mit dem violetten Filzhut zu seinem Begleiter mit der Zigarette zurückeilte. Sie unterhielten sich kurz und kamen dann beide zum Auto. »Du hast dir gerade zwei der besten Liebeskünstler gesichert, die man für Geld kaufen kann«, sagte der violette Filzhut. Sie sprangen in den Wagen und knallten die Türen zu. »Oh, hier drin ist es schön kühl«, freute sich der violette Filzhut.

Im Rückspiegel sah Hartford den anderen Mann – er sah derb und eher unfreundlich aus. Ein krasser Gegensatz zu den zarten Zügen des violetten Filzhuts.

»Du hast recht«, sagte der Mann mit der Zigarette. »Er ist süß.«

»Also, wo fahren wir hin?«, wollte der violette Filzhut wissen. »In irgendein riesiges Penthouse in Manhattan?«

»Ich fürchte nein«, antwortete Hartford. »Ein ganz normales Haus in Newark.«

»Junge«, sagte der violette Filzhut. »Du bist wirklich ganz schön weit aus Kansas raus, Dorothy.«

Hartford lachte. »Stimmt. Aber die besten Männer gibt's nun mal in Queens.«

»Da sagst du was«, kicherte der violette Filzhut.

»Du bist eher der stille Typ, was?«, wandte sich Hartford an den Raucher.

Der Mann kurbelte das Fenster herunter, schnipste die Zigarettenkippe hinaus und kurbelte die Scheibe dann wieder hoch. Er zuckte mit den Schultern.

»Mein Freund ist nur schüchtern. Aber er ist wirklich gut. Du wirst schon sehen. Der kann dir deinen Schwanz lutschen, das glaubst du nicht. Also, wie heißt du?«

»Nenn mich einfach Ed.«

»Ed, hm?«, wiederholte der violette Filzhut. »Okay.«

»Und wie heißt du?«

»Nenn mich einfach Tom.«

»Und wie heißt er? Dick oder Harry?«

Tom lachte. »Das musst du schon selbst rausfinden.«

Hartford stand im Badezimmer, nackt und ganz klebrig vom Blut. Er starrte auf die beiden abgetrennten Köpfe hinunter. Seine Arme taten von der Anstrengung der letzten Nacht noch immer ein bisschen weh, aber er hatte sich trotzdem sehr entschlossen der Arbeit an den beiden Männern gewidmet und ihre Köpfe in weniger als zwei Stunden abgesägt.

Es war viel einfacher gewesen als in der vergangenen Nacht. Beide Männer waren ihm bereitwillig ins Badezimmer gefolgt – diesmal hatte Hartford behauptet, er wolle zuerst mit ihnen duschen – und hatten sich ohne Zögern oder Nachfragen ausgezogen. Keiner von ihnen hatte sich gewehrt, als sie völlig nackt in der Badewanne gesessen und Hartford zwei Küchenmesser in ihre Kehlen gerammt hatte.

Sie hatten sich nicht gewehrt, weil sie nicht damit gerechnet hatten. In einem Moment hatte Hartford sich nach unten gebeugt, um die – nicht vorhandenen – Kondome aus seiner Hosentasche zu holen und im nächsten ragte aus jeder ihrer Kehlen ein Holzgriff.

Es war ganz einfach gewesen. Und Hartford hatte sich auch nicht mit irgendwelchen sexuellen Akten aufhalten müssen. Diese Dinge interessierten ihn nicht im Geringsten – er war viel mehr darauf konzentriert, sein Projekt voranzubringen.

Nun folgte der wirklich schmutzige Teil seiner Arbeit.

In der letzten Nacht hatte er gelernt, wie schmutzig man sich wirklich dabei machte, wenn man einer Leiche die Haut abzog – und ihr Gehirn herauszuschneiden war auch nicht gerade das reinste Vergnügen. Man musste sich dabei nicht nur mit Unmengen von Blut herumschlagen, sondern auch mit Gewebe, Fett und Knochen – und dabei hatte Hartford ganz vorsichtig sein müssen, damit er sie nicht zersägte oder aus Versehen zerbrach. Er war die ganze Nacht und den Großteil des Vormittags wach gewesen und hatte am ersten Teil seines Projekts gearbeitet. Anschließend hatte er ein kurzes, zweistündiges Nickerchen gemacht, bevor er den Rest des Tages mit Sticken, Nähen, Zuschneiden und Anpassen verbracht hatte.

Er war inzwischen schon ziemlich geschickt darin und würde sicher noch besser werden.

Das rasiermesserscharfe Skalpell fest mit der Hand umklammert, begann Hartford damit, die Gesichtshaut des violetten Filzhutes abzuziehen.

Es war drei Uhr am Nachmittag, als Hartford auch den zweiten Teil seines Projektes abgeschlossen hatte. Er war sehr stolz auf seine Arbeit. Diesmal hatte es nicht so lange gedauert, drei Teile fertigzustellen, wie am Vortag das eine. Bei den kleineren war er genauso vorgegangen wie in der Nacht zuvor. Was das größere anging, hatte er wie üblich die Haut von beiden Körpern abgezogen, aber diesmal musste er noch weiter gehen. Er hatte bei einem der beiden Männer den Brustkorb entfernt, was sich als ziemlich komplizierte, zeitaufwendige und entsetzlich schmutzige Angelegenheit erwiesen hatte. Am Ende hatte Hartford in scheinbar endlosen Darmschlingen, verfetteten Leberstücken, einem Herzen, einer Niere, irgendwelchen schwarzen, klebrigen Dingern, die Hartford für die Lungen hielt, einem Magen, einem Haufen Fleisch und einer riesigen Menge blutiger Pampe gesessen, von der er beim besten Willen nicht sagen konnte, worum es sich dabei handelte.

Hartford hatte sich aufgrund des fauligen Gestanks ein paarmal übergeben. Beim Entfernen des Brustkorbs hatte er natürlich sehr vorsichtig vorgehen müssen, weil jede noch so kleine Beschädigung die Qualität seines gesamten Werkes beeinträchtigt und er noch einmal ganz von vorne hätte beginnen müssen, um sich einen neuen Brustkorb zu beschaffen. Aber es war alles gut gegangen. Und dank seiner beinahe magischen Fähigkeiten mit Nadel und Faden hatte Hartford sein bisheriges Meisterstück geschaffen.

Er näherte sich langsam dem Ende. Sein Projekt war so gut wie abgeschlossen.

Die dritte Nacht – Die letzte Häutung

Hartford war zu erschöpft, um in dieser Nacht erneut den ganzen Weg bis nach New York zurückzulegen. Die Tatsache, dass er zwei Tage und Nächte beinahe ohne Pause durchgearbeitet und nur etwa zwei Stunden geschlafen hatte, forderte nun ihren Tribut. Trotzdem wollte er sein Projekt beenden. Er konnte es kaum erwarten, es zu sehen und zu spüren.

Er rief deshalb Dave und Rochelle an, zwei seiner Arbeitskollegen – *ehemaliger Arbeitskollegen,* dachte Hartford ein wenig verbittert. Dave war sein Cousin zweiten Grades, ein groß gewachsener, schlaksiger Kerl, immer einen Gag parat und bei seinen Kollegen sehr beliebt. Rochelle war recht attraktiv, auf der Arbeit ebenfalls sehr beliebt, aber nicht sonderlich humorvoll. Die beiden waren seit etwa zwei Jahren verheiratet. Er mochte sie nicht besonders, aber er hatte rund fünf Jahre lang mit ihnen zusammengearbeitet. Nachdem Dave zur Verwandtschaft gehörte, würden sie seine Einladung auf jeden Fall annehmen. Hartford fand, dass es ein guter Zeitpunkt war, um ein paar alte Rechnungen zu begleichen. Außerdem brauchte er ihr Rückenmark.

»Hi Dave.«

»Hartford?«

»Ja, ich bin's. Wie geht's dir so?«

»Danke, gut. Äh, was ist denn los?«

»Habt ihr heute Abend schon was vor, Kumpel? Du und Rochelle?«

Im Hintergrund war ein Murmeln zu hören. Dann: »Warum?«

»Ich dachte, ihr zwei hättet vielleicht Lust, bei mir vorbeizuschauen und was mit mir zu trinken. Wir könnten noch mal über alles reden, was passiert ist. Im Eifer des Gefechts sind da ein paar Worte gefallen, die uns jetzt sicher allen leidtun. Es wäre schön, wenn wir uns wieder vertragen könnten. Ich will meinen alten Job nicht zurück oder so. Ich dachte nur, wir könnten die Sache aus der Welt schaffen. Was meinst du?«

Eine lange Pause folgte. Dann schließlich: »Äh, ich schätze schon. Klar. Okay. Wir sind in 'ner Stunde da.«

»Super, dann bis später.«

Gut 60 Minuten später standen Dave und Rochelle vor seiner Tür. »'n Abend, Hartford«, begrüßte ihn Dave.

»Schön, dich zu sehen«, sagte Rochelle, als sie Dave ins Haus folgte.

»Freut mich, dass ihr beide Zeit für mich habt. Kommt rein, setzt euch.« Hartford führte sie ins Wohnzimmer. Dave und Rochelle nahmen auf dem Sofa Platz. »Was zu trinken?«

»Gern. Ich nehm 'nen Whiskey. Mit Eis.«

»Und ich 'nen Gin Tonic«, ergänzte Rochelle die Bestellung.

Hartford nickte, eilte zur Bar hinüber und machte die Drinks fertig. Als er sich wieder umdrehte, sah Dave lächelnd zu ihm hoch. »Und? Was machst du so? Alles klar bei dir?«

»Ich kann mich nicht beklagen. Ich arbeite an einem neuen Projekt, wenn du's genau wissen willst. Ist aber noch streng geheim. Ich bin ziemlich beschäftigt.«

»Tatsächlich?«, sagte Dave und nahm einen Schluck von seinem Whiskey.

»Oh, das hätte ich ja fast vergessen. Ich hab noch ein bisschen was zu essen in der Küche. Ich bin gleich wieder da.«

»Das wäre aber wirklich nicht nötig gewesen«, sagte Rochelle.

»Doch, das hab ich doch gern gemacht.« Hartford huschte in die Küche und schnappte sich die Bratpfanne. Dann schlenderte er wieder ins Wohnzimmer.

»Ehrlich, wir haben gar keinen Hun…«, begann Dave, aber als er die hoch erhobene Bratpfanne sah, blieb ihm das Wort im Hals stecken.

Hartford ließ die Pfanne mit voller Wucht niedersausen und sie spaltete Dave mit einem lauten *Gong!* den Schädel.

Als Dave zu Boden kippte, schrie Rochelle auf und ließ ihren Gin Tonic fallen. »OHMEINGOTT!«, kreischte sie und es waren die letzte Worte, die sie jemals von sich gab.

Hartford wurde durch einige lästige Tätigkeiten aufgehalten. Er musste den Boden von der kleinen Blutpfütze befreien, die in den Teppich gesickert war, die beiden Leichen ins Badezimmer schaffen und ihnen die Kleider ausziehen. Er empfand diese Dinge als uninteressante, niedere Aufgaben. Aber da er zu müde gewesen war, um sich eine Prostituierte zu suchen, waren sie unvermeidlich.

Nachdem er diese lästigen Vorbereitungen erledigt hatte, machte sich Hartford an die eigentliche Arbeit. Er hackte ihnen die Köpfe ab und sägte ihre Schädeldecken auf – Dave hatte einen wirklich riesigen Schädel, was für Hartfords Zwecke absolut ideal war. Dann öffnete er bei beiden Brustkorb und Magen und zog sämtliche Organe heraus. Die Sauerei und der Geruch störten ihn inzwischen nicht mehr – er musste sich nicht ein einziges Mal übergeben. Schließlich entfernte er Dave und Rochelle das Rückenmark. Er hielt einen der beiden Stränge in die Höhe und testete seine Elastizität. Er bog sich sehr geschmeidig.

»Sensationell«, murmelte Hartford und spürte, wie ein warmes Kribbeln durch seinen nackten Körper schoss.

Er stellte sich unter die Dusche, um sich ein wenig abzukühlen, und trank dann einen großzügigen Schluck Sprite.

Anschließend zog er ihnen die Haut ab. Wie bei den vorangegangenen Malen schnitt er die Haut nur aus ihren Oberkörpern heraus: Da sich ihm dort die größte Oberfläche bot, eignete sich dieser Bereich für seine Zwecke am besten. Als Hartford vier blutige Fetzen Haut herausgeschnitten hatte – einen mit zwei kompletten, hängenden Brüsten –, schrubbte er sämtliche Fleischreste, Sehnen und das restliche Blut ab und trocknete sie mithilfe seines Föns. Er trug die beiden Rückenmarkstränge, die gelben, faltigen Hautfetzen und die zwei Schädeldecken in seinen Schuppen. Dort lagen bereits eine Sammlung von Arm- und Beinknochen, drei weitere

Schädeldecken und das Rückenmark, das er bei der Nutte und dem violetten Filzhut entfernt hatte. Er verbrachte den Rest der Nacht und die frühen Morgenstunden damit, die letzten Arbeiten an seinem Projekt abzuschließen.

Um sieben Uhr war er fertig. Nachdem er den letzten Nagel in den Beinknochen gehauen hatte, ließ er sich in den Stuhl plumpsen und fing an zu heulen. Es waren sicher auch Tränen der Erschöpfung, aber hauptsächlich weinte er Freudentränen, weil er nun endlich ein Eigenes haben würde. Jetzt musste er nur noch die Einzelstücke zusammenfügen – dann war er fertig. Nun ja, nicht ganz. Es gab noch immer eine Sache, die er erledigen musste. Aber das konnte warten.

Er wischte sich die Tränen aus dem blutüberströmten Gesicht, sammelte die einzelnen Teile zusammen und trug sie ins Haus hinüber, in sein ganz spezielles Zimmer. Anschließend zog er sich an, stopfte die Überreste von Dave und Rochelle in einen Müllsack und schleppte sie hinaus. Zusammen mit den anderen menschlichen Überbleibseln, die er in seinem Schuppen gelagert hatte, warf er sie auf einen Haufen und zündete ein mächtiges Feuer im Garten hinter dem Haus an.

Er stand eine Stunde lang nur da und starrte in die Flammen, vollkommen hypnotisiert von ihren wunderschönen, beruhigenden Bewegungen. Für ihn war der ranzige Gestank des brennenden Fleisches in diesem Moment der schönste Geruch der Welt.

Nachdem er noch etwas Holz nachgelegt hatte, um das Feuer am Brennen zu halten, ging Hartford zurück ins Haus. Er duschte, schrubbte gründlich das Badezimmer und setzte sich mit einer Dose Sprite in der Hand auf den Stuhl, der neben dem Telefon stand.

Frank Wainwright stieg aus seinem Wagen, knallte die Tür hinter sich zu, drehte sich um und starrte auf das Haus. »Mein Gott«, murmelte er und hustete. »Das ist doch total verrückt.«

Er warf seine Zigarettenkippe auf den Boden, zog sich die rutschende Hose hoch und ging auf die Haustür zu.

Zehn Jahre, dachte er. *Es ist zehn Jahre her, und jetzt? Ein verdammter Anruf. Der verfluchte Hurensohn will mich sehen.*

Er schlurfte die Stufen hinauf und stellte sich vor die Tür. Er wartete. Und hustete. War er wirklich dazu bereit? Wollte er ihn nach all den Jahren wirklich wiedersehen?

Warum bist du sonst den ganzen Weg hier raus gefahren? Weil du neugierig bist, darum. Du hast deinen Jungen schließlich seit zehn Jahren nicht mehr gesehen.

Er nahm einen tiefen, von Schleim durchtränkten Atemzug und pochte gegen die Tür.

Vielleicht ist er ja pleite. Braucht Geld. Ja, das wird's wohl sein. Hat keine Freunde, also wen ruft er an? Seinen guten alten Dad.

Die Tür öffnete sich und Hartford lächelte ihn an.

»Dad! Schön, dich zu sehen.«

Frank nickte. Er hätte beinahe ein »Lieber Gott!« ausgestoßen, aber er unterdrückte den Impuls. Sein Sohn sah furchtbar aus. Dunkle Augenringe, blasse Haut und ein ausgemergeltes Gesicht. Er war kaum wiederzuerkennen.

»Komm rein, Dad.«

Frank trat ins Innere des dunklen Hauses. Hinter ihm fiel die Tür ins Schloss. »Du könntest hier drin mal ein bisschen Licht machen, Hartford. Und ein bisschen frische Luft reinlassen.«

Franks Sinne waren zwar nicht mehr unbedingt in Bestform, aber selbst seine verkrustete alte Nase war noch in der Lage, unter der dünnen Schicht aus Reinigungsmittel mit Kiefernduft einen anderen, seltsamen Geruch wahrzunehmen.

Mein Gott, er hat sich wirklich gehen lassen, dachte Frank.

»Also ich war ganz schön überrascht, als du mich angerufen hast. Ich hab mir gerade das Spiel angeschaut. Im ersten Moment hab ich gar nicht gewusst, wer da dran ist.«

»Ja, ist 'ne Weile her, was, Dad?«

»Bitte, nenn mich Frank.« Er hustete.

»Bist du krank? Ich finde nämlich, dass du wirklich gut aussiehst, Dad. Entschuldige … Frank.«

»Ach, du weißt schon. Nur die kleinen Vorzüge des Älterwerdens. Du siehst aber auch gut aus. Immer viel zu tun, was?«

Scheiße, ist das unangenehm, dachte Frank. Er wäre viel lieber wieder zu Hause gewesen, hätte sich betrunken und in die Glotze gestarrt. Er wusste ja noch nicht einmal, warum Hartford ihn überhaupt hatte sehen wollen. Um an alte Zeiten anzuknüpfen? Um zu versuchen, gerissene Familienbande wieder zu flicken?

»Ja. Ich bin ziemlich beschäftigt, das stimmt. Aber mein Leben besteht nicht nur aus Arbeit. Erst gestern Abend waren Dave und Rochelle auf ein paar Drinks hier.«

»Dave und Rochelle? Meinst du deinen Cousin Dave und seine Frau?«

Hartford nickte.

Was zur Hölle? dachte Frank. Er wusste, dass Hartford im letzten Monat seinen Job in der Schneiderei verloren hatte. Anscheinend hatten Dave und Rochelle ihn gefeuert, weil er immer zu spät gekommen war und nicht hart genug gearbeitet hatte. Nun, zumindest hatte Charlene ihm das erzählt. Es war das letzte Mal gewesen, dass er mit ihr gesprochen hatte, bevor sie gestorben war.

Warum will er denn mit denen einen trinken?, wunderte sich Frank, aber dann fiel ihm auf, dass es ihm egal war. Es gab dringendere Angelegenheiten, um die er sich kümmern musste.

»Äh, ich will ja nicht unhöflich sein, Hartford. Aber warum hast du mich angerufen? Warum wolltest du mich nach all den Jahren sehen?«

Hartford grinste. Es erinnerte Frank an ein Skelett.

»Ich bin froh, dass du fragst. Es gibt da etwas, das ich dir zeigen möchte.«

Hartford führte Frank tiefer in das düstere Haus hinein und auf eine Doppeltür zu. Davor blieb er stehen. Er drehte sich um und blickte Frank an. Auf seinem Gesicht lag plötzlich ein harter, distanzierter Ausdruck – eine wirklich erstaunliche Veränderung im Vergleich zu dem kränklichen Skelett, das ihm noch vor wenigen Augenblicken gegenübergestanden hatte. »Erinnerst du dich noch, wie ich mir ein Schlagzeug gewünscht habe und du es nicht erlaubt hast?«

Frank nickte.

»Dass ich geweint und geweint habe? Mum hätte es mir erlaubt, sie hat gesagt, dass ich eins haben darf. Aber du warst dagegen und hast Nein gesagt.«

»Du warst erst zehn«, erwiderte Frank und hustete. »Das war vor 20 Jahren. Wieso fängst du jetzt wieder davon an?«

Hartford lächelte, drehte sich wieder um und stieß die Tür auf. »Weil ich jetzt eins habe, Daddy.«

Frank trat in den Raum. Die Wände des Zimmers waren mit Bildern bedeckt, die in rotes, gelbes und blaues Licht getaucht waren – lauter Fotografien, alle von ein und derselben Frau in unterschiedlichen Phasen ihres Lebens. Franks Verstand begriff nicht sofort, aber als er es tat, hatte er das Gefühl, jemand habe ihm in den Magen getreten. Jede einzelne Aufnahme zeigte Charlene.

»Mein Gott«, murmelte Frank, wandte seinen Blick vom Schrein für Hartfords Mutter ab und konzentrierte sich auf das Ausstellungsstück in der Mitte des Raumes. Von hinten wurden die grotesken Umrisse von grellem Licht angestrahlt. »Mein Gott«, stieß er erneut aus, aber diesmal klang seine Stimme seltsam weich und hoch.

Hartford wandte sich ab und setzte sich hinter das –

Was zur Hölle ist das?

– und grinste. »Gefällt's dir? Ich hab es ganz alleine gebaut. Siehst du, Daddy, jetzt hab ich endlich ein Schlagzeug.«

Frank starrte auf die aus Schädelknochen hergestellten Becken, die auf Knochenbeinen thronten. Auf die Trommeln aus menschlicher Haut, die sich straff über lachende Schädel spannten. Und auf die große Basstrommel, aus deren Vorderseite zwei ausgetrocknete, verschrumpelte Brüste hingen. Und dann übergab er sich. Er taumelte zur Tür, aber sie war verschlossen.

»Du gehst nirgendwo hin. Ich brauche doch ein Publikum für mein erstes Konzert«, rief Hartford.

Frank wischte sich die Spucke vom Mund, drehte sich um und sah seinen Sohn mit verschwommenem Blick an. Hartford griff nach zwei geschnitzten Armknochen, wirbelte sie zwischen seinen Fingern hin und her und begann zu spielen.

NOTIZEN ZUR ENTSTEHUNG:

Das ist eine meiner allerersten Geschichten, die ich vor Jahren geschrieben habe, um meinen drei Lieblingsthemen – mir will einfach kein besseres Wort einfallen – Tribut zu zollen: Serienkillern (in diesem Fall besonders Ed Gein), Filmen über die abgehalfterte Seite New Yorks (wie *Taxi Driver* oder *Driller Killer – Der Bohrmaschinenkiller*) und, natürlich, Schlagzeugspielen (ich habe einen Abschluss in Musik, Hauptfach Schlagzeug/Percussion).

Und falls Sie sich das nun wirklich fragen sollten: Nein, ich hatte noch nie das Bedürfnis, ein Schlagzeug wie das in dieser Geschichte zu bauen. Aber ich überlege schon, wie es sich wohl anhören würde, darauf zu spielen …

Der unheimliche Ort

(The Scary Place)

»Hey Kumpel, willst du mir helfen, den Rasen zu mähen?«

Das war der Tag, auf den ich gewartet hatte.

»Ehrlich? Meinst du das ernst?«, fragte ich und starrte Dad mit freudig geweiteten Augen an.

Dad, der in der Tür meines Zimmers stand, lächelte mich an und nickte. Er trug die üblichen Klamotten, die er für die Gartenarbeit am Wochenende aus dem Schrank kramte: alte, zerrissene Jeans und ein verblichenes blaues Flanellhemd. Sein silbergraues Haar war unter seiner heiß geliebten Collingwood-Magpies-Kappe verborgen.

Ich warf die Computerzeitschrift, die ich lustlos durchgeblättert hatte, zur Seite, sprang von meinem Bett auf und folgte Dad durchs Haus und zur Hintertür hinaus. Mum war einkaufen gefahren und so fühlte sich die ganze Sache wie eine aufregende Verschwörung an: Wir waren zwei unartige Jungs, die etwas Unartiges im Schilde führten. Ich wusste zwar, dass das nicht stimmte und dass Dad bestimmt mit Mum darüber gesprochen hatte, ob ich ihm beim Rasenmähen helfen durfte. Aber es machte einfach viel mehr Spaß, so zu tun, als täten wir es hinter ihrem Rücken – als seien wir in wichtiger geheimer Mission unterwegs.

Draußen erwartete uns die feuchte Morgenluft, noch schwül von der Nacht, in der es immer wieder angefangen hatte zu regnen. Der Rasen sah aus wie ein Meer aus sattem Grün, das regelrecht darum bettelte, gestutzt zu werden.

Ich folgte Dad zu seinem Victa-Mäher, der auf dem kleinen Gartenpfad neben der hinteren Rasenfläche stand wie ein folgsamer Hund, der auf Anweisungen wartete.

In meinem Bauch kribbelte es vor lauter Aufregung und Vorfreude.

Solange ich zurückdenken konnte, hatte ich Dad schon beim Rasenmähen helfen wollen. Als ich noch klein gewesen war, hatte ich immer am Küchenfenster gesessen und zugesehen, wie Dad den Rasenmäher durch den Garten schob, während das Biest unter seinem Bauch Gras absäbelte, Zweige häckselte und Blätter ausspuckte. Schon damals hatte ich mir nichts sehnlicher gewünscht, als auch dort draußen zu sein und ihm zu helfen. Als ich ein wenig älter war und zumindest rausgehen durfte – »Aber geh nicht zu nahe ran, sonst trifft dich ein fliegender Zweig!« –, stellte ich mich auf den kleinen Pfad und beobachtete Dad von dort aus, während die Sonne auf uns herunterbrannte und mir der Duft von frisch gemähtem Gras in die Nase stieg – der beste Duft der Welt. Manchmal tat ich, als würde ich Dad helfen und schob meinen kleinen Spielzeugrasenmäher über das Gras, das bald wieder eine Kürzung vertragen konnte.

Aber bisher war ich immer zu jung gewesen, um den richtigen Rasenmäher zu benutzen. »Wenn du älter bist«, hatte Dad immer versprochen. »So ein Rasenmäher ist kein Spielzeug, weißt du?«

Als hätte man mir das erst noch erklären müssen. Ich wusste, dass der Rasenmäher kein Spielzeug war. Ich kannte den Unterschied zwischen den stumpfen Plastikklingen meines hingebungsvoll geliebten Spielzeugs – das längst weg war, weil wir es vor vielen Jahren der Wohlfahrt gespendet hatten – und den sehr echten, sehr scharfen Klingen von Dads Victa.

Am Tag meines 13. Geburtstags, als Dad mir mit einer Geste väterlicher Zuneigung durchs Haar wuschelte und sagte: »Du wirst jetzt erwachsen, mein Sohn. Bald wirst du dich sogar für Mädchen interessieren«, wusste ich, dass es nicht mehr lange dauern würde, bis er mir erlauben würde, ihm beim Rasenmähen zu helfen – und diesmal beim richtigen Mähen.

Denn ich war tatsächlich kein Kind mehr. Ich wurde wirklich allmählich erwachsen und verdiente es, auch so behandelt zu werden. Die Zeiten, in denen ich im Garten hinter dem Haus Cowboy und Indianer gespielt hatte – ich hatte immer beide Rollen selbst übernommen – oder zwischen den Gummibäumen und Hortensienbüschen mit meinen Spielzeugdinosauriern meine eigene Version von *Das vergessene Land* zum Leben erweckt hatte, waren seit Langem vorbei. Und ich glaubte längst nicht mehr daran, dass der schmale Streifen aus hohen Gräsern und ungezähmter Wildnis, der zwischen dem Zaun zum Nachbarn und unserer Garage verlief, eine dunkle Waldfestung war, die Drachen mit rasiermesserscharfen Zähnen und bösen, stinkenden Trollen ein Zuhause bot.

Ich war diesen Spielen und Ängsten des Kindesalters entwachsen. Ich war bereit, mich auch an erwachsene Dinge heranzutrauen.

»Okay, Kumpel, schnapp dir eine Schutzbrille und ein Paar Handschuhe.«

Ich sah auf dem Boden neben dem Rasenmäher zwei Schutzbrillen und zwei Paar Handschuhe sowie Dads alten, benzinbetriebenen Rasenschneider liegen.

Ich beugte mich nach unten, hob eine Schutzbrille und ein Paar Handschuhe auf, streifte mir beides über und wartete auf weitere Instruktionen.

»Gut, jetzt nimm den Rasenschneider und folge mir.«

Ich zögerte. Mit einem Stirnrunzeln fragte ich: »Und was ist mit dem Rasenmäher?«

»Später. Erst möchte ich, dass du ein bisschen Unkraut schneidest. So kannst du den Umgang mit einem Werkzeug mit scharfer Klinge üben. Hinterher kannst du mir dann mit dem Rasenmäher helfen.«

Meine Schultern sanken merklich, als meine Begeisterung schrumpfte.

Der Rasenschneider sah zwar einigermaßen cool aus, war aber nur ein armseliger Ersatz für den Rasenmäher. Er war nur ein schnurrendes Kätzchen, der Rasenmäher hingegen ein brüllender Tiger.

Ich wuchs zu einem jungen Mann heran und junge Männer mähten Rasen, sie schnitten kein Unkraut.

Trotzdem hob ich den Rasenschneider auf, der ziemlich schwer und umständlich zu tragen war, und schlurfte hinter meinem Dad zum rückwärtigen Ende des Gartens.

Ich wusste nicht, wohin er mich führte, bis er abbog und hinter der Garage stehen blieb.

»Ich will, dass du dir erstmal das Unkraut hier vornimmst.«

Ich starrte auf den schmalen Streifen der Wildnis zwischen dem Zaun und der Garage. Die Gräser waren so hoch, dass sie die Holzlatten und die Metallwand beinahe völlig verdeckten. Die hohe Begrenzung aus Ziegelsteinen am anderen Ende war bereits nicht mehr zu sehen.

»Gut, dieser Rasenschneider ist kein Spielzeug, deshalb gibt es auch ein paar Regeln und Sicherheitsvorkehrungen. Du musst die ganze Zeit über die Schutzbrille und die Handschuhe tragen und darfst nie, wirklich niemals, deine Hände unten in den Rasenschneider stecken, während er läuft. Das gilt natürlich auch für den Rasenmäher. Die Klingen an beiden Maschinen reißen dir so lange die Hand auf, bis nur noch ein blutiger Stummel übrig ist. Verstanden?«

Ich nickte und gab vor, zuzuhören, aber in Wahrheit kreisten meine Gedanken um Trolle und Drachen.

»Wenn sich etwas in den Klingen verfängt, dann schaltest du das Gerät immer zuerst aus und wartest, bis die Messer nicht mehr rotieren, bevor du mit den Handschuhen rausholst, was sich zwischen den Klingen verklemmt hat.«

»Hmm-hmm«, murmelte ich.

»Okay, so viel zur Sicherheit. Jetzt zeige ich dir, wie man dieses Baby benutzt.«

Dad verbrachte die folgenden zehn Minuten damit, mir beizubringen, wie man den Motor startete und wie die Einspritzpumpe und die Drossel funktionierten – kurz und gut: wie man das Gerät richtig benutzte, wenn man das Unkraut möglichst perfekt schneiden wollte. Er wiederholte sogar seine Warnung, meine Hände nicht zwischen die Klingen zu stecken, solange sie sich noch drehten, und er ging 1000-prozentig sicher, dass ich wusste, wo sich der An-/Aus-Knopf befand.

»Okay, ich denke, das war alles. Er ist vollgetankt und startklar. Komm mich holen, wenn du fertig bist. Und sei vorsichtig.«

Ich öffnete den Mund, um etwas zu sagen und zu protestieren, aber Dad drehte sich um und ging, bevor ich meine Stimme wiederfand. Ich stand da und beobachtete durch meine Schutzbrille, wie Dad hinter einer hohen Fichte verschwand.

Kurz darauf hörte ich, wie der Rasenmäher ansprang. Dad musste dreimal an der Schnur ziehen, um den Victa zum Laufen zu bringen. Jedes Mal stotterte der Motor und verstummte dann mit einem Röcheln wieder, aber schließlich erwachte er knatternd zum Leben und mein Herz wurde noch ein wenig schwerer.

Ich fühlte mich verlassen, hintergangen. Wie konnte er mir das antun?

Ich wollte auch dort drüben sein und den Rasen mähen. Dort, wo es weit und sonnig war. Nicht hier hinten in dieser Gasse aus Gräsern, die mir viel dunkler erschien und in der es bestimmt auch viel kälter war.

Aber ich hatte eine Aufgabe zu erledigen. Ich musste mich reif verhalten und die Aufgabe so gut erledigen, wie ich konnte.

Ich drehte mich zu dem unheimlichen Ort meiner Kindheit um.

Diese Ecke des Gartens war schon immer dicht mit Gräsern bewachsen gewesen, ein wahrer Urwald in meinen jungen Augen. Damals hatte er mir Angst eingejagt und als ich nun dort stand und auf den Korridor aus Unkraut blickte, wurde mir bewusst, dass ein Teil meiner Kindheitsängste noch immer existierte.

Vor drei Jahren hatte ich mich zum ersten und einzigen Mal in diese abschreckende Wildnis gewagt. Ich war bereits ein gutes Drittel ins Innere vorgedrungen, als ich gespürt hatte, wie etwas Schleimiges mein Bein streifte. Kurz darauf hatte ich ein Knurren gehört. Wie von der Tarantel gestochen war ich aus der schmalen Nische gerannt und hatte erst wieder angehalten, als ich in meinem Zimmer gewesen war und mich in meinem Bett unter der Bettdecke hatte zusammenkauern können.

Aber jetzt war ich älter und mit einer hervorragenden Waffe ausgerüstet. Deshalb gab es nichts, wovor ich mich hätte fürchten müssen. Alles, was ich dort drinnen finden würde, war ein längst vergessener Tennisball, vielleicht ein totes Opossum oder ein toter Vogel. Nichts Schleimiges. Und bestimmt nichts, das mich anknurrte …

Ich ging in die Hocke, legte den Rasenschneider auf den Boden, drückte – genau, wie Dad es mir gezeigt hatte – den Knopf der Einspritzpumpe zehnmal, griff dann nach der Schnur und zog daran. Der Motor sprang beim zweiten Versuch an. Die Klingen begannen sich zu drehen und wie eine wütende Katze zu brummen. Ich erhob mich und leckte mir über die Lippen. Während ich mich in den Wald aus

Gräsern vorkämpfte, drückte ich für mehr Power auf die Drossel.

In der schmalen Nische war nicht viel Platz. Der hohe Holzzaun zu meiner Linken und die Metallwand der Garage zu meiner Rechten schränkten meinen Bewegungsspielraum ziemlich ein.

Ich schnitt das Gras, so gut ich konnte, und während der Motor seine Abgase ausspuckte und mir der beißende Benzingeruch die Nase verstopfte, dachte ich an all die streunenden Katzen, die ich in der Vergangenheit in dieser Wildnis aus Gras hatte verschwinden sehen. Ich hatte mir immer vorgestellt, sie seien von den Trollen und Drachen verschlungen worden und ich habe sie deshalb nie wieder gesehen. Manchmal, wenn meine Fantasie besonders mit mir durchging – oder wenn ich besonders große Angst hatte? –, fragte ich mich, ob es sich bei den Katzen nicht in Wahrheit um verkleidete Trolle handelte, die sich auf magische Weise in scheinbar harmlose Tiere verwandelten, um mich in ihr Versteck zu locken.

Aber das war nur alberner Kinderkram. Dort drinnen gab es nichts außer Gräsern und Erde. Nur ein Kind fürchtete sich vor erfundenen Monstern – und ich war kein Kind mehr!

Aber wie sah es mit richtigen Monstern aus, fragte ich mich?

Spinnen und andere Kriechtiere hatten mir noch nie etwas ausgemacht, aber jetzt, da ich tiefer in die Wand aus Gräsern eintauchte, musste ich trotzdem an Rotrückenspinnen, Wespennester und sogar Schlangen denken, die sich vielleicht im hohen Gras versteckten.

Ich schluckte nervös, war froh, dass ich lange Hosen und keine Shorts trug, und war dankbar für den Rasenschneider, den ich fest mit meinen verschwitzten, behandschuhten Händen umklammert hielt.

Ich konzentrierte mich wieder auf das Abmähen der Gräser und versorgte den Rasenschneider immer dann mit mehr Benzin, wenn ich auf ein besonders dickes Büschel stieß. Es ging mühsam voran, aber schon bald hatte ich ein Drittel des grünen Korridors passiert. Ich blieb stehen und atmete ein paarmal tief ein. Die Mischung aus Benzin und Gras hing schwer in der Luft. Ich betrachtete den kleinen Bereich hinter mir, den ich bereits abgemäht hatte. Abgeschnittene Halme bedeckten den Boden. Ein paar vereinzelte, die ich nicht erwischt hatte, reckten sich arrogant aus der Erde, aber auf dem Rückweg würden sie mir nicht noch einmal entgehen.

Ich dachte an die zwei Drittel, die noch vor mir lagen – ein Gebiet, auf das ich noch nie zuvor einen Fuß gesetzt hatte. Ein Gebiet, das meines Wissens noch nie von jemandem erkundet worden war, der momentan in meinem Haus lebte. Ich war kurz davor, mich auf unerforschtes Terrain zu wagen und bei der Aussicht wurde mir ein kleines bisschen mulmig.

Aber ich machte weiter.

Ich hatte bereits über die Hälfte hinter mich gebracht, als ich zwischen den Gräsern etwas hindurchgleiten hörte.

Ich erstarrte mitten in einem halb abgeschnittenen Grasbüschel, lockerte meinen Griff um die Drossel und schaltete das Gerät ab.

Ich hörte das Rascheln erneut und sah, wie die Gräser vor mir bebten, so als bewege sich etwas sehr schnell über den Boden. Ich hatte Angst, dass ich mir in die Hosen machen würde.

Es ist ein Drache, flüsterte eine Stimme. *Oder ein Troll.*

Sei nicht albern, sagte ich mir. Es gibt keine Drachen. Und es gibt auch keine Trolle.

Vermutlich war es nur eine Katze oder eine Schlange – aber hoffentlich keine giftige.

Dann meldete sich erneut die flüsternde Stimme zu Wort: *Vielleicht ist es ein Troll, der nur so tut, als wäre er eine Schlange.*

Ich blickte zurück auf die gemähte Bresche, in die Sicherheit, die nur wenige Meter entfernt wartete.

Ich stand kurz davor einfach loszulaufen.

Nein, ermahnte ich mich dann selbst. *Du gibst jetzt nicht auf. Du bist schon so weit gekommen. Mach einfach weiter, dann hast du es bald hinter dir!*

Ich dachte an Dad drüben auf der anderen Seite der Garage und wie enttäuscht er wäre, wenn ich mit geröteten Wangen zu ihm gerannt käme und ihm sagen würde, dass ich es nicht geschafft hatte und meine Aufgabe nicht zu Ende bringen konnte, weil ich zu große Angst hatte.

In Dads Augen war ich nun ein junger Mann. Er hatte mir den Job eines Mannes übertragen und ich durfte ihn nicht enttäuschen.

Ich durfte mich selbst nicht enttäuschen.

Ich atmete langsam aus, nahm all meinen 13-jährigen Mut zusammen und machte weiter. Ich würde nicht zulassen, dass irgendein unsichtbares Monster mich vertrieb.

Nicht dieses Mal.

Trotzdem achtete ich darauf, den Rasenschneider immer besonders tief zu halten – nur für den Fall, dass in der Nähe doch eine Schlange durchs Gras glitt. Ich beeilte mich. Mein Bedürfnis, diesen Teil der Arbeit so schnell wie möglich hinter mich zu bringen, war deutlich stärker geworden. Ich wusste, dass ich mich mit jedem Schritt, mit jeder Unkrautpflanze, die ich abmähte, dem Ende und dem Zeitpunkt, an dem ich diesen unheimlichen Ort endlich verlassen konnte, ein kleines Stück näherte.

Ich hatte die Ziegelmauer beinahe erreicht, als ich das Lachen hörte.

Es war ein tiefes, gemeines Lachen.

Ein grausames, höhnisches Kichern.

»Nein, ihr seid nicht echt«, sagte ich, obwohl ich mich allmählich fragte, ob das tatsächlich der Wahrheit entsprach. Der vernünftige Teil meines Gehirns wusste, dass das Lachen nur in meiner Fantasie existierte und nichts als ein Produkt meiner Angst war, aber der schwindende Teil meines Kindseins sagte mir, dass sich irgendwo in diesem Wald aus Gräsern wirklich Trolle versteckten.

Doch anstatt mich umzudrehen und zu schreien, wie ich es an jenem Tag vor drei Jahren getan hatte, machte ich weiter und bahnte mir entschlossen einen Weg durch das hohe Unkraut frei. Wenn sich dort wirklich Trolle und Drachen versteckten und mich auslachten, hoffte ich, ihnen mit meinem furchtlosen Rasenschneider die Köpfe abzuhacken.

»Ihr macht mir keine Angst!«, schrie ich und stellte den Rasenschneider auf die höchste Stufe. Seine Klingen drehten sich wie wild.

Zack!

»Ich bin kein Kind mehr!«

Schnipp, schnapp!

»Ihr macht mir keine Angst!«

Schon bald stand ich keuchend direkt vor der Ziegelmauer, während mir der Schweiß über mein blasses, sommersprossiges Gesicht strömte. Ich nahm meine Hand von der Drossel und schaltete den Motor des Rasenschneiders ab.

Ich drehte mich um und begutachtete meine Arbeit. Abgesehen von ein paar vereinzelten Halmen hatte ich den Wald erfolgreich in ein Bett aus leblosem Gras verwandelt.

Ich nickte. Und lächelte.

Ich hatte es geschafft. Ich hatte nicht nur meine Aufgabe erfüllt, sondern auch die größte Angst meiner Kindheit besiegt.

Es gab tatsächlich keine Trolle oder Drachen.

Ich setzte mich in Bewegung und konnte es kaum erwarten, Dad von meiner Leistung zu berichten.

Dann blieb mein Blick an einem Gegenstand auf dem Boden hängen.

Es war irgendein altes Plastikding, das mit Erde, Gras und einigen Schnecken übersät war.

Ich legte den Rasenschneider auf den Boden, ging in die Hocke, warf einige Grasklumpen zur Seite und starrte auf die von mir freigelegte Entdeckung hinunter.

Mein Lächeln wurde breiter und ich spürte einen kurzen, stechenden Schmerz der Nostalgie in meinem Herzen – teils Freude, teils Trauer.

»Was machst du denn hier?«, fragte ich und kam mir sofort albern vor, weil ich mit einem Spielzeug sprach, aber es war ja niemand da, der mich hätte hören können. Dad war immer noch mit Mähen beschäftigt und nebenan wohnte eine taube alte Dame. »Ich dachte, Dad hätte dich für einen guten Zweck gespendet.«

Anscheinend nicht. Ich nahm an, dass es ihm damals einfach zu aufwendig gewesen war, zur Sammelstelle zu fahren, weshalb er kurzerhand beschlossen hatte, meinen Spielzeugrasenmäher auf dem schmalen Streifen ungezähmter Wildnis zwischen dem Zaun und der Garage zu entsorgen.

Mein einst so wertvoller Besitz lag nun halb unter der Garage begraben. Nur sein orangefarbener Griff und ein Teil seiner blauen Plastikklingen lugten heraus.

Ich zog meinen rechten Handschuh aus und angelte nach dem dreckigen Plastikgriff. Ich hatte keine Ahnung, was ich mit dem Spielzeug anfangen wollte, wenn ich es herausgezogen hatte: es sauber machen und für meinen Sohn aufbewahren, wenn – falls – ich je einen hatte? Aber aus welchem Grund auch immer begann ich damit, den Plastikmäher aus seinem engen Gefängnis zu befreien, in dem er die letzten sieben oder acht Jahre zugebracht hatte. Durch mein unsanftes Eindringen scheuchte ich mehrere Tausendfüßler auf, die sich hektisch durch das Gras davonstahlen.

Es war schwieriger, als ich es mir vorgestellt hatte: Das verdammte Ding bewegte sich keinen Zentimeter. Ich ging auf die Knie, zog auch den zweiten Handschuh aus, packte mit meiner anderen Hand die Plastikklingen und versuchte es erneut.

Ich zerrte mit aller Kraft an dem Rasenmäher und streckte meine Arme ganz durch. Ich fragte mich, wie er sich überhaupt so fest unter der Garage verklemmen konnte. Es schien fast so, als habe jemand absichtlich versucht, das Ding darunter zu verstecken. Ich wollte meine Versuche, das Spielzeug zu befreien, schon einstellen und stattdessen anfangen, es auszugraben – in der Hoffnung, dass das von mehr Erfolg gekrönt sein würde –, als ich plötzlich ein Zischen hörte und sich der Griff um mein Handgelenk wickelte wie eine Schlange aus orangefarbenem Plastik.

»Was zur …«, keuchte ich und konnte nicht glauben, was ich sah.

Aber als ich spürte, wie sich der kalte, mit Schmutz verklebte Griff immer enger um meinen Arm legte, wusste ich, dass meine Augen mir keinen Streich spielten.

Ich schrie vor Schreck und Schmerzen auf.

»Dad!«, brüllte ich. »Dad, hilf mir!«

Ich krallte mich verzweifelt an dem Griff fest und versuchte, das Plastik von meinem Handgelenk zu lösen, aber es hatte sich schon zu eng herumgewickelt. Ich tastete nach dem Rasenschneider, aber meine Hand erwischte nichts als Erde und abgeschnittene Gräser.

Rund um den Spielzeugmäher sackte plötzlich der Erdboden ein.

»Dad!«, schrie ich erneut, aber dieses Mal hörte sich mein Schreien eher wie ein Quietschen an.

Ich fragte mich, wo er blieb. Warum kam er nicht und rettete mich? Dafür waren Daddys doch schließlich da, oder?

Er wird dich nicht retten. Niemand wird dich retten, flüsterte die Stimme.

Ich begann zu schluchzen, während Lehm, Gras und Erde unaufhaltsam in ein unendlich erscheinendes Loch im Boden hinabgesaugt wurden. Der Spielzeugrasenmäher riss mich mit sich, als auch er langsam in den Sog hin zur schwarzen Leere unter mir geriet.

Ich kämpfte sinnlos dagegen an. Heiße Tränen schossen mir aus den Augen und bildeten kleine Matschpfützen in der Erde. Ich war erst 13 Jahre alt und hatte einfach nicht genügend Kraft.

Ich wurde mit dem Kopf voran in Richtung des klaffenden Lochs unter der Garage gezogen. Mein rechter Arm verschwand bereits in der Dunkelheit. Der Geruch von nasser Erde, altem Gras, Benzindämpfen und irgendetwas anderem, etwas Faulem, das nach einer Million gasiger Fürze stank, die seit 1000 Jahren in diesem Loch gefangen waren, schlug mir ins Gesicht.

Dann hörte ich irgendwo in der Finsternis ein Geräusch – ein tiefes Zischen, so als durchschneide irgendetwas die Luft, immer und immer wieder.

Es erinnerte mich auf entsetzliche Weise an die surrenden Klingen eines Rasenmähers.

Oder an einen Drachen, der mit den Zähnen knirschte.

Ich versuchte mich dagegen zu wehren, in das Loch hinuntergerissen zu werden, indem ich mich mit meiner freien Hand am Boden der Garage festkrallte. Aber die Kraft, die an mir zerrte, war einfach zu stark.

Ich ließ los, bevor mein linker Arm abgerissen wurde.

Mein Arm tauchte in die Dunkelheit ein und ich tastete panisch meine Umgebung ab, verzweifelt auf der Suche nach irgendetwas, an dem ich mich festhalten konnte.

Ich berührte etwas Schleimiges, riss meinen Arm zurück und bemerkte zunächst gar nicht, dass ich etwas in der Hand hielt.

Voller Entsetzen starrte ich auf das Souvenir, das ich der tintenschwarzen Tiefe entrissen hatte: Meine winzige Hand umklammerte die Collingwood-Magpies-Kappe.

»Daaaa-dddeee!«, brüllte ich ein letztes Mal, bevor mein Spielzeugrasenmäher endgültig in der Finsternis verschwand, dicht gefolgt von meinem Kopf.

Der verrottete Gestank aus faulen Eiern und Benzin wurde immer beißender und die Dunkelheit war nun so tief und dicht wie der Nachthimmel über einer Wüste. Das Surren erklang lauter und lauter und ich spürte, wie der Wind mein Gesicht peitschte.

Ich hörte, wie Dreck auf Metall prasselte – wie Regen auf das Dach der Garage – und wie Steine zerstückelt und in Tausende winziger Kiesel verwandelt wurden.

Dann sagte eine Stimme, uralt und kalt und voller Dreck und Kies: »Ich hab dir doch gesagt, dass du aufpassen sollst. Ich hab dir gesagt, dass du deine Hände nicht zwischen die Klingen stecken sollst. Der Rasenmäher ist kein Spielzeug, das weißt du doch.«

»Wir haben dich vermisst«, sagte eine andere Stimme, die höher klang, kichernd. »Und du dachtest, du wärst zu alt, um noch mit uns zu spielen. Aber wir haben dich reingelegt. Du bist immer noch ein Kind. Du wirst schon sehen, du wirst niemals zu alt sein, um mit uns zu spielen …«

Ich hielt noch immer die Mütze umklammert und kickte mit meinen Beinen ziellos in die Luft, während ich völlig in der Dunkelheit versank.

Und dort haben sie tatsächlich mit mir gespielt.

»Hey Kumpel, willst du mir helfen …?«

Darrin Thornton runzelte die Stirn, als er das Zimmer seines Sohnes leer vorfand. Normalerweise verbrachte Ben an den Wochenenden den ganzen Tag in seinem Zimmer, las in seinen PC-Zeitschriften, schaute sich DVDs an oder surfte im Netz.

»Ich frag mich, wo er steckt«, murmelte Darrin. Er verließ das Zimmer seines Sohnes und ging in die Küche, wo seine Frau gerade damit beschäftigt war, die Einkäufe aus grünen, umweltfreundlichen Tüten zu befreien.

»Im Auto sind noch mehr Tüten«, sagte sie in ihrer typisch verspielten, beinahe mädchenhaften Stimme.

»Ben ist nicht in seinem Zimmer«, sagte Darrin. »Ich wollte ihn fragen, ob er mir heute beim Mähen helfen will.«

Seine Frau hielt inne, eine Packung mit Nudeln in der Hand. »Ich glaube, ich kann ihn draußen hören. Wahrscheinlich spielt er.«

»Er ist zu alt, um zu spielen«, schnaubte Darrin.

»Ist er nicht«, erwiderte seine Frau, während sie die Nudeln verstaute. »Er ist erst 13. Er ist doch noch ein Baby.«

»In deinen Augen mag er vielleicht noch ein Baby sein, aber er wird allmählich erwachsen, Jayne. Unser Baby wird bald ein junger Mann sein. Und ich möchte, dass unser junger Mann mir beim Mähen hilft. Ich weiß, dass er mir schon helfen wollte, als er noch ganz klein war.«

Als Darrin zur Hintertür ging und aus irgendeiner Ecke des Gartens die unverwechselbaren Geräusche eines Jungen zu ihm drangen, der irgendwo an diesem seltsamen, unheimlichen Ort zwischen Kindheit und Erwachsensein gefangen war, sagte seine Frau: »Sorg einfach dafür, dass er vorsichtig ist. Ich will nicht, dass er durch einen herumfliegenden Ast ein Auge verliert.«

Darrin nickte, rückte seine Magpies-Mütze zurecht, öffnete

die Hintertür und ging in den Garten hinaus, um seinen Sohn zu suchen.

NOTIZEN ZUR ENTSTEHUNG:

Diese Geschichte ist beinahe vollkommen autobiografisch – ich sage beinahe, weil ich natürlich nie von einem Troll unter unsere Garage gezerrt wurde. In dem Haus, in dem ich aufgewachsen bin, gab es ebenfalls einen schmalen Streifen zwischen unserem Gartenhäuschen und unserer Garage sowie dem Zaun unserer Nachbarn. Ich hatte schreckliche Angst vor dieser Ecke des Gartens. Ich bin mir nicht ganz sicher, warum. Vielleicht habe ich mich einfach nur davor gefürchtet, von einer Spinne oder sogar einer Schlange gebissen zu werden. Aber ich glaube, diese schmale Gasse hatte noch etwas anderes an sich, das mir Angst machte.

Ich glaube, es war die Angst vor dem Unbekannten – die meiste Zeit war die Ecke mit hohem Gras zugewachsen und in meiner Fantasie hätte sich dort praktisch alles verstecken können. Ich hasste es, mich dort hineintrauen zu müssen, was manchmal unvermeidlich war, wenn ich aus Versehen einen Ball dort hingeschlagen oder -geworfen hatte. Aber ich habe es getan – auch wenn ich es jedes Mal so schnell wie möglich hinter mich gebracht habe und immer wie angestochen aus der engen Nische herausflitzte, wobei ich stets fest damit rechnete, entweder den stechenden Biss von Reißzähnen an meinen Knöcheln zu spüren oder von irgendetwas Bösem an den Beinen gepackt zu werden, das mich unaufhaltsam mit sich reißt.

Wenn mein Cousin zu Besuch war, stachelte er mich fast jedes Mal dazu an, ihm zu beweisen, wie weit ich mich auf den schmalen Streifen vorwagte, bevor ich zu große Angst bekam und wegrannte. Ich kann mich nicht daran erinnern, je mehr als die halbe Strecke bis zur Mauer am anderen Ende geschafft zu haben. Erst Jahre später, als ich im Teenageralter war und helfen musste, das Unkraut zu schneiden, schaffte ich es durch die komplette Gasse, die zwischen der Garage und dem Zaun lag. Aber selbst dann waren die Ängste meiner Kindheit nie sehr weit entfernt.

Weihnachtliches Leuchten

(Christmas Lights)

Doreen war in der Küche, als Lucas aufwachte.

Sie saß in sich zusammengesunken auf einem der beiden Barhocker, die neben der Bank standen, balancierte eine Zigarette zwischen ihrem rechten Zeige- und Mittelfinger und hörte Radio. Die Küche lag wie der Rest des Hauses in beinahe vollkommener Dunkelheit. Das einzige Licht kam aus dem Wohnzimmer von der bunten Lichterkette, die sich um den Weihnachtsbaum schlängelte.

»Mummy, guck mal, ich kann den Weihnachtsmann sehen!«

Doreen zuckte zusammen, als sie die Stimme ihres sechsjährigen Sohnes hörte, nuschelte irgendetwas Unschönes, streckte einen Arm aus und schaltete das Radio aus. »… die Brände, die im Hinterland von Victoria wüten, breiten sich aus …« Sie leerte den restlichen Jim Beam, nahm einen tiefen Zug von ihrer Zigarette, glitt mit einem noch tieferen Seufzer von ihrem Hocker und ging ins Wohnzimmer rüber.

Lucas, ihr liebes kleines Baby – *der ist kein Baby mehr, der Junge ist schon richtig groß!* Der Gedanke traf sie wie ein Hieb mit einem Vorschlaghammer auf der Brust – saß aufrecht auf der Couch vor dem vorderen Fenster. Er trug nur seine rote Unterhose und der Schweiß auf seinem dicklichen Körper glänzte blau, rot, grün und gelb. Wie bei seiner Mum klebte das blonde Haar an seinem Kopf und er sah aus, als sei er eben erst aus der Dusche gestiegen. Der Ventilator, der in der Mitte des Zimmers stand, drehte sich wie ein wachsames Auge, aber seine wirbelnden Rotorblätter erzeugten keine besonders erfrischende Kühle – das verdammte Ding schluckte nur unnütz Energie.

Doreen lehnte im Türbogen zum Wohnzimmer, nahm einen weiteren Zug von ihrer Zigarette, blies den Rauch aus und sagte: »Was hast du gesagt, mein Schatz?«

Ohne sich umzudrehen, flüsterte Luke – wie er seit Neuestem genannt werden wollte, seit er seine Faszination für die *Krieg der Sterne*-Filme entdeckt hatte – voller Ehrfurcht: »Ich kann den Weihnachtsmann sehen. Er kommt. Er kommt wirklich.«

Doreen blieb im Türbogen stehen, der das Esszimmer vom Wohnzimmer trennte. Sie wäre gerne zu ihrem Sohn gegangen und hätte sich neben ihn gesetzt, sie wollte ihn festhalten und ihn trösten. Sie wusste, dass sie es bald würde tun müssen. Aber sie wusste auch, dass sie nie wieder aufstehen würde, wenn sie sie sich erst einmal zu ihm gesetzt hatte.

Luke war vor ein paar Stunden vor einer Weihnachtssendung im Fernsehen eingeschlafen. Doreen hatte nur mit einem Auge hingesehen. Sie interessierte sich eher dafür, was im Radio zu hören war, verfolgte beispielsweise die aktuellen Nachrichten über die Buschbrände. Luke hatte unbedingt aufbleiben und auf den Weihnachtsmann warten wollen, aber der Sechsjährige in ihm hatte gegen halb zehn doch die Oberhand gewonnen und er war eingeschlafen, gerade als die Feuer das zehn Kilometer entfernte Brayshaw-Anwesen erreichten. Doreen hatte daraufhin den Fernseher und sämtliche Lichter ausgeschaltet. Sie hatte sich in die Küche zurückgezogen, das Radio ganz leise gestellt, die halb gefüllte Flasche Jim Beam neben sich postiert und in der Dunkelheit gewartet und gebetet, dass Luke durchschlafen würde.

»Komm doch mal gucken, Mummy. Ich kann ihn sehen, ganz weit weg. Seinen Schlitten. Er ist rot.«

Doreen rieb sich ihre brennenden Augen und trat ins Wohnzimmer, während ihr der Rauch der Zigarette in einer weißen Wolke durch den Raum folgte.

Doreen setzte sich neben ihren Sohn. Sie drückte die Zigarette im gläsernen Aschenbecher aus, fügte die Kippe dem immer höher wachsenden Haufen hinzu und drehte sich dann zu ihrem Sohn herüber. Sie strich einige feuchte Haarsträhnen aus seiner Stirn, unterdrückte ihre Tränen mit einem Schniefen und schaute aus dem Fenster.

»Siehst du?«, sagte Luke und zeigte hinaus. »Das kleine rote Licht da? Das ist er doch, oder? Er ist es wirklich.«

Doreen schaute aus dem Fenster. Sie sah die Spiegelung von einer der Lichterketten, die sich um den schäbigen alten Plastikbaum schlängelten. Sie brachte ein Lächeln zustande und wuschelte durch sein Haar. »Ja, ich glaube, das ist er«, sagte sie. »Der Weihnachtsmann kommt.«

»Und bringt mir ganz viele Geschenke?«

Es war jedoch weniger eine Frage als eine Feststellung, immerhin hatte Luke in den vergangenen Jahren immer Geschenke bekommen. Bisher war ihr Schlafzimmerschrank jedes Mal vor lauter Plüschtieren, Actionfiguren, Computerspielen, DVDs und natürlich den Klassikern wie Klamotten und Unterwäsche aus allen Nähten geplatzt.

Aber nicht in diesem Jahr.

Alles, was ihren Kleiderschrank in diesem Jahr aus den Nähten platzen ließ, waren Klamotten, die bereits Gefahr liefen, außer Mode zu kommen, ausgelatschte Schuhe und Kartons mit Fotoalben – Dinge, die leicht brennen würden.

Die Hälfte ihrer Habseligkeiten befand sich inzwischen in Kisten und wartete darauf, nach Nirgendwo abtransportiert zu werden. Seit sie vor zwei Monaten ihren Job bei der Bank verloren hatte, war ihr Leben in Kisten verpackt.

Doreen wandte ihren Blick der nachgemachten Kiefer zu. Sie hatte den Baum vor 20 Jahren gekauft, kurz nachdem sie und George geheiratet hatten. Sie hatten nicht genügend Geld für einen echten Baum gehabt. Aber das war egal gewesen. Es hatten trotzdem Geschenke darunter gelegen – genau wie in den folgenden 18 Jahren. Nur dass die Geschenke später unter einem echten Baum gelegen hatten – mit echtem Kieferndu.ft. Selbst als George sie vor fünf Jahren verlassen, seinen Porsche und ihren Glauben an die Liebe mitgenommen hatte, stapelten sich unverändert Geschenke unter dem Baum. Der falsche Plastikbaum war im Schrank geblieben: Sie hatte jedes Jahr einen echten gekauft, ihn geschmückt und gegossen und nach Neujahr in den Vorgarten geworfen, wo er allmählich braun wurde und im Sterben lag, bis er schließlich abgeholt wurde.

19 lange Jahre hatte der Plastikbaum gewartet. Und vor etwas mehr als 20 Tagen, als Luke geschmollt und Doreen wütende, verbitterte Kommentare ausgespuckt hatte – »Wir können uns dieses Jahr keinen echten Baum leisten.« – »Hör auf zu heulen und sei zufrieden mit dem, was du hast.« – »Ein richtiger macht sowieso viel zu viel Arbeit, und überhaupt, wir müssen Wasser sparen …« – wurde dem Plastikbaum endlich sein zweiter Auftritt gewährt.

So schließt sich der Kreis, dachte Doreen mit schwarzem Humor, während sie starr auf die gähnende Leere unter dem Baum blickte.

Als sie sich wieder dem Fenster zuwandte, sah sie ein weiteres Licht. Es war weiter entfernt und viel größer. Im Augenblick leuchtete es orange, als ginge die Sonne unter. Nur dass es nicht die Sonne war. Auch wenn das Licht ähnlich aussah, unterschied es sich in einem Punkt doch ganz deutlich vom Himmelskörper – es kam immer näher.

Während Tränen über ihre geröteten Wangen rannen, räusperte sich Doreen, um etwas zu sagen. Ihre Stimme krächzte und hüpfte aber trotzdem wie eine alte Schallplatte. »Möchtest du gerne ein kaltes Bad nehmen, Luke?«

Luke starrte weiter wie gebannt auf das schwebende

rötliche Licht im Fenster und schüttelte kaum merklich den Kopf.

»Ist dir nicht heiß? Ein schönes kaltes Bad wäre doch bestimmt schön, oder?«

»Ich will den Weihnachtsmann nicht verpassen.«

»Das wirst du nicht, Schatz. Ich komm dich holen, wenn er da ist.«

»Ich will hierbleiben und mir das Licht ansehen«, erwiderte Luke trotzig.

»Okay«, seufzte Doreen und rieb sich die Schläfen. »Dann bleib eben hier und schau dir das Licht an.«

Irgendetwas Kleines knallte gegen das Fenster. Doreen schnappte nach Luft. Im Schein der Weihnachtsbeleuchtung sah sie, wie ein Käfer immer wieder gegen das Fenster flatterte.

»Guck mal, Mum, ein Weihnachtskäfer«, sagte Luke und wandte seine Aufmerksamkeit kurzfristig von dem roten Licht ab.

»Stimmt«, bestätigte Doreen und beobachtete, wie der Käfer noch eine Weile weiterflatterte und schließlich verschwand. Er war clever – er wusste, was auf ihn zukam. Er verschwand aus dieser Gegend, verschwand in die Sicherheit. Ganz offensichtlich hatte er einen Ort, an den er gehen konnte.

Ganz im Gegensatz zu ihnen.

Sie hatten keinen Ort, an den sie gehen konnten – kein Zuhause, keine Familie. Alle anderen in der Gegend waren bereits gegangen. Einige hatten unterwegs sogar bei Doreen haltgemacht und ihr gesagt, sie müsse auch verschwinden, sie müsse sich Luke schnappen und sofort aufbrechen. Weil es nicht mehr lange dauern würde, bis auch die Gegend hier in Flammen stand.

»Kannst du irgendwo unterkommen?«, hatten die Leute sie gefragt, atemlos, mit verschwitzten Gesichtern.

»Ja«, hatte Doreen gelogen. »Ja, ich habe jemanden, bei dem ich unterkommen kann.«

Danach waren sie alle wieder verschwunden. Und Doreen hatte sich wieder auf die Couch gesetzt und auf den Fernseher gestarrt.

Es war über drei Stunden her, seit das letzte Mal jemand bei ihnen vorbeigekommen war und ihr geraten hatte, sie solle verschwinden.

»Ich glaube, er kommt näher«, verkündete Luke, der nun wieder auf das Licht starrte.

Doreen drehte sich um und starrte mit verschwommenem Blick auf das Licht im Fenster. »Ja, ich glaube du hast recht, Schatz.«

Im Gegensatz zu Lukes imaginärem Weihnachtsmann kam ihr Licht tatsächlich näher. Statt eines orangefarbenen Leuchtens in der Ferne konnte sie nun bereits Flammen erkennen. Und Rauch. Dicken, wirbelnden Rauch, der die klare Sommernacht in einen nebligen Weihnachtsabend in England verwandelte.

»Ich rieche Rauch«, sagte Luke und schnupperte in der Luft.

Es war der Geruch von verbranntem Holz, Eukalyptus und dem Ende all ihrer Schmerzen.

Doreen legte die Arme um ihren Sohn.

»Vielleicht ist das der Schlitten vom Weihnachtsmann«, erwiderte sie.

»Wie bei einem alten Zug?«

»Genau. Vielleicht schüren die Elfen das Feuer. Und deshalb kann der Weihnachtsmann auch in einer einzigen Nacht über die ganze Welt fliegen.«

»Wow«, stieß Luke aus, der sich mit den Ellbogen auf die Armlehne der Couch stützte und das Kinn in die Handflächen vergrub. Sein Blick fixierte weiter das rote Licht.

»Ich bin ganz gespannt, wie der Weihnachtsmann so ist, wenn er erst mal da ist.«

»Wahrscheinlich sehr müde«, sagte Doreen und schloss die Augen, um sie vor dem brennenden Licht zu schützen. »Wahrscheinlich ist er sehr müde und möchte gerne etwas zu essen und zu trinken.«

Während der Geruch des heißen, beißenden Rauches ihre Welt erfüllte, drückte Doreen ihren Sohn noch fester an sich. Gemeinsam warteten sie darauf, dass das Licht sie erreichte.

NOTIZEN ZUR ENTSTEHUNG:

Eines Nachts, ich war etwa acht oder neun Jahre alt, verbrachte ich mit meiner Familie den Weihnachtsabend im Haus unserer Nachbarn. Wir hatten uns alle im Wohnzimmer versammelt, die Erwachsenen unterhielten sich und die Kinder saßen auf dem Boden vor dem Weihnachtsbaum. Dann sah ich im Fenster plötzlich ein rotes Licht. Das Licht schien in der Luft zu schweben und als ich es den anderen Kindern zeigte, wurden wir alle ganz aufgeregt, weil wir uns sicher waren, dass es nur der Weihnachtsmann sein konnte, der mit seinem Schlitten durch die Nacht flog. Wir haben es den Erwachsenen gezeigt und anstatt uns zu erklären, dass es sich dabei nur um die Lichterkette des Baums handelte, die sich im Fenster spiegelte, spielten sie mit und räumten ein, dass es auch durchaus der Weihnachtsmann mit seinen Rentieren sein konnte. Was soll ich sagen? Das war vermutlich der bis dahin aufregendste Augenblick meines jungen Lebens – wir hatten wirklich den Weihnachtsmann gesehen! Ich erinnere mich noch, dass ich unbeschreiblich aufgeregt war, als wir das Haus unserer Nachbarn an diesem Abend wieder verließen. Das Erlebnis machte diese ohnehin so besondere Zeit des Jahres für mich noch magischer.

Es war genau dieses Erlebnis, das mir sofort wieder einfiel, als ich gebeten wurde, eine Geschichte für den ersten Band der Anthologie *Festive Fear* von Tasmaniac zu schreiben. Während ich intensiver über die Handlung nachgrübelte und genau wusste, dass es nicht reichte, lediglich über ein Kind zu schreiben, das glaubt, den Weihnachtsmann gesehen zu haben, und dass es eine düstere Geschichte sein musste – schließlich war sie ja für eine Horror-Sammlung bestimmt –, kamen mir die heißen australischen Sommer in den Sinn. Ich dachte an die Verwüstungen, die die schrecklichen Buschbrände anrichten können, und die Idee zu *Weihnachtliches Leuchten* war geboren.

Noch eine kleine, etwas unheimliche Randbemerkung: Kurz nachdem ich die Rohfassung von *Weihnachtliches Leuchten* fertiggestellt hatte, wurde Victoria von den verheerendsten Buschbränden aller Zeiten heimgesucht, die 170 Todesopfer forderten und mehrere Kleinstädte auf dem Land sowie über 2000 Häuser zerstörten. Ich habe daraufhin in Erwägung gezogen, die Geschichte nicht für die Anthologie einzureichen. Niemand sollte den Eindruck bekommen, dass ich die Tragödie für meine Zwecke ausnutze – auch wenn ich die Geschichte geschrieben hatte, bevor die Buschbrände ausbrachen. Ich habe mit Steve Clark darüber gesprochen, dem Chef von Tasmaniac Publications. Wir waren uns letzten Endes darüber einig, dass die Story dadurch keinen faden Beigeschmack bekam, sondern – wenn überhaupt – an Relevanz gewann und noch größere Resonanz hervorrufen würde. Aber sie zeigt noch etwas ganz deutlich: Das wahre Leben kann oft viel grausamer sein als jede ausgedachte Geschichte.

THE ARGUS, DIENSTAG, 13. SEPTEMBER 1892

MAD FRED – TEIL 1

(Mad Fred)

FREDERICK DEEMING: EIN MANN MIT VIELEN GESICHTERN

GESCHICHTEN VON DER *KAISER WILHELM*

MR. DREWN PLANT DAS VERBRECHEN DES JAHRHUNDERTS

Als Frederick Bailey Deeming vor knapp vier Monaten den Tod durch Erhängen fand, stieß die Welt in dem Wissen, dass der 38-jährige Engländer nie wieder jemanden töten würde, einen kollektiven Seufzer der Erleichterung aus. Doch angesichts der letzten beiden Morde an zwei Prostituierten im Nordosten von Melbourne und der diversen Geistersichtungen in einem Haus in Windsor muss die Frage erlaubt sein: Ist Mad Fred, wie ihn die Öffentlichkeit getauft hat, wirklich von uns gegangen oder ist sein Geist zurückgekehrt und dürstet nach weiterem Blut?

Einige Stimmen behaupten, die beiden Morde in Melbourne seien das Werk eines Täters, der die Verbrechen von Jack the Ripper nachahmt. Schließlich wurde die erste Leiche am Morgen des 31. August gefunden, die zweite am 8. dieses Monats – das sind exakt die gleichen Daten wie bei zwei Ripper-Morden. Wenn sie aber tatsächlich das Werk eines grausamen, blutrünstigen Trittbrettfahrers sind, warum hat er dann seine Serie mit Jacks drittem Opfer begonnen? Warum in Melbourne? Und warum vier Jahre nach den Morden im Londoner East End?

Und wie sind die unheimlichen Sichtungen in jenem kleinen Backsteinhaus in der Andrew Street zu erklären? Nachbarn behaupten, sie hätten seltsame Geräusche gehört und unerklärliche Dinge gesehen, obwohl das Haus unbewohnt ist, seit Deeming es im vergangenen Jahr am Weihnachtsabend verlassen hat – einen Tag, nachdem er seine Frau Emily getötet und ihre Leiche unter der Kaminplatte in einem der Schlafzimmer vergraben hat.

In dieser dreiteiligen Reportage möchte *The Argus* das entsetzliche Verbrechen, für das Mad Fred an den Galgen wanderte, genauer untersuchen. Wir sprechen mit Menschen, die in direkter Verbindung mit den damaligen Ereignissen stehen, und bringen Ihnen so nicht nur den Mann selbst, sondern sämtliche Einzelheiten seines grausamen Verbrechens näher als je zuvor. Wir enthüllen Details, über die noch nie zuvor berichtet wurde, nicht zuletzt die verblüffenden Offenbarungen eines ehemaligen Mithäftlings von Deeming, der ihm gegenüber behauptete, Jack the Ripper zu sein. Wir gehen darüber hinaus angeblichen Geistersichtungen auf den Grund und unterhalten uns mit Augenzeugen, die behaupten, der Geist von Mad Fred suche noch immer das Haus in der Andrew Street heim. Schließlich suchen wir auch die Tatorte der beiden Prostituiertenmorde noch einmal auf. Anschließend können Sie selbst entscheiden, ob hier ein Wahnsinniger sein Unwesen treibt oder wirklich ein Geist durch Melbourne spukt – der Geist jenes Mannes, der für eine Reihe von Untaten verantwortlich ist, die inzwischen als Jahrhundertverbrechen tituliert werden.

Frederick Deeming war ein Mann mit vielen Gesichtern. Der in Cheshire geborene Betrüger und Serienmörder galt als ebenso charmant wie skrupellos. Einer der weiblichen Passagiere an Bord der *Kaiser Wilhelm II,* jenes Schiffs, das Deeming und seine zweite Frau am 15. Dezember nach Melbourne brachte, erlebte diesen Widerspruch aus erster Hand. »Ich habe den Mann verabscheut, den ich als Albert Williams kannte«, so die 24-jährige, in Brisbane geborene Schneiderin Kate Jensen. »Gegenüber anderen Passagieren an Bord verhielt er sich oft unhöflich und überheblich. Er gab ständig mit seinen Auslandsreisen an und behauptete, bereits an mehr Orten gewesen zu sein, als die meisten Menschen in ihrem ganzen Leben zu sehen bekämen. Er sagte, er habe gegen die Zulu in Afrika gekämpft – er präsentierte dann sogar oft ein Messer und protzte, wie viele Einheimische er damit getötet hätte. Dann, ohne offensichtlichen Anlass, wurde er mit einem Mal vollkommen paranoid und beschuldigte andere Passagiere, ihn bestohlen und zudem den wertvollen Schmuck seiner Frau entwendet zu haben. Wir hielten ihn allesamt für verrückt. Aber Emily gegenüber hat er sich stets sehr liebevoll und fürsorglich verhalten. Sie erzählte mir oft von seinen Gesten der Zuneigung und versicherte mir, wie aufgeregt sie waren, schon bald in Melbourne einzutreffen und dort gemeinsam ein neues Leben zu beginnen. Es schien fast, als lebten zwei Personen in seinem Körper.«

Doch Deemings seltsames Verhalten beschränkte sich nicht auf seine fantastischen Geschichten über Auslandsreisen oder die unvermittelten Bezichtigungen des Diebstahls.

»Meine Kabine auf dem Schiff befand sich direkt gegenüber der Kabine des Ehepaars Williams, daher habe ich vieles gesehen und gehört«, fährt Kate fort. »Ich habe gehört, wie Albert sich mit seinem Kanarienvogel unterhielt. Das waren wirklich ganz außergewöhnliche Unterhaltungen, die man gehört haben muss, um sie zu glauben.«

Fred Deeming brachte einen Kanarienvogel mit nach Melbourne, den er dem Vernehmen nach besser behandelte als seine eigene Frau. Laut dem Träger, den die frisch vermählten Eheleute anheuerten, um ihre Habseligkeiten in das neue Zuhause nach Windsor zu transportieren, reiste Fred gemeinsam mit seinem Kanarienvogel in der Kutsche, während Emily ganz allein mit der Straßenbahn zu ihrer künftigen Wohnung fahren musste. Nach dem Mord konnte man Fred häufig dabei beobachten, wie er in einem Sulky durch die Stadt fuhr und den Kanarienvogel in einem eleganten, aufwendig verzierten Käfig zur Schau stellte.

»Er sprach mit dem Vogel, als sei er ein menschliches Wesen«, erinnert sich Kate. »Manchmal berichtete er von seinen großen Taten in aller Welt und sprach stundenlang ohne Unterlass von seinen heldenhaften Abenteuern auf den sieben Weltmeeren oder beim Kampf gegen die Zulu. Hin und wieder hörte ich ihn auch mit dem Vogel lachen, so als erzählten sie einander die herrlichsten Witze. Bei anderen Gelegenheiten bekam ich mit, wie er sehr wütend wurde. Für gewöhnlich sprach er dann über so entsetzliche Dinge wie Krankheiten, Mord und Totschlag. Wann immer er mit dem Kanarienvogel über seine Mutter sprach, fing er am Ende an zu weinen. Es war wirklich furchtbar traurig, aber auch überaus seltsam. Wie ich bereits sagte, wir hielten ihn alle für verrückt, aber ich hätte niemals gedacht, dass er zu solch schrecklichen Taten fähig ist – noch habe ich jemals den Verdacht gehegt, er könne seine erste Frau und seine drei Kinder ermordet haben. Mir gefriert das Blut in den Adern, wenn ich daran denke, dass ich während der ganzen Zeit, in der wir uns an Bord des Schiffes befanden, in so unmittelbarer Nähe zu ihm geschlafen habe.«

Als wir sie fragen, ob sie es für möglich hält, dass Fred und Jack the Ripper ein und dieselbe Person sind, stößt Kate ein nervöses Lachen aus und antwortet: »Es ist schwer, sich vorzustellen, dass ein englischer Gentleman eine so furchtbare Tat begangen haben soll wie das, was Jack diesen armen Frauen zumutete – selbst wenn man weiß, was Albert seinen beiden Ehefrauen und seinen Kindern angetan hat. Und dennoch ...« Ein leerer, abwesender Ausdruck tritt auf Kates Gesicht. »Wenn ich zurückdenke, dann lag da etwas in seinen Augen, das mir Angst gemacht hat. In jenen Momenten des Wahnsinns, wenn er tobend über das Schiff trampelte und behauptete, man habe ihm sein Eigentum gestohlen, wünschte ich mir nichts sehnlicher, als möglichst weit von ihm weg zu sein. Trotzdem fällt es mir nach wie vor schwer zu glauben, dass Albert auch diese Verbrechen in Whitechapel begangen haben soll. Ich weiß natürlich, dass die Zeitungen das behaupten, aber ich kann es mir einfach nicht vorstellen.«

Auch ein weiterer Passagier der *Kaiser Wilhelm II* hat

Schwierigkeiten, sich mit dem Gedanken anzufreunden, bei Deeming könnte es sich um den berüchtigten Whitechapel-Mörder handeln. »Ich kannte sowohl Mr. als auch Mrs. Williams sehr gut«, erzählt uns der Getreidehändler Sydney Oakes aus Alphalton. »Ich habe mich während der Reise mit dem Dampfschiff nach Melbourne recht gut mit den beiden angefreundet. Es stimmt schon, Albert konnte sich hin und wieder ein wenig seltsam benehmen, aber Emily gegenüber verhielt er sich immer sehr liebevoll. Ich habe zwischen den beiden nur Liebe gesehen, daher mag ich mich auch nicht mit dem Gedanken anfreunden, dass Albert Emily auf so grauenhafte Weise getötet hat. Außerdem hatte der Mann nicht das Geringste an sich, das mich davon überzeugen könnte, dass er auch diese Gräueltaten in Whitechapel vor vier Jahren begangen hat. Er hat sich zwar mit Morden gebrüstet, aber dabei ging es stets um Schwarze. Und außerdem sprach er mit diesem ausgeprägten Lancashire-Akzent und hatte so ungeheuer viel Charme – nein, ich kann mir beim besten Willen nicht ausmalen, wie Albert durch die Straßen im Londoner East End streift und leichte Mädchen abschlachtet.«

Als wir ihn fragen, warum Deeming seiner Ansicht nach seine Frau ermordet hat, beginnt Oakes zu stottern und nervös über seinen Schnurrbart zu streichen. »Das muss ein Unfall gewesen sein«, antwortet er schließlich. »Wahrscheinlich haben sie sich gestritten und Deeming hat dabei aus Versehen seine Frau geschlagen und getötet. Ich bin mir sicher, dass es keine Absicht war. Ich schätze, er ist in Panik geraten, und weil er nicht geschnappt werden wollte, hat er sie unter der Kaminplatte vergraben.«

Hatte Mr. Oakes sich im Januar nicht noch mit Deeming getroffen, nur rund eine Woche, nachdem dieser seine Frau umgebracht hatte? »Das ist richtig. Wir haben uns auf einen Drink im Baths Hotel in der Bourke Street getroffen.« Ich frage Oakes, in welcher Verfassung er Deeming bei ihrem Treffen vorfand. »Er schien ganz der Alte zu sein – charmant, gut gelaunt und stets prahlerisch. Er verärgerte einige der anderen Gäste in der Bar mit seinen auffälligen Reden und Gesten. Ich dachte schon, es würde zu einer Schlägerei kommen.«

Hält er es nicht für merkwürdig, dass sich ein Mann, der nur eine Woche zuvor seine Frau brutal ermordet hat, so schamlos gut gelaunt zeigt? »Möglicherweise war das einfach seine Art, mit der ganzen Sache fertig zu werden. Aber vielleicht verspürte er auch wirklich keine Reue. Das ist schwer zu sagen. Ich habe ihn danach nie wiedergesehen. Als ich das nächste Mal von Albert Williams hörte, hieß es, sein richtiger Name laute Frederick Deeming und er stehe im Verdacht, seine Frau Emily ermordet zu haben. Ich muss zugeben, dass mich das wirklich schockiert hat. Ich habe noch immer Schwierigkeiten, diesen Mann mit den schrecklichen Taten in Verbindung zu bringen. Und ich kann noch immer nicht glauben, dass die Leiche, die ich im Leichenschauhaus gesehen habe, wirklich Emily gewesen sein soll. Sie sah überhaupt nicht menschlich aus, geschweige denn wie jene Dame, die ich als so freundliche, liebenswerte Person kennengelernt hatte.« In diesem Moment erhebt sich Mr. Oakes von seinem Küchentisch und schenkt sich ein Glas Gin ein. »Arme Emily«, murmelt er.

Arme Emily, fürwahr. Die 26-jährige junge Frau aus Rainhill hatte keine Ahnung von der Vergangenheit ihres Mannes und wusste auch nicht, was er für sie geplant hatte. Denn Fred Deeming hatte ihren Mord ganz offensichtlich geplant. Es war weder ein Unfall noch eine Gewalttat im Affekt, durch die sie im Beton unter der Kaminplatte ihres Schlafzimmers endete – mit zertrümmertem Schädel und durchgeschnittener Kehle.

Nur zwei Tage nach seiner Ankunft in der zweitgrößten Stadt der britischen Kolonie suchte Deeming einen Eisenwarenhändler auf und kaufte sämtliche Werkzeuge, die er benötigte, um die Leiche seiner Frau unter dem Haus zu vergraben. Er hegte offenbar die Hoffnung, dass man sie dort niemals finden würde – oder wenigstens erst, nachdem er Australien längst verlassen hatte.

Der Besitzer des Eisenwarenladens in der High Street, John Woods, erinnert sich an Deeming als ebenso auffälligen wie mürrischen Mann. »Als er zu mir in den Laden kam, erschien er mir wie ein sehr lauter, extravaganter Herr. Er trug eine Menge teuer aussehenden Schmuck und sprach mit ausgeprägtem englischen Akzent. Mit seinem ausladenden roten Schnurrbart stach er aus der Masse heraus wie ein Fischhändler in der Oper. Er stellte sich als Drewn vor und bestellte bei mir Zement, Sand, einen Besen, einen Spaten, eine Wanne und eine Maurerkelle. Er war freundlich, wenn auch vielleicht hin und wieder etwas schroff.

Am folgenden Tag betrat jedoch ein vollkommen anderer Mann meinen Laden. Er behauptete, die Werkzeuge und das Material seien nicht wie bestellt zu ihm nach Hause geliefert worden. Er wirkte kalt und wütend auf mich und, um ehrlich zu sein, brachte er mich ein wenig aus der Fassung. In seinem Blick lag eine seltsame Leere und ich hatte schon Angst, er würde im nächsten Moment einen schrecklichen Wutanfall bekommen, also verbarg ich meinen Stolz – ich war mir sicher, dass seine Bestellung ausgeliefert worden war – und brachte all die Waren, die er am Tag zuvor geordert hatte, persönlich zu seinem Haus nach Windsor.

Unterwegs erklärte Drewn mir, er benötige das Material für diverse Arbeiten in seinem Garten, aber als wir das Haus erreichten, sah ich, dass der Garten keinerlei Zuwendung nötig hatte. Ich machte eine Bemerkung darüber, dass der

Garten für mich ganz wunderbar aussehe. Drewn wirkte daraufhin seltsam nervös und erklärte mir in eingeschnapptem Tonfall, es sei nicht der Garten, der einige Ausbesserungen nötig habe, sondern einer der Heizkessel aus Kupfer. Dieser schien mir zwar auch vollkommen in Ordnung zu sein, aber dieses Mal sagte ich nichts. Der Mann war ganz offensichtlich bereits verärgert genug und ich wollte ihn nicht noch mehr reizen. Als ich sämtliche Werkzeuge und das restliche Material bei ihm abgeladen hatte, verließ ich daher sein Haus. Ich fühlte mich in Gegenwart des Mannes ohnehin unwohl und durch sein seltsames Verhalten bezüglich der bestellten Waren und deren Bestimmung wuchs mein Unbehagen nur noch mehr.

Als die Polizei Monate später zu mir kam, um mir einige Fragen über Drewn zu stellen, und ich von der abscheulichen Art und Weise erfuhr, mit der er sich seiner Frau entledigt hatte, wurde mir ganz übel. Der Gedanke daran, dass es meine Materialien und meine Werkzeuge waren, mit deren Hilfe er die Leiche seiner Frau unter dem Kamin verscharrte …« Mr. Woods, ein schlanker Mann mittleren Alters mit tiefschwarzem Haar und Bart, erschaudert merklich hinter seiner Ladentheke. Auch wenn er natürlich niemals hätte erahnen können, für welch diabolische Zwecke Fred Deeming den Zement, die Kelle und die anderen Dinge benutzen würde, lastet das Wissen, dass er derjenige gewesen ist, der Deeming das Material verkaufte, ganz offensichtlich unvermindert schwer auf seinen Schultern.

Mr. Woods ist jedoch nicht der einzige Mensch, der sich schuldig fühlt. Auch wenn er, ebenso wenig wie Mr. Woods, hätte erahnen können, was dort geschehen würde, bereut der Eigentümer des Hauses in der Andrew Street, der örtliche Metzger John Stamford, zutiefst, Deeming als Mieter aufgenommen zu haben.

»Ich habe mich von seiner respektablen Erscheinung täuschen lassen«, gesteht Mr. Stamford ein. »Da stand dieser gut gekleidete englische Herr vor mir und wollte mein Haus mieten. Woher hätte ich denn wissen können, dass er ein Schurke und kaltblütiger Mörder ist? Mein Gott, ich erfuhr ja sogar den Namen des Mannes erst später, als er mit einem kleinen Paket zu mir in den Laden kam und mir mitteilte, er werde einige Nagellöcher in der Hauswand ausbessern. Er sagte, in dem Paket befinde sich Zement! Großer Gott, wahrscheinlich war darin in Wahrheit das Messer, mit dem er auch seine Frau umgebracht hat.«

Stamfords Grundstücksverwalter, Mr. Charles Connop, gibt ebenfalls zu, er habe sich vom noblen Äußeren des Engländers täuschen lassen. »Ich habe ihn nur ein paarmal getroffen. Er schien mir ein absolut respektabler Gentleman zu sein. Er hat die Miete für das Haus in der Andrew Street für einen vollen Monat bezahlt, auch wenn er ganz offensichtlich nicht vorhatte, so lange dort zu bleiben. Er muss alles ganz genau geplant haben, bevor er überhaupt in Melbourne ankam. Ich habe auch seine Frau kennengelernt. Sie schien mir ein recht schüchternes Wesen zu sein – hübsch, aber sehr still. Was für ein schreckliches Ende sie doch ereilte.«

Nachdem er also das Haus gemietet und alle nötigen Werkzeuge und Materialien beschafft hatte, um seine feige Tat zu vertuschen, war Fred Deeming bereit, seine junge Ehefrau zu ermorden. Er war wahnsinnig genug die Tat zu begehen und kaltblütig genug, um sämtliche Beweise verschwinden zu lassen.

Im nächsten Teil dieses Sonderberichts werden wir einen Blick auf das Verbrechen selbst werfen, mit jenen Menschen sprechen, die das grauenhafte Grab entdeckten, und mit Nachbarn, die behaupten, seltsame Dinge im Haus in der

Andrew Street gesehen und gehört zu haben. Darüber hinaus nehmen wir Sie mit ins Haus der Morde. Also seien Sie gewarnt – wir raten Ihnen, nur dann noch mehr über dieses schändlichste aller Verbrechen zu lesen, wenn Sie besonders starke Nerven besitzen.

THE ARGUS, MITTWOCH, 14. SEPTEMBER 1892

Mad Fred – Teil 2

DIE ENTHÜLLUNG EINES ENTSETZLICHEN VERBRECHENS

EINE TOUR DURCH DAS HAUS DES TODES

GEISTERSICHTUNGEN

Das Haus in der Andrew Street 57 ist ein kleines, unscheinbares Backsteingebäude. Es steht in einer schmalen, ungepflasterten Straße im bescheidenen Vorort Windsor, flankiert von weiteren bescheidenen, aber hübschen Backstein- und Holzbauten. Entlang des Gartenzauns zieren sorgfältig beschnittene Büsche den Rasen vor dem Haus. Es ist nur schwer vorstellbar, dass in seinem Inneren eine derart grauenvolle Tat begangen worden sein soll.

Doch am Weihnachtsabend des vergangenen Jahres geschah in eben diesem Backsteinhäuschen ein Verbrechen, wie es Melbourne noch nie zuvor erlebt hat. Ein Mann namens Frederick Bailey Deeming schlug seiner Frau zunächst den Schädel mit einer Axt ein und schlitzte ihr anschließend mit einem langen Messer die Kehle auf. Dann warf er ihre Leiche in ein Loch unter dem Kamin, füllte das grausame Grab mit Beton, den er selbst angerührt hatte, und bedeckte das provisorische Grab anschließend wieder mit der Kaminplatte. Die Leiche des Opfers wurde erst nach zwei Monaten entdeckt.

Es war der Besitzer des Hauses, Mr. John Stamford aus der High Street, der als Erster feststellte, dass etwas nicht stimmte.

»Ich führte an jenem Tag, es war der 3. März, eine potenzielle Mieterin durch das Haus. Als wir das erste Schlafzimmer betraten, roch es darin wirklich unangenehm. Wenig überraschend verließ die Dame das Haus umgehend. Als ich mich in dem Zimmer etwas genauer umschaute, sah ich, dass die Kaminplatte erhöht lag, so als habe sie jemand verschoben. Ich rief meinen Verwalter, Mr. Connop, an, und gemeinsam hoben wir die Kaminplatte an. Der Geruch wurde noch schlimmer. Es war ein wirklich abstoßender Gestank, der mich an totes Fleisch erinnerte. Nur dass es noch widerlicher roch. Der Gestank schien sich durch meine

Nasenlöcher zu fressen und meinen Rachen zu verbrennen. Ich habe meinen Sohn geschickt, um die Polizei zu holen, und es dauerte rund zwei Stunden, bis die Beamten freigelegt hatten, was sich unter der Betonschicht verbarg.«

Mr. Stamford, ein kräftig gebauter Mann Mitte 40, schüttelt daraufhin den Kopf und sein Gesicht wird aschfahl. »Ich werde diesen Anblick und diesen Geruch nie vergessen.«

Das wird auch Constable Webster nicht, einer der Polizisten, der an jenem Märzabend dabei half, die Leiche aus ihrem Betongrab zu befreien. »Ich musste die Kleidung und die Uniform, die ich getragen hatte, anschließend vernichten, da sie den Gestank des verwesten Fleisches tief in sich aufgenommen hatten. Ich habe sie im Kamin verbrannt, aber auch dadurch ist der Gestank nicht völlig verschwunden. Ich glaube, der Geruch hat sich für immer und ewig in meiner Nase festgesetzt. Er war so entsetzlich, dass ich das Haus mehrmals verlassen musste, und mir war noch immer übel, als ich endlich wieder zu Hause war. Und was die Leiche selbst angeht – nun, sagen wir einfach, ich werde ihren fürchterlichen, mumienartigen Anblick nie vergessen. Ich hatte so etwas noch nie zuvor gesehen und bei Gott, ich hoffe inständig, dass ich nie wieder einen derartigen Anblick ertragen muss.«

»Sie hat über zwei Monate da unten gelegen«, fügt Mr. Stamford hinzu. »Zwei Monate! Haben Sie eine Vorstellung davon, wie sie ausgesehen hat? Sie war nur noch ein Haufen verwesten Fleisches. Wie eine dieser ägyptischen Mumien, nur dass sie vor Schlamm triefte. Mein Gott, ihr Haar und ihr Skalp sind von ihrem Schädel gerutscht, als die Polizisten ihre Leiche ausgegraben haben. Die ganze Sache war eine furchtbar widerliche, abstoßende Angelegenheit.«

Aber was ist mit den Nachbarn? Wie haben sie reagiert, als sie die entsetzliche Neuigkeit erfuhren? Und hatten sie ihren neuen Nachbarn vielleicht ohnehin schon im Verdacht, etwas im Schilde zu führen?

»Ich wäre beinahe in Ohnmacht gefallen, als ich hörte, was passiert ist«, zeigt sich die in Irland geborene Mrs. Fiddymont aus dem Haus in der Andrew Street 59 noch immer schockiert. »Mein lieber Owen musste mich auffangen, als ich umkippte. Ich habe in meinem ganzen Leben noch niemals etwas so Grauenhaftes gehört.« Wenn Mrs. Fiddymont am Küchentisch in ihrem Holzhaus mit den vier Zimmern sitzt, sieht sie aus wie die typische Großmutter. Sie hat ein freundliches Gesicht, auch wenn sich, während sie mir von ihren Erinnerungen berichtet, ein verstörter Ausdruck darauf legt.

»Ich habe Mr. Drewn nur ein paarmal getroffen, seine Frau sogar noch seltener. Sie blieb die meiste Zeit für sich. Ich bin ihr nur ein einziges Mal begegnet, kurz nachdem sie eingezogen waren. Ich war hinter dem Haus und habe Wäsche aufgehängt, als sie in den Garten schlenderte. Der Zaun zwischen den beiden Grundstücken ist nicht sehr hoch, deshalb konnte ich das arme Mädchen gut sehen. Sie wirkte traurig auf mich. Sie wirkte nicht aufgewühlt oder hat geweint, das meine ich nicht, aber sie sah sehr einsam und verlassen aus. Ich musste sie mehrmals rufen, bevor sie sich zu mir umgedreht hat. Sie wirkte wie in ihrer ganz eigenen Welt verloren. Wie dem auch sei, ich habe mich vorgestellt und sie gefragt, ob sie vielleicht auf ein Glas Limonade zu mir herüberkommen möchte – an jenem Tag war es heißer als im Ofen des Teufels. Sie schien durch die Einladung vollkommen verstört zu sein, so als wisse sie nicht genau, wie sie darauf reagieren solle. Bevor sie antworten konnte, erschien Mr. Drewn in der Hintertür und rief sie zu sich hinein. Das war das letzte Mal, dass ich das arme Kind lebendig gesehen habe.«

Aber was ist mit Deeming oder – wie sie ihn kannte – Mr. Drewn? »Ich hätte nie und nimmer vermutet, dass dieser groß gewachsene, schneidige englische Gentleman zu einer solch grauenvollen Tat fähig ist«, antwortet Mrs. Fiddymont mit einem tiefen Seufzer. »Er war immer so makellos gekleidet und so höflich. Aber ich muss auch sagen, dass ich bei mehr als einer Gelegenheit nebenan einen Streit gehört habe. Es schien mir nie um etwas Wichtiges zu gehen, nur die üblichen ehelichen Unstimmigkeiten. Aber trotzdem erinnere ich mich, dass Mr. Drewn mehrfach Bemerkungen über seine Mutter machte, so als lebe sie zusammen mit den beiden im Haus, obwohl ich nie eine ältere Dame auf dem Grundstück oder in der Nähe gesehen habe. Das gab mir schon ein etwas ungutes Gefühl.«

Eine weitere Nachbarin, die Waschfrau Louisa Atkinson, wohnhaft in der Andrew Street 60, hörte das Ehepaar ebenfalls streiten. Sie war vermutlich auch die letzte Person, die Emily Williams, geborene Mather, lebend zu Gesicht bekommen hat. »Ich ging so gegen 19 Uhr am Weihnachtsabend an ihrem Haus vorbei und habe Mr. und Mrs. Drewn lauthals debattieren gehört. Ich habe angehalten und gelauscht – immerhin waren sie ja neu in der Nachbarschaft und da ist man natürlich neugierig. Nachdem ich ihre Auseinandersetzung ein paar Minuten lang mit angehört hatte, hörte ich einen Knall. Kurz darauf kam Mrs. Drewn durch die Hintertür, eilte die Straße hinunter und den kleinen Nebenpfad entlang. Sie wirkte ausgesprochen nervös. Ich sagte Emily, es wäre vielleicht besser, wenn sie diesen Ort für eine Weile verlassen würde, aber sie lächelte nur und sagte, es werde schon bald alles wieder gut werden. Ich konnte sehen, dass sie Angst hatte, aber ich dachte, die Sache gehe mich nichts an, also habe ich sie nicht weiter bedrängt. Ich habe Mrs. Drewn dann noch nachgeschaut, als sie wieder ins

Haus zurückgegangen ist. Das war das letzte Mal, dass ich sie gesehen habe.«

Weiß Louisa, worüber die beiden sich gestritten haben?

»Es hatte irgendwas mit einem Brief zu tun, so viel weiß ich. Und mit einer Frau namens Kelly. Ich glaube, Mrs. Drewn glaubte, ihr Mann habe eine Affäre mit einer Frau namens Kelly oder so was in der Art. Ich habe auch gehört, dass Emily die Polizei erwähnte. Ich schätze, sie ist nicht mehr dazu gekommen, die Polizei tatsächlich zu rufen.«

Als ich sie frage, ob ihr bekannt sei, dass der Nachname von einem der Opfer Jack the Rippers ebenfalls Kelly gewesen sei und man mutmaße, Fred Deeming habe einst einen Briefwechsel mit dieser Dame geführt, wird Mrs. Atkinson leichenblass. »Ich lese nicht sehr oft Zeitung«, räumt sie ein. »Ich weiß nicht besonders viel über die Morde in London. Ich weiß, dass es Vermutungen gab, Mr. Drewn sei Jack the Ripper, aber ich hatte keine Ahnung, dass er in Briefkontakt mit einem der Opfer stand.«

An diesem Punkt bricht Mrs. Atkinson das Interview ab und gibt an, sie müsse sich hinlegen.

Mrs. Fiddymont hingegen sind die Verbrechen von Saucy Jacky und die Spekulationen, Fred Deeming könne der berüchtigte Mörder sein, bestens bekannt. »Ich muss zugeben, dass ich all diese schäbigen Geschichten faszinierend finde. Mein lieber Owen hat mir jeden Tag die neuesten Berichte über die Gräueltaten in Whitechapel vorgelesen. Sie waren ganz abscheulich, aber auch ungeheuer fesselnd. Wenn ich nur daran denke, dass ein ähnlich abstoßendes Verbrechen gleich nebenan passiert ist und dass dieser Mann vielleicht Jack the Ripper persönlich war …!«

Glaubt Mrs. Fiddymont denn, dass Deeming auch für die Morde in Whitechapel verantwortlich zeichnet?

»Ich wüsste nicht, warum das nicht möglich sein sollte.

Ich hätte auch nie geglaubt, dass ein so distinguierter Herr in der Lage sein könnte, seine reizende Frau auf so brutale Weise zu ermorden und ihre Leiche dann unter dem Kamin zu verscharren. Trotzdem hat er genau das getan. Deshalb bin ich der Ansicht, dass Mr. Drewn absolut dazu in der Lage gewesen wäre, diese Prostituierten in Whitechapel zu ermorden. Mr. Drewn war ja stets sehr gut gekleidet, für gewöhnlich mit einem Zylinder und einem langen schwarzen Mantel, und die soll angeblich auch der Ripper getragen haben. Meiner Ansicht nach war Drewn Jack the Ripper.«

Wir wollen nun einen Blick in das Mordhaus werfen.

Auch wenn es im Inneren aussieht wie jedes andere Haus – die weiß getünchten Wände sind sauber, die hohen Decken mit dem üblichen Ruß beschmutzt, der sich in den Wintermonaten über die Stadt legt – herrscht darin eine schreckliche Kälte, kälter als das Wetter außerhalb des Hauses. Es ist kein Luftzug zu spüren, nur ein allgemeines Gefühl des Unbehagens und der Düsternis. Man bekommt sofort den Eindruck, dass sich hier etwas Tragisches zugetragen hat. Vielleicht ist dies auch der Grund, weshalb das Haus nicht mehr vermietet wurde, seit Deeming es letztes Jahr am Weihnachtstag verlassen hat und nur eine leere Flasche Cognac, einen altbackenen Laib Brot, eine Dose Kondensmilch und mehrere halb verbrannte Gepäckscheine zurückließ. Wenn man durch den Flur geht, geben die Bodenbretter ein besonders hohles Knarren von sich und obwohl sich fast keine Möbel im Haus befinden, ist kaum ein Echo zu hören. Es ist unheimlich und ich bin dankbar, dass ich gemeinsam mit dem Besitzer des Hauses vor Ort bin.

Zunächst zeigt er mir die anderen Zimmer des Backsteinbaus einschließlich des kleinen Badezimmers und des Gartens hinter dem Gebäude. Auch wenn keiner dieser Räume etwas offensichtlich Ungewöhnliches oder Eigenartiges an sich hat, liegt dennoch eine unbestreitbar düstere Atmosphäre wie ein schwarzer Mantel über dem gesamten Anwesen. Während ich durch die Räume gehe, denke ich an die Berichte von Geistersichtungen und seltsamen Geräuschen, die einige Nachbarn gehört haben wollen. Sie scheinen mir ganz und gar nicht außerhalb des Möglichen zu liegen. Tatsächlich spüre ich in dem kleinen Badezimmer, wie ein eiskalter Wind über mich hinwegweht, und ich bin mir fast sicher, dass ich Wasser ins Waschbecken rauschen höre.

»Seit Mr. Drewn gehängt wurde, habe ich in vielen Nächten ein Licht im Badezimmer von Nr. 57 gesehen«, berichtet Mrs. Fiddymont. »Nirgendwo sonst im Haus brannte Licht, nur im Badezimmer. Es verfügt nur über ein kleines Fenster, hoch oben in der Hauswand, aber es besteht kein Zweifel daran, dass sich dort des Öfteren jemand oder etwas mit einer Laterne aufhält. Für gewöhnlich ist das Licht sehr hell. Bei den ersten paar Malen habe ich schnell meinen lieben Owen geholt und er hat es auch gesehen – es ist also nicht nur meine Fantasie mit mir durchgegangen. Mehrmals wurde ich auch mitten in der Nacht von einem Geräusch geweckt, das klang, als laufe Wasser ins Waschbecken, so als leere jemand einen ganzen Eimer hinein. Wenn ich dann aufgestanden bin und aus dem Fenster geschaut habe, habe ich jedes Mal das Licht im Badezimmer gesehen.«

Ich bin zwar tagsüber hier, aber das Badezimmer ist mir trotzdem unheimlich – nachts würde ich mich dort nicht aufhalten wollen. Ich stelle mir vor, wie sich Fred Deeming über einen Eimer mit Wasser beugt, seine blutigen Hände wäscht und das verschmutzte Wasser dann ins Waschbecken schüttet. Ich frage mich, ob Deeming diese Tradition wohl auch nach seinem Tod fortsetzt – ob er seine Hände so bereits bei zwei weiteren Gelegenheiten gewaschen hat und ob wohl noch weitere folgen werden.

»Ich habe sogar einen Schatten im Badezimmer gesehen«, berichtet Mrs. Fiddymont weiter. »Eine Gestalt, die einen Zylinder trug. Ich sehe immer wieder, wie sie sich durch dieses entsetzliche Haus bewegt, und es jagt mir jedes Mal wieder einen Schauer über den Rücken.«

Je länger ich mich in dem Haus aufhalte, desto überzeugter bin ich davon, dass dort finstere Mächte am Werk sind. Ich frage Mr. Stamford, ob auch er die Anwesenheit von etwas Düsterem im Inneren des Hauses spürt, aber er schüttelt den Kopf. Er hält sich aufgrund dessen, was hier geschehen ist, zwar nicht gerne in dem Haus auf, aber von Geistern und Gespenstern will er trotzdem nichts wissen.

Ich erwähne Mrs. Fiddymont und das Licht im Badezimmer und berichte auch von einem weiteren Nachbarn, einem jungen Mann namens Alfred Spedding, der mir ebenfalls erzählte, er habe eine dunkle Gestalt beobachtet, die nachts das Haus mit der Nummer 57 betrat und wieder verließ. Eine dunkle Gestalt, die einen Zylinder und einen Mantel trug. Mr. Spedding, der in Nummer 55 wohnt, hat nach eigenen Angaben oft beobachtet, wie Mr. und Mrs. Drewn ihr Haus in Abendgarderobe verließen und aussahen, als wären sie unterwegs in die Stadt, um eine Theatervorstellung zu besuchen. Er sagte, Mr. Drewn habe immer einen Zylinder und einen schwarzen Mantel getragen, seine Frau ein hübsches grünes Kleid mit weißer Bordüre sowie einen kunstvollen Hut.

Außerdem habe er aus dem Inneren des Hauses die Schreie einer Dame gehört, das Weinen eines Mannes und sogar das Geräusch einer Schaufel, mit der Erde umgegraben wurde.

»Viele Male wurde ich von den Schreien einer Frau geweckt«, so Spedding. »Erst dachte ich, sie kämen aus einem anderen Haus, aber nach einer Weile wurde mir bewusst, dass sie von nebenan stammten. Ich hörte sie immer zur selben Zeit – kurz nach zwei Uhr morgens – und es waren immer dieselben Schreie: zweimal nacheinander, kurz und durchdringend, unverkennbar die Schreie einer Dame.«

»Oh ja, ich habe Weinen aus dem Inneren dieses schrecklichen Hauses gehört«, gibt auch Mrs. Fiddymont zu. »Für gewöhnlich gegen zwei Uhr morgens. Aber das einzige Wort, das ich verstehen konnte, war ›Mutter‹.« Glaubt sie, den Geist von Fred Deeming gehört zu haben? »Da bin ich mir sogar ganz sicher«, antwortet Mrs. Fiddymont und nickt bestimmt mit dem Kopf. »Ich habe diesen Mann mehrmals weinen gehört und es klang ganz genauso.«

Aber was ist mit den Geräuschen der Schaufel? Nun, Mrs. Fiddymont und Mr. Spedding geben beide an, solche Geräusche mehrfach aus dem Haus mit der Nr. 57 wahrgenommen zu haben, wenn sie mitten in der Nacht ihr Toilettenhäuschen aufsuchten.

Ich erzähle all das auch Mr. Stamford, aber er sieht mich nur an, zuckt mit den Achseln und führt mich dann ins Schlafzimmer, in dem Deeming seine Frau vergraben hat.

Sobald ich den Raum betrete, werde ich von einem Gefühl des Grauens erfasst. Es fühlt sich an, als versuche etwas, die Luft aus meinen Lungen zu saugen. Mein Atem wird schwer. Und obwohl es bereits sechs Monate her ist, dass die Leiche von Emily Williams unter der Kaminplatte entdeckt wurde, und der Raum inzwischen gründlich gereinigt wurde, liegt noch immer ein Geruch von verfaulten Äpfeln und verwestem Fleisch in der Luft, von dem mir übel wird.

Ich frage Mr. Stamford, ob er den widerlichen Gestank auch riecht, und er räumt zögernd ein, einen schwachen Hauch des Todes wahrzunehmen. Er vermute jedoch, dass es sich dabei um den Geruch handele, der sich für alle Zeiten in seiner Nase festgesetzt habe.

Ich versuche, den Gestank und das Gefühl des Grauens zu

ignorieren, und blicke mich in dem Zimmer um. Der Raum ist mittelgroß, gegenüber der Tür befindet sich ein großes Fenster und in einer Ecke steht ein Kleiderschrank. Der Kamin befindet sich neben dem Kleiderschrank. Er ist in die Ziegelmauer eingelassen und die eigentliche Feuerstelle ist im Moment nur ein leeres, schwarzes Loch – es gibt keinerlei Anzeichen, dass hier in jüngerer Vergangenheit oder überhaupt jemals ein Feuer loderte. Mr. Stamford führt mich durch das verlassene Schlafzimmer. Vor dem Kamin bleiben wir stehen.

Nichts weist darauf hin – abgesehen von dem Geruch –, dass je eine Leiche unter der Kaminplatte begraben lag. Nichts lässt erkennen, dass der Boden herausgerissen wurde, um die verwesende Leiche aus ihrem flachen Grab zu befreien. Der Bereich rund um den Kamin sieht aus wie bei jeder anderen Feuerstelle auch.

Während ich mich neben den Kamin hocke, höre ich ein Kratzen unter dem Boden. Zunächst nehme ich an, dass es sich dabei um eine Ratte handelt, aber das Geräusch klingt zu vorsätzlich – wie Fingernägel, die über das Holz kratzen.

Ich schnappe erschrocken nach Luft, richte mich wieder auf und drehe mich zu Mr. Stamford um, der mich vollkommen verblüfft ansieht. Ich teile ihm meine Beobachtung mit, aber er versichert mir, nicht das Geringste davon mitbekommen zu haben.

Ich lausche erneut – das Kratzen ist verstummt.

Als der Gestank des Todes stärker wird, fällt mir das Atmen immer schwerer und ich verlasse das Zimmer. Draußen im Flur wird mein Kopf allmählich wieder klar und auch meine Atmung normalisiert sich.

In den banalen Wänden dieses Hauses ist zwar überall dieselbe verstörende Atmosphäre zu spüren, aber im Herzen dieses Zimmers liegt etwas Böses. Als ich dem Gebäude den

Rücken kehre und in den nebligen Nachmittag hinausschreite, weiß ich, dass ich dieses Zimmer nie wieder betreten möchte. Darin mag zwar bereits vor neun Monaten ein schreckliches Verbrechen begangen worden sein, aber der Schleier des Unheilvollen ist noch nicht verflogen.

Ob es sich dabei um den Geist von Mad Fred Deeming handelt oder ob er nur eine gewisse Restenergie zurückgelassen hat, mögen Sie als Leser bitte selbst entscheiden. Einige Menschen, darunter auch Mrs. Fiddymont und Mr. Spedding, sind sich absolut sicher, dass das Haus von Geistern heimgesucht wird. Andere, etwa Mr. Stamford, sind der Ansicht, dass in seinem Inneren nichts Ungewöhnliches zu finden ist – außer den entsetzlichen Erinnerungen an ein grausames Verbrechen.

Es gibt aber noch einen Mann, der die Idee, Deemings Geist könne durch die Straßen von Melbourne spuken, für lächerlich hält: Walter Smith, der Henker im Gefängnis von Melbourne.

»Ich habe ihm mit eigenen Händen eine Schlinge um den Hals gelegt und dann zugesehen, wie er durch die Luke fiel – sein Genick ist so schnell und sauber gebrochen, wie es sein soll. Es ist völlig unmöglich, dass sein Geist danach noch munter durch die Straßen spukt. Außerdem ergibt es einfach keinen Sinn, dass Deemings Geist ruhelos durch die Gegend ziehen und Prostituierte aufschlitzen soll. Ich weiß, dass das, was er getan hat, ganz grauenhaft war, aber er muss ein religiöser Mann gewesen sein.

Wissen Sie, was er gesagt hat, als der Sheriff ihn fragte, ob er noch einige letzte Worte sagen will, bevor der Hebel umgelegt wird? ›Möge der Herr meinen Geist empfangen.‹ Und der Herr lehnt diese Bitte bei keinem Menschen ab, ganz gleich, was er sich hier auf Erden auch zuschulden kommen ließ. Deemings Geist kann also nur im Himmel sein. Er ist nicht hier unten gefangen, um noch mehr Schmerzen zu verursachen oder weiteren Schrecken zu verbreiten. Wissen Sie, was ich glaube? Also, ich will wirklich nicht respektlos erscheinen, aber ich denke, dass hinter den Morden jemand von der Zeitung steckt, der den Absatz ein bisschen ankurbeln möchte. Es heißt ja, es sei auch ein Journalist gewesen, der diesen ›Dear Boss‹-Brief geschrieben und sich den Namen Jack the Ripper ausgedacht hat, um mehr Zeitungen zu verkaufen. Das war gar nicht der Mörder selbst. Und genau danach riechen auch diese jüngsten Morde für mich – da will jemand noch mehr Zeitungen an den Leser bringen.«

Im letzten Teil unserer Reportage nehmen wir die jüngsten Prostituiertenmorde unter die Lupe, besuchen die Orte, an denen die Frauen ums Leben kamen, und zeigen die Parallelen zu zwei der Ripper-Morde, die sich vor vier Jahren ereigneten, auf. Außerdem hören wir die verblüffenden Aussagen eines Arztes aus dem Melbourner Gefängnis sowie die Enthüllungen eines Häftlings derselben Anstalt – Enthüllungen, die Sie dazu bringen werden, noch einmal darüber nachzudenken, ob es sich bei den Morden wirklich um das Werk eines Nachahmungstäters handelt oder ob der Täter nicht doch im Jenseits zu finden ist.

THE ARGUS, DONNERSTAG, 15. SEPTEMBER 1892

MAD FRED – TEIL 3

LITTLE LON – SCHAUPLATZ DER JÜNGSTEN PROSTITUIERTENMORDE

WAR DEEMING JACK THE RIPPER?
VERBLÜFFENDE ERKENNTNISSE

DER VERRÜCKTE VON MELBOURNE:
NACHAHMUNGSTÄTER ODER GEIST?

Die Gegend, die Einheimische unter dem Namen Little Lon kennen, ist für ihre Laster und ihre Verbrechen berüchtigt. Es ist eine dunkle, übel riechende Enklave mit einer Ansammlung schmutziger, dicht an dicht gebauter Holzhäuschen und Backsteingebäuden. Billige Absteigen und Opiumhöhlen drängen sich dicht an dicht mit den schäbigsten Kneipen in ganz Melbourne. Dieses kleine Elendsviertel am Stadtrand liegt meilenweit von den Theatern und Boutiquen der Collins Street entfernt. Obwohl man es nicht ganz mit den heruntergekommenen Armenvierteln des Londoner East End vergleichen kann, in denen Tausende trauriger, von Armut gebeutelter Männer, Frauen und Kinder in entsetzlichem Elend hausen, ist doch auch Little Lon kein Ort, den ein anständiger Mensch nach Einbruch der Dunkelheit freiwillig besuchen würde. In ärmlichen Baracken inmitten des erdrückenden Gestanks aus verrottendem Abfall und Industrieabgasen leben ganz gewiss auch anständige Familien. Aber sie sind gegenüber den betrunkenen, von Drogen vernebelten Einwohnern, die in der Dunkelheit aus ihren Löchern kriechen und die Nacht in einem Dunst der Sittenlosigkeit vergeuden, eindeutig in der Minderheit.

Hier sind auch die zahlreichen Bordelle einer gewissen Caroline Hodgson zu finden, besser bekannt unter ihrem Künstlernamen Madame Brussels. Die meisten dieser Bordelle sind in zweistöckigen Holzreihenhäusern und großen Ziegelsteingebäuden untergebracht und scheinen die gesamte Lonsdale Street abzudecken. Darunter mischen sich einzelne Kaschemmen, etwa »The Duke on Little Lonsdale«, wo sich die raubeinigsten Kerle bis in die frühen Morgenstunden mit Bier und Gin betrinken. Abseits der spärlichen Beleuchtung der Hauptstraßen warten dunkle Gassen, in denen das Laster und der unverkennbare Gestank von Opium die faule Atmosphäre zusätzlich verpesten.

Es war in einer dieser finsteren Gassen, wo man in den frühen Morgenstunden des 31. August die Leiche der ersten ermordeten Prostituierten entdeckte. Die 42-jährige Emma Doyle stammte ursprünglich aus Irland und wurde mit durchschnittener Kehle und aufgeschlitztem Bauch gefunden. Ihre Eingeweide quollen aus der Wunde hervor. Doyle, eine aktenkundige Amüsierdame, wurde zuletzt gesehen, als sie gegen zwei Uhr morgens alleine auf der Little Lonsdale Street in Richtung Osten schlenderte. Kurz nach halb vier stieß ein Mann, der sich auf dem Weg von der Arbeit nach Hause befand, auf dem Pflaster vor seinem winzigen Backsteinhäuschen in Castletown Place, einer dunklen, schmalen Seitengasse der Little Lonsdale Street, auf die Leiche.

Die Uhrzeit und das Datum des Mordes sowie die zugefügten Verletzungen stimmen vollständig mit denen des dritten Mordopfers von Jack the Ripper, Mary Ann Nichols, überein, deren verstümmelte Leiche in der Buck's Row in Whitechapel auf dem Trottoir lag.

Während ich vor der Reihe aus sechs roten Backsteinhäusern in Castletown Place stehe, erlebe ich ein Déjà-vu der besonderen Art. Die Gegend gleicht auf unheimliche Art und Weise dem Tatort in der Buck's Row, an dem sich vor vier Jahren einer der Whitechapel-Morde ereignete. Es kommt mir beinahe so vor, als wäre ich durch die Zeit an einen anderen Ort zurückgereist. Ich leuchte mit meiner Blendlaterne auf den Boden vor dem Backsteinhaus und kann noch immer Blutspuren auf dem Kopfsteinpflaster und im Rinnstein erkennen. Ich glaube fast, den verrückten Mörder vor mir zu sehen, der sich über die arme Frau beugt, ihr zunächst die Kehle aufschlitzt und sich dann an ihrem Bauch zu schaffen macht. Genau wie bei den abgeschlachteten Opfern von Jack the Ripper hat auch hier niemand etwas gesehen oder gehört – und das, obwohl ein halbes

Dutzend Familien in den Reihenhäusern wohnt, neben denen die Frau ermordet wurde.

Es ist kurz nach zehn Uhr abends. Der Nebel liegt wie ein dicker Schleier über der Stadt und der starke, beißende Geruch von vermoderndem Abfall hängt schwer in der Luft. Als ich mit einigen der Einwohner spreche, erfahre ich, dass man in Little Lon keine Sperrstunde kennt. Laut einem Mann, der regelmäßig im Black Eagle Hotel in der Lonsdale Street verkehrt, wimmelt es in diesem kleinen Viertel ständig von Menschen. Dabei besteht kein Unterschied zwischen zehn Uhr morgens und drei Uhr nachts. Ein leichtes Mädchen, dem ich zufällig begegne, bestätigt das: Hier sind überall Menschen, zu jeder Tages- und Nachtzeit. Es herrscht ein ständiges Kommen und Gehen. Und dennoch will den Mord an Doyle niemand gesehen oder gehört haben.

Es stimmt, dass Castletown Place eine besonders finstere Gasse ist, in der ungefähr auf halber Strecke eine einsame Gaslaterne steht, was große Teile des Weges unbeleuchtet lässt. Aber dennoch kann ich in dieser kühlen Frühlingsnacht ständig Menschen auf der Little Lonsdale Street vorbeischlendern sehen. Es vergehen selten mehr als zehn Minuten, bis mir jemand in der Gasse begegnet – entweder befindet er sich auf dem Weg von der Arbeit oder zur Arbeit oder er nutzt die Gasse für geschäftliche Zwecke. Es ist schwer vorstellbar, dass hier jemand eine Frau ermorden und aufschlitzen kann, ohne dabei auf frischer Tat ertappt zu werden.

Aber genau das ist in Castletown Place passiert.

Und genau das ist in der letzten Woche beim zweiten Melbourner Prostituiertenmord wieder passiert.

Er wurde nur eine Meile von Castletown Place entfernt verübt – in einer anderen Gasse im Norden von Little Lonsdale, verborgen zwischen den engen Häusern und dem Schmutz dieses Elendsviertels.

Cumberland Place ist die längste Hauptstraße in einem aus sechs Blocks bestehenden Raster. Und sie gehört zu den breiter angelegten Verkehrswegen in Little Lon. Hier wohnen Familien aus Irland, China und Osteuropa. Barfüßige Kinder rennen kreischend und lachend durch die verwinkelten Gassen und sind ebenso dreckig wie die Straße selbst. Pferdemist türmt sich neben Müll und Abfall auf. In den Hinterhöfen und oft sogar in den kleinen Vorgärten der Häuser stehen schwer beladene Wäscheleinen. Trotzdem sich die Einwohner alle Mühe geben, ihre Häuser sauber zu halten, sind es doch nicht viel mehr als heruntergekommene Baracken, die aussehen, als würden sie schon beim kleinsten Windstoß in sich zusammenfallen.

Während ich an der Ecke Cumberland und McCormack Place stehe und die kühle Morgenluft allmählich einem hellen, ungewöhnlich warmen Septembertag Platz macht, stelle ich mir die Frage, warum der Mörder ausgerechnet hierher gekommen ist, mitten ins Herz dieses Labyrinths namens Little Lon. Das nächste Bordell liegt mehrere Straßen entfernt und selbst wenn in der Nachbarschaft mehrere Kneipen zu finden sind, empfinde ich sie längst nicht als so verrucht wie jene auf den wichtigsten Hauptschlagadern, beispielsweise der Lonsdale Street. Und dennoch wurde hier irgendwann in den frühen Morgenstunden des 8. dieses Monats eine Frau auf brutale Weise im Hinterhof des Eckhauses in Cumberland Place abgeschlachtet. Wie schon bei dem eine Woche zuvor begangenen Mord und bei den Taten in Whitechapel hat niemand etwas gesehen oder gehört – obwohl zur Tatzeit eine fünfköpfige Familie in dem betreffenden Haus schlief.

Eine der Bewohnerinnen führt mich in den Hinterhof des grünen Holzhauses, eine Dame namens Joyce Snell. Der Hof ist von der Straße aus über eine Seitentür zugänglich, die laut Mrs. Snell niemals abgeschlossen ist. »Hier in der

Nachbarschaft schließt niemand seine Türen ab«, erklärt sie. »Hier kennt jeder jeden, hier herrscht immer ein Kommen und Gehen, Tag und Nacht. Man braucht keinen Schlüssel, wenn man in den Hinterhof möchte. Jeder kann die Tür einfach aufmachen und reingehen.«

Der Hinterhof selbst ist, wie viele andere in dieser Gegend, winzig. Abgesehen von einer Toilette in der hinteren Ecke und einem Tisch, der an der Wand steht, hat er nicht viel zu bieten. Ein Pfad aus Pflastersteinen führt von der Hintertreppe zu dem kleinen Toilettenhäuschen. Mrs. Snell zeigt mir die Stelle, an der die Frau umgebracht wurde.

»Mein ältester Sohn hat die Leiche gefunden«, berichtet Mrs. Snell und ihre Stimme zittert. Ganz offensichtlich steht sie immer noch unter Schock. »Er ist gegen sechs Uhr morgens nach draußen gegangen und hat an der hinteren Mauer irgendetwas auf dem Boden liegen sehen.«

Mrs. Snell deutet auf eine Stelle aus zerbröckeltem Beton in der Nähe der Steinmauer, die an Providence Place grenzt, eine Parallelgasse zum Cumberland Place. Auf der Mauer, zwischen den Rissen, sind noch immer verschmierte, rotbraune Flecken zu erkennen. »Zuerst hat er gedacht, es sei nur ein Haufen Müll, den jemand in unserem Hinterhof abgeladen hat, oder irgendein Betrunkener aus der Gegend. Mein Sohn ist dann hingegangen, um sich die Sache im Schein seiner Kerze aus der Nähe zu betrachten. Da hat er gesehen, dass es sich um die Leiche einer Frau handelt. Sie war komplett aufgeschlitzt.«

Die 46 Jahre alte Tess Haynes, eine weitere stadtbekannte Prostituierte, wurde mit beinahe vollständig abgetrenntem Kopf und aufgeschlitztem Bauch aufgefunden. Der Täter hatte ihr die Eingeweide aus dem Körper entfernt und über ihrer rechten Schulter ausgebreitet. Von einigen Organen fehlte jedoch jede Spur.

»Es war das Entsetzlichste, was ich je gesehen habe, und ich werde diesen Anblick bis an mein Lebensende nicht vergessen. Wann immer ich meine Augen schließe, sehe ich diese arme Frau mit offenem Bauch und heraushängenden Eingeweiden vor mir.«

Dann hat weder sie noch ein anderes Mitglied ihrer Familie etwas gehört? Einen Kampf? Einen Hilfeschrei?

»Nein«, beteuert Mrs. Snell schweren Herzens. »Wir haben alle einen leichten Schlaf und trotzdem hat keiner von uns etwas gehört. Dabei muss es nicht lange, nachdem Johnny zur Toilette ging, passiert sein – mein Mann war gegen fünf Uhr noch im Hinterhof, aber er hat nichts Ungewöhnliches bemerkt. Ich bin mir sicher, dass er die Leiche an der Wand hätte liegen sehen, wenn sie bereits dort gewesen wäre.«

Laut Mrs. Snell wird der Hinterhof oft von Prostituierten für ihre geschäftlichen Angelegenheiten genutzt. Viele dieser abgelegenen Ecken in der Gegend sind bekannte Treffs für sexuelle Vergnügungen – Orte, an denen die Prostituierten und ihre Freier zumindest ein wenig Privatsphäre genießen und sich nicht im direkten Blickfeld der Polizei befinden.

»Wir mussten schon oft kopulierende Pärchen aus unserem Hof verscheuchen«, bestätigt Mrs. Snell. »Es ist nicht ungewöhnlich, mitten in der Nacht hier herauszukommen und einen Mann und eine Frau bei ihrem wollüstigen Treiben vorzufinden. Manchmal wird der Hinterhof auch von Betrunkenen genutzt, die entweder zu viel Angst haben oder einfach zu voll sind, um nachts noch nach Hause zu gehen. Sie torkeln dann einfach hier rein und rollen sich in einer Ecke zusammen, um ihren Rausch auszuschlafen.«

Werden sie und ihre Familie von nun an die Tür zum Hinterhof abschließen?

»Guter Gott, nein«, schnaubt Mrs. Snell. »Es ist wirklich

schrecklich, was da passiert ist, aber es wäre nicht sehr sinnvoll, die Tür abzuschließen. Wer kann sich denn auch so ein Schloss leisten? Allerdings habe ich es allmählich satt, dass ständig Leute hier vorbeikommen und in meinen Hinterhof glotzen. Es ist einfach makaber, wie scharf die darauf sind, einen Blick auf den Tatort zu werfen. Und es sind nicht nur Kinder, sondern auch Erwachsene, Männer wie Frauen. Und die sollten es wirklich besser wissen.«

In der kurzen Zeit, die ich im Hinterhof der Snells verbracht habe, sind mindestens ein Dutzend Köpfe über dem Zaun aufgetaucht oder die Schaulustigen haben sogar direkt den Hof betreten, um einen Blick auf den Tatort des zweiten Mordes zu erhaschen.

Da sie die Leiche ja gesehen hat: Glaubt Mrs. Snell an einen aus dem Jenseits zurückgekehrten Mörder oder doch eher an einen Nachahmungstäter?

»Ich glaube nicht an Geister und was ich an jenem Morgen gesehen habe, war eindeutig real. Ich bin mir sicher, dass es irgendein Verrückter war, der entweder denselben Ruhm wie Jack the Ripper sucht oder die ganze Sache als kranken Scherz betrachtet. Mit all dem Gerede in den Zeitungen darüber, dass Deeming Jack the Ripper sein soll, und mit seinen schrecklichen Verbrechen und seiner Hinrichtung vor einiger Zeit – da muss man sich nicht wundern, dass der eine oder andere verrückt spielt. Und dabei könnte es jeder sein, sogar einer aus der Nachbarschaft, den ich schon mein Leben lang kenne – es könnten auch genauso gut Sie sein.«

Mrs. Snell lacht mich an. Ich lache zurück und sage ihr, dass das ein vollkommen absurder Gedanke ist. Ich stamme ja noch nicht einmal aus dieser Gegend.

»Ich weiß. Aber für jemanden, der sich in den Straßen hier nicht auskennt, haben Sie mein Haus ziemlich schnell gefunden. Normalerweise brauchen die Journalisten den ganzen

Tag und müssen sich bei den Nachbarn durchfragen, um unser kleines Zuhause zu finden.«

Ich könne Blut aus meilenweiter Entfernung riechen, versichere ich Mrs. Snell scherzhaft. Das sei der Journalist in mir.

Es gibt also zwei Delikte, die den berüchtigten, vier Jahre zurückliegenden Whitechapel-Morden sehr ähneln, sowohl hinsichtlich des Datums und der Uhrzeit als auch des Modus Operandi. Haben wir es mit einem Nachahmungstäter oder mit dem Geist von Mad Fred Deeming zu tun?

»Definitiv mit einem Nachahmungstäter«, versichert mir Constable Adam Neil. »Ich habe den Tod schon oft genug gesehen, um zu wissen, dass ein Mensch hinter den brutalen Taten in Little Lon steckt, kein verdammter Geist. Und seien Sie versichert, dass wir alles, was in unserer Macht steht, tun werden, um diesen Wahnsinnigen zu fassen, bevor er wieder tötet. Ich meine, bei Gott, wer immer dieser Kerl auch ist, er ahmt die Ripper-Morde nicht sonderlich gut nach – er hat schließlich mit dem dritten Opfer angefangen. Was sagt Ihnen das?«

Vielleicht hat Jack die ersten beiden Frauen damals ja gar nicht getötet, schlage ich Constable Neil als Erklärung vor. Ich bin schon seit Langem der Ansicht, dass der Ripper nur für fünf der Morde verantwortlich zeichnet, nicht für alle neun, die dem Verbrecher von Whitechapel in der Regel zugeschrieben werden. Nichols wäre demnach das erste, Kelly das letzte Opfer gewesen. Und wenn diese Annahme zutrifft, würde das dann nicht auch bedeuten, dass der Nachahmungstäter tatsächlich eine Menge über die Ripper-Morde weiß? Und würde es andererseits nicht auch die These unterstützen, dass die Morde doch vom Geist des Rippers begangen wurden – vom Geist von Fred Deeming?

»Ha!«, entfährt es Constable Neil und tiefe Falten graben

sich in seine junge Stirn. »Das ist wirklich ein starkes Stück, das muss ich schon sagen. Der Ripper hat neun Frauen umgebracht und Geister gibt es nicht. Und der Irre, der diese Prostituierten aufgeschlitzt hat, wer immer er auch sein mag, ist deshalb einfach nur ein Narr, der seine Hausaufgaben nicht gemacht hat. Wir werden ihn ganz sicher schnappen, da brauchen Sie sich keine Sorgen zu machen.«

War Deeming nun also Jack the Ripper?

Wir wissen, dass Deeming zu einem Mord in der Lage war, sogar zu besonders gewalttätigen und kaltblütigen Taten. Aus diesem Grund hat es auch nicht lange gedauert, bis Zeitungen in aller Welt eine Verbindung zwischen Deeming und Jack the Ripper herstellten. Immerhin ist er Brite und hat seine beiden Frauen und seine drei Kinder getötet, indem er ihnen die Kehle aufschlitzte. Er gab außerdem zu, in der Zeit, zu der sich die Morde ereigneten, mehrere Messer in Whitechapel gekauft zu haben. Eine Londoner Schneiderin identifizierte Deeming darüber hinaus als den Mann, mit dem sie in der Nacht des Doppelmordes in Whitechapel als auch am Morgen danach zusammen gewesen war. Er hatte ihr gegenüber ein auffallend detailliertes Wissen über die Eddowes-Morde an den Tag gelegt. Allem Anschein nach suchte er sie also nicht nur am 30. September auf, sondern auch am darauffolgenden Morgen. Obwohl Deeming sich der Dame als Mr. Lawson vorstellte, identifizierte die Schneiderin den Mann, der bei ihr gewesen war und ihr mit seinen Berichten über die Verstümmelungen entsetzliche Angst eingejagt hatte, als Fred Deeming, als man ihr ein Foto von ihm zeigte. Es ist außerdem interessant zu wissen, dass Deemings Vater mehrfach versuchte, sich das Leben zu nehmen, indem er sich seine Kehle mit einem Messer aufschnitt.

»Er hasste seinen Vater zutiefst«, berichtet Dr. Shields, ein

Arzt im Gefängnis von Melbourne. »Frederick wurde von seinem Leumund verprügelt, als er noch ein Kind war. Diese heftigen Prügel müssen bleibende Schäden bei dem Jungen hinterlassen haben, sowohl körperliche als auch seelische. Er klammerte sich an seine Mutter, zu der er eine sehr enge Beziehung hatte. Sie war Lehrerin in der Sonntagsschule und bläute ihm ihre Ansichten über Sünde und Strafe ein. Er hat mir erzählt, wie sehr er seine Mutter geliebt hat und wie verzweifelt er war, als sie '75 starb. Frederick war damals Anfang 20. So stark die Zuneigung zu seiner Mutter jedoch war, der Hass auf seinen Vater war ungleich stärker. Wenn ich ihm im Gefängnis begegnete, kam er mir abgestumpft und launisch vor. Er sagte mir, er denke oft über seine Vergangenheit nach und stelle sich vor, seine Mutter sei noch am Leben. Er hat mir anvertraut, dass er oft mit ihr spricht, jede Nacht um zwei Uhr, und dass sie ihm verschiedene Dinge aufträgt. Sie habe ihm auch gesagt, er solle seine beiden Ehefrauen und seine Kinder umbringen.

Als ich ihn nach seinem Vater fragte, bekam er ein knallrotes Gesicht. Er war vollkommen außer sich und brüllte mich an, wie sehr er sich wünsche, seinem Vater persönlich die Kehle aufgeschlitzt zu haben, weil er es ganz sicher richtig gemacht und nicht jedes Mal wieder vermasselt hätte wie sein Vater. Da ich mit dem Mann gesprochen habe, habe ich keinen Zweifel mehr daran, dass er von irgendeiner Form des Wahnsinns befallen war, dessen Ursachen teils in seiner Kindheit liegen, teils aber auch auf einer Geisteskrankheit beruhen, die durch eine Syphilis im Endstadium ausgelöst wurde. Er erzählte mir, er habe sich auf die Suche nach der Frau begeben, bei der er sich mit einer Geschlechtskrankheit angesteckt hatte, und gestand mir, dass er die Absicht gehabt habe, sie zu töten. Dann fügte er mit seltsam klingender Stimme hinzu: ›Aber ich habe mich nicht nur an *ihr* gerächt, wie viele der anderen schon bald herausfinden sollten.‹ Er glaubte, man müsse all diese Frauen auslöschen.«

Als ich ihn frage, ob er Deeming für Jack the Ripper hält, bleibt mir der Mediziner eine Antwort schuldig. Er macht jedoch noch eine letzte Bemerkung über Deeming, die ebenso seltsam wie verwirrend ist:

»Seine Eltern waren nicht nur tief religiös, sie waren auch zutiefst abergläubisch. Sie glaubten an die Geisterwelt und behaupteten, selbst übersinnliche Fähigkeiten zu besitzen. Deeming erzählte mir, sein Vater habe ihm immer gesagt, er trage den Teufel in sich und werde eines Tages ein schreckliches Ende nehmen. Seine Mutter prophezeite sogar schon bei seiner Geburt, er werde irgendwann erhängt. Wann immer ich Deeming traf, klammerte er sich an seinem Gebetsbuch fest und in seiner Zelle fand man noch weitere Bücher, etwa *Alte und neue Kirchenlieder* und *Foxes Buch der Märtyrer*. Er hat es mir gegenüber zwar nie erwähnt, aber ich nehme an, dass seine Eltern ihren Glauben an die Geisterwelt und übersinnliche Fähigkeiten an ihn weitergegeben haben.«

Die mit Sicherheit vernichtendste Antwort auf meine Frage, ob Deeming der Ripper gewesen sein könnte, bekomme ich jedoch aus einer unerwarteten Ecke – von einem von Mad Freds Mithäftlingen im Gefängnis von Melbourne.

Der Mann, der darum gebeten hat, anonym zu bleiben, nahm Kontakt zu mir auf, als er von den Morden an den Prostituierten in der Stadt gehört hatte und erfuhr, dass ich an einem Artikel darüber arbeite. Da er sich endlich von der Last seines Wissens und vielleicht auch von der Schuld befreien wollte, die er in den letzten fünf Monaten mit sich herumgeschleppt hatte, erzählte er mir die folgende erstaunliche Geschichte. Er schwört, dass sie der reinen Wahrheit entspricht und direkt von Deeming selbst stammt.

»Er war wirklich ein komischer Kauz«, beginnt der

Gefangene. »Wir hatten uns gerade erst vorgestellt, da hat er mir schon irgendwelche seltsamen Sachen erzählt, richtig intime Dinge, wie er seine Frau in Windsor umgebracht hat, zum Beispiel. Er meinte, sie hätte sein Geheimnis entdeckt, genau wie die erste, und dass er sie beide loswerden musste, als das passierte. Er hat mir erzählt, seine Frau habe die Briefe von Mary Kelly an ihn gefunden. Aufgrund der Sachen, die darin standen, und wegen ein paar anderer Dinge hat sie ihn gefragt, ob er was über die Morde in London weiß. Er meinte, sie hätten sich deswegen gestritten, aber es sei ihm gelungen, sie zu beruhigen und ihr zu erklären, dass er damit nichts zu tun habe.

Er hat dann gewartet, bis sie eingeschlafen war, bevor er die Tat begangen hat. Aber sie ist aufgewacht, als er sich an ihr Bett geschlichen hat, und weil sie ein paarmal geschrien hat, schlug er ihr den Schädel mit einer Axt ein und schnitt ihr anschließend die Kehle durch. Dann hat er mir erzählt, wie er ihre Leiche in das Loch im Boden geworfen und es mit Beton zugeschüttet hat. Also ich war natürlich total verblüfft, als der Typ mir diese ganzen Räuberpistolen aufgetischt hat. Und ohne zwischendurch auch nur einmal Luft zu holen, erzählt er mir dann noch von seiner ersten Frau und seinen Kindern. Die seien auch hinter sein Geheimnis gekommen und er habe sie deshalb alle loswerden müssen.

Als er mal kurz Luft holte, hab ich ihn gefragt: Was war das denn für ein Geheimnis, hinter das deine Frauen gekommen sind? ›Na, dass ich Jack the Ripper bin, natürlich‹, hat er mir geantwortet. Ich bin natürlich fast aus meinem Bett gefallen. Zuerst hab ich ihm nicht geglaubt – ich dachte, er macht sich nur einen Spaß mit mir. Aber dann hat er mir die Morde bis ins kleinste Detail geschildert und gesagt, er hätte sie begangen, um all diese Frauen auszulöschen, bei denen er sich die Syphilis geholt habe.

Er meinte, seine tote Mutter hätte ihm am Sterbebett gesagt, dass er sie alle vernichten soll. Er behauptete, dass er fünf Huren umgebracht hat, fünf kranke Huren, die für ihre Sünden bestraft werden mussten, und dass er aufhörte, als er diejenige erledigt hatte, von der die Krankheit stammte. Ich hätte ihm nicht geglaubt, wenn da nicht dieser Ausdruck in seinen Augen gewesen wäre, als er mir das alles erzählte. Da war so eine Art wahnsinniger Aufrichtigkeit, die mich davon überzeugte, dass er wirklich die Wahrheit sagt. Und ich bin mir jetzt noch genauso sicher wie damals – ich habe mir die Zelle mit dem Ripper persönlich geteilt!«

Ich überlasse es Ihnen, verehrte Leser, zu entscheiden, ob Fred Deeming seinem Zellengenossen die Wahrheit gesagt oder ob dieser Mitgefangene selbst gelogen hat. Falls die Geschichte den Tatsachen entspricht, dann ist nun endlich auch die Wahrheit über den Whitechapel-Mörder ans Licht gekommen. Alles, was Sie sich dann noch fragen müssen, ist, ob der Geist von Jack the Ripper tatsächlich das Haus in Windsor heimsucht und seine Verbrechen nun in Melbourne wiederholt.

Nun, da sich der 30. September mit großen Schritten nähert, halten wir alle den Atem an und warten darauf zu erfahren, ob zwei weitere Unglückliche in den Elendsvierteln von Melbourne ihr grausames Ende finden. Die Polizeipräsenz wurde verstärkt, aber wird sich der Verrückte von Melbourne davon wirklich aufhalten lassen? Wenn es sich um einen sterblichen Mörder handelt, dann vielleicht. Andererseits wurde Jack auch in Whitechapel nie geschnappt. Aber falls wirklich ein Geist am Werk ist, lässt sich wohl mit Sicherheit vorhersagen, dass er noch vor Jahresende drei weitere Frauen auf brutale Weise abschlachten wird – und dass es nicht das Geringste gibt, was jemand tun könnte, um ihn aufzuhalten. Doch was auch immer geschehen wird, wir hier bei *The Argus* werden Sie auf dem Laufenden halten und Ihnen stets das Allerneueste über dieses verblüffendste, grauenhafteste aller Verbrechen berichten.

Manfred Cohen

NOTIZEN ZUR ENTSTEHUNG:

Als ich gebeten wurde, einen Beitrag zum Sammelband *The Evileye Annual Compendium of Dastardly Plots & Sublime Debauchery* von Evileye Books beizusteuern, der zum Zeitpunkt der Arbeit an diesem Buch noch nicht erschienen ist, wollte ich unbedingt eine Geschichte schreiben, die auf einem echten Verbrechen oder einem rätselhaften Fall basiert, weil das gut zu meiner bereits bei Evileye erschienenen Reihe *The Garbage Man* passen würde. Ich spielte verschiedene Ideen durch und fing sogar an, Recherchen über Harold Holts Verschwinden 1967 anzustellen, aber irgendwie machte es nicht richtig *klick!* Worüber ich wirklich schreiben wollte, war Jack the Ripper, da mich der Ripper-Fall, wie ich Ihnen ja schon erzählt habe, extrem fasziniert.
Aber die Ripper-Morde hatten sich in England ereignet, ich wollte meine Geschichte hingegen unbedingt in Australien ansiedeln – auch das passte so gut zu *The Garbage Man.* Ich rief mir in Erinnerung, dass es eine australische Querverbindung zum Ripper gibt – Frederick Deeming, ein immer wieder in Verdacht geratener Zeitgenosse, der einige Jahre nach den Ripper-Morden nach Australien auswanderte, wo er seine zweite Frau auf brutale Weise ermordete und später im Gefängnis von Melbourne für dieses Verbrechen erhängt wurde. Das war perfekt – so konnte ich nicht nur eine Geschichte über den Ripper schreiben, ich konnte sie auch in Australien ansiedeln.
Ich habe sowohl Deemings Leben umfassend recherchiert (und sogar das Haus in Windsor besucht, in dem er seine Frau Emily ermordet hat) als auch das allgemeine Leben in Melbourne im 19. Jahrhundert. Außerdem habe ich Zeitungen aus dem späten 19. Jahrhundert studiert, um einen authentischen Zeitungsartikel

zu schreiben, wie er tatsächlich in einer Ausgabe von *The Argus* im Jahre 1892 hätte erscheinen können. Ich hoffe, dass es mir gelungen ist, aber selbst wenn ich dieses Ziel nicht ganz erreicht haben sollte, hatte ich trotzdem eine Menge Spaß, für diese besondere Geschichte zu recherchieren und sie zu schreiben.

Noch einmal zur Erinnerung: Wer sich ebenfalls für den Ripper-Fall interessiert, sollte unbedingt meiner Jack-the-Ripper-Seite, Saucy Jack, einen Besuch abstatten:
http://saucyjacky.wordpress.com/

Ungeborene Leben

(Unborn Lives)

»Warum machen sie das? Wir haben nichts Unrechtes getan!«

Da stimmst du ihr zu, aber trotzdem wünschst du dir, die Frau würde endlich die Klappe halten. Ihr Atem stinkt nach alten Zigaretten. Obwohl du daran eigentlich gewöhnt sein solltest, verursacht das bei dir noch mehr Übelkeit als die stinkende Luft, die durch die winzigen Löcher, die die Dunkelheit durchbohren, zu dir hereindringt.

Du weißt nur, dass du dich irgendwo in einem Wald befindest und mit dem Gesicht nach unten in einer Kiste liegst. Du hörst keine Geräusche von Tieren, nur hin und wieder den Gesang der unsichtbaren Massen dort draußen und das ständige Gejammer der Fremden neben dir, die du vor einer Weile nach ihrem Namen gefragt hast. Ihre Antwort lautete: »Was spielen Namen in einem Moment wie diesem schon für eine Rolle?«

Wie du hierhergekommen bist, ist dir ein Rätsel. Du kannst dich nicht mehr daran erinnern, was du gerade gemacht hast, als du entführt wurdest, aber alles andere weißt du noch genau: Du kamst in Melbourne, Australien, zur Welt. Du hast eine Frau und zwei Kinder. Und du arbeitest bei einem Software-Unternehmen – auch wenn du jetzt das Gefühl hast, dein Leben gar nicht wirklich gelebt zu haben. Es fühlt sich eher an wie ein Film im Schnelldurchlauf.

Mit einem Ruck fängt die Kiste an sich zu bewegen. Sie klettert langsam höher. So wie eine Achterbahn, die ihre Auffahrt zum höchsten Punkt beginnt.

Die Frau stößt einen Schrei aus, laut und durchdringend. »Ohmeingottwaspassiertmituns?«

Du lauschst, wie sie versucht, sich zu befreien, aber du weißt, dass das unmöglich ist. Die Kiste lässt keinen großen Bewegungsspielraum.

Die Frau gibt schon bald wieder auf. Sie fängt erneut an zu schluchzen und die inzwischen schon vertrauten Sätze zu wiederholen: »Warum tun sie das?«, und »Ich habe doch nichts Unrechtes getan!« Aber diesmal fügt sie noch hinzu: »… oder doch?«

Ist das eine Strafe?, fragst du dich.

Aber auch du hast nichts Unrechtes getan.

Jedenfalls nichts, woran du dich erinnern könntest.

Und dann sagt eine seltsame Stimme:

Ihr werdet nichts Unrechtes tun. Jetzt nicht mehr.

Du wirfst einen Blick durch das Loch, das deinen Augen am nächsten ist, siehst, wie der Wald langsam an dir vorüberzieht, und erhaschst einen Blick auf die dunklen Gestalten unter dir.

Es sind ungefähr 50, sie tragen alle schwarze Kleidung und leiern irgendeinen Sermon herunter. Du kannst ihre Gesichter nicht sehen, und obwohl du all diese Stimmen hörst, die im Wald widerhallen, verstehst du nicht, was sie sagen.

Die Frau schluchzt: »Ich habe einen Mann. Ich bin erst 38. Ich habe doch noch gar nicht richtig gelebt. Mein Gott, ich brauche dringend eine Zigarette.«

Sie ist genauso alt wie du, und diese Tatsache jagt dir Angst ein, auch wenn du nicht mit Sicherheit sagen kannst, warum. Genau wie sie sehnst du dich nach einer Zigarette.

In der Kiste wird es immer heißer und als die Stämme der Kiefern in die Baumkronen übergehen, verlierst du die Gestalten unter dir aus den Augen. Aber vorher siehst du noch, wie eine von ihnen zu dir nach oben blickt und du erkennst ein weißes, skelettartiges Gesicht, das dich angrinst.

Die Bilder verfolgen dich weiter in deinem Kopf, selbst

als du deine Augen schließt. Du wirst das Bild dieses Gesichts nicht mehr los – es ist dir auf unheimliche Weise vertraut – und als ein Licht in deine Welt eindringt, öffnest du deine Augen wieder und siehst, dass ein leuchtendes, pulsierendes Orange durch die Löcher hereinscheint. Dann dreht sich die Frau zu dir um und sagt mit matter Stimme: »Da ist ein Feuer.« Sie blinzelt nicht. »Ein riesiger Ofen. Wir bewegen uns direkt darauf zu.«

»Was haben wir nur verbrochen?«, schreist du. »Wieso tun sie uns das an? Wir haben nichts Unrechtes getan!«

Aber das hättet ihr, sagt die Stimme. *Wir halten euch nur auf, bevor ihr Schaden anrichten konntet.*

Ein weiterer Ruck. Du spürst, dass die Kiste sich dreht.

Du wagst es hinauszublicken.

Was dich am meisten schockiert, ist die gewaltige Anzahl der Kisten, die deiner auf dem Förderband folgen. Ein scheinbar endloses Meer aus braunen Behältern mit glatter Oberfläche, allesamt von winzigen Löchern übersät. Sie sehen aus wie Schweizer Käse aus Schokolade und in allen befinden sich vermutlich weitere Menschen.

Als die Flammen näher kommen und die Hitze noch intensiver wird, erkennst du, dass an der Seite der Kiste, die deiner am nächsten ist, etwas in roter Schrift aufgedruckt ist: *24, Feuer, Unfall, Anzahl der Todesopfer: 5.* Auf der Kiste dahinter: *17, Feuer, Vorsatz, Anzahl der Todesopfer: 16.*

In kleinerer Schrift steht darunter jeweils dasselbe: *Auf Befehl der Agentur zur Prävention von Todesfällen – behördlich zugelassen durch die Organisation für Weltfrieden.*

Was in Gottes Namen ist die Organisation für Weltfrieden?, fragst du dich.

Und wessen Tod verhindert sie?

Ganz sicher nicht deinen.

Dein Blickfeld erweitert sich und du siehst noch andere

Förderbänder – Hunderte, über die gesamte Landschaft verteilt, kreuzen einander im Zickzack und schlängeln sich zwischen den statuenhaften Kiefern hindurch. Tausende von Kisten rollen durch den Wald und hin und wieder kannst du einige der Schilder entziffern: *Serienmörder, »Unfälle« mit Kraftfahrzeugen, Bandenschießereien.* Du fühlst dich, als hätte man dir in den Magen geschlagen, und dir wird übel, während du stumm beobachtest, wie die Kisten gruppenweise von übergroßen Schwertern durchtrennt, von kraftvollen hydraulischen Armen ineinander gerammt oder mit allen erdenklichen Waffen beschossen werden.

Du entziehst dich dem grauenvollen Anblick. Dein Blick fällt auf ein großes Schild über deinem eigenen Laufband, kurz bevor alles um dich herum in Orange getaucht wird. Darauf steht: *Todesfälle in Verbindung mit Feuer: Unfälle & Vorsatz.*

Die Frau stößt einen markerschütternden Schrei aus. Du hast noch nie den Geruch von verbrennendem Fleisch wahrgenommen – du hattest nie die Gelegenheit dazu – und es ist schlimmer als alles, was du je gerochen hast oder noch gerochen hättest.

Du schließt deine Augen in der Hoffnung, deinen Geist so vor dem Grauen beschützen zu können, aber du siehst das Schreckgespenst des grinsenden Skeletts vor dir. Allerdings ist es jetzt von einem roten Glühen umgeben, das seinen Augen einen dämonischen Glanz verleiht. Das einzige Geräusch, das die Frau jetzt noch von sich gibt, ist das Brutzeln ihres Fleisches.

Das Skelett lächelt und sagt, ohne seinen verfaulten Mund dabei zu bewegen:

Immer zwei und zwei, genau wie auf der Arche.

Die Strafe entspricht dem Verbrechen.

Welchem Verbrechen?, schreist du innerlich.

Dem Verbrechen, das du begangen hättest, wenn du geboren worden wärst.

Aber ich erinnere mich an mein Leben – an meine Frau und meinen Job!

Zukünftige Ereignisse, die in deinen Geist projiziert wurden. Wir wollten dir zeigen, was gewesen wäre, das Leben, das du gelebt hättest. Zumindest das hast du verdient.

Als du die lodernden Flammen bereits spürst, gibst du einen Tipp ab, was wohl auf deiner Kiste steht: *38, Feuer, Unfall* – ganz sicher nicht Vorsatz –, *Anzahl der Todesopfer: 4.*

Du hast das Gefühl, dass du deine Frau und deine Kinder vermissen wirst.

Aber du wirst nie die Gelegenheit erhalten, es herauszufinden.

NOTIZEN ZUR ENTSTEHUNG:

Das ist einer meiner wenigen Ausflüge in die Welt der Science Fiction, zu dem ich mich von einigen eher sozialkritischen Dystopien wie *Flucht ins 23. Jahrhundert* oder *Minority Report* inspirieren ließ. Genau wie diesen Geschichten liegt auch *Ungeborene Leben* eine Angst vor der Technologie zugrunde – genauer gesagt: eine Angst vor dem Missbrauch dieser Technologie (auch durch die Regierung). Es ist eine Angst, die mir grundsätzlich zu schaffen macht – nicht nur, weil wir uns viel zu sehr auf Technik verlassen, sondern weil ich mir ernsthaft Sorgen mache, dass sie eines Tages unser Leben so sehr bestimmt, dass sie sich zu einer echten Gefahr für unser Wohlbefinden und sogar für unsere persönliche Freiheit entwickelt.

Wenn der Morgen kommt
(Come Morning)

… Ich werde frei sein. Frei, die Sonne zu spüren, ohne eine Mauer aus Beton um mich herum. Frei, um hinzulaufen, wohin ich will, wann ich will, wie ich will.

Aber zuerst die Nacht.

15 quälend lange Jahre musste ich mich in diesem Raum verkriechen, mein Leben eine Routine aus Schlafen, Duschen, Essen, Scheißen, Spielen – aber nicht allzu vielen Spielen – Ausruhen, Essen, Schlafen …

15 Jahre lang habe ich auf die Zukunft gewartet und jetzt läuft es alles hierauf hinaus. Auf diese eine Nacht.

Eine Nacht, die, wenn sie erst vorbei ist, meiner Last ein Ende bereitet und den Beginn meines Lebens einläutet.

Eine Nacht.

Für zwei Liebende, die sich am nächsten Morgen trennen müssen, fühlt sich eine Nacht wie ein Wimpernschlag an, schmerzhaft in ihrer Kürze. Aber für ein Kind, das auf den Weihnachtsmorgen wartet, das nicht einschlafen kann, scheint sich die Nacht bis in alle Ewigkeit hinzuziehen.

Eine Nacht – und dann werde ich frei sein. Werde meine Kleider zusammensuchen, all meine Habseligkeiten, mich von dem erdrückenden Lärm verabschieden können, von der noch erdrückenderen Stille, der Gewalt und dem Wahnsinn, dem miesen Essen, den miesen Wachen, dem Weinen. Verbannt in eine Kapsel im hintersten Winkel meines Gedächtnisses wird all dies mit jedem Tag weiter verblassen, bis die Erinnerungen nur noch den Hauch eines Flüsterns hinterlassen und die langen Jahre wie ein einziger Augenblick erscheinen werden.

Aber zuerst die Nacht.

Licht aus – wie in jeder anderen Nacht. Aber die heutige Nacht ist nicht wie alle anderen zuvor, denn morgen werde ich duschen, vielleicht scheißen, aber nicht essen, nicht spielen. Oder zumindest nicht so, wie sie es mir vorschreiben. Nein, morgen werde ich Pfannkuchen essen oder Spiegeleier. Eine Tasse Kaffee, der Herr? Gebratenen Speck, Waffeln und frisches Obst, bitte. Und ich werde spielen, oh ja, ich werde spielen, aber nicht auf dem Beton wie all die anderen eingesperrten Hunde – Beinchen heben, Stöckchen holen, verfolgt von den Augen auf den Wachtürmen. Ich werde spielen, aber auf einer weichen Matratze mit einer weichen Frau – oder einer harten. Je nachdem, welche ich mir leisten kann.

Ich muss also nur noch eine Nacht überstehen, bevor ich in das Licht hinaustreten kann. Aber eine Nacht kann lang sein, sie kann einsam sein und zu viele Gedanken können in zu vielen Köpfen herumschwirren. Auch wenn ich mich nach der Morgendämmerung sehne, wird diese Nacht eine harte Nacht werden, die härteste von allen.

Ich liege in meinem Bett wie ein braver, gehorsamer Junge und versuche die Schreie auszublenden, das Schlagen, das Stöhnen, indem ich dem Pochen meines Herzen lausche, meiner Atmung. Ich starre in die Dunkelheit hinaus, auf die Gitterstäbe, die mein Leben seit 15 Jahren durchkreuzen, warte darauf, dass der Schlaf mich übermannt, weil ich weiß, dass die Nacht wie ein Vogel an meinem Fenster vorbeiziehen wird, wenn das passiert. Ich werde aufwachen und die Dunkelheit wird sich in Licht verwandelt haben. Dann werden sie kommen, um mich zu holen, und ich werde frei sein.

Frei.

So ein kleines Wort, aber es erfasst all den Kummer und

die Freude sämtlicher Männer, Frauen und Kinder auf der ganzen Welt.

Ich bin nicht müde, ich bin viel zu aufgeregt, aber ich schließe trotzdem die Augen und denke daran, wie das Leben sein wird, wenn ich dieses Gefängnis verlassen habe.

Ich sehe Bäume, die ihre Äste ausbreiten, und lange, rissige Straßen, die irgendwo hin, überall hin führen. Ich sehe lange Nächte in Bars, verruchte Frauen, glasige Augen und gute Zeiten. Ich sehe ein Mädchen, das auf dem Boden liegt, ihr Höschen zerrissen, ihr zartes Fleisch entblößt ...

Ich reiße die Augen auf.

Ich runzele die Stirn.

Ich kann an solche Dinge nicht denken. Das darf ich nicht. Das soll ich nicht. Ich bin geheilt, ich habe meine Zeit abgesessen, ich sollte nicht mehr an Fleisch und Sex und Gewalt denken. Ich habe diese Dinge in einer anderen Zeit zurückgelassen. Ich war damals ein anderer Mensch. Ich hatte 15 Jahre Zeit, um aus meiner Haut zu schlüpfen. Es geht mir jetzt viel besser.

Erneut schließe ich die Augen und stelle mir die einfachen, vergnüglichen Dinge vor: lange aufbleiben und mir die Late-Night-Show anschauen; in meinen Wagen steigen und einfach durch die Gegend fahren; meine Mum anrufen bei Tag oder Nacht. Das sind die Dinge, an die ich denken sollte.

Kurze Zeit später schlafe ich ein.

Als ich wieder aufwache, liegt der Raum noch immer in finsterer Nacht. Im Block ist es jetzt ruhiger geworden, nur vereinzelte Schreie oder ein knappes Lachen unterbrechen die Stille. Wahrscheinlich Wilson drei Türen weiter. Sitzt wegen Mordes, ist völlig durchgeknallt. Aber er ist nicht verrückt. Ich erinnere mich noch daran, wie er mich in eine Ecke drängte, als ich hier ankam, vor vielen, vielen Nächten. Wie er mir versprach, er würde mich nur einmal vergewaltigen, wenn ich ihm all meine Kippen gebe. Tja, ich habe ihm meinen kompletten Vorrat an Kippen gegeben und er hat mich vergewaltigt, aber nicht nur einmal. Viel öfter.

Ich denke daran zurück und muss beinahe lachen, aber das Lachen erstickt in meiner Kehle. Ich muss aber nicht beinahe lachen, weil es mir gefallen hätte, sondern weil ich morgen nach Hause gehe und Wilson immer noch hier sein und dem nächsten Stück Frischfleisch sämtliche Kippen abnehmen wird.

Ich springe aus dem Bett, ich muss pinkeln. Während der Strahl aus mir herausplätschert, drehe ich mich um und schaue aus dem Fenster, aber ich sehe nichts als graue Dunkelheit durch die Gitterstäbe. Ich denke an all die Male, die ich durch die Luke geschaut habe, und eine Träne tropft von meinem Gesicht in die Kloschüssel. Ich werde dieses Fenster vermissen, diese Gitterstäbe, meine einzigen Kameraden in dieser dunklen Zeit. Sie waren bei mir, als ich nach Rio geflogen bin und mit all den Mädchen getanzt habe, und auch, als ich mir in Griechenland ein Bier schmecken ließ, während die Jachten an mir vorübersegelten, um mich herum nichts als Weiß. Sie waren bei mir, als ich nach Florida getrampt und durch Nevada gefahren bin. Sie waren da, als ich meine Pulsadern mit einem scharf geschliffenen Stift aufgeschlitzt habe. Und sie waren ganz sicher auch bei mir, um über mich zu wachen, während ich endlose Tränen vergoss.

Ich bin fertig mit Pinkeln und packe mein bestes Stück wieder ein. Als ich auf den kalten Boden blicke, frage ich mich, wohin all die Tränen verschwunden sind, die ich vergossen habe. Ich stelle mir einen unterirdischen Fluss aus all den Tränen, all dem Blut und all dem Sperma der Männer vor, die diese Hölle irgendwann ihr Zuhause nannten – und dann stelle ich mir vor, wie ich mich hineinfallen lasse und davontreibe.

Und dann lache ich doch noch, kurz und keuchend. Warum taucht solch ein Gedanke in meinem Kopf auf? Ich bin nicht länger in diesen Mauern gefangen. Wenn der Morgen kommt, werde ich frei sein, ich brauche keinen schmutzigen Fluss. Das ist der Gedanke eines zum Scheitern verurteilten Mannes, nicht der eines freien Mannes.

Also klettere ich wieder in mein Bett, während schöne Vorstellungen vom nächsten Morgen durch meinen Kopf schwirren, und wie durch ein Wunder schlafe ich ein.

Als ich das nächste Mal erwache, ist der Block eingeschlafen. Es scheint, als sei ich zu dieser unchristlichen Zeit als Einziger wach. Aber wie spät ist es? Der Raum liegt noch immer in derselben tiefschwarzen Dunkelheit wie zuvor und ich habe das Gefühl, dass kaum Zeit vergangen ist. Ich setze mich auf, stelle meine rissigen Füße auf den Steinboden und schlendere ans Ende meiner Welt.

Ich klammere mich an den dicken Gitterstäben fest, starre zur Uhr hinauf und ihr rundes, wachsames Gesicht zwinkert mir zu. Eine Stunde nach Mitternacht, verrät sie mir. Noch fünf Stunden bis zum »Aufstehen, ihr Schwachköpfe!« Ich habe das Gefühl, dass es schon viel später sein müsste, und schlurfe wieder zu meinem Bett zurück, um den Rest der Nacht durchzuschlafen.

Aber der Schlaf kommt jetzt nicht mehr so schnell. Mein Mund ist trocken, ich habe Bauchschmerzen und ich wünsche mir so sehr, es wäre bereits morgen, dass mir der Kopf wehtut. Ich gehe zum Waschbecken hinüber und spüle mir den Mund aus, stoße einen tiefen Seufzer aus, gehe wieder zu meinem Bett zurück und setze mich darauf. Ich lege mich nicht hin, sondern vergrabe das Gesicht in meinen schwieligen Händen.

Warum kommt es mir so vor, als sei ausgerechnet diese Nacht die längste von allen? Warum werde ich nicht einfach vom Schlaf übermannt und wache erst wieder auf, wenn die Morgenröte sich in all ihrer Schönheit zeigt? Ich sterbe, wenn ich die ganze Nacht hier in der Finsternis sitzen und auf ihr Ende warten muss. Ganz gewiss wäre nicht einmal der Teufel persönlich so grausam.

Ich habe schon zu viel Zeit an diesem verdammten Ort verbracht. Vielleicht, denke ich, und dabei verkrampft sich mein Magen, wird er mich nicht so einfach freigeben. Vielleicht gehört man umso mehr hierher, je länger man hier gewesen ist – und je mehr du ihm gehörst, desto mehr von deinem Fleisch, deinem Blut und deinen Tränen nimmt er sich.

Ich zittere. Irgendwo, nicht hier, höre ich einen Hund bellen. Ich brauche Schlaf, Schlaf und ein Glas kaltes Bier und eine Frau, die ohnmächtig daliegt, auf dem …

Ich verpasse mir eine Ohrfeige, ein heftiger, stechender Schlag. Während ich kalte Tränen wegblinzele, weiß ich, dass es dieser Ort ist, der meinen Kopf mit bösen Gedanken füllt. Ich bin es nicht, ich kann es nicht sein, es …

»… bist schon immer du gewesen«, sagt eine tiefe, finstere Stimme.

Ich schnappe nach Luft und mein Kopf wirbelt herum und starrt auf das Ende meiner Welt. »Wer ist da?«

Ein Rülpsen, ein Seufzen. Und dann hallt die rußige Stimme von den harten, rissigen Wänden wider: »Niemand. Ein Freund. Ein Feind. Was auch immer.«

Die Stimme fühlt sich vertraut an, aber ich komme nicht darauf, woher ich sie kennen könnte. Ich stehe auf, gehe einen Schritt, zwei, drei – und bleibe stehen. Ich kann den blutigen Geruch des Metalls vor mir riechen. »Wie bist du hier reingekommen?«

Der Mann, der im Schneidersitz vor mir hockt, ist in Schatten gehüllt. Er riecht nach nassen Handtüchern und altem Klo-Stein. Er nimmt einen Schluck aus seiner Papiertüte. »Die Frage ist, wie bist *du* hier reingekommen?«

Ich öffne meinen Mund, um zu antworten, aber stattdessen frage ich: »Was hast du damit gemeint, ›es bist schon immer du gewesen‹?«

Es klingt, als ob der alte Mann – woher weiß ich, dass es ein alter Mann ist, wenn ich sein Gesicht nicht sehen kann? – Kieselsteine zermahlt, aber dann wird mir bewusst, dass er lacht. »Du gibst diesem Ort die Schuld an deinen bösen Gedanken, aber dieser Ort gibt dir die Schuld.«

»Ich verstehe nicht.«

Der Fremde kratzt sich und die Papiertüte raschelt. Die Tüte riecht verdächtig nach Wein – nicht nach einem edlen Tropfen. Er nimmt einen weiteren Schluck aus der Tüte. »Nein, ich schätze, das tust du wohl nicht«, erwidert er.

»Gib mir auch was ab.«

»Besorg dir doch selber was«, entgegnet er.

»Das werde ich, morgen, wenn ich gehe, aber jetzt brauche ich was von deinem Zeug.«

Der alte Mann johlt vor Lachen. Er sitzt auf der anderen Seite der Freiheit. Ein schwarzer Klumpen.

»Wache!«, brülle ich. »Hey, hier ist irgendein Penner und er gibt mir nichts von seinem Fusel ab ...«

Und dann wache ich auf. Ich schaue sofort zum Ende meines Bettes, aber da ist kein alter Mann hinter den Gitterstäben.

Ein Traum, denke ich und lächele, aber nicht wegen des Traums, sondern weil es bedeutet, dass ich geschlafen habe. Allerdings bedeutet die Tatsache, dass ich darüber nachdenke, dass ich nun wieder wach bin. Und weil es noch immer dunkel ist, erstirbt mein Lächeln wieder.

»Verflucht«, murmele ich. Ich will doch einfach erst wieder zu mir kommen, wenn auch die Sonne es tut, aber es scheint, als sei ich dazu verdammt, alle fünf Minuten wach zu werden.

Aber es war wirklich ein seltsamer Traum. Ich schnuppere in die Luft. Mir steigt der Geruch alter, verschwitzter Handtücher in die Nase – und ein Aroma, das mich nur allzu sehr an jene Nacht erinnert, in der ich ins Bett gepinkelt habe.

Es ist der Geruch des alten Mannes, aber er selbst ist nicht da. Da ist nichts als leerer Raum.

Ich lege mich hin, schließe die Augen und versuche, mir die Stimme des Typen ins Gedächtnis zurückzuholen. So vertraut, dem tiefen Knurren meines Vaters nicht unähnlich. Seine Stimme hat mir immer Angst gemacht, als ich noch klein war – *er* hat mir Angst gemacht. Er hat sich die Pulsadern aufgeschlitzt, als ich elf war, aber das, was aus ihnen herausströmte, sah eher aus wie Rotwein, nicht wie Blut. Er war gerade mal 40, als er starb, aber in meinen jungen Augen sah er uralt aus. Anscheinend sehe ich meinem Vater sehr ähnlich – die gleichen schmalen Augen, vollen Lippen und dunklen, welligen Haare –, aber ich selbst sehe diese Ähnlichkeit nicht.

Ich liege da, meine Hände auf meinem Herzen, die Augen vor der Dunkelheit verschlossen, und versuche einzuschlafen, aber der Schlaf ist wie Wasser, das einen Fluss hinunterströmt – da, und doch nicht da. Ich kann ihn nicht greifen. Mit einem schweren Seufzer öffne ich die Augen und setze mich auf.

Das hier ist die ultimative Strafe. Irgendwie hat die Wache einen Pakt mit dem Teufel geschlossen und dafür gesorgt, dass die Nacht doppelt so lange dauert wie sonst. Dieses Schwein!

Ich will doch nur, dass der Morgen die Nacht ganz sanft streichelt, selbst das noch so kleinste Anzeichen wäre bereits ein Segen. Aber nein, die Nacht ist bleischwer, unbeweglich, stur und scheint mich noch nicht so bald verlassen zu wollen.

Ich habe Angst, auf die Uhr zu sehen, Angst vor den Schrecken, die sie mir zeigt, deshalb bleibe ich auf meinem Bett liegen, drehe mich um und starre auf die Wand. Die Wand, die mir während meines gesamten Aufenthalts ein ständiger Freund und Begleiter gewesen ist. Ich strecke meine Hand aus und streiche über die unzähligen Rillen, Kerben und Risse – allesamt so vertraut. Ihre Geheimnisse haben mir geholfen, nicht den Verstand zu verlieren. Was ist der Grund für diesen Riss? Wer hat diese Kerbe geritzt? Hat der vorherige Bewohner geweint oder gelacht oder ist er gestorben, als er diese Rille schnitzte?

Lange Tage und noch längere Nächte habe ich hier gelegen und von der Vergangenheit geträumt, habe mir die Männer vorgestellt, die vor mir hier waren: ihre Geschichte, ihre Taten, ihre Persönlichkeit. Ich habe mich mit diesen erfundenen Personen unterhalten und manchmal kam es mir so vor, als seien sie realer als jeder der Männer, die hier mit mir eingesperrt sind. Realer als jeder, den ich draußen gekannt habe. Ich werde traurig sein, wenn ich sie verlassen muss, aber es ist nun einmal an der Zeit, Abschied zu nehmen – falls die Zeit sich nicht doch zum Stillstehen entschlossen hat.

Ich wende mich von der Wand ab und frage mich erneut, ob ich auf den Kreislauf des Lebens hinausschauen soll. Um nachzusehen, ob er mir wohlgesinnt ist oder nicht.

Oder ist dieses Spiel zu grausam?

Ja, entscheide ich, schließe wieder die Augen und versuche, in den Schlaf zu gleiten. Denn wenn es mir gelingt, wird mich das nächste Mal, wenn ich erwache, bestimmt der Morgen begrüßen und ich werde endlich frei sein.

Der Schlaf kommt, die Träume kommen. Ich träume von

einem ungeborenen Baby, das zusammengerollt im Bauch seiner Mutter liegt. Allerdings besteht der Mutterleib aus dicken, schweren Gitterstäben und statt einer Nabelschnur ist da eine lange Nadel, die den Fötus mit Blut, irgendeiner milchigen Substanz und klarem Salzwasser versorgt. Das Baby schläft, lächelt, nuckelt an seinem Daumen und wächst, während ich es beobachte. Es wächst zu einem Neugeborenen heran, dann zu einem Kleinkind, aber damit hört es nicht auf.

Ich schreie das Kleinkind an, dass es aufwachen, die Stäbe durchbrechen und den Mutterleib verlassen soll – es ist schon viel zu groß für den Bauch der Mutter –, aber es beachtet meine Rufe nicht. Es wächst immer weiter, wird fünf Jahre alt, dann zehn, und ich sehe, wie sich der Mutterleib weitet und aufbläht. Ich schreie, weine, und trotzdem scheint das Kind seine Umgebung gar nicht wahrzunehmen. Es nuckelt weiter am Daumen und wird noch immer durch das Blut und die Milchmischung seiner Mutter ernährt. Es wächst weiter, wird ein Teenager, ein junger Erwachsener. Die Stäbe zerbrechen.

Dann höre ich, wie Fleisch und Muskeln reißen, und als es bereits in den Dreißigern ist, öffnet es die Augen, dreht sich zu mir, starrt mich an und lächelt. Danach sehe ich eine heftige Explosion aus Eingeweiden und Gewebe und Blut. Ich wache auf, schreiend, schwitzend, mit wild pochendem Herzen. Ich höre auf zu schreien, als mir bewusst wird, dass alles nur ein Traum war, aber ich höre das Echo meines Schreies noch lange, nachdem ich verstummt bin.

Es ist noch immer dunkel im Raum und ich bin überzeugt davon, dass die Nacht niemals enden wird, dass etwas mit der Welt nicht stimmt. Vielleicht sitzt die Nacht ja fest und kann sich nicht mehr vorwärtsbewegen, damit der Tag ihren Platz einnimmt. Oder vielleicht ist Gott auch am Steuer eingeschlafen oder – noch schlimmer: während der Nacht gestorben.

Ich stampfe mit den Füßen auf und lege die drei Schritte bis zu den Gitterstäben zurück. Ich will es sehen, ich muss es sehen. Ich schließe meine Augen, nehme an, dass es mindestens drei Uhr sein muss. Mit drei Uhr könnte ich leben, dann wären es nur noch drei Stunden bis zum bekannten »Aufstehen, ihr Schwachköpfe!« Damit könnte ich umgehen, ja, das wäre in Ordnung.

Mit einem Flattern öffnen sich meine Augen. Ich schlucke meine Angst herunter, blicke zu der strahlend weißen Uhr hinauf und spüre, wie mein Herz zerbricht. »Nein, nein, das kann nicht sein. Das kann nicht sein!«

Die Uhr erlaubt sich einen Scherz mit mir, sie spielt mit mir. Das muss es sein, denn es sind doch ganz sicher schon mehr als fünf Minuten vergangen, seit ich mit meinen roten, verschwommenen Augen zuletzt auf das Zifferblatt geschaut habe. Der lange Zeiger muss mehr als nur fünf lächerliche Minuten gewandert sein. Ich blinzele, weil ich denke, dass ich es bestimmt nicht richtig gesehen habe, dass die Schatten meine Augen in die Irre geführt haben. Ich weiß, dass es fünf nach drei sein muss, nicht fünf nach eins, nein, das kann nicht sein. Ich sehe noch einmal hin und jetzt ist es vier nach eins. Ich schreie. »Wache! Wache! Die Uhr ist kaputt! Die Uhr ist kaputt! Repariert sie wieder, ihr Mistkerle!«

Ich horche, aber niemand antwortet. Heute Nacht ist es totenstill.

»Die Uhr ist nicht kaputt, du bist es.«

Ich wirbele herum, stehe mit dem Rücken zu den Stäben und starre den alten Mann an, der wie eine dunkle, stinkende Statue erneut neben meinem Bett steht. »Wie bist du …?«, keuche ich und meine Lippen verzerren sich zu einer Grimasse. »Wie bist du hier reingekommen?«

Er schüttet sich noch mehr aus der Papiertüte die Kehle hinunter. Sein Geruch gleicht einer zähen Masse aus Fäulnis und er treibt mir das Wasser in die Augen und dreht mir den Magen um. »Denkst du, du bist schon bereit zu gehen?«

»Natürlich«, antworte ich.

»Wirklich?«

Ich nicke.

»Denkst du, dieser Ort ist bereit, dich gehen zu lassen?«

»Ich …« Ich weiß es nicht. Ich habe nicht sehr viel darüber nachgedacht, aber das sage ich ihm nicht. »Es ist nur ein Ort.«

»Nur ein Ort«, knurrt der alte Mann. »Und das hier ist nur eine Papiertüte.« Er lacht und es jagt mir eine eiskalte Welle über den Rücken.

»Ich …«

»… verstehe nicht? Doch, das tust du.«

»Ich will einfach nur aufwachen und die Sonne aufgehen sehen. Ich will diesen Ort einfach nur hinter mir lassen. Zumindest das habe ich verdient.«

»Du willst aufwachen?«

»Ja. Aber ich schlafe ja gar nicht. Ich muss erst einschlafen.«

Der alte Mann grinst. Ich weiß das, obwohl ich ihn nicht sehen kann. Ich kann sein durchtriebenes Grinsen förmlich spüren. Plötzlich liege ich wieder in meinem Bett. Ich setze mich auf und sehe mich um. Ich bin ganz allein und die Dunkelheit ist wie eine Klaue, die meine Zelle fest im Griff hat und nie wieder loslassen will.

Ich spüre, wie mir Tränen über die Wangen rinnen, aber ich werde nicht aufstehen und auf die Uhr sehen. Ich kann nicht, ich lasse nicht zu, dass meine geistige Gesundheit weiter mit Füßen getreten und geschlagen wird.

Warum nimmt diese Nacht kein Ende? Ich weine innerlich und ich stehe aus meinem Bett auf und trete ans Fenster, schaue hinauf, spüre den Hauch einer Brise. Durch die Gitterstäbe sehe ich die Sterne und dann zieht eine Wolke vorbei, die aussieht wie eine tote, nackte Frau. Ich bleibe lange Zeit so stehen und denke daran zurück, wie ich auch in meinen dunkelsten Stunden oft hier stand und träumte, die Brise sei der Atem einer kurvigen Blondine oder einer geheimnisvollen Brünetten. Ich konnte Pfirsiche, Vanille oder Erdbeeren riechen und stellte mir vor, wie sich Lippen auf meine pressten. Ich stellte mir nie ein Gesicht vor, der Gedanke allein war gut genug und er trug mich aus diesem Kerker in eine Welt voller Möglichkeiten, in der die Autos schnell und die Frauen reif für die Ernte waren. Meine Welt, eine Welt …

»… die nicht existiert«, sagt der alte Mann.

Meine Visionen zerplatzen und ich wirbele herum, stoße einen kurzen Schrei aus. »Ich dachte, du wärst verschwunden.«

Der alte Mann kauert nun in einer Ecke, die Papiertüte neben sich auf dem Boden, während der säuerliche Geruch von Erbrochenem die Melange der anderen beißenden Dämpfe auf unerfreuliche Weise ergänzt.

»Du verarschst dich selbst nur und das weißt du auch«, krächzt der alte Mann, dessen Gesicht noch immer im Schatten verborgen liegt. »Du trägst den Dämon noch immer in dir und das wird auch immer so bleiben. Ich muss es schließlich wissen.«

»Nein … ich …«, stottere ich, blicke zu den Gitterstäben und frage mich, ob sie bereits geöffnet sind, ob ich vielleicht schon gehen darf. Aber nein, die Stäbe sind noch immer an ihrem Platz und es ist immer noch Nacht. Aber warum nur? Warum will der Morgen nicht kommen?

»Bist du mein Vater?«, frage ich.

Der alte Mann nickt. »Ich will dir eine Frage stellen: Was wartet dort draußen auf dich?«

»Alles Mögliche«, antworte ich und die Wand fühlt sich ganz kalt an meinem Rücken an.

Mein Vater gluckst. »Zum Beispiel?«

»Na ja …«

»Du hast keine Frau und keine Kinder. Deine Mutter will mit ihrem Vergewaltiger-Sohn nichts mehr zu tun haben.«

»Leck mich«, spucke ich aus, aber die Spucke enthält kein Gift.

»Aber hier, nun, hier hast du alles, was du brauchst …«

»Ich hasse es hier«, unterbreche ich ihn. Es ist die Wahrheit. Das tue ich wirklich, ich hasse die Routine, die erdrückende Langeweile. Ich hasse den Beton und das Metall und das Plastik und die Nummern. Der Geruch von Blut, Sperma und Schweiß verursacht mir Kopfschmerzen und führt dazu, dass sich mir die ganze Wirbelsäule zusammenzieht. »Ich will einfach nur, dass der Morgen kommt«, sage ich zu meinem längst toten Vater. »Das ist alles, ich warte nur darauf, dass die Sonne scheint, und dann verschwinde ich von hier.«

»Na, wenn das so ist, dann ist es ja ganz einfach.«

Ich schlucke, schmecke Hoffnung. »Was meinst du damit?«

Der alte Mann greift nach der in Papier eingewickelten Flasche und hebt einen seiner zerlumpten Arme. Er öffnet seine Finger und die Flasche fällt zu Boden. Mit einem Geräusch, das sich anhört wie das Schreien eines Babys, zerschmettert die Flasche auf dem kalten Boden und versprüht Rotwein und Glas.

Ich warte darauf, dass eine Wache kommt, aber das geschieht nicht.

Ich drehe mich wieder zu meinem lieben Vater um. Die einzige Erinnerung, die mir von ihm geblieben ist, besteht aus dem Geruch von Alkohol und der Größe und Wucht seiner Faust.

Daraus und aus jenem Abend, an dem ich ihn in seinem Schuppen gefunden habe, wo er auf seinem Stuhl hing und irgendetwas, das aussah wie Rotwein, aus seinen Handgelenken quoll und den Teppich unter ihm verfärbte.

»Da ist dein Weg nach draußen«, sagt mein Vater und nickt mit seinem von Schatten umgebenen Kopf in Richtung Boden.

Ich blicke stirnrunzelnd auf den kleinen Teich aus Wein und Glas. »Da ist nichts.«

»Ich weiß, du hörst mir ja nicht zu. Aber gut, wenn du willst, dass der Morgen kommt, dann sieh genauer hin.«

Ja, ich will, dass der Morgen kommt, und ich glaube, das sage ich ihm auch. Denn das bedeutet, dass ich frei bin, dass ich dieses Gebilde der Folter verlassen und in die freie Welt hinaustreten kann.

Aber die Nacht …

»… gehört allein dir, wenn du sie willst. Wenn du wirklich willst, dass dieser Schmerz verschwindet, dann musst du nur durch dieses Loch klettern, in den Fluss hinunterspringen und dich davontreiben lassen.«

Ich schlucke. Schmecke Blut. »Ich sehe kein Loch.«

»Doch, tust du. Es ist da. Es war immer da. Die Menschen verstehen einfach nicht, dass ihnen alles gehören kann, wenn sie nur ganz genau hinschauen. Nimm beispielsweise diese Papiertüte. Ich habe hingesehen und sie gefunden. Jetzt ist sie immer bei mir, genau, wie dieser Ort immer bei dir sein wird.«

»Aber ich werde diesen Ort verlassen.«

»Wie du willst.«

Und dann sehe ich das Loch. Es ist gerade groß genug, dass ich hindurchschlüpfen kann. Es ist, als sei der verschüttete Wein irgendeine Säure und habe sich direkt durch den Beton gefressen. »Wohin führt es?«, frage ich.

»Spring hinunter und finde es heraus.«

Ich gehe auf die Knie. Ich höre das Glas knirschen, spüre Stiche an meinen Knien und Händen, aber sie stören mich nicht. Ich blicke in das Loch hinunter. Ich sehe einen Fluss, der keine zwei Meter vor meinem Gesicht vorbeirauscht. Einen tiefroten Fluss mit cremeweißen Strähnen, so als habe jemand Milchfäden in eine Tube Ketchup geschüttet. Er riecht ekelhaft süß. Ein bisschen wie Wein.

»Spring einfach in den Fluss und lass dich davontreiben, dann wird schon bald morgen sein und du wirst …«

»Frei sein«, beende ich den Satz. Ich frage mich, ob schon andere Gefangene auf seinen roten Fluten in die Freiheit geschwommen sind.

»Mach schon«, drängt mein Vater. »Du kannst es. Es ist dein Schicksal. Wenn du es nicht tust, wird die Nacht niemals enden.«

Ich nicke. Ich muss mich von meinem Vater verabschieden und mich bei ihm bedanken, aber als ich mich umdrehe, sitzt er nicht mehr da.

Aber sein Geruch füllt noch immer meinen Kopf, während ich am Rand des Lochs sitze und mich dann langsam hinuntergleiten lasse.

Ich klammere mich am Rand des Lochs fest, bis meine Arme ganz ausgestreckt sind und ich bis zu den Knien im Fluss stehe. Ich werfe einen letzten Blick auf den kleinen Teil meiner Welt, den ich noch sehen kann, meiner Welt der letzten 15 Jahre, und dann lasse ich los.

Ich falle in den Fluss, schlucke einen Mundvoll salziges Wasser, als mein Kopf untertaucht. Nachdem ich zurück an die Oberfläche komme, sehe ich, wie über mir Rohre vorbeisausen.

Anfangs habe ich Angst. Die Strömung des Flusses ist schnell und ich weiß nicht, wohin sie mich bringt. Das Wasser ist warm, nicht kühl und erfrischend, wie ich es erwartet hatte. Und es ist klebrig.

Der Fluss schlängelt sich durch den düsteren Korridor aus Stahl und Beton.

Schon bald wird meine Umgebung heller. Ich beginne mich zu entspannen. Ich bringe meine Beine an die Oberfläche, lege mich auf den Rücken und lasse mich von dem Strom mitreißen.

Der Schatten der Nacht hebt sich und gibt das Sonnenlicht frei. Es ist so hell, dass es wehtut. Endlich ist die Nacht vorbei und ich lächele. Ich fange mit meinen hohlen Händen ein wenig Flusswasser ein und führe sie an mein Gesicht. Rot rinnt an meinen Armen hinunter wie winzige Flüsse. Ich beginne zu lachen.

Ich frage mich, ob die Wachen das Loch bemerken werden, wenn sie in meine Zelle kommen, um mir zu sagen, dass es »Zeit ist, aufzustehen, Schwachkopf«? Oder wird es sich wieder geschlossen haben, werden nur noch das zerbrochene Glas und der verschüttete Wein zu sehen sein?

Eines ist sicher: Ich weiß, dass die Wachen, wenn der Morgen kommt, meine Welt öffnen, dastehen und eine leere Zelle sehen werden – und sie werden sich am Kopf kratzen und sich wundern, wo die Weinflasche herkommt. »Warum zur Hölle sollte er fliehen? Er wäre doch heute in die Freiheit entlassen worden«, höre ich sie sagen.

Sie werden den wahren Grund nie erfahren. Dass ich es tun musste, weil die Nacht sonst nie ein Ende genommen hätte.

Und dann werden sie den Kopf schütteln, sich umdrehen und wieder gehen, während der Geruch von Pisse und Wein durch die Luft wabert. Sie werden mich in Frieden lassen, damit ich in Ruhe das Licht des Morgens genießen kann.

NOTIZEN ZUR ENTSTEHUNG:

Diese Geschichte wurde eines Nachts aus Frustration geboren, weil ich einfach nicht einschlafen konnte. Normalerweise habe ich überhaupt keine Einschlafprobleme, aber in dieser speziellen Nacht lag ich einfach da, in meinem Bett, starrte in die Dunkelheit und fand keinen Zugang ins Reich der Träume. Wie zu erwarten, wanderten meine Gedanken hierhin und dorthin, und ich fing an, mich zu fragen, wie es wohl wäre, wenn ich nie wieder würde einschlafen können. Was, wenn die Zeit stillstehen würde und die Nacht sich weigerte, zu enden? Was, wenn der Schlaf das Signal für die Uhr wäre, weiterzuticken, für die Nacht zu enden und für den Morgen zu kommen? Und was, wenn die Welt für immer stillstand, weil ich nicht einschlafen konnte (das sind die seltsamen Dinge, über die wir Schriftsteller nachdenken, wenn wir gegen die Schlaflosigkeit ankämpfen)?
Glücklicherweise bin ich irgendwann eingeschlafen, die Welt drehte sich weiter und am nächsten Morgen setzte ich mich hin und begann, diese Geschichte zu schreiben, die von der Verzweiflung eines Menschen handelt, der sich nichts sehnlicher wünscht, als dass die Nacht zu Ende geht und der Morgen kommt. *Wenn der Morgen kommt* ist eigentlich ein Gedicht in Prosaform – ich betrachte es als eine Art Hybrid – und auch wenn ich nicht oft Gedichte schreibe, schien dieser Stil sehr gut zu der Geschichte zu passen.

Brett McBean wurde 1978 in Melbourne, Australien, geboren. Dort lebt er mit seiner Frau und seiner kleinen Tochter Vanessa. Er studierte Musik (Leistungskurs Schlagzeug/Percussion) am Box Hill College, widmet sich aber seit dem Abschluss ganz dem Schreiben von harten Thrillern.

www.brettmcbean.com

Scott Nicholson: *Brett McBean ist so rotzig und brutal wie ein junger Jack Ketchum. Er zeigt die dunklen Räume in uns allen.*

Brian Keene: *McBeans Stimme muss man gehört haben – ein Hauch von Laymon und Koontz, doch absolut seine eigene.*

Brett McBean bei FESTA:
Die Mutter – Die Bestien – Das Motel – Die Sünder

Ein ungewöhnlicher, ultraharter Psychothriller

ISBN 978-3-86552-093-7

Sie steht seit vielen Monaten am Rande des dröhnenden Highways und fährt per Anhalter. Längst hat sie vergessen, wer sie ist, woher sie kam, denn sie lebt nur noch, um den Mörder ihrer Tochter Rebecca zu finden.

Per Handy konnte Rebecca ihr noch einen einzigen Hinweis geben: Auf dem linken Arm trägt der Mann ein Tattoo, auf dem ›Stirb Mutter‹ steht. Jeder der anhält, könnte der Killer sein – oder jemand noch viel Schlimmeres …

»Alles, was ich weiß, ist, dass ich ihn immer noch nicht gefunden habe, auch wenn ich schon ein paarmal glaubte, ich hätte ihn. Ich habe so viele Geschichten über mein Leben erfunden, dass ich gar nicht mehr weiß, was real ist und was nicht. Für mich ist nur real, dass meine Tochter nicht mehr lebt und dass der Mann, der sie umgebracht hat, immer noch irgendwo da draußen ist. Und ich werde ihn finden.«

Infos und Leseprobe: www.Festa-Verlag.de

Bryan Smith – der Slasher-König endlich auf Deutsch!

ISBN 978-3-86552-134-7

Als Rob seinen Wagen volltankt, taucht dieses sexy Gothicgirl auf und hält ihm eine Knarre an den Kopf. Sie braucht einen Chauffeur, denn sie verfolgt vier Jugendliche, die über sie gelacht haben. Offenbar will sie die abknallen.
Rob kann es nicht fassen. Doch noch weniger versteht er sich selbst: Er will bei ihr bleiben, er will Sex mit ihr, er will ihr beim Morden helfen. Denn es tut gut, endlich seine Wut und Lust zu befriedigen ...
Aber sie ist gefährlich, weil sie völlig abgedreht und launisch ist. Rob ahnt es noch nicht, aber andere sind noch viel irrer!

Infos und Leseprobe: www.Festa-Verlag.de

Ein brutales Seelenlabyrinth

ISBN 978-3-86552-132-3

Jim Clayton will nie wieder in den Knast, wo er 18 Jahre lang schmorte. Nie wieder darf er die Beherrschung verlieren. Doch dann landet er in einer winzigen Stadt und sieht, wie ein Mann ein junges Mädchen mit einem Gürtel blutig schlägt. Als er eingreift, schießt man ihn einfach nieder …
Am nächsten Morgen führt man ihn einer Gruppe von Jägern vor. »Er dachte, er könnte in unsere kleine Stadt platzen und einen Polizei-Chief verprügeln, ohne dafür bestraft zu werden.« Ein tiefes Kichern schwappte durch die Gruppe.
»Nun, hier regeln wir die Dinge ein wenig anders, Jim. Hier lassen wir Gott über dein Schicksal entscheiden. Kein Gericht, keine Anwälte, nichts als die wunderschönen Blue Ridge Mountains und einige unserer besten Jäger, die Jagd auf dich machen. Es ist ziemlich einfach. Wir geben dir zehn Minuten Vorsprung.«

Infos und Leseprobe: www.Festa-Verlag.de

Dieser Roman ist ein Albtraum in einem Albtraum in einem Albtraum ...

ISBN 978-3-86552-140-8

Jessica möchte einen günstigen Gebrauchtwagen kaufen. Als sie mit dem Besitzer alleine in dessen Wohnung ist, fällt er über sie her und vergewaltigt sie. Jessica will nur noch eines: Rache. Deshalb entführt sie den Mistkerl in die einsame Wildnis. Sie will ihn erschießen, er soll sterben ...

Aber die beiden befinden sich an einem bösen Ort. Die inzüchtigen Einwohner des Städtchens Hopkins Bend hüten seit Generationen ein grauenvolles Geheimnis – und Jessica kommt ihnen für ihre perversen Spiele gerade recht ...

Infos und Leseprobe: www.Festa-Verlag.de